Weitere Kurzgeschichten zu LARA
findest du in meinem Newsletter.

theawilk.de/newsletter

THEA WILK

LARA
der Anfang.

abry

Jenen, die gelernt haben zu vergeben.
Und jenen, die es noch nicht tun.

PROLOG

Ich kniete auf dem Boden. Seit Stunden hatte ich mich nicht bewegt. Jedes Gefühl war aus meinen Beinen gewichen. Meine Hände hingen nutzlos neben meinem Körper herab. Die Tränen auf meinen Wangen waren irgendwann getrocknet und etwa zur gleichen Zeit hatte ich aufgehört zu zittern, aber mein Herz raste noch immer. Es klopfte von innen gegen meine Brust, als wolle es mich aus meiner Starre aufwecken, mich zwingen aufzustehen und zu rennen. Zu fliehen vor einer Gefahr, die längst gebannt war. Aber ich konnte es nicht. Die Angst lähmte mich. Hielt mich fest.

Es drangen nur noch ein paar letzte Strahlen des Tageslichts durch das Fenster neben der Tür, aber meine Augen hatten sich an die zunehmende Dunkelheit gewöhnt. Und ich hatte das Bild abgespeichert, von dem ich meinen Blick nicht losreißen konnte, sah es noch immer in den Farben des hellen Tageslichts. Dunkle Flecken auf meinem zerrissenen, rosafarbenen Rock. Ein paar weitere auf meiner Strumpfhose und an meinem linken Oberschenkel, den der kaputte Blümchenstoff nicht länger bedeckte. Sie hatten sich auf meinen Armen und über den dunklen Holzboden verteilt, hatten den kleinen, hellen Teppich ruiniert und sich mit meinen Tränen vermischt.

Sie waren überall. Und ich zwang mich, diese kleineren Flecken zu fokussieren. Ich zwang mich, sie anzustarren, um nicht zur Treppe zu sehen. So lange ich meinen Blick auf dieses Bild richtete, konnte ich verdrängen, was passiert war. Ich konnte mich in den Grenzen meines Blickfeldes verstecken. Ich wusste ohnehin, was mein Blick bei der Treppe finden würde. Noch mehr Blut. Viel mehr Blut. Der metallische Geruch drang in meine Nase und hatte ein übles Gefühl in meinem Magen ausgelöst, das sich seitdem dort hielt.

Ich spürte die Leere, die das Blut an seinem Ursprung, an dem es so lange Leben spendete, hinterlassen hatte. Spürte die Anwesenheit des Körpers, der kein Mensch mehr war, weil ihm dieses Leben im selben Moment entwichen war, in dem ich auf die Knie sank, in dem das Geräusch, mit dem die Waffe zu Boden fiel, den Knall davor übertönte.

Aus den Augenwinkeln nahm ich einen Schatten wahr, der sich vor den Fenstern neben der Haustür vorbeischob. Schwere Schritte begleiteten ihn. Und dann folgten weitere, die leere Stille durchbrechende Geräusche. Die Haustür öffnete sich und ließ das letzte lilafarbene Abendlicht in den Raum fallen. Meine Muskeln fanden endlich ihre Kraft wieder. Ich sprang auf, rannte die wenigen Meter zur Tür und warf mich dem Mann in die Arme, der für all das verantwortlich war.

EINS

DIENSTAG, 3. DEZEMBER

Bobbis nackte Füße hinterließen ein kaum hörbares Geräusch auf den alten Holzdielen. Nicht nur ich kannte inzwischen die Stellen, an denen die Bretter etwas lose waren und jede Berührung ein Knarren verursachte. Bobbi schritt darüber hinweg und trat aus dem Flur in die Küche.

„Guten Morgen." Ich legte die Notizen aus der Vorlesung vom Vortag zur Seite. Meinen Blick hatte ich längst der Tür zugewandt. Bobbi war genau mein Typ: etwas kleiner als ich, dunkle, braune Augen und lange, blonde Haare. Ich hatte sie vor fünf Wochen in der Uni kennengelernt, als ich mich aus einem aufdringlichen Anmachversuch kurz vor einer Anglistik-Vorlesung befreien wollte. Sie lud mich auf einen Kaffee ein, den ich bezahlte. Immerhin hatte sie mich gerettet. Und später aßen wir zu Abend. In ihrer Wohnung. Und als wir am nächsten Morgen gemeinsam in ihrer Küche frühstückten, spürte ich, wusste ich, dass diese Begegnung besonders war. Dass sie etwas verändern würde.

Ich hatte mich nicht verliebt. Noch nicht. Aber sie übte einen Reiz auf mich aus, den ich bei anderen Frauen bisher nicht hatte finden können. Wir trafen uns seit unserem Kennenlernen fast täglich. Ich rutschte schon immer schnell in Beziehungen hinein, hatte noch nie verstehen können, warum man etwas langsam angehen sollte, das sich so gut anfühlte. Welchen Grund konnte es geben, einen Menschen erst mühselig über Monate hinweg kennenzulernen, nur um dann herauszufinden, dass man nicht zueinander passte, wenn man sich öfter als zweimal in der Woche sah?

Sie durchquerte die Küche und trat zu mir an den Tisch. Ich wollte mich erheben, um ihr einen Kuss zu geben und einen Kaffee einzuschenken, aber sie drückte mich zurück auf den Stuhl und setzte sich rittlings auf mich. „Guten Morgen!" Ihre Lippen legten sich zärtlich auf meine, nur um im nächsten Augenblick zwischen sie zu drängen. Ich erwiderte den Kuss. Hungrig.

„Hast du gut geschlafen?" Sie löste sich nicht von mir. Ihre Hüfte rutschte näher an meine und ihr Atem drang heiß in meinen Mund.

Ich ließ meine Hände auf ihr Becken und von dort aus unter das dünne Shirt mit den schmalen Trägern zurück nach oben gleiten, strich über ihren Bauch, ihre Brüste und spürte erregt, wie sie auch ihre Hände über meinen Körper gleiten ließ. Ich wollte ihr nicht antworten. Wollte ihr nicht von dem Traum erzählen, der mich seit achtzehn Jahren in unregelmäßigen Abständen aus dem Schlaf riss. Jetzt wollte ich sie spüren, wollte ihre Hände in meiner Mitte fühlen, ihre Lippen auf dem Rest meines Körpers.

Doch als ich ihr das Shirt über den Kopf zog, nahm ich ein Geräusch wahr. Ich wollte es ignorieren, aber das Handyklingeln brach nicht ab.

„Lara, dein Telefon klingelt." Ein Lächeln lag auf ihren Lippen und ich zog sie fester an mich.

„Egal, dafür habe ich eine Mailbox."

Das Klingeln verstummte, ertönte aber nach wenigen Sekunden erneut. Ich seufzte und löste mich von Bobbis Lippen.

„Es scheint wichtig zu sein." Sie griff nach dem Telefon und reichte es mir.

Ich zuckte mit den Schultern und sah auf das Display. Die Nummer war keinem Eintrag in meiner Kontaktliste zugeordnet. Der Anruf kam aus einer anderen Stadt und es dauerte ein paar Sekunden, bis ich erkannte, welche Verbindung ich zu ihr hatte.

„Ja, bitte." Meine Mutter hatte immer darauf bestanden, dass ich mich bei unbekannten Anrufern nicht mit meinem Nachnamen meldete. Ich hatte es nie verstanden, befolgte den Rat aber noch immer widerstandslos.

Ich hörte verschiedene Geräusche am anderen Ende der Leitung und dann eine weibliche Stimme, die mich begrüßte und fragte, ob ich Lara Béyer wäre.

Ich bejahte, ignorierte, dass sie die Buchstaben é und y fälschlicherweise zu einem ‚ei' zusammenzog, und die weibliche Stimme sprach weiter: „Ich bin Schwester Barbara aus dem Pflegeheim ‚Wolke Sieben'. Es geht um Ihren Großvater." Wolke Sieben. Ich hatte den Namen des Pflegeheims seit über einem Jahr nicht mehr gehört. Meine Mutter hatte es für meinen Großvater ausgewählt, nachdem er vor anderthalb Jahren beinahe das kleine Haus am Meer angezündet hatte. Die Ärzte hatten ihm irgendeine Form von Demenz diagnostiziert. Ich wusste nicht, welche. Meine Mutter hatte sich um die Formalitäten gekümmert und ich hatte nicht weiter nachgefragt.

Mein Großvater und ich standen uns nicht besonders nah. Doch das war nicht immer so. Laut meiner Mutter hatte ich jedes Jahr einige Wochen bei ihm verbracht. Ich wurde sogar in seinem Haus geboren und sie erzählte mir immer wieder von der besonderen Bindung, die wir in meiner Kindheit zueinander hatten. Aber seit ich etwa sieben Jahre alt war, wollte er mich nicht mehr bei sich haben. Meine Mutter hatte mir nie erklären können, wie es zu dem Bruch kam. Sie beharrte darauf, den Grund selbst nicht zu kennen.

Was ich aber wusste, war, dass zur selben Zeit meine Albträume begonnen hatten. Träume, die nicht meine Erinnerungen abbildeten, sondern einen Teil meiner Seele, auf den ich im wachen Zustand nicht zugreifen konnte. Wenn ich die Augen nicht sofort öffnete, hallten Angst und Hilflosigkeit für einen kurzen Moment nach. Aber danach war der Traum nur ein nicht fassbarer Gedankenfetzen. Und ich hatte nie versucht, seine Einzelteile zu greifen, greifbar zu machen.

Ich wusste nicht, ob die Träume mit meinem Großvater zusammenhingen. Ich hatte ihn nie gefragt. Vielleicht hatte ich zu viel Angst vor der Wahrheit. Vielleicht war ich aber auch immer das siebenjährige Mädchen geblieben, das sich von seinem engsten Verbündeten zurückgestoßen fühlte. Auch wenn ich diese Verbundenheit nur aus Erzählungen kannte. Zumindest hatte ich ihn seit dem Sommer, in dem ich sieben Jahre alt war, nur noch zwei weitere Male gesehen. Am Tag der Beerdigung meiner Mutter vor vierzehn Monaten und kurz darauf.

„Mein Großvater? Was ist mit ihm?" Ich schloss die Augen und biss mir auf die Unterlippe, als könnte ich die Gleichgültigkeit in meiner Stimme auf diese Weise zurücknehmen. „Ich meine, ist alles okay mit ihm?"

Sie zögerte und da wusste ich, warum sie anrief. „Es tut mir wirklich sehr leid, Ihnen diese Nachricht überbringen zu müssen." Ihre Stimme war sachlich und eine Spur zu genervt. Mitleid wollte sie auf diese Weise ganz sicher nicht zum Ausdruck bringen. Ich konnte es ihr nicht verübeln. Sicher hielt sie mich für eine dieser furchtbaren Enkeltöchter, die ihre Großeltern ganz bewusst und aus purer Ignoranz vor sich hinvegetieren ließ und nie die Zeit aufbrachte, um sie zu besuchen. Zumindest musste sie das daraus schließen, dass sie und ich uns kein einziges Mal begegnet waren.

Ich hatte meinen Großvater seit dem Tod meiner Mutter ein einziges Mal besucht. Wenige Wochen nachdem wir die Urne mit ihrer Asche in ein Loch auf einer grünen Wiese sinken lassen hatten, war ich bei ihm gewesen. Ich war seine letzte lebende Verwandte. Und er der letzte Mensch, der mir von meiner Familie geblieben war. Ich hatte das Gefühl gehabt, wir müssten in irgendeiner Form füreinander da sein. Ich hatte gedacht, dass vielleicht nun der Zeitpunkt gekommen war, an dem wir die Vergangenheit überwinden und zueinander zurück finden könnten. Ich hatte mich getäuscht.

Er schickte mich weg. Und noch immer war ich schockiert darüber, wie er mich aus seinem Zimmer geschoben und mir erklärt hatte, er wolle mich nie wieder sehen. Der Ausdruck in seinen Augen wirkte nicht wie der eines verwirrten, kranken Mannes, der seine Enkeltochter nicht erkannte. Nein, der Ausdruck in seinen Augen war entschlossen. Entschlossen, mich aus seinem Leben fernzuhalten. Also befolgte ich seinen Wunsch. Beziehungsweise war ich ihm bisher gefolgt, denn nun war es zu spät, um dagegen anzukämpfen.

„Er ist gestorben." Ich sagte es leise, nachdem ich zweimal geschluckt hatte. Ich wusste noch nicht, wie ich mich fühlen sollte.

Die Frau am anderen Ende der Leitung seufzte leise. „Ja. Ja, das ist er. Es tut mir wirklich leid." Nun klangen ihre Worte tatsächlich etwas mitfühlend.

„Danke."

Und dann schwiegen wir. Es war ein unangenehmes Schweigen. Und die Tatsache, dass auf meinem Schoß eine blonde, elfengleiche Frau saß, die ich noch vor wenigen Minuten ihres sehr dünnen, fast durchsichtigen Shirts entledigen hatte wollen, verbesserte die Situation nicht. Bobbi sah mich fragend an und ich formte das Wort ‚Großvater' mit den Lippen. Ihre Augen weiteten sich. Ich sah, wie sie schluckte, und dann legte sie die Hand auf den Mund. Ich lächelte, gerührt darüber, dass sie der Tod meines letzten Angehörigen deutlich mehr traf als mich.

Sie stellte die Füße auf den Boden und erhob sich. Meine Beine fühlten sich leer und kalt an und ich wünschte, ich würde meinen Vorsatz, das Telefon erst dann einzuschalten, wenn ich das Haus verließ, häufiger befolgen. Nun musste ich irgendeine Frage stellen, die das Gespräch mit Barbara wieder in Gang brachte. Ich fand keine.

Die Frau aus dem Altersheim räusperte sich. „Also, Ihr Großvater hat klare Anweisungen gegeben, wie seine Bestattung ablaufen soll. Die Kosten dafür sind bereits bezahlt. Er wünscht keine Trauerfeier und auch keine Anwesenheit Ihrerseits bei der Beisetzung." Ihre Worte drangen nun wieder ohne jede Emotion durch die Leitung und ich fragte mich, wie viele dieser Gespräche sie jeden Tag führte, heute vielleicht schon geführt hatte.

Gab es in einem Altersheim Menschen, die speziell dazu abbestellt wurden, Angehörige im Todesfall zu kontaktieren? Und wenn ja, hatte man niemand Einfühlsameres für diesen Job finden können? Anderseits war ich fast dankbar dafür, dass am anderen Ende der Leitung niemand künstlich Trauer in mir provozierte.

Ich schluckte und sagte: „Okay." Weil es okay war. Ich war froh darüber, nichts mit den Formalitäten zu tun zu haben. Und auch wenn es mich schockierte, dass er mich nicht einmal in diesem Moment bei sich haben wollte, akzeptierte ich seinen Wunsch. Was hätte ich auch anderes tun sollen?

„Sonst gibt es keine weiteren Anweisungen."

„Was meinen Sie damit?"

„Nun ja, ..." Sie räusperte sich erneut und ich biss mir auf die Lippen, um sie nicht darauf hinzuweisen, dass sie ihren Hals auf diese Weise nur weiter reizte. „Normalerweise ..." Der Ausdruck von leichter Unsicherheit in ihrer Stimme wechselte zu einem routinierten Tonfall. „Da Sie seine einzige Angehörige sind, ist es Ihre Aufgabe, seine Sachen aus seinem Zimmer zu räumen. Außerdem fallen Ihnen laut einem Brief, den wir in seinen Unterlagen fanden, auch seine Besitztümer zu." Nun machte ihr Tonfall deutlich, dass sie mit diesem Reglement alles andere als zufrieden war.

„Besitztümer?" Ich konnte mir nicht vorstellen, dass mein Großvater über irgendwelches Eigentum verfügte, das man als Besitztum deklarieren konnte. Andererseits hatte ich auch keine Ahnung, dass er genug Geld gehabt hatte, um seine eigene Bestattung vorzufinanzieren. Und wer zahlte eigentlich die Kosten für das Pflegeheim?

„Ja Besitztümer. Aber mehr kann ich Ihnen dazu nicht sagen. Es ist nicht meine Aufgabe, mit Ihnen über diese Details zu sprechen."

Ich nickte, sagte wieder „Okay", und fragte: „Können diese ... diese Besitztümer nicht gespendet werden? Wie Sie wahrscheinlich wissen, wollte mein Großvater mich nicht sehen." Aus irgendeinem Grund war es mir wichtig, diesen Punkt klarzustellen. „Ich glaube nicht, dass er wollte, dass ich sein Erbe antrete."

Vielleicht irrte ich mich, aber ihre Stimme klang ein wenig sanfter, als sie mir antwortete. „Das müssen Sie entscheiden. Am besten besprechen Sie diese Angelegenheit mit einem Anwalt. Ihr Großvater hat eine Visitenkarte zu seinen Bestattungsanweisungen gelegt. Ich denke, dieser Mann kann Ihnen weiterhelfen." Sie zögerte und räusperte sich schon wieder. Sie sollte etwas trinken. „Ich bitte Sie, seine Sachen schnellstmöglich abzuholen. Das Zimmer muss geräumt werden. Ich weiß, das klingt hart. Aber wir haben eine lange Warteliste und die Menschen, die in dieser Schlange stehen, haben dafür nicht ewig Zeit. Und viele können gar nicht mehr stehen." Sie lachte spitz auf, schien sich dann aber zu besinnen. „Wie dem auch sei. Wann können Sie vorbeikommen, um die Sachen abzuholen?"

Ich wollte keine Sachen abholen. Ich wollte keine Besitztümer erben und ich wollte nicht diesen Anwalt anrufen. Aber am allerwenigsten wollte ich dieses Gespräch weiterführen. Also nannte ich Barbara das Datum des folgenden Samstags, ließ mir die Nummer des Anwalts geben, bedankte mich für das Gespräch und tippte auf das rot umrandete Hörer-Symbol auf meinem Display.

ZWEI

FREITAG, 6. DEZEMBER

„Er klang eigentlich ganz nett." Ich legte mein Telefon auf die Holzplatte neben die Tasse Cappuccino, zog meine regennasse Jacke aus und hängte sie über die Stuhllehne. Dann setzte ich mich zu Bobbi an den Tisch. „Etwas jung vielleicht." Ich hatte mich heute Morgen endlich dazu durchgerungen, den Anwalt meines Großvaters anzurufen. Er hatte den Anruf nicht angenommen, mich aber soeben zurückgerufen. Um dieses Gespräch nicht in dem gut gefüllten Café zu führen, hatte ich es draußen im Regen getan.

Sie grinste mich verschwörerisch an. „Vielleicht ein Erbschleicher."

Ich hob meine Tasse an und schlürfte etwas Milchschaum. „Vielleicht." Ich erwiderte ihr Grinsen nicht. Tatsächlich war das gar nicht so unüblich, wie er mir selbst erklärt hatte.

„Na, du kannst sein Alter ja bald in persona überprüfen."

Ich schüttelte den Kopf. „Nein, wir haben beschlossen,

dass ein Treffen nicht notwendig ist. Er kümmert sich um alles. Die Ämter und Versicherungen wissen schon über den Tod meines Großvaters Bescheid und auch sonst gibt es nichts für mich zu tun. Er schickt mir alle Unterlagen per Post zu."

„Per Post? Na zumindest das klingt seriös." Sie hob eine Augenbraue.

Ich stellte die Tasse zurück auf den Tisch und musterte sie. „Zweifelst du etwa an ihm?"

Ihre Augen weiteten sich leicht und sie errötete etwas. „Nein, natürlich nicht. Wenn dein Großvater ihn ausgewählt hat, wird das seinen Grund haben."

Ich zuckte mit den Schultern. Ich konnte keine Auskunft über die Beweggründe oder den Geisteszustand meines Großvaters geben.

„Und was hat er nun gesagt?"

Ich schlang die Arme um meinen Oberkörper. Obwohl wir direkt neben der Heizung saßen, war die Luft im Café kalt. Der Dezember zeigte sich von der unfreundlichsten Seite. Die Luft fühlte sich so eisig an, als wäre sie kalt genug für Schnee. Aber es regnete. Seit Tagen. Die wenigen Stunden, in denen die Sonne den Tag hätte erhellen können, waren wegen der grauen Wolken so dunkel, dass es unmöglich war, den Alltag ohne künstliches Licht zu meistern.

„Ist dir kalt?"

Ich nickte und Bobbi rutschte ihren Stuhl näher zu meinem, um ihren Arm um mich legen zu können. Ich kuschelte mich in ihre Umarmung und trank einen Schluck Cappuccino. „Offensichtlich verfügte mein Großvater über einige Aktienpakete. Er muss sie sich irgendwann in den Achtzigern und Neunzigern zugelegt haben. Ein paar davon sind nichts mehr wert. Aber er hat auch auf einige Firmen gesetzt, ohne die wir heute nicht mehr leben können."

Ich deutete auf mein Handy.

Ich sah Bobbis Gesicht nicht, nahm jedoch an, dass der Ausdruck erstaunt war. Ihre Aussage passte dazu. „Wow."

„Ja. Na ja, der Anwalt riet mir, alles so zu lassen, wie es jetzt ist, und mich irgendwann mit einem Experten darüber zu unterhalten. Er sucht jemanden für mich." Ich wollte das Geld von meinem Großvater nicht. Es fühlte sich nicht richtig an und ich konnte mir nicht vorstellen, dass es in seinem Sinn war, damit meine nächsten Studiensemester zu finanzieren, in denen ich von einem Hauptfach zum anderen wechselte. Immer in der Hoffnung, etwas zu finden, das mich so sehr faszinierte, dass ich einen Abschluss darin machen wollte.

„Aber das wirst du nicht tun, oder?" Sie verstand mich und es wunderte mich wieder einmal, wie nah ich mich ihr fühlte. Nach nicht einmal sechs Wochen vertraute ich ihr diese Details an. Aber mit wem hätte ich auch sonst darüber sprechen sollen? Meine Mutter und ich hatten den Wohnort einmal im Jahr gewechselt, weil sie jedes Mal, wenn es mit einem Mann nicht geklappt hatte, die Flucht ergriffen hatte und irgendwo komplett neu hatte anfangen wollen. Und ich hatte dieses Muster fortgesetzt, abgesehen von den Männern. Mein letzter Umzug lag vier Monate zurück und ich kannte niemanden in dieser Stadt außer den Leuten von meiner Uni. Und Bobbi.

„Vermutlich nicht."

„Sind das alle seine Besitztümer?" Sie betonte das Wort genau so, wie ich es gegenüber Barbara getan hatte. Ich lächelte.

„Nein. Er hat immer noch das Haus am Meer, in dem ich geboren wurde und wo ich ihn später laut meiner Mutter als Kind ein paar Mal besucht habe." Damals, als er mich noch hatte sehen wollen.

„Ein Haus am Meer?" Sie löste die Umarmung, drehte mich zu sich und sah mich mit großen Augen an.

Ich lachte auf. „Du bist ja ganz aufgeregt."

Sie nickte und strahlte. „Ja, ja, das bin ich. Ich liebe das Meer. Besonders zu dieser Jahreszeit. Es ist so unglaublich schön, wenn der Strand verlassen ist und der kalte Wind einem um die Nase herumpfeift. Ich liebe es, nach einem langen Spaziergang am Strand einen heißen Tee zu trinken und ein gutes Buch zu lesen." Ihr Lächeln wurde anzüglich. „Oder den Rest des Tages ohne Buch und ohne Tee im Bett zu verbringen. Oh, können wir hinfahren?"

Ich presste die Lippen aufeinander. Das klang gut. So gut, dass ich fast Ja gesagt hätte. Aber dann fiel es mir wieder ein. Ich wollte nicht in dieses Haus. Kurze Zeit, nachdem ich meine letzten Ferien dort verbracht hatte, hatten meine Albträume begonnen und ich wollte ihnen noch immer nicht auf den Grund gehen.

„Oh, Lara, bitte!" Und dann wurden ihre Augen noch größer. „Wir könnten die Weihnachtstage dort verbringen. Wir könnten irgendwo einen Baum kaufen, leckeres Essen kochen und das neue Jahr mit einem eisigen Bad in den Wellen begrüßen. Bitte, bitte, bitte."

„Das Haus steht seit fast anderthalb Jahren leer. Und mein Großvater war sicher kein Putzkönig. Vermutlich werden uns Spinnen so groß wie Aragogs Kinder begrüßen und riesige Ratten krabbeln aus allen Löchern, wenn wir den Käse auf den Frühstückstisch stellen." Ich verzog das Gesicht.

„Dann frühstücken wir im Bett." Sie kräuselte die Stirn. „Und vielleicht gibt es ja auch jemanden, der sich um das Haus kümmert. Deine Mama hat das Haus bestimmt nicht verrotten lassen wollen." Sie klatschte in die Hände. „Und wenn nicht, übernehmen wir diese Aufgabe. Wir kaufen einen Besen, ein paar Mausefallen und Putzmittel. Wir bringen dein neues Haus auf Vordermann. Ach, komm schon. Das wird großartig. An der Küste ist das Wetter auch besser." Sie sah mit einem gequälten Gesichtsausdruck zu dem großen Fenster hinaus, das die komplette Wand neben der Tür einnahm. Eigentlich waren es mehrere Glasscheiben, die man wie eine Ziehharmonika aufschieben konnte. Und die Ritzen zwischen den Scheiben waren der Grund, weshalb es hier so kalt war.

Ich atmete tief ein und schloss die Augen. „Ich mag keine Mausefallen." Aber sie hatte recht. Ich hatte keine Lust, zwei freie Wochen in diesem grauen Niesel-Schmutzmatsch zu verbringen. „Okay." Ich flüsterte.

Bobbi packte mein Gesicht und ich öffnete die Augen, nur um im nächsten Moment aufzulachen. „Du siehst aus wie ein fünfjähriges Mädchen, dem ich gerade erlaubt habe, zum dreißigsten Mal die ‚Eiskönigin' zu gucken."

Sie schüttelte grinsend den Kopf. „Oh, nein. Ich sehe aus, wie ein dreijähriges Mädchen, das die ganz echte Elsa endlich auf Schloss Arendelle treffen darf."

Am nächsten Tag fuhr ich mit Bobbis Auto in das Pflegeheim meines Großvaters. Ich hatte kein eigenes und sie hatte mir angeboten, ihres zu nehmen. Sie hatte auch angeboten mitzukommen, doch ich wollte dieses Erlebnis allein hinter mich bringen. Ich hatte keine Ahnung, wie ich auf seine Sachen reagieren würde. Bisher hatte ich keine Tränen vergossen. Um ehrlich zu sein, hatte ich kaum an seinen Tod gedacht. Oder an ihn. Ich spürte, dass es mich irgendwie hätte treffen müssen, aber ich fühlte nichts. Sollte es zwischen meinem Großvater und mir jemals ein Band gegeben haben, dann war es verschwunden oder gerissen oder er hatte es mir vor die Augen gebunden.

Ich konnte mich zumindest nicht daran erinnern, dass wir uns einmal nahegestanden hatten. Eigentlich konnte ich mich überhaupt nicht an ihn oder an unsere gemeinsame Zeit erinnern. Ich war schließlich erst sieben Jahre alt gewesen, als ich ihn das letzte Mal besucht hatte.

Das Pflegeheim lag etwa eine Stunde von der Stadt entfernt, in der ich wohnte. Ich hatte mich nicht bewusst für diese Nähe entschieden. Mein Studienwunsch und mein schlechter Notendurchschnitt bei meinem Schulabschluss hatten mir keine andere Wahl gelassen.

Ich erreichte den Parkplatz gegen zehn Uhr am Vormittag, stieg mit zwei großen, leeren Einkaufstaschen über den Schultern aus dem Auto und steuerte auf das Gebäude zu. Und ich war nicht die Einzige. Außer mir befanden sich mehrere Familien, ein paar einzelne Erwachsene mit und ohne Hunde, sowie zwei Paare auf dem Weg zum Eingang oder wartend mit einer Zigarette in der Hand davor. Im Gegensatz zu mir trugen die meisten von ihnen Blumen oder nett verpackte Geschenke mit sich.

Mich überkam kein schlechtes Gewissen bei diesen Bildern. Und dafür gab es schließlich auch keinen Grund. Es war nicht meine Entscheidung gewesen, dass ich keinen Scotch für meinen Großvater an den Pflegerinnen vorbei geschmuggelt hatte.

Obwohl ich nur ein einziges Mal hier gewesen war, fand ich die Etage, auf der mein Großvater seine letzten Monate verbracht hatte, problemlos. Barbara war nicht da. Überhaupt war nur eine einzige Person anwesend, die nicht wie ein Besucher oder Bewohner aussah. Sie trug eine weiß-rosafarbene Uniform und ein strahlendes Lächeln auf dem Gesicht.

Das Mädchen, das nicht älter als achtzehn sein konnte, brachte mich in das Zimmer meines Großvaters. Es lag in der Mitte eines Ganges, an dessen mintgrünen Wänden fröhliche Bilder hingen. Ich sah Drucke, die Makroaufnahmen von Marienkäfern, Laubfröschen und Bienen zeigten. Dazwischen fanden sich selbst gemalte Bilder und Fotos von Katzenbabys und anderen Tieren.

Wir passierten drei weitere Zimmer auf dem Weg. Aus zwei von ihnen dröhnten verschiedene Fernsehprogramme bis auf den Flur hinaus. Das eine war eine Seifenoper, wie die dramatische Musik, die zwischen den Sprechphasen gespielt wurde, eindeutig erkennen ließ. Auf dem anderen Fernseher lief das Programm eines Shoppingkanals. Hinter der Tür des dritten Zimmers war es still. So wie in dem meines Großvaters.

Ich hatte erwartet, dass seine Habseligkeiten bereits in Kisten verpackt wären, aber es wirkte, als wäre er nur kurz zum Frühstück gegangen. Und als hätte jemand in dieser Zeit das Bett abgezogen und die Heizung abgestellt, um gleichzeitig den Raum zu lüften. Ich fröstelte, schlang die Arme um meinen Körper und rieb mit den Händen meine Oberarme, die nur durch den Stoff eines dünnen Pullis vor der Kälte geschützt wurden. In der Erwartung, die nächste halbe Stunde in einem warmen Gebäude und mit dem Schleppen von Kisten zu verbringen, hatte ich meinen Mantel im Auto gelassen.

„Wir stellen die Heizung ab, sobald … Wegen der Umwelt, wissen Sie?" Die Pflegerin, die Mindy hieß, lächelte mich unsicher an.

Ich dachte, dass sie es wohl, verständlicherweise, eher wegen der Kosten taten, und nickte freundlich. „Ihre Kollegin klang, als wäre es sehr eilig, dass das Zimmer geräumt würde. Ich dachte, Sie hätten seine Sachen vielleicht schon verpackt." In meinen Worten versuchte ich, die Hoffnung mitschwingen zu lassen, dass sie mir helfen würde.

„Oh, nein. Das dürfen wir nicht." Sie schüttelte den Kopf und wandte sich zum Gehen. Dabei schwang ihr roter Zopf über ihrem Rücken hin und her. „Bitte geben Sie Bescheid, wenn Sie etwas brauchen."

Ich nickte, etwas enttäuscht. Ich hatte keine Lust, in Schubfächern zu kramen und auf Dinge zu stoßen, auf die ich nicht stoßen wollte. Wie zum Beispiel die Unterwäsche eines alten Mannes oder seine Inkontinenz-Utensilien. „Ähm, Mindy?"

Sie stoppte an der Tür und sah mich mit einem Lächeln an, das nur zur Hälfte gekünstelt wirkte.

„Mir hat … Ich weiß gar nicht …"

Sie runzelte die Stirn und wurde ungeduldig. Es ließ sie älter wirken und gab mir einen Eindruck von ihrem zukünftigen Selbst.

„Wie ist er denn eigentlich gestorben?"

Ihre Augen wurden etwas größer und die Falte auf der Stirn verschwand zusammen mit der Ungeduld. Sie überlegte für einen Moment, sah hinaus auf den Flur und kam dann zurück in das Zimmer. Bevor sie zu sprechen begann, schloss sie behutsam die Tür. Ganz so, als würde sie keine Aufmerksamkeit durch ein lautes Einrasten des Riegels auf uns ziehen wollen. Auf ihr Gesicht trat ein Ausdruck, der zwischen Aufregung und Unwohlsein wechselte. Sie würde mir ein bisschen Tratsch erzählen und sie wusste, dass sie mit den Angehörigen eigentlich nicht auf diese Art reden durfte.

„Er ist eine Treppe hinuntergefallen."

Eine Treppe? Das Wort drang langsam in mein Bewusstsein, als mein Körper bereits darauf reagiert hatte. Mein Herzschlag setzte für einen Moment aus und meine Lungen stießen die verbrauchte Atemluft schnell aus. Eine Treppe.

Konnte das tatsächlich sein? Gab es solche Zufälle? „Eine Treppe?"

Sie nickte und zögerte, bevor sie sagte: „Das ist wirklich eine sehr ungewöhnliche Geschichte."

„Ungewöhnlich?" Mein Herzschlag setzte wieder ein und raste nun. Was meinte sie denn mit ungewöhnlich?

Sie nickte erneut. „Herr Béyer ..." Sie sprach den Namen korrekt aus. „... verbrachte die meiste Zeit des Tages im Bett. Er stand nur auf, wenn er ins Bad musste." Sie verzog das Gesicht. „Manchmal nicht einmal dafür." Dann schlug sie die Hand auf ihren rot geschminkten Mund. „Oh, bitte entschuldigen Sie. Das war nicht sehr taktvoll von mir." Sie wartete ab, wie ich reagieren würde, und als ich sie nicht abwertend ansah oder empörte Worte von mir gab, sprach sie weiter: „Na ja, jedenfalls, sein Zimmer verließ er nie. Aber in dieser Nacht tat er es." Sie machte eine Pause und ich fragte mich, wann sie merken würde, wie taktlos es war, eine Angehörige auf diese Weise auf die Folter zu spannen. Es waren zehn Sekunden. „Er ging den ganzen Flur hinunter, öffnete die Tür zur Außentreppe und ..." Das war der Moment, in dem sie erkannte, dass sie diese Geschichte nicht einer ihrer Freundinnen erzählte.

„Und was?"

„Wir haben ihn am nächsten Morgen am unteren Ende der Treppe gefunden."

Ich schloss die Augen und sah hinter ihnen einen anderen Menschen, der auf einem Treppenabsatz ins Stolpern kam und dessen Leben auf diese Weise endete. Ein Bild, das ich mir im letzten Jahr viel zu oft mit grauen Farben ausgemalt hatte. Ich runzelte die Stirn, als mich ein Gedanke traf. „Könnte es sein, dass er ... nun ja, dass er diese Treppe ... hinunterfallen wollte?" Die letzten zwei Worte sprach ich sehr leise aus.

Sie schüttelte den Kopf. „Es gab keine Anzeichen. Er war zwar nicht besonders aktiv, aber immer freundlich und versuchte jedes Mal, uns in ein Gespräch zu verwickeln." Ihre Stimme senkte sich. „Wir haben im Team darüber gesprochen, ob es vielleicht Selbstmord gewesen sein könnte. Aber wir alle glauben, dass es ein Unfall war."

Ich nickte, konnte ihr aber nicht mit Worten zustimmen. Die Parallele war zu deutlich. „Hat ihn denn jemand gesehen, als er das Zimmer verlassen hat?"

„Nein. Der Pfleger, der in dieser Nacht Dienst hatte, hat nichts mitbekommen. Er war viel mit anderen Patienten beschäftigt." Sie verzog das Gesicht. „Eine Bewohnerin hatte Geburtstag und am Abend zuvor hatte sie diesen mit den anderen Bewohnern bei Kaffee und Kuchen gefeiert." Nun flüsterte sie: „Irgendetwas war wohl nicht in Ordnung mit dem Kuchen, denn ein paar Bewohner …" Sie beendete den Satz nicht.

Ich verdrängte das Bild von sich übergebenden Menschen, die dabei Hilfe brauchten. „Und warum war mein Großvater dann draußen?"

Sie flüsterte noch immer: „Das ist ja das Seltsame. Es ist nicht mal ein normaler Ausgang. Die Bewohner sollen diese Tür nicht benutzen, weil es zu gefährlich ist. Wenn es geregnet hat, kann man auf dem glatten Metall sehr leicht ausrutschen, wissen Sie?"

Ich nickte. „Hatte es in dieser Nacht geregnet?"

Sie überlegte. „Ich glaube nicht. Vielleicht lag etwas Schnee? Na ja, jedenfalls ist es eigentlich nur ein Notausgang und normalerweise informiert ein Alarm uns darüber, wenn die Tür geöffnet wird."

„Hätte man ihn dann aber nicht früher finden müssen?"

Sie nickte. „Es gab aber keinen Alarm."

Ich stutzte. „Es gab keinen Alarm?"

Eine zarte Röte trat auf ihr Gesicht. „Ich sollte Ihnen das wahrscheinlich nicht sagen." Sie tat es trotzdem. „Manchmal schalten wir ihn aus, weil wir ein paar Minuten Pause auf der Treppe machen." Sie zögerte. „Nur die Chefin hat den Schlüssel für die Tür. Eigentlich."

Ich verstand und nickte, fragte aber dennoch: „Wissen die Patienten, wie der Alarm ausgeschaltet werden kann?"

Sie zuckte mit den Schultern. „Kann schon sein." Sie zögerte. „Manchmal vergessen wir aber auch einfach, ihn wieder einzuschalten." Sie presste die Lippen aufeinander, redete dann aber schnell weiter, um eine mögliche Schuld von ihren eigenen und den Schultern ihrer Kollegen zu nehmen. „Aber es hätte Ihrem Großvater nicht geholfen, wenn wir ihn früher gefunden hätten. Er hat sich das Genick gebrochen und ist ganz bestimmt sofort gestorben."

Ich schloss die Augen und öffnete sie wieder, als ich den Film in meinem Kopf nicht pausieren konnte. Ich wollte das nicht hören und erst recht nicht sehen. Also sah ich das Mädchen an. „Mindy, ich würde jetzt gern anfangen."

Sie nickte.

„Danke, dass Sie mir das erzählt haben."

„Ja, ja, natürlich. Ich bin schon weg."

Ich überlegte. „Und ich werde niemandem von der Tür und dem Alarm erzählen."

Ihr Brustkorb hob und senkte sich mit einer kräftigen Bewegung. „Danke."

Ich nickte und erwiderte das Wort.

An der Tür drehte sie sich noch einmal um. „Oh, und wenn Sie seine Notizbücher finden, verraten Sie mir, ob er etwas über mich geschrieben hat? Wir haben uns immer so nett unterhalten."

Ich hob beide Augenbrauen und erwiderte nichts. Wieder überzog eine nun etwas stärkere Röte ihr helles Gesicht und sie verschwand mit gesenktem Kopf aus dem Zimmer. Als sie die Tür hinter sich geschlossen hatte, drang der Inhalt ihrer objektiv betrachtet unverschämten Worte zu mir durch. Notizbücher. Mein Großvater hatte Notizbücher mit Gedanken gefüllt.

Und er war die Treppe hinuntergestürzt. Genau wie meine Mutter.

DREI

SAMSTAG, 14. DEZEMBER

Eine Woche später beluden wir Bobbis alten Kombi mit einer Menge an Dingen, die eher meinem letzten Umzug glich als einem zweiwöchigen Trip ans Meer. Wenn man die Gegenstände zählte und ihre Größe außer Acht ließ, waren es sogar mehr Sachen, als ich von der letzten Stadt mit in diese genommen hatte.

Bobbi hatte darauf bestanden, nicht nur Handtücher und Klamotten einzupacken. Nachdem sie den Wetterbericht verfolgt hatte, war sie überzeugt, dass es schwer sein würde, das abgelegene Grundstück meines Großvaters regelmäßig genug verlassen zu können, um Einkäufe zu erledigen oder essen zu gehen. Trotz des Räumdienstes, den ich wegen der Vorhersage benachrichtigt hatte. Also stapelten wir neben Flaschen mit Putzmitteln auch Kisten mit alkoholfreien Getränken, Wein, Bier und Schnaps und Konservendosen. Eine Kühlbox mit Frischeartikeln wie Fleisch, Obst und Gemüse, Käse und dergleichen schlossen wir an den Zigarettenanzünder an und hielten ihren Inhalt auf diese Weise auf Kühlschranktemperatur. Daneben stapelten wir einen DVD-Player und diverse Filme, die Bobbi im Keller gefunden hatte, Weihnachtsbaum-Dekoration und jede Menge anderen Kram.

Meine Wohnung glich danach einer Wüste und falls Bobbi und ich nach der Reise getrennt auseinander gingen, könnte ich den restlichen Kram in etwa einer Stunde zusammenräumen und meine vier Wände in weniger als einem Tag aufgeben.

„Das war's." Bobbi schlug die Kofferraumklappe zu und hob die Hände, um zu klatschen. Aber die Klappe hatte sich nicht vollständig geschlossen und sie musste sie noch einmal öffnen und den Vorgang wiederholen. Und dann klatschte sie. Das tat sie häufig. Sie war ein so viel positiverer Mensch, als ich es jemals sein würde, und ich fragte mich nicht zum ersten Mal, was sie an mir fand. Sie lachte viel, lächelte dazwischen und wenn sie sich unbeobachtet fühlte, sang sie. Wenn ich mich unbeobachtet fühlte, fluchte ich oder überprüfte in meiner Handykamera, ob ich etwas zwischen den Zähnen hatte.

„Dann hole ich jetzt meine Tasche und wir können losfahren."

„Kannst du das hier mitnehmen?" Sie streckte mir ihr Telefon entgegen.

Ich runzelte die Stirn. „Es ist nicht mehr genug Zeit, um es zu laden."

„Sehr witzig! Nein, ich will von diesem ganzen Internet-Digital-Kram mal eine Weile Pause machen."

„Du willst es hierlassen?"

Sie nickte. „Das wird mir guttun. Ich verbringe viel zu viel Zeit damit, in sozialen Netzwerken irgendwelchen Leuten zu folgen, die spontane Fotos posten, für die sie zwanzig Minuten gebraucht haben."

„Okay." Ich zog das ‚ay' in die Länge, nahm aber das Handy und drehte mich in Richtung Haus. In mir drängte alles darauf, endlich loszufahren. Wir würden eine ganze Weile unterwegs sein und ich wollte das Haus vor Sonnenuntergang erreichen.

Als ich die Haustür fast erreicht hatte, rief Bobbi mir hinterher. „Willst du nicht mitmachen?" Es klang etwas unsicher.

„Mitmachen? Wobei soll ich mitmachen?"

„Na, bei meinem digitalen Detox."

„Deinem was?" Aber dann verstand ich, was sie meinte. Ich atmete tief durch. Ich hatte kein Problem mit sozialen Medien. Ich nutzte sie nicht. Aber ich mochte es, ein Telefon in der Tasche zu haben, mit dem ich einen Krankenwagen rufen konnte, wenn ich in einen Straßengraben gefahren war. Vorausgesetzt, ich befand mich noch in der Lage dazu zu telefonieren. Aber auch sonst hielt ich es für praktisch, mich um Staus herumnavigieren zu lassen und den Wetterbericht zu verfolgen. „Bobbi, ich finde es schlau, wenn wir eine technische Errungenschaft dieses Jahrtausends mitnehmen, die es uns ermöglicht, mit der Außenwelt zu kommunizieren, wenn unsere Vorräte aufgebraucht sind oder ein Irrer versucht, uns umzubringen." Ich streckte ihr grinsend die Zunge raus. Wir hatten die letzten Tage damit verbracht, Teenager-Horrorfilme aus den Neunzigern zu gucken.

„Dein Großvater hat doch sicher einen Telefonanschluss in diesem Haus." Für einen Moment klang sie genervt, aber sie fing sich innerhalb weniger Sekunden. So wie sie es immer tat. Ich bewunderte sie dafür.

Ich sah sie verständnislos an und deutete auf den Kofferraum, der so voll war, dass es schwierig sein würde, durch die Heckscheibe den Verkehr hinter uns einzuschätzen.

„Du hast einen kleinen Teppich eingepackt. Und Töpfe. Und einen Toaster."

„Ja, und?"

„Du glaubst, er hätte keine Töpfe, aber der Telefonanschluss sei nach über einem Jahr noch aktiv."

Sie zuckte mit den Schultern und lachte dann. „Du hast recht. Ich habe nicht nachgedacht. Na gut, dann darfst du dein Telefon als Notfall-Hilfe mitnehmen. Aber wirklich nur dazu."

„Wie gnädig von dir." Ich drehte mich lachend von ihr weg und schloss die Haustür auf.

Nach fast drei Stunden hatten wir etwas mehr als die Hälfte der Strecke hinter uns gebracht. Meine Blase machte es mir inzwischen unmöglich, eine bequeme Sitzposition zu finden, und mein Magen gab immer wieder Geräusche von sich, die selbst das Knarzen des alten Autoradios übertönten.

Bobbi schien es ähnlich zu gehen, denn an der nächsten Raststätte bremste sie den Wagen ab und zog auf die Spur, über die man die Autobahn verlassen und auf den Parkplatz fahren konnte. „Geh du ruhig schon mal aufs WC. Ich tanke den Wagen voll. Wir treffen uns dann dort, wo es etwas zu essen gibt."

„Nein, das kann ich doch machen." Ich hatte ein schlechtes Gewissen, weil wir ihr Auto nahmen und ich wusste, dass sie sich Sorgen darüber machte, ob es durch die nächste Inspektion kommen würde. Jeder Kilometer auf der Autobahn verringerte die Chance darauf.

„Schon okay." Sie stieg aus, umrundete das Auto und näherte sich der Zapfsäule.

Ich öffnete meine Tür ebenfalls und drückte mich aus dem Auto in eine stehende Position. „Warte wenigstens mit dem Bezahlen. Du weißt doch, ich habe jetzt Besitztümer."

Sie winkte ab und studierte die Zapfhähne. Es gab nur drei, aber offensichtlich hatte sie vergessen, mit welchem Sprit ihr Wagen fuhr. „Richtig, Besitztümer, die dir kein Bargeld ins Portemonnaie spielen. Zumindest noch nicht. Du übernimmst einfach die Rückfahrt."

Ich war nicht länger dazu in der Lage, ihr zu widersprechen, denn sobald ich meine Sitzposition verlassen hatte, drängte mein Körper mich noch mehr in Richtung Toilette. „Also gut." Ich ging auf das Tankstellen-Gebäude zu.

„Wir treffen uns im Restaurant", wiederholte sie. Ihre Worte erreichten mich, als sich die Schiebetüren vor mir öffneten, und ich rannte fast den Schildern hinterher, die die Toiletten auswiesen.

Es befand sich außer mir, dem Tankwart und einem älteren Herrn, der an einem Stehtisch stand und Zeitung las, niemand in der Tankstelle. Der letzte Rastplatz lag nur etwa zwanzig Minuten zurück und ich vermutete, dass die meisten Reisenden nicht bis zu diesem hatten warten wollen. Zumal es dort einen beliebten Burgerladen gegeben hatte, mit dem sich das kantinenähnliche Etablissement an dieser Raststätte sicher nicht messen konnte.

Alles wirkte altbacken und so, als benötigte der gesamte Laden eine grundlegende Renovierung. Oder eine Rekonstruktion, nachdem man den Siebzigerjahrebau dem Erdboden gleich gemacht hatte. Deshalb war ich positiv überrascht, dass die Sanierung der WCs offensichtlich bereits von einem großen Sanitär-Dienstleister übernommen worden war.

Auch hier fand sich keine Menschenseele. Zwei der fünf Waschbecken schienen heute noch nicht benutzt worden zu sein und der Korb für die benutzten Papiertücher war bis auf ein paar wenige zusammengeknüllte graue Knäuel leer. Da ich es ohnehin nicht mochte zu pinkeln, wenn andere Menschen im Raum waren, war ich dankbar für die Stille, die nur durch ein gleichmäßiges Rauschen aufgeweicht wurde, das sowohl von einer Heizungsanlage als auch von einer naheliegenden Großküche stammen konnte.

Ich ging in die Kabine und ließ den Liter Wasser, den ich während der bisherigen Fahrt getrunken hatte, in die WC-Schüssel laufen. Dabei las ich eine Werbeanzeige für den Einbau von Kaminen in Haushalte mit und ohne Schornstein, die an der Tür angebracht war. Gab es im Haus meines Großvaters einen Kamin? Meine Erinnerungen zeigten mir einen dunklen Eingangsbereich, eine Küche und ein Wohnzimmer, dessen große Fenster den Blick auf das Meer freigaben. Außerdem sah ich eine Treppe, die ins Obergeschoss führen musste. Mehr nicht.

Ich zog die Hose wieder hoch, betätigte die Spülung, öffnete die Tür und schrie auf. Mein rasendes Herz stachelte meinen Atem an, sich ebenfalls zu beschleunigen. Und das, obwohl keine Gefahr von dem drohte, was für meinen Aufschrei verantwortlich war.

„Bobbi! Spinnst du? Du hast mich zu Tode erschreckt."

Sie grinste und lachte dann auf. „Für mich siehst du ziemlich lebendig aus." Ihr Lachen verklang und ein Ausdruck des Verlangens legte sich auf ihr Gesicht.

Ich schluckte und versuchte, sie auf andere Gedanken zu bringen. Mich auf andere Gedanken zu bringen. Denn ihr Blick sorgte dafür, dass sich mein eigener Bauch zusammenzog und mich drängte, sie in die Kabine zu ziehen. „Du kannst dich ja ziemlich gut anschleichen. Wo hast du das denn gelernt? Gib's zu, früher hast du den Leuten heimlich die Geldbörse aus der Hosentasche gezogen."

Sie trat einen Schritt näher und zwinkerte mir kopfschüttelnd zu. „Ich musste mich ein paar Mal wegschleichen."

„Ach, ja?" Ich sah über ihre Schulter zu den Waschbecken, doch wir waren noch immer allein.

Sie nickte, trat einen weiteren Schritt zu mir und drückte mich so zurück in die Kabine. Und dann legte sie ihre Hand an meinen Hinterkopf und zog mich zu sich. Ihr Kuss sorgte dafür, dass ein keuchender Laut meine Kehle verließ, was sie erneut veranlasste zu grinsen. „Was? Du wirkst ja fast so, als hättest du so etwas noch nie getan."

Ich lachte unsicher auf, während sie die Tür hinter sich schloss und mit einer Hand in den Bund meiner Hose fuhr. Ich schnappte nach Luft, aber als ihre Fingerspitzen meine Haut hinunterstrichen und über dem Slip weiter zwischen meine Beine glitten, wich die Nervosität meinem eigenen Verlangen. Wieder entfuhr mir ein Stöhnen und ich hatte ihre Frage vergessen. Stattdessen legten sich nun meine Finger mehr oder weniger von selbst an den obersten Knopf ihrer Jeans. Aber sie hielt meine Hand fest. „Lass mich."

Und dann öffnete sie meine Hose, fuhr mit dem Zeigefinger zunächst zwischen meine Schamlippen und dann in mich. Ihr Mund hatte zurück zu meinem gefunden und ihre Zunge umkreiste die meine, während sie mit dem Finger immer wieder und immer weniger sanft in mich stieß. Ihr Daumen umkreiste meine Klitoris und ihre Lippen fuhren mein Kinn entlang zu meinem Hals, wo sie sich festsaugten. Ein Kribbeln erfasste meinen gesamten Körper und mein Bewusstsein für den Rest der Welt tauchte in eine rauschende Wolke.

Ich stöhnte auf und sie legte die freie Hand auf meinen Mund, hob den Blick und grinste mich kopfschüttelnd an. Ich wollte zurücklächeln, als sie dem anderen Zeigefinger einen weiteren Finger folgen ließ und die Berührung mir gemeinsam mit der Öffentlichkeit, in der sie geschah, vor Erregung die Luft zum Atmen nahm.

Bobbi drückte sich an mich. Verstärkte auf diese Weise den Druck ihrer Hand und küsste mich so intensiv, dass ich vergaß, wo wir uns befanden. Ich schloss die Augen und spürte nur noch sie. Spürte einzig das Verlangen und die langsam heranrollende Erfüllung. Und als sie mich daran hinderte, durch ein letztes Stöhnen Aufmerksamkeit auf uns zu ziehen, war ich froh, dass sie mich gegen die Wand drückte, und ich nicht selbst dafür sorgen musste, mich aufrecht zu halten. Sie hielt mich, bis das Beben abebbte und ihr Grinsen mich zurück in die Realität holte.

VIER

SAMSTAG, 14. DEZEMBER

Bobbis Hand lag auf meinem Oberschenkel. Sie streichelte sanft über den Stoff meiner Jeans, während ich versuchte, mich auf meinen E-Reader zu konzentrieren. Doch die Worte des Thrillers konnten nicht durch das Rauschen dringen, das die wenigen Minuten im Waschraum ausgelöst hatten. Ich wollte nicht daran denken, dass es ein Klo gewesen war.

„Hast du eigentlich etwas von den Dingen behalten, die dein Großvater im Pflegeheim zurückgelassen hat?"

Ich ließ die Hand sinken, die den Reader hielt, und sah zu Bobbi. „Sachen?"

Sie lachte auf und reichte mir eine Flasche Wasser. „Ich hab dich wohl etwas durcheinandergebracht."

Ich verzog den Mund, fühlte mich ertappt und ein kleines bisschen peinlich berührt. Anstatt zu antworten, zuckte ich nur mit den Schultern, öffnete den Verschluss und trank.

Ihr Lachen erstarb und sie atmete tief durch. Bedauern legte sich auf ihr Gesicht. „So habe ich es doch gar nicht gemeint." Sie überlegte. „Genau genommen spricht es absolut für dich, dass du noch nie Sex auf einem Klo hattest."

Jetzt musste auch ich lächeln. Ich lehnte mich wieder zurück, rutschte näher zu Bobbi und legte meinen Kopf auf ihre Schulter. „Danke, dass du mich zu diesem Trip überredet hast." Es würde eine gute Zeit werden.

Ich hörte das Lächeln in ihren Worten. „Ja, das war eine gute Idee, oder? Wir werden großartige zwei Wochen haben. Oder drei." Sie zwinkerte mir zu. Bobbi wollte gern den Jahreswechsel am Meer verbringen. Ich hatte dem noch nicht zustimmen können. Bisher waren bereits zwei Wochen länger, als ich uns zutraute. Aber mit jedem Kilometer, mit dem wir uns unserem Ziel näherten, verschwand dieses Misstrauen ein wenig.

Ich nickte nur und wollte die Augen schließen, als sie ihre Frage wiederholte: „Also, hast du irgendetwas von dem Zeug behalten, das dein Großvater im Heim zurückgelassen hat?"

Ich schüttelte den Kopf. „Nein."

„Warum nicht?"

„Es gab nichts, das mich interessiert hätte." Das stimmte nicht. Zwischen alten Unterlagen von seinem Segelverein hatte ich einen Brief meiner Mutter gefunden. Sie bat meinen Großvater darin, ihr endlich die gesamte Wahrheit zu erzählen. Solange er sich noch daran erinnerte. Ihren Worten hatte ich entnehmen können, dass sie mehr gewusst hatte. Mehr als sie mir erzählt hatte. Ich hatte diese Gewissheit von mir geschoben. Es würde keine Möglichkeit geben, aufzuklären, warum mein Großvater mich seit diesem Sommer nicht mehr hatte sehen wollen. Warum sollte ich mich mit dem Wissen quälen, dass meine Mutter mir etwas verheimlicht hatte?

„Nicht mal sowas wie … hm, lass mich überlegen … vielleicht eine Armbanduhr?"

„Nein." Eine der wenigen Erinnerungen, die ich an meinen Großvater hatte, war die Art, wie er am Abend seine Uhr ablegte und wie er sie am Morgen aufzog. Es war ein Chronograph der Marke Omega mit einer ungewöhnlichen Gehäuseform, die in meiner Erinnerung irgendwie verdreht aussah.

Und der einzige Grund, aus dem ich dieses Detail nicht vergessen hatte, war, dass er diese Uhr auch bei der Beerdigung meiner Mutter getragen hatte. Aber die Armbanduhr, die auf seinem Nachttisch im Pflegeheim gelegen hatte, war ein billiges Exemplar, das man als Werbegeschenk bekam, wenn man eine Zeitung in einem Probeabo bestellte. Das Armband war kaum gebogen, Das Gehäuse kratzerfrei und auf dem Glas befand sich noch die Schutzfolie. Sie sah nicht so aus, als hätte mein Großvater sie oft getragen. Oder überhaupt.

Und noch etwas anderes hatte gefehlt. Die Notizbücher, von denen Mindy gesprochen hatte, lagen weder neben dem Bett, noch in einem der Schubfächer in der hüfthohen Kommode, die neben dem Kleiderschrank gestanden hatte. Sie waren ebenfalls verschwunden. Ich hatte die Pflegerin danach gefragt, aber sie hatte nur mit den Schultern gezuckt.

„Was geht dir durch den Kopf?"

„Hm?" Ich löste meine Schläfe von Bobbis Schulter und sah sie an.

„Woran denkst du?"

„Ach, an nichts." Ich rutschte auf dem Sitz hin und her, um die Müdigkeit abzuschütteln, die mich plötzlich überkam. Ich würde einen langen Spaziergang brauchen, wenn wir unser Ziel endlich erreicht hatten. Das Wetter schien ideal dafür zu sein. Der Himmel war mattblau und die Sonne würde noch ein paar Stunden scheinen.

„Was hast du mit den Sachen gemacht?"

„Einen Teil habe ich weggeworfen. Den Rest habe ich dem Heim gespendet. Bücher für die Bibliothek. Klamotten und solche Dinge für die anderen Bewohner." Ich gähnte.

„Vielleicht solltest du etwas schlafen."

Ich nickte. Das war eine gute Idee. Wir waren bereits um fünf Uhr aufgestanden und hatten gestern bis in die Nacht hinein gepackt. Ich griff auf die Rückbank, wo Bobbi unser Bettzeug deponiert hatte, und schnappte mir ein Kissen. Aber bevor ich mich darauf kuschelte, sah ich sie noch einmal an. „Irgendwas ist komisch an der ganzen Sache."

Sie sah weiter geradeaus und ein Blick auf den Tachometer verriet mir, dass sie das besser auch weiterhin tun sollte. Und dass es vielleicht nicht die beste Idee war, sie ausgerechnet jetzt mit meinen Zweifeln zu konfrontieren. Aber natürlich wartete sie nun darauf, dass ich weitersprach.

„Irgendwie glaube ich nicht, dass er einen Unfall hatte."

Ihre Augen verengten sich, sie setzte den Blinker und überholte einen LKW, der in unsere Spur ausgeschert war. „Wie meinst du das?"

„Er ist genauso gestorben wie meine Mutter."

Sie schluckte. Und nach einem Moment griff sie nach meiner Hand. Aber sie sagte nichts.

„Sie hatten kein sehr enges Verhältnis. Und auf der Beerdigung hatte ich nicht das Gefühl, dass ihr Tod ihn sehr getroffen hätte."

„Manchmal sieht man das einem Menschen nicht an."

Sie hatte recht. „Das kann sein, ja."

„Glaubst du, er könnte …"

Sie musste ihre Frage nicht aussprechen. „Ich weiß es nicht. Die Pflegerin … alle Pfleger glauben nicht daran."

„Alle Pfleger?"

Ich erzählte ihr, dass das Pflegeteam offenbar ein Meeting darüber abgehalten hatte, ob mein Großvater der Typ gewesen wäre, der sich selbst das Leben nahm, und irgendwie schafften wir es auf diese Weise, das Thema zu wechseln. Wir diskutierten ein paar Minuten darüber, ob es Menschen zustand, über andere zu sprechen. Wieder einmal hatte Bobbi es geschafft, meine düsteren Gedanken in eine andere Richtung zu lenken. Und ich kuschelte mich dankbar in mein Kissen, schloss die Augen und gab dem Drang zu schlafen endlich nach.

Als ich die Augen wieder öffnete, fröstelte ich leicht. Das Auto stand still, die Heizung war ausgeschaltet und mein dünner Pulli wärmte mich nicht ausreichend gegen die aufsteigende Kälte. Bobbi war verschwunden.

Ich rappelte mich langsam auf, streckte mich, so gut es ging, und löste dann meinen Gurt. Als ich die Tür öffnete, fiel mein Kissen auf den matschigen Boden und ich hob es fluchend wieder auf. Zum Glück hatte Bobbi zwei weitere Kissenbezüge eingesteckt.

Kalte Luft stieg mir in die Nase und fast hätte ich den zarten Geruch nach Meer nicht wahrgenommen. Für einen Moment hielt ich inne, schloss die Augen und atmete. Ich wollte allem, was nun kommen würde, diesen einen Augenblick voransetzen. Ich wollte gemeinsam mit dem Frieden, den die Stille und die klare Luft formten, an diesen Ort zurückkehren.

Ich hätte gern länger in diesem Moment verweilt, aber die Kälte ließ mich immer mehr zittern und ich öffnete die Tür zum Fond, nahm meinen Mantel heraus, zog ihn über und sah mich dann das erste Mal um.

Bobbi hatte den Wagen ein paar Meter vom Haus entfernt geparkt. Ich musterte die alte Holzfassade. Das Gebäude wirkte so viel kleiner, als ich es in Erinnerung hatte. Das Holz schien mit den Jahren noch dunkler geworden zu sein. Die Läden der Fenster waren geschlossen. Früher hatten sie einen roten Anstrich gehabt, wie ich plötzlich wieder wusste. Heute waren sie von einem helleren Braun als die Fassade des Hauses. Ein großer Blumentopf mit vertrockneten Pflanzen, von denen nur braune Stiele übrig waren, stand neben dem Eingang.

Ein weiteres Frösteln überzog mich. Und für einen Moment bereute ich die Entscheidung, hergekommen zu sein. Aber dann schüttelte ich den Kopf und das Frösteln ab. Es war nur ein Haus. Ein altes Haus, das einem alten Mann gehört hatte. Und Bobbi und ich würden den verwitterten Holzmauern Leben einhauchen. Wir würden die Fenster putzen, den Kamin befeuern - ich hatte einen Schornstein entdeckt - und in der Küche leckere Abendessen und Frühstückseier zubereiten.

Ich überlegte, ob ich schon ein paar Sachen hineinbringen sollte, aber dann entschied ich mich dagegen. Ich würde an den Strand gehen und ich war sicher, Bobbi dort zu finden. Tagelang hatte sie davon geschwärmt, wie sie stundenlang am Ufer stehen und den Wellen dabei zusehen wollte, wie sie zu ihr heran- und wieder von ihr wegrollten.

Ich schlug die Autotür zu und ging den kleinen, fast komplett zugewachsenen Pfad entlang, der am Haus vorbei zum Strand führte. Ich passierte ein weiteres Gebäude und eine Erinnerung drang in mein Bewusstsein.

Es war Sommer. Mein Großvater hielt ein langes, nasses Seil in der Hand und erklärte mir, wie wir es benutzen würden, um das Boot an einem Steg festzumachen.

Als ich das Bootshaus passierte und der Sand unter meinen Schuhen meine Schritte schwerer werden ließ, hörte

ich nicht mehr nur das laute Rauschen der Wellen, sondern auch zwei Stimmen. Bobbi stand gemeinsam mit einem Mann in der Nähe des Wassers. Beide blickten für einen Moment zu mir. Ich konnte ihre Worte nicht verstehen, aber der Mann zeigte in eine Richtung, nickte Bobbi dann zu und entfernte sich schließlich in Richtung Osten.

Sie sah ihm nach, wandte sich dann zu mir und winkte. „Hey, komm her. Sieh dir diese Weite an." Sie breitete die Arme aus und drehte sich zurück zum Meer.

Ich lächelte und ließ die Szenerie auf mich wirken. Das Licht der Sonne war schwach. Und dennoch strahlten die Farben des Ozeans. Es war der passende Moment für ein Foto und ich zog mein Telefon heraus, um es zu machen.

„Hey, wir haben gesagt, keine Handys." Sie kam zu mir und griff danach.

Aber ich zog es zurück. „Das hast du gesagt. Und ich habe nur ein Foto gemacht. Wer war das?" Ich sah dem Mann hinterher.

„Ach, nur ein Spaziergänger. Er hat mir ein Restaurant empfohlen."

„Hier draußen?"

„Ja, er sagt, er liebt es, hier spazieren zu gehen, weil er normalerweise keinem anderen Menschen begegnet. Glaubst du, er hat gelogen?"

Ihr misstrauischer Blick, dem ein Zwinkern folgte, brachte mich zum Grinsen und eine ungewohnte Leichtigkeit zog an mir. Ich nahm das Handy hoch und schoss ein weiteres Bild. Und dann zog ich Bobbi in meinen Arm und stellte die Frontkamera ein. Sie grinste mit mir in die Linse, rief nach dem dritten Foto aber: „Jetzt reicht's. Ab ins Wasser mit uns." Und dann zog sie sich aus.

Meine Augen weiteten sich. Das konnte doch unmöglich ihr Ernst sein. Ich sah dem fremden Mann nach, der inzwischen aber nur noch ein kleiner Punkt in der Ferne war. Und als ich mich wieder zu ihr wandte, streifte sie bereits die Schuhe von den Füßen, legte den Mantel ab und in weniger als einer Minute stand sie nackt im nassen Sand und ließ die Wellen über ihre Füße rollen.

Ich ging langsam zu ihr. „Du bist doch irre."

Sie lachte nur. „Wenn du nicht mitkommst, zahlst du heute Abend das Essen." Ich hatte sie überredet, nach der langen Fahrt und vor dem vom Wetterbericht in einigen Stunden angekündigten Schneefall die Gegend zu erkunden und ein Restaurant aufzusuchen. Und sie hatte zugestimmt.

Ich sah abwechselnd von ihr zum Wasser. „Ich würde sogar lieber eine Reise nach Venezuela bezahlen, als in diese Kälte zu springen." Ich deutete auf das Meer, dessen Wellen sich zwar kaum hoch genug erhoben, um meine Knie zu treffen, aber trotzdem eisiges und nasses Wasser herumtrieben. Einzelne Eisschollen schwammen träge vor sich hin.

Sie zuckte mit den Schultern und wandte sich wieder dem Wasser zu. Und dann rannte sie los, schmiss sich ins Wasser, drehte sich auf den Rücken, tauchte unter zwei größeren Wellen hindurch und rannte wieder zurück zum Strand. Ihre Haut war am gesamten Körper gerötet, ihre langen Haare hingen in nassen Strähnen über ihren Rücken und auf ihrem Gesicht lag ein Ausdruck puren Lebens. Sie grinste, atmete schnell und laut und ihre Augen funkelten.

Ich konnte nicht anders, ich ließ mich von ihrer Lebensgier anstecken, zog mich unter ihren Anfeuerungsrufen aus, schloss die Augen und rannte auf das Meer zu. Bevor meine Füße ins Wasser traten, spürte ich Bobbis Hand in meiner. Gemeinsam sprangen wir in die Wellen. Ich hatte das Gefühl, jedes einzelne Wasser-Molekül wie einen Nadelstich zu spüren. Mein Körper schrie, ich sollte raus aus dem Meer, sollte mich in meinen Mantel hüllen und darauf hoffen, dass im Haus warmes Wasser zu finden wäre.

Aber stattdessen tauchte ich nun selbst unter den Wellen hindurch, ließ mich von Bobbi für einen Moment an sich ziehen und ihre Wärme tanken. „Das ist total verrückt." Ich zitterte. Die Worte verließen meinen Mund im Stakkato und ich verstand sie selbst kaum.

Bobbi zog mich an der Hand nach draußen. Sie legte mir ihren Mantel um die Schultern und rannte dann zu meinem, um ihn sich selbst umzulegen. Dann klaubte sie die restlichen Sachen zusammen und legte mir den freien Arm um die Taille. „Ich wusste doch, dass du genauso durchgeknallt bist wie ich." Bobbi lachte und ich lachte zitternd mit ihr. Der Mantel wärmte mich kaum, aber das war auch nicht notwendig. Mein gesamter Körper stand unter Spannung und ich fühlte mich, als würde ein ziemlich starkes Aufputschmittel durch meine Blutbahnen ziehen.

Bobbi dirigierte uns zum Haus. Und als ich das dunkle Holz wieder deutlich wahrnahm, als die Leichtigkeit der vergangenen Minuten von mir abbröckelte, bereute ich, dass ich nicht zuerst hineingegangen war. Ich wäre lieber vollständig bekleidet und zitterfrei gewesen, wenn ich das Haus betrat. Irgendwie fühlte es sich auf diese Weise falsch an. *Irgendetwas* fühlte sich falsch an. Und es waren nicht nur die fehlenden Klamotten. Bobbi zog den Schlüssel aus meiner Manteltasche und reichte ihn mir. „Das ist deine Aufgabe."

Der Eingangsbereich war heller, als ich ihn erwartet hatte. Die letzten Sonnenstrahlen des Wintertages erhellten die alten Dielen, die hölzerne Treppe und die wenigen Gemälde an der Wand.

„War dein Großvater ein Segler?" Sie deutete auf eines der Bilder, das ein altes Segelboot in den Wellen eines Ozeans zeigte. So wie die meisten der anderen Gemälde auch.

Ich nickte. Ein Schwall Erinnerungen überkam mich, die sich zu dem einzelnen Bild vom Bootshaus gesellten. Mein Großvater, wie er mir erklärte, wofür man einen Achterknoten brauchte und was man mit einem Webeleinstek anfing. Wie er mir die Pinne in die Hand drückte, wenn der Wind schwach genug war, um eine Ruderbewegung nicht sofort in einer Patenthalse enden zu lassen, und wie er uns einen Tee zubereitete, wenn wir an einem kühleren Herbsttag von einem Segeltörn zurückkehrten.

Bobbis Augen weiteten sich. „Kannst du etwa auch segeln?"

Wieder nickte ich. Vor ein paar Jahren hatte ich eine Freundin, die seit ihrer Kindheit in einem Verein segelte. Sie erklärte mir das, was ich Jahre zuvor bereits auf der Jolle meines Großvaters gelernt hatte. Aber seine Erklärungen von damals hatte ich vergessen. Ich wusste nicht mehr, wie man ein Segel hisste, oder auf welcher Seite der Steuermann saß, wenn man an einem Steg anlegte. Erst jetzt kamen die Bilder an den Unterricht bei meinem Großvater zurück.

„Hatte dein Großvater ein Boot?"

Ich nickte. „Eine kleine Jolle. Aber es kann gut sein, dass sie nicht mehr seetauglich oder überhaupt noch hier ist."

„Aber wenn wir sie finden, kannst du es mir beibringen?" Sie klatschte in die Hände.

Und ich lachte. „Es ist Dezember."

Sie zuckte mit den Schultern. „Ich habe wasserdichte Klamotten für uns dabei und Handschuhe."

„Mal sehen."

„Juchu!" Sie umarmte mich stürmisch.

Ich drückte sie an mich. „Aber erstmal sehen wir uns hier um, gehen duschen, ziehen Unterwäsche und so essentielles Zeugs an und dann bringen wir die Sachen rein." Mein Magen gab ein lautes Geräusch von sich. „Und dann sollten wir etwas essen. Die Wurst von der Tankstelle war nicht gerade eine kulinarische Erfüllung."

„Okay, du hast ja recht." Sie löste sich von mir und schob sich meinen Mantel von den Schultern.

Es dauerte mehrere Stunden, bis wir alles ins Haus getragen und dort verstaut hatten. Am Vortag war auf meine Bitte hin ein Mitarbeiter einer Stromgesellschaft gekommen, um uns den Haus-Zugang zur Elektrizität herzustellen. Wir hatten also warmes Wasser und Licht und konnten mein Telefon laden oder DVDs ansehen. Das wäre auch ohne unseren mitgebrachten DVD-Player möglich gewesen, denn im Wohnzimmer befand sich ein großer Flachbildschirm und darunter ein BluRay-Player. Beides wirkte neu.

„Seltsam." Ich murmelte die Worte vor mich hin, während ich mit den Fingern über den gebürsteten Aluminiumrahmen des Flatscreens strich.

„Was ist seltsam?" Bobbi, die gerade damit beschäftigt war, den Staub vom Sofatisch zu wischen, sah zu mir auf.

„Ich hätte meinen Großvater nicht als solch einen großen TV-Fan eingeschätzt. Er muss den Fernseher kurz vor seinem Auszug gekauft haben." Ich nahm die Fernbedienung in die Hand. „Alles wirkt so unbenutzt. Und warum hängt das Ding hinter der Couch?"

Bobbi zuckte mit den Schultern. „Gut für uns." Sie wischte weiter und sah dann wieder auf. „Vielleicht war es die Demenz, die ihn zum Kauf getrieben hat. Und zur Wahl seines Standorts."

Ich nickte. Das wäre eine gute Erklärung.

„Auf der Terrasse liegt ein riesiger Stapel Feuerholz.

Meinst du, den können wir noch verwenden?"

„Ist das Holz denn trocken?"

Sie nickte. „Es liegt unter einer Plane. Weißt du, wie man einen Kamin anheizt?"

„Nein, aber ich bin sicher, ich kann es herausfinden." Ich wedelte mit meinem Telefon vor ihrer Nase herum. Inzwischen hatte die Dämmerung den Himmel verdunkelt und wir hatten das Licht eingeschaltet.

„Hast du hier denn überhaupt Netzempfang?"

Ich ging zur Terrassentür, in der Hoffnung, dass ich dort eine schnellere Internetverbindung aufbauen konnte. „Ein wenig."

FÜNF

SAMSTAG, 14. DEZEMBER

Am frühen Abend hatten wir den Kamin so vorbereitet, dass wir ein gemütliches Feuer entfachen konnten, wenn wir von unserem Ausflug zurückkamen. Wir hatten uns entschieden, mit dem Kombi zum Restaurant zu fahren, obwohl für den Abend schwere Schneefälle erwartet wurden. Den Weg zu Fuß zurückzulegen, hätte mindestens eine Stunde gedauert. Und dafür hätten wir ein ambitioniertes Joggingtempo einlegen müssen. Bobbi parkte den Wagen ein Stück abseits des kleinen spanischen Restaurants, das ihr der Mann am Strand empfohlen hatte.

„Warum fährst du nicht zum Parkplatz?"

Sie löste ihren Gurt und küsste mich, „Ich möchte noch ein bisschen laufen. Okay?"

„Ja, klar. Das ist eine gute Idee."

Wir ließen den Wagen am Straßenrand im Dunkeln stehen. Die nächsten Laternen waren mindestens zwanzig Meter entfernt und ihr Lichtkegel traf unseren Parkplatz nicht. Ich hakte mich bei ihr unter, doch sie löste die

Verschränkung und schlang den Arm um meine Schultern. „Das wird eine tolle Zeit."

Ich stimmte ihr zu. Und seitdem wir dem Haus Leben eingehaucht und mit Hilfe von Kissen und ein paar Deko-Utensilien Farbe in den dunklen Ecken platziert hatten, hatte sich auch das Unwohlsein etwas gelegt, das mich seit unserer Ankunft erfüllt hatte. Wir würden eine schöne Zeit haben. Bobbi war unkompliziert. Sie half mir, Ja zum Leben zu sagen. Und vielleicht würde sie mir auch helfen können, diese Albträume loszuwerden. Vielleicht gab es einen ganz banalen Grund dafür. Und wahrscheinlich würde ich nach unserer Rückkehr in die Stadt meine Wohnung doch behalten. Vielleicht hatte ich endlich einen Menschen gefunden, der bei mir blieb. Bei dem ich bleiben wollte.

Vor uns tauchte die Außenbeleuchtung des Restaurants die Dunkelheit in ein warmes Licht. Die Tür öffnete sich, als ein älteres Pärchen Hand in Hand heraustrat, und wenige Sekunden später erreichte mich der Duft nach gebratenem Knoblauch. Wir hatten am Nachmittag nur ein paar Kleinigkeiten gegessen und mein Magen meldete sich ein weiteres Mal an diesem Tag.

„Ich hab riesigen Hunger."

Sie legte ihre Hand auf den Bauch. „Mir geht's auch so." Und einen Moment später fragte sie: „Warst du früher schon einmal hier?"

Ich betrachtete den Ort. Auf der Seeseite gab es eine große Terrasse, die jedoch von Schnee bedeckt war. Dort standen weder Stühle noch Tische. „Im Sommer steht hier ein Strandkorb." Die Erinnerung kam so plötzlich wie jene an die Segelausflüge mit meinem Großvater. Wir waren nicht häufig hier gewesen, aber den Strandkorb sah ich klar vor mir. Das Bild verband sich mit einem Gefühl, das ich nicht greifen konnte.

„Also ja." Sie zog mich zur Tür und wir betraten das Restaurant.

Eine wohlige Wärme empfing uns und ich ließ mich in die gemütliche Atmosphäre fallen. Von der Fahrt im kalten Auto und dem darauffolgenden Fußmarsch spannte die Haut in meinem Gesicht. Die Wärme strömte unter sie und ein sanftes Kribbeln zog sich über meine Wangen.

Ein lautes Gemurmel schaffte gemeinsam mit dem Geklapper von Besteck, Tellern und Gläsern ein Grundrauschen, in das ich sofort hineintauchte. Wir steuerten auf den Tresen zu, an dem eine Frau mit einem kleinen Mädchen auf dem Arm stand und die Kellnerin nach etwas fragte. Ich verstand ihre Worte unter dem Rauschen der anderen Geräusche nicht, aber das Mädchen lächelte und strahlte dabei so viel Freude aus, dass auch meine Mundwinkel nach oben zogen.

Bobbi sah es, folgte meinem Blick und lächelte ebenfalls.

„Hallo, ich bin José. Willkommen! Möchten Sie etwas essen?" Ein kleiner, rundlicher Mann mit einem freundlichen Gesicht sprach uns an. Und dann runzelte er die Stirn und trat etwas näher zu mir. „Warum kenne ich dieses Gesicht?"

Ich zog die Kapuze vom Kopf und lächelte ihn an.

Er legte den Kopf schief und überlegte. „Es ist schon eine Weile her, richtig?"

Ich nickte, weil ich mich im selben Moment an ihn erinnerte. Das Papier, das er mir zum Malen gereicht hatte. Die extragroße Portion Streusel auf meiner Eiskugel und die vielen Geschichten, die er und mein Großvater sich erzählt hatten, wenn wir zum Mittagessen auf der Terrasse saßen.

„Ich bin Lara Béyer."

Er nickte und sein Gesichtsausdruck wechselte von traurig zu erfreut. „Lara." Und dann schloss er mich in die Arme. „Es ist schön, dich zu sehen." Er löste sich wieder von mir. „Es tut mir sehr leid, dass dein Großvater gestorben ist."

Ich schluckte und das erste Mal spürte ich einen Kloß in meinem Hals bei dem Gedanken an den alten Mann, der mich in seinem Leben nicht mehr gewollt hatte.

Wir unterhielten uns ein paar Minuten und wechselten irgendwann das Thema hin zu unserer Anfahrt. Wir erzählten ihm, welch langer Tag hinter uns lag, und irgendwann sagte Bobbi: „Wir sind wahnsinnig hungrig. Haben Sie noch einen Tisch frei?" Sie klang genervt, was ich angesichts der Tatsache, dass wir den ganzen Tag über nichts Vernünftiges gegessen hatten und nun hier standen und ich quatschte, verstehen konnte.

Ich sah mich um. Es gab tatsächlich nur wenige freie Plätze. Er deutete auf einen Tisch am Fenster, wir dankten ihm lächelnd und Bobbi griff nach meiner Hand, um mich zu dem Tisch zu ziehen.

„Es ist wirklich schön hier." Ich hängte meinen Mantel über die Stuhllehne und setzte mich.

Sie nickte und setzte sich auf den Platz mir gegenüber. „Ja, das ist es. Gut, dass du mich überredet hast."

Ich griff über den Tisch nach ihren Händen. „Obwohl ich mich auch schon darauf freue, wieder mit dir allein zu sein." Als ich ihre Haut auf der meinen spürte, öffnete sich etwas in mir. Und plötzlich erfüllte mich auch von innen eine Wärme, die ich bisher nur wenige Male gespürt hatte. Ich war tatsächlich dabei, mich in Bobbi zu verlieben.

Sie lächelte mich an und ich glaubte, auch in ihrem Blick so etwas wie Liebe erkennen zu können. Und dann runzelte sie die Stirn.

„Was ist?"

„Die Leute da drüben ..." Sie sah an mir vorbei, ihre Augen zusammengekniffen.

„Was ist mit ihnen?" Ich drehte mich um und sah einen Tisch mit sieben Personen. Ich blickte von einem zum anderen, um zu erkennen, was sie meinte. Da waren eine Frau um die sechzig, die ich noch nie gesehen hatte, das kleine Mädchen und die Frau vom Tresen und ein Teenager-Mädchen. Ich konnte nichts Besonderes an ihnen entdecken. Und dann blickte ich weiter. Ein Mann, auch etwa sechzig Jahre alt. Ich war mir sicher, ihn schon einmal gesehen zu haben. Genau wie das Paar, das bei ihm saß.

Bobbi verstärkte den Druck auf meine Hand und ich wandte mich ihr wieder zu. Sie hatte eine Augenbraue gehoben.

„Was ist?"

„Hast du gehört, was ich gesagt habe?"

Ich presste die Lippen aufeinander und schüttelte den Kopf.

„Sie haben ziemlich offen hier herüber gestarrt." Sie beugte sich zu mir und kicherte leise, aber es klang, als sollte das nur ihren Ärger übertönen. „Ich glaube, sie haben noch nie zwei Frauen gesehen, die zusammen sind."

Ich überlegte und beschwichtigte ihre Ahnung. „Nein, nein, ich glaube, sie haben mich vielleicht erkannt."

Sie hob den Kopf wieder und für einen Moment wirkte sie schockiert. Aber der Ausdruck verschwand wieder, als ich fragend eine Augenbraue hob, und sie lachte. „Kurz dachte ich, du hättest mir deine Berühmtheit verschwiegen."

Ich stimmte in ihr Lachen ein und sagte dann: „Nein. Sie kommen mir auch bekannt vor. Sehr sogar. Aber ich kann mich nicht daran erinnern, warum."

„Vielleicht seid ihr euch ein paar Mal über den Weg gelaufen."

„Nein, da ist mehr."

„Willst du hingehen?"
Ich schüttelte den Kopf.
„Wie lange warst du nicht mehr hier?"
„Achtzehn Jahre."
„Du warst ein Kind, Lara."
„Ja, aber ich treffe oft Menschen, die sich an mich erinnern. Bei den meisten habe ich keinen blassen Schimmer, wer sie sind. Aber die dort sind mir irgendwie vertraut." Ich deutete zum Tresen. „José zum Beispiel. Er hat mich auch sofort erkannt."

Sie fuhr mir mit der Hand über die Wange. „Wie könnte man diese schönen Augen auch jemals vergessen?"

Ich verzog das Gesicht.

Sie lachte. „Zu schmalzig?"

Ich nickte und stimmte in ihr Lachen ein. „Eindeutig. Ja."

Sie zuckte mit den Schultern und öffnete die Speisekarte. „Es stimmt aber. Und jetzt lass uns endlich bestellen."

SECHS

SAMSTAG, 14. DEZEMBER

„Das war wirklich lecker!" Bobbi stieß die Autotür zu und stapfte hinter mir durch den Schnee.

„Das sagst du jetzt zum achten Mal." Aber sie hatte recht. Ich schmeckte noch immer den Wein, den wir zu unseren Tapas getrunken hatten. Und die winterliche Kälte hatte es noch nicht geschafft, die Wärme, die in den vergangenen Stunden in meinen Körper gedrungen war, zu vertreiben.

Ich stieg aus und blieb stirnrunzelnd an der offenen Tür stehen. „Warum ist es so dunkel?"

„Was meinst du?"

Ich sah mich um und erkannte fast nichts. Hier draußen gab es keine Laternen und der Mond war hinter dichten Wolken verborgen. Es würde bald anfangen zu schneien. Das einzige Licht, das die Umgebung etwas erhellte, war die Innenbeleuchtung des Kombis. „Hatten wir nicht das Licht über der Eingangstür eingeschaltet gelassen?"

„Du hast recht." Bobbi kramte in ihren Taschen, hielt dann inne und sagte: „Gibst du mir mal dein Telefon?"

„Sicher." Ich zog es aus der Manteltasche und reichte es ihr. Im nächsten Moment erhellte ein kalter LED-Lichtschein einen kleinen Teil der Umgebung.

Wir traten auf die Haustür zu und ich wedelte mit der Hand, um einen möglichen Bewegungssensor zu aktivieren. Es blieb weiterhin dunkel.

„Vielleicht schaltet sich das Licht auch automatisch nach ein paar Minuten aus."

„Wahrscheinlich hast du recht." Ich zog den Schlüssel aus meiner Jackentasche und steckte ihn in das Schloss, auf das Bobbi das Licht der Handy-Taschenlampe richtete.

Die Tür sprang auf, ich tastete nach dem Lichtschalter und betätigte ihn. Nichts geschah. Ich probierte es noch einmal. Nichts. Der Raum blieb dunkel und das schlechte Gefühl vom Nachmittag kehrte zurück. Und dann hörte ich ein Geräusch. „Was war das?" Mein Herz begann unmittelbar zu rasen und ich trat einen Schritt zurück. Direkt auf Bobbis Fuß.

„Au." Sie schob mich zurück ins Haus. „Was meinst du?"

„Da war ein Geräusch. Es klang, als würde jemand eine Tür schließen." Ich flüsterte.

„Jemand?" Bobbi sprach in normaler Lautstärke weiter. Offensichtlich hatte sie keine Angst.

„Ja, der Irre, wegen dem ich mein Telefon dabeihabe." Ich riss es ihr aus der Hand und packte zusätzlich einen der zwei Regenschirme, die Bobbi neben der Tür postiert hatte. Mein Puls drückte gegen meinen Hals und ich löste den Schal mit der Hand, in der ich das Handy hielt. Dann öffnete ich die Anruffunktion und tippte die Zahlen des Notrufs ein.

Ich wollte mich langsam und unauffällig durchs Haus bewegen, aber Bobbi war anderer Meinung. Sie rief: „Ist hier jemand?"

„Spinnst du?", zischte ich sie an und richtete das Licht auf ihr Gesicht.

Sie legte den Kopf schief und rief wieder: „Hallo? Kommen Sie sofort zu uns. Und keine Mätzchen." Sie sah grinsend auf den Schirm. „Wir sind bewaffnet."

„Bobbi." Wieder zischte ich. „Was ist, wenn diese Leute ebenfalls bewaffnet sind?" Ich zögerte und sah ebenfalls auf den Schirm. „Mit echten Waffen."

„Jetzt sind es schon mehrere Irre? Komm schon, Lara. Sei nicht so ein Baby. Das war sicher nur der Wind. Wahrscheinlich habe ich vorhin die Terrassentür offenstehen lassen. Und mit dem Windzug durch die offene Haustür fiel irgendeine andere Tür im Haus zu."

„Warum solltest du die Tür offenstehen lassen? Es sind fünf Grad unter Null. Und außerdem … das erklärt nicht den fehlenden Strom."

Sie seufzte. „Nein, das tut es nicht." Sie nahm den anderen Schirm und langsam schlichen wir zum Wohnzimmer. Wieder erklang das Geräusch. Es kam eindeutig aus dem Wohnzimmer.

„Ich sagte doch, es war die Terrassentür." Nun flüsterte sie doch.

„Wirklich? Jetzt flüsterst du?"

Als wir das Wohnzimmer betraten, schwang die Terrassentür ein weiteres Mal gegen ihren Rahmen.

„Hast du die Haustür geschlossen?" Ich richtete die Lampe wieder auf Bobbi.

Sie schüttelte den Kopf und grinste. „Ich wollte doch nicht unseren Fluchtweg blockieren."

„Sehr witzig." Aber auch auf meinen Mund legte sich ein Lächeln. Vor allem deshalb, weil die Erleichterung über die unspektakuläre Aufklärung des Geräusches meinen Herzschlag beruhigte.

„Ich werde sie schließen und dann hole ich ein paar Kerzen aus der Küche. Jetzt bist du froh, dass ich sie eingesteckt habe, oder?"

„Ich habe nie etwas gegen die Kerzen gesagt."

„Du kannst ja schon mal das Feuer entzünden." Sie küsste mich auf die Wange und verließ dann das Wohnzimmer.

„Oh, nein, das machen wir zusammen. Außerdem würdest du ohne das Handy-Licht nicht einmal die Tür erkennen." Ich ging auf die Terrassentür zu, um sie zu schließen. Und für einen Moment fragte ich mich, ob der Raum sich nicht stärker abgekühlt haben müsste, wenn die Tür über Stunden hinweg offen gestanden hatte. Aber dann raste mein Herz ein weiteres Mal an diesem Abend und meiner Kehle entfuhr ein Schrei. Ich rannte die letzten Schritte zur Terrassentür, stieß sie in den Rahmen und verschloss sie. Dann starrte ich nach draußen.

Bobbi kam ins Wohnzimmer gerannt. „Lara! Lara, was ist los?" Sie atmete schwer und klang besorgt.

„Da ... Da war ein Mann."

„Ein Mann?" Sie ging zum Fenster, das auf die Terrasse hinaus zeigte, und legte die Hände so an Gesicht und Scheibe, dass sie nach draußen sehen konnte. „Da ist niemand."

„Aber da war jemand."

Sie legte eine Hand auf meine Schulter. „Bist du wirklich ganz sicher?"

Ich wusste es nicht. „Da war ein Schatten. Und ein Licht. Es sah aus, als würde dieses Licht ein Gesicht beleuchten."

Sie deutete auf mein Handy. „Oder hast du nur deine eigene Reflektion in der Scheibe gesehen?"

Ich dachte darüber nach. Konnte ich mein eigenes Spiegelbild so fehldeuten? Konnte mich mein Gehirn so täuschen? Als mein Herzschlag sich beruhigt hatte, erschien mir diese Erklärung plausibel. Möglicherweise setzte ich die

Puzzleteile falsch zusammen, damit das Bild entstand, vor dem ich mich fürchtete.

„Nein. Ich meine, ja, vielleicht."

Sie nahm mir das Telefon aus der Hand, öffnete die Tür und meine Panik kehrte zurück. „Bobbi, was tust du?"

Ich stemmte mich gegen die Tür, aber sie zog sie auf. „Lara, wenn wirklich jemand dort draußen ist, der uns etwas anhaben will, dann ist keine Tür in diesem Haus sicher genug, um uns vor ihm zu schützen."

Ich sah sie verständnislos an. „Da war ein Typ, verdammt! Was wollte der da? Oder möchtest du vielleicht rausgehen und ihn fragen?"

„Vielleicht sollten wir das tun. Vielleicht ist es der Mann von heute Nachmittag, der einfach nur zurückgeht." Sie griff nach dem Schirm und hielt ihn vor sich, als könnte sie damit jemandem den Kopf abschlagen. Mein Herz raste wieder, nur um nach wenigen Sekunden stehenzubleiben, als ein Knacken zwischen den Bäumen auf der linken Seite des Hauses erklang. Sekunden später rannte ein Fuchs über die Terrasse. Müsste der nicht Winterschlaf halten?

„Bobbi, komm jetzt wieder rein." Ich sah sie flehend an, auch wenn sie mein Gesicht nicht erkennen konnte. „Das ist genau die Stelle in Horrorfilmen, an denen ich den Film ausschalte, weil die Opfer so dumm sind."

Ich hörte sie seufzen. Aber sie kam nicht zurück. Stattdessen leuchtete sie mit der Taschenlampe zwischen die Bäume und zum Strand hinunter. „Hier ist niemand. Und es gibt auch keine Anzeichen für einen oder mehrere Irre."

„Bobbi!"

Endlich kam sie zurück zur Tür und sobald sie weit genug im Raum stand, stieß ich die Tür zu und verschloss sie ein weiteres Mal an diesem Abend. Mein Herz beruhigte sich nur langsam und ich wich vor Bobbis Umarmung zurück.

„Was, wenn da draußen wirklich jemand gewesen wäre?" Ich riss ihr das Handy aus der Hand und richtete das Licht auf mein Gesicht, damit sie meine Wut nicht nur hören, sondern auch sehen konnte.

„Da war aber niemand."

„Aber was, wenn doch? Das wusstest du doch gar nicht."

„Dann hätte er ziemlich kalte Füße, meinst du nicht auch?"

„Wie meinst du das?"

„Ich habe hier kein Auto gesehen. Das heißt, er ..." Sie zögerte und ich hörte sie lächeln, als sie weitersprach. „... oder sie müsste zu Fuß hergekommen sein. Und dann müsste er oder sie auch noch so lange da draußen gewartet haben, bis wir zurück waren. Das macht keinen Spaß." Sie führte mich zum Sofa und schob mich in die Polster. Und ich unterdrückte den Gedanken, dass der Irre keine kalten Füße haben würde, wenn er im Haus auf uns gewartet hatte. Aber ich sprach ihn nicht aus.

„Ich mache jetzt das Feuer an. Und ein paar Kerzen. Und dann hole ich uns eine Flasche Wein. Du hast dich erschreckt. Und dein Gehirn sucht nun nach einem Bösewicht."

Ich wollte glauben, was sie glaubte. „Wahrscheinlich hast du recht."

„Natürlich habe ich das."

Doch ich war nicht überzeugt. Der fehlende Strom. Die offene Tür. Das Gefühl, das mich beim Betreten des Hauses am Nachmittag überfallen hatte und nun wiedergekehrt war. Irgendetwas stimmte hier nicht.

Bobbi schaffte es dennoch, mich auf andere Gedanken zu bringen und meine Sorgen mit Worten zu relativieren, die einleuchtend waren. Sie erzählte, dass sie noch einmal auf der Terrasse gewesen wäre, bevor wir das Haus verließen, um weiteres Feuerholz vor dem Kamin zu stapeln. Sie meinte, dass sie vergessen haben musste, die Tür zu schließen, nachdem ich sie gerufen hatte.

Den fehlenden Strom schob sie auf eine defekte Sicherung. Sie schlug vor, das Haus am nächsten Tag im Hellen nach einem Sicherungskasten zu durchsuchen. Und falls das nichts half, würden wir von meinem Telefon aus den Stromanbieter kontaktieren, damit er jemanden vorbeischickte. Ich vergaß, dass sich an einem Sonntag möglicherweise niemand auf den Weg machen würde, um ein einzelnes Haus zu vernetzen, und ließ mich in Bobbis Arme fallen, die mich trotz ihrer Zartheit in Sicherheit wogen.

SIEBEN

SONNTAG, 15. DEZEMBER

Wir schliefen auf der Couch und erwachten, als die ersten Sonnenstrahlen durch die Fenster drangen und den Raum in ein helles, warmes Licht tauchten. Das Feuer war in der Nacht erloschen und das Zimmer hatte sich in den Stunden danach abgekühlt. Ich kuschelte mich enger an Bobbi. „Wir müssen das Feuer wieder in Gang bringen."

Sie umarmte mich etwas fester und rieb ihre kalte Nase an meiner Wange.

Ich kicherte. „Hey! Davon wird mir aber ganz bestimmt nicht wärmer."

„Aber mir." Sie zog mich auf sich und wollte mich küssen.

Aber ich schlug die Decke zurück und stand auf. „Zuerst das Feuer."

Sie seufzte, ließ sich in die Kissen sinken und zog die Decke zurück über ihren Körper. „Bekommen wir da drin auch Wasser zum Kochen?" Sie deutete auf den Kamin.

Ich zuckte mit den Schultern. „Ich habe keine Ahnung."

Als ich mich vor den Kamin kniete, um ihn zu reinigen, zögerte ich für einen Moment, weil ich nicht wusste, wie ich die Asche einsammeln sollte. Aber dann sah ich den Eimer mit einer Schippe und einem Besen.

„Denn ohne Kaffee werde ich nicht aufstehen. Ich werde den gesamten Tag hier liegenbleiben."

„Wir haben Cola dabei." Ich schippte die Asche in den Eimer und fegte den Staub, der übrigblieb, in den Kamin. „Wenn du möchtest, kann ich dir die ein bisschen aufwärmen." Ich lachte, stellte das Kehrblech mit der Asche zur Seite und stapelte frisches Holz auf die Feuerstelle.

Bobbi sagte nichts.

„Wo sind die Anzünder?" Ich sah mich um. Neben dem Kamin stand ein Bücherregal, das bis unter die Decke reichte. Auf der anderen Seite, neben dem Fenster, fand sich ein Schaukelstuhl. Ein neuer Erinnerungsfetzen poppte in meinen Gedanken auf. Großvater. Und ich. Wir saßen gemeinsam in diesem Sessel. Ich auf seinem Schoß. Ich erinnerte mich an das Knarzen der Rattansitzfläche. Und daran, wie er befürchtete, wir könnten gemeinsam zu schwer für den Stuhl sein.

Er las mir aus ‚Alice im Wunderland' vor. Jede Figur erhielt von ihm ihre eigene Stimme und er hauchte ihnen dadurch so viel Leben ein, dass ich auch in diesem Moment, zwei Jahrzehnte später, sah, wie sie durch meinen Kopf wanderten. Das Kaninchen, wie es seine Uhr aus der Tasche zog. Die Herz-Königin, wie sie ihre Soldaten anschrie, und Alice. Sie saß auf einem riesigen Stuhl und starrte mich an. Aber irgendetwas stimmte nicht mit ihr. Irgendetwas war anders an der Geschichte. Das kleine Mädchen deutete auf eine Tür. Sie führte auf eine Terrasse. So wie die zu meiner rechten. Alice öffnete den Mund, um etwas zu sagen, aber Bobbis Stimme zog mich aus dem Tagtraum. „Lara!"

Ich drehte mich zu Bobbi. „Was?"

Sie rollte mit den Augen, grinste dann aber. „Wo bist du denn nur immer wieder mit deinen Gedanken?"

Ich biss mir auf die Unterlippe. „Entschuldige. Was hast du gesagt?"

„Die Anzünder liegen dort." Sie deutete auf den Sofatisch. Neben der halbvollen Flasche Wein lag eine kleine Schachtel mit Holzwolle. Wir hatten sie in der Küche in einem der Schubfächer gefunden. Ich griff danach und entfachte kurze Zeit später mit ihrer Hilfe das Feuer. Als die Flammen groß genug waren und keine Aufsicht mehr brauchten, erhob ich mich.

Alice kam mir wieder in den Sinn. Was wollte mir mein Unterbewusstsein mit diesem Bild sagen? Erinnerte es mich an das Erlebnis vom Vorabend? Sie hatte auf eine Tür gedeutet. Eine Terrassentür. Unwillkürlich blickte ich zu jener Terrassentür, die in der realen Welt rechts von mir lag.

Durch das bodentiefe Fenster sah ich eine weiße Schneedecke, die sich über die Welt gelegt hatte. Der untere Teil der Scheibe war etwa dreißig Zentimeter hoch bedeckt. Auf den Bäumen hatten sich dichte Schneemassen gesammelt und immer wieder fielen große Teile davon zu Boden und ließen den Ästen auf diese Weise mehr Luft zum Atmen.

Der Himmel war tiefblau und der Schnee reflektierte die Sonne so stark, dass ich sogar im Innern des Hauses blinzeln musste, als ich meinen Blick über den Strand gleiten ließ.

Ich schüttelte mich leicht, um den Blick von Alice loszuwerden, und stand auf. „Ich will an den Strand. Das Wetter ist so wunderschön und wer weiß, wie lange die Sonne es noch schafft, sich gegen die Wolken zu behaupten." Ich ging auf die Terrassentür zu und hielt den Blick weiter auf den Horizont gerichtet. Das Meer war ruhig. Die Wellen rollten sanft an den Strand und wie der Schnee reflektierten auch sie glitzernd das Sonnenlicht. Ich lächelte und sog die Schönheit dieses Wintermorgens ein. Am liebsten hätte ich sofort die Tür geöffnet und wäre hinausgerannt. Wie viel kälter konnte es draußen schon sein?

Andererseits hatte ich keine Lust, den Schnee aus dem Wohnzimmer zu fegen, der hereinfallen würde, sobald ich die Tür öffnete und … In diesem Moment entglitt mir mein Lächeln und mein Herzschlag setzte aus. „Bobbi." Ich war kaum in der Lage zu flüstern. „Da sind Fußspuren."

Ich hörte, wie sie sich auf dem Sofa bewegte, und starrte weiter auf die tiefen schuhförmigen Löcher im Schnee. Sie kam über den Holzboden zu mir und legte ihren Kopf an meine Schulter. Nach ein paar Sekunden trat sie näher an die Scheibe. „Komisch."

„Komisch?" Sie fand es komisch?

Sie sagte nichts.

„Das reicht. Ich rufe jetzt die Polizei." Ich musste etwas tun. Das Bild des Mannes, den ich am Abend zuvor gesehen hatte, drang in meinen Kopf. Vielleicht hatte ich ihn mir doch nicht eingebildet. Nein, ganz offensichtlich hatte ich ihn mir nicht eingebildet.

Bobbis Worte entsprachen überhaupt nicht der Hysterie, die meine Gedanken zu erobern drohte. „Meinst du?" Sie überlegte. „Vielleicht gibt es dafür eine ganz harmlose Erklärung."

Ich wandte den Blick langsam zu ihr.

Sie überlegte noch immer. Und dann lächelte sie und ihre Schultern sanken etwas nach unten. Auch sie war angespannt gewesen. „Nein, warte. Ich war doch gestern Abend draußen. Das sind bestimmt meine Spuren."

Für einen Moment war ich erleichtert. Aber dann zweifelte ich an ihren Worten. „Aber es hat danach literweise geschneit."

Sie unterbrach mich. „Literweise?"

Ich runzelte die Stirn. „Ja, literweise. Das sagt man so." Ich schüttelte den Kopf. „Egal, auf jeden Fall sind deine Spuren sicher inzwischen verschwunden."

Sie überlegte wieder. „Bist du dir da so sicher?"

Ich zuckte mit den Schultern. Ich war nicht sicher.

„Pass auf. Wir frühstücken jetzt und ziehen uns an. Und danach suchen wir die Umgebung ab. Wenn dort jemand war, muss es weitere Fußspuren geben."

Das klang vernünftig. Und das Tageslicht und die entspannte Art, wie Bobbi mit der Situation umging, beruhigten mich ein wenig. Außerdem hatte ich Hunger.

Als wir zwei Stunden später das Haus verließen, empfing uns die Außenwelt mit einer Wand aus Kälte. Wir hatten uns die meiste Zeit im Wohnzimmer aufgehalten und nicht nur das Kaminfeuer hatte unsere Körper gewärmt.

Bobbi sah sich um und schaute in Richtung der Straße. Ich folgte ihrem Blick. „Keine Reifenspuren." Dafür aber eine komplett zugeschneite Straße. Schon gestern war es schwer gewesen, den Wagen über die winterliche Straße zu manövrieren. Heute würde es unmöglich sein. Ich schluckte.

„Dann stammt unser Irrer zumindest nicht von außerhalb." Sie klang fröhlich. Es wirkte, als würde sie sich auf ein Spiel mit einer Fünfjährigen einlassen.

„Man kommt aber auch zu Fuß hierher."

„Dann suchen wir mal nach Spuren." Das Klatschen ihrer Hände klang durch die Handschuhe dumpf. Sie ging voran und schlich mit großen Schritten in Richtung Straße.

Aber auch hier fanden sich keine Spuren. Weder von Reifen noch von Schlitten, Pferdehufen oder Menschenfüßen. Nur jede Menge Schnee.

„Warum kommt eigentlich der Räumdienst nicht?"

„Vielleicht machen sie das sonntags nicht. Also, Lara, wo kam der Irre her?"

„Er könnte vom Strand aus gekommen sein."

Sie seufzte. „Es ist eiskalt."

„Da sind Fußspuren auf der Terrasse. Irgendwo müssen die hergekommen sein."

„Also gut. Du wolltest ja ohnehin zum Strand."

Aber schon als wir das Haus wieder erreichten, wusste ich, dass wir am Strand keine Spuren finden würden. Der leichte Wind vom Morgen hatte sich zu einem mittleren Sturm entwickelt, der den frisch gefallenen Pulverschnee über die Weiten des weiß bedeckten Strandes verteilte. Ich versuchte dennoch, Fußabdrücke zu erkennen. Es war zwecklos.

„Wir sind so schlau wie vorher." Ich blieb einige Meter vom Wasser entfernt stehen und ließ die Schultern hängen. Meine Angst kehrte zurück und paarte sich mit Frustration. Die Vorfreude und das schöne Gefühl von gestern waren verschwunden.

Bobbi trat zu mir und legte mir den Arm um die Schultern. „Es ist sehr unwahrscheinlich, dass jemand sich die Nacht am Strand um die Ohren gehauen hat." Sie sah sich um. „Und falls doch, werden wir ihn vermutlich in den nächsten Minuten halb oder ganz erfroren finden." Sie grinste mich an. „Vielleicht sollten wir lieber eine Thermoskanne Tee holen."

„Wir können kein Wasser kochen." Ich seufzte und biss mir dann in die Wange. Warum hatten wir nicht zuerst nach dem Sicherungskasten gesucht? „Warum bist du dir so verdammt sicher, dass da niemand war?"

„Weil ich es mir nicht vorstellen kann." Sie sah zum Haus. „Ich denke, es waren meine Spuren und, warum auch immer, die weißen Flöckchen konnten sie nicht füllen."

„Ich weiß nicht."

„Möchtest du lieber wieder nach Hause fahren?"

Ich dachte an die sechs Stunden im Auto, die ganzen Dinge, die wir wieder einräumen müssten, und den tiefen Schnee auf der kleinen Zufahrtsstraße, der unsere Abfahrt wahrscheinlich unmöglich machen würde. Ich schüttelte den Kopf.

„Möchtest du, dass wir die Polizei rufen?"

In meinem Kopf schrie eine Stimme ‚Ja', aber was hätten wir den Polizisten erzählen sollen? Dass Bobbi die Terrassentür offengelassen hatte? Dass der Strom in diesem alten Haus ausgefallen war? Dass auf der Terrasse Fußspuren waren, die möglicherweise von meiner Freundin stammten?

Hätte es einen Stalker in meinem Leben gegeben, wären das starke Alarmsignale gewesen. Aber der einzige Typ, der mich in den letzten Monaten angemacht hatte, war ein harmlos wirkender, langhaariger Bartträger, der, nachdem er erkannt hatte, dass ich mit Männern nichts anfangen konnte, aufgegeben hatte. Ich lächelte. Durch ihn hatte ich Bobbi kennengelernt. Bobbi. Sie war hier. Sie glaubte nicht an einen Irren. Sie wollte diese zwei Wochen genießen. Und ich wollte das auch wollen.

Also sagte ich: „Nein", und ließ meinen Kopf gegen ihre Schulter sinken.

Sie lächelte. „Dann lass uns das jetzt einfach vergessen." Sie sah den Strand entlang und deutete auf eine Felswand, die einige Kilometer entfernt liegen musste. „Du wolltest doch einen Spaziergang machen."

Ich sah zum Haus. Hatten wir die Tür abgeschlossen?

„Wir durchsuchen jeden einzelnen Raum, sobald wir zurück sind." Sie griff meine Hand. „Nun, komm schon. Die Sonne geht bald wieder unter."

Ich schob den Ärmel meiner Jacke ein Stück hoch, um auf die Uhr zu sehen. „Es ist gerade einmal elf." Die kalte Luft traf auf meine Haut. Niemand hätte eine Nacht hier draußen unbeschadet überleben können.

„Genau. Wir haben nur noch ein paar Stunden und wir wollen das Haus ja schließlich nicht im Dunkeln durchsuchen, oder?"

Ich verzog das Gesicht und atmete dann laut aus. „Also, gut. Gehen wir." Ich löste mich aus ihrer Umarmung und ging ein paar Schritte vor. Als sie mir nicht sofort folgte, drehte ich mich zu ihr um. „Kommst du?"

Sie zog die Hände aus den Taschen und lächelte mich an. „Klar, ich bin schon da."

Sie rannte zu mir, hakte sich bei mir unter und schmiegte sich an mich. Wieder erfüllte mich die Wärme, die ich auch im Restaurant gespürt hatte. Das hier war echt. Es fühlte sich gut an. Und richtig. Vielleicht war das der Anfang von etwas wirklich Großem. Und ich würde mir diesen Anfang nicht durch ein paar Unstimmigkeiten vermiesen lassen, die man so oder so deuten konnte.

ACHT

SONNTAG, 15. DEZEMBER

Der Spaziergang dauerte drei Stunden. Wir rannten zwischendurch und legten nur eine sehr kurze Pause ein, um keine Zehen oder Finger oder andere Körperteile zu verlieren, die am Ende der Blutversorgung standen. Die Sonne versteckte sich nach etwa einer Stunde hinter dichten Wolken und die wenige Wärme, die zuvor von ihr ausgegangen war, fehlte nun.

Aber zumindest schneite es nicht und Bobbis Ehrgeiz trieb uns noch eine weitere halbe Stunde über den Sand zu den Steilklippen. Die Einsamkeit und Schönheit der unbewachsenen, glattgeschliffenen Felsen hatte unser Gespräch verstummen lassen. Die Eisschollen ließen hier kaum Platz für die Wellen und bildeten einen weiß-grauen Flickenteppich. Die Steinriesen mussten fast einhundert Meter hoch sein und ich hatte mir nicht ausmalen wollen, wie sich ein Sturz von dort oben anfühlen mochte. Bobbi hatte mich als Schwarzseherin verspottet, aber mein Gehirn war in einen Schutzmodus gewechselt und suchte nach Gefahrenquellen.

Als wir nun endlich das Haus erreichten, blieben uns nur noch weniger als zwei Stunden, um uns um die Sicherung zu kümmern. Ich hatte bereits den gesamten Rückweg über daran gedacht und meinen Schritt immer weiter beschleunigt. Ich wollte nicht noch einen Abend ohne Licht in diesem Haus verbringen. Mein Telefon brauchte ebenfalls Strom und ich wollte etwas Warmes essen, einen heißen Tee trinken und vielleicht eine DVD gucken.

Wir stampften den Schnee von unseren Stiefeln und öffneten die Tür. Ich hatte nicht abgeschlossen, bezweifelte aber ohnehin, dass die Verriegelung jemanden daran gehindert hätte, das Haus zu betreten. Ich schlüpfte aus meinem Mantel und hängte ihn an die Garderobe.

Der Eingangsbereich war bereits dunkel genug, als dass man Licht einschalten hätte können. „Lass uns zuerst nach dem Sicherungskasten suchen."

Bobbi nickte. „Hast du eine Idee, wo er sein könnte?"

„Vielleicht in der Küche?"

„Nein, warte. Ich glaube, ich habe ihn in dem Abstellraum daneben gesehen."

Wir gingen zu der schmalen Tür und Bobbi trat in den Raum, in dem sich außer einem Besen und einem Staubsauger auch eine Kiste mit altem Malereibedarf und die Putzmittel befanden, die wir mitgebracht hatten. Das Licht, das durch das kleine Fenster in den Raum drang, reichte kaum aus, um die Kammer auszuleuchten, aber wir entdeckten trotzdem sofort, wonach wir suchten.

„Ah, ja. Hier ist er." Sie öffnete das kleine Metallschränkchen, das zu modern für dieses Haus wirkte, und betätigte einen Schalter. Sofort wurden der Flur und der Eingangsbereich in ein warmes Licht getaucht. Ich atmete erleichtert auf und Bobbi zog mich aus dem Raum. Vergessen war die Angst. Solange wir Licht hatten, ging es mir gut.

„Warum haben wir nicht schon gestern danach gesucht? Oder heute Morgen?"

Sie zuckte mit den Schultern. „Lass uns etwas essen. Ich sterbe vor Hunger." Bobbi schloss die Tür zur Abstellkammer und schlang die Arme um den Körper. Es war noch immer kalt.

Ich nickte. „Oh, ja. Aber zuerst brauche ich eine heiße Dusche."

„Dann gehst du am besten ins Bad, während ich das Essen vorbereite."

„Nein, ich will dir helfen. Wir machen das zusammen."

Sie schüttelte den Kopf. „Das geht leider nicht. Ich kann unmöglich warten, bis du fertig bist."

Ich lachte. Endlich. Es fühlte sich unbeschwert an. Und während ich die Treppe hochstieg, ins Schlafzimmer ging und dort frische Kleidungsstücke aus dem Schrank pickte, dachte ich daran, wie leicht es war, mich zu verunsichern. Bobbi hatte recht. Ich malte die bunten Dinge mit schwarzer Farbe an. Aber damit war jetzt Schluss. Ich würde nicht länger unreflektiert auf die äußeren Umstände reagieren. Wer sollte uns hier schon auflauern? Und warum? Wer wusste denn überhaupt, dass wir hier waren? Natürlich hatte ich davon keine Ahnung. Ich wusste nicht, wem Bobbi von unserer Reise erzählt hatte. Ich wusste nicht, wer uns vielleicht schon in der Stadt beobachtet hatte und bis hierher gefolgt war.

Bevor mich diese Gedanken wieder in die falsche Richtung zogen, ging ich ins Badezimmer, schaltete das Radio ein und wartete, bis der Durchlauferhitzer das Wasser auf eine Temperatur erhöht hatte, die meine Haut wieder auftaute und die Blutgefäße erweiterte. Der Wetterbericht verkündete, dass es noch zwei weitere Tage trocken bleiben würde, bevor das nächste Tiefdruckgebiet über uns hinweg zog und weitere Schneemassen mit sich brachte.

Ich freute mich darüber. Wir könnten Spaziergänge am Strand entlang machen, die andere Richtung erkunden und vielleicht würden wir auch ein weiteres Mal in die Wellen springen. Bei diesem Gedanken fröstelte ich und stellte das Wasser etwas wärmer.

Etwa eine Stunde später saßen wir im Wohnzimmer am Esstisch. Der Blick führte über die Terrasse zum Meer und ich ignorierte die Fußspuren, während ich den letzten Bissen meines Rinderfilets aufpikte und in den Mund steckte.

„Das war wahnsinnig lecker."

Bobbi lächelte mich an und trank einen Schluck Tee.

„Wo hast du so gut kochen gelernt?" Inzwischen dämmerte es und wir hatten das Licht eingeschaltet. Auch die Elektroheizung lief und wärmte nicht nur das Wohnzimmer, sondern auch die Küche und das Badezimmer auf. Ich dachte nicht daran, dass ich es war, die hier die Stromrechnung bezahlte, oder dass auch die Umwelt für unsere Verschwendung zahlen würde. Im Moment brauchte ich einfach nur viel Wärme.

Bobbi antwortete kauend. „Ein Bruder hat es mir beigebracht."

Ich hatte mich mit meiner Tasse in der Hand zurücklehnen wollen, aber nun hielt ich in der Bewegung inne und stutzte. „Ein Bruder? Du meinst einen Mönch?"

Sie schüttelte den Kopf und ich fragte leise: „Dein Bruder?" Ich war sicher, dass sie nie etwas von einem Bruder erzählt hatte. Im Gegenteil.

„Ähm ..." Ganz offensichtlich rang sie um Worte. Bobbi hatte mir erzählt, dass sie keine Familie hatte. Dass ihre

Eltern vor Jahren gestorben wären und sie als Einzelkind aufgewachsen wäre.

Ich runzelte die Stirn und wartete auf eine Erklärung. Aber sie sagte nichts. Ich richtete mich wieder vollständig auf, stellte die Tasse auf den Tisch und versuchte, einen Gedanken zu fassen, der diese Situation erklären würde. Aber alles, was meine Gehirnzellen zustande brachten, waren die Worte: Sie hat mich angelogen. „Bobbi?"

Sie schloss die Augen und atmete tief durch. „Es tut mir leid."

„Was tut dir leid?" Die Enttäuschung und Verwirrung legte sich wie eine Schnur um meinen Hals und verhinderte, dass ich die Worte so laut und klar aussprechen konnte, wie ich es gewollt hätte. Stattdessen sprach ich leise und die Unsicherheit war deutlich hörbar.

Sie öffnete die Augen, hielt den Blick aber weiter gesenkt. „Dass ich dir nicht von ihm erzählt habe."

Sie hatte also tatsächlich einen Bruder. Die Schlinge um meinen Hals wurde enger. War dies die einzige Lüge? Vielleicht hätte ich unter anderen Umständen entspannter darauf reagiert, dass sie mir nicht die Wahrheit gesagt hatte. Aber das zarte Gefühl der Sicherheit war noch sehr empfindlich gegen Stöße dieser Art. „Warum hast du es nicht getan?"

„Weil ... weil ..." Sie sah mich wieder an und eine Träne rollte über ihre Wange. „Er ist vor einem Jahr verunglückt."

Ich schluckte. „Das tut mir leid." Das tat es wirklich, aber es erklärte ihre Lüge nicht.

„Ich rede nicht gern darüber. Über ihn, meine ich."

„Warum nicht?"

„Er ... na ja ..." Sie suchte nach den richtigen Worten und ich verlor die Geduld.

„Wie ist er denn gestorben?"

„Das ist der Grund, warum ich nicht darüber spreche."

Ich zögerte, unschlüssig, ob ich sie zum Sprechen drängen sollte oder nicht.

Ein weiteres Mal atmete sie tief durch und nahm mir die Entscheidung ab. „Er ist verschwunden."

„Verschwunden?" Also war er doch nicht gestorben.

Sie nickte. „Er war mit seinen Freunden auf einem Tauchausflug. Sie waren nicht weit unten. Vielleicht auf etwa dreißig Meter Tiefe." Ich fand das ziemlich tief, sagte aber nichts. „Sie waren in einem Bergsee und wollten eigentlich bis auf siebzig Meter runter." In dieser Relation wirkten dreißig Meter wie ein Nichtschwimmerbecken. „Aber als sie bei dreißig Metern einen Stopp machten, war Finn plötzlich verschwunden. Sie waren zu viert. Finn hatte sich von seinem Tauch-Buddy entfernt und sie konnten ihn nicht mehr finden. Das Wetter war schlecht und die Sicht in dieser Tiefe auch."

Ich griff nach ihrer Hand.

Bobbi schluckte schwer und blinzelte. Dabei drangen weitere Tränen aus ihren Augen. „Ich hoffe immer noch, dass er nur abgehauen ist, weißt du?"

Niemand hatte ihn gefunden. Dieser Gedanke war unheimlich. „Hätte er dafür denn einen Grund gehabt?"

Sie zuckte mit den Schultern. „Keine Ahnung. Vielleicht hat er sich mit den falschen Leuten eingelassen." Ihr Mund verzog sich. „Auch wenn das nicht zu ihm passt." Noch immer sprach sie im Präsens von ihm.

„Hattet ihr ein enges Verhältnis?"

Sie nickte. „Er ist nur ein Jahr älter als ich. Wir haben so viel miteinander durchgemacht. Ich werde erst dann glauben, dass er tot ist, wenn sie ihn finden."

„Suchen sie denn noch nach ihm?"

Sie schüttelte den Kopf. „Aber es gibt immer noch Taucher dort."

Ich verstand, was sie sagen wollte, und schauderte erneut.

„Er war ein guter Taucher, weißt du?"

Ich strich über ihre Hand.

Sie entzog sie mir und sprang auf. Die Flamme der Kerze auf dem Tisch erzitterte. „So, nun kennst du auch dieses dunkle Geheimnis aus meinem Leben." Sie legte den Kopf schief. „Können wir jetzt bitte …" Sie verstummte.

„Nein." Ich sprang nun selbst auf und die Flamme wackelte ein weiteres Mal hin und her. Nur, dass wir es dieses Mal klarer sehen konnten. Sie war neben dem Kamin das einzig verbliebene Licht im Raum.

„Das ist ja wohl ein schlechter Witz." Bobbi nahm die Kerze vom Tisch und ging in Richtung Flur. Ich folgte ihr. An der Tür zum Abstellraum reichte sie mir den Kerzenständer und öffnete zum zweiten Mal an diesem Tag den Sicherungskasten. „Halt sie etwas näher."

Ich streckte den Arm aus und achtete darauf, genügend Abstand zu Bobbis Haaren und ihrer Kleidung zu halten. Sie betätigte den Schalter.

„Sind die Lichter wieder an?"

„Hier nicht." Mein Herz rutschte etwas nach unten.

„Hatten wir die Lampen hier überhaupt eingeschaltet?"

„Nein, ich glaube nicht." Erleichterung breitete sich in mir aus und ich ging zurück zum Wohnzimmer. Bis auf das Feuer im Kamin und die wenigen Kerzen war es so dunkel wie der Flur. „Verdammt. Wie kann das sein?"

„Ich weiß es nicht." Sie war mir gefolgt, ging nun noch einmal zur Abstellkammer und betätigte auf dem Weg dorthin den Schalter vom Flurlicht. Ich folgte ihr und leuchtete ein weiteres Mal in den Metallkasten. Sie probierte alle Schalter aus. In verschiedenen Kombinationen. Nichts geschah. „Das kann doch nicht wahr sein." Sie schlug die kleine Metalltür zu und wandte sich zu mir.

„Dann müssen wir wohl doch jemanden von der Stromfirma kommen lassen."

Ein paar Sekunden vergingen, bis alle Schritte, die notwendig waren, um diesen Anruf zu tätigen, in mein Bewusstsein gedrungen waren. Ich musste die Telefonnummer des Anbieters aus meinem Notizbuch heraussuchen, denn natürlich hatte ich sie nicht im Telefon gespeichert. Ich musste einen Ort in diesem Haus oder draußen finden, an dem ich ausreichend Handyempfang hatte. Ich musste den Anruf tätigen.

Ich war bereits auf dem Weg zur Garderobe, um das Buch aus der Handtasche und das Telefon aus der Jackentasche zu nehmen, als ich erstarrte. Ich schluckte hart und öffnete den Mund, sagte aber nichts.

„Was ist los?" Bobbi war mir gefolgt, griff den Kerzenständer und leuchtete mein Gesicht an. Dann lachte sie verunsichert auf. „Krabbelt mir eine Spinne über den Kopf?"

„Ich habe das Telefon nicht geladen." Und als ich am Strand einen letzten Blick darauf geworfen hatte, hatte es sich bereits ausgeschaltet. Wie zur Hölle hatte ich vergessen können, es zu laden? Das Licht. Es hatte mich abgelenkt. Genau wie die Dusche und das gute Essen.

Bobbis Augen weiteten sich. „Lara!"

„Ich weiß. Es tut mir so leid." Ich strich mir mit beiden Händen über das Gesicht. „Ich war einfach so froh, dass ich duschen und essen konnte. Und ich bin in einer Welt aufgewachsen, in der Strom immer da ist." Ich sprach leiser. „Ich habe einfach nicht erwartet, dass er so schnell wieder weg sein könnte."

„Verdammt!"

Ich hätte ihr sagen können, dass sie es gewesen war, die ohne Telefon hatte herkommen wollen, aber ich besann mich. Es war meine Schuld. Ich hätte die Gelegenheit nutzen müssen. Aber ich hatte es vergessen. Und dann kam mir eine Idee. „Was ist denn mit deinem Auto?"

„Mein Auto?"

„Ja, ich kann das Telefon dort laden, oder?"

Sie verzog das Gesicht. „Nein. Der Stecker ist kaputt."

Ich atmete laut aus. „Mist. Dann müssen wir wohl morgen in die Stadt laufen."

Sie hob die Augenbrauen. „Stadt? Das nächste Häuschen ist mindestens zehn Kilometer entfernt. Wir sind ewig am Wald entlanggefahren, bevor wir endlich hier angekommen sind."

„Dann wird es halt ein längerer Spaziergang. Es ist ja nicht so, als hätten wir eine Wahl, richtig?"

Sie seufzte. „Also gut. Vielleicht ist der Strom ja auch morgen wieder da und wir können uns den Spaziergang sparen." Wir gingen zurück ins Wohnzimmer. „Dann lege ich mal ein bisschen Holz nach."

„Okay. Und ich zünde noch ein paar Kerzen an."

„Aber nicht zu viele. Vielleicht müssen die ein paar Tage reichen."

„Wir haben dreihundert Kerzen dabei."

„Okay, du hast recht." Sie lachte auf und wandte sich wieder dem Feuer zu. „Und schau nach einem Buch, das wir uns gegenseitig vorlesen können." Sie überlegte. „Aber bitte keine heterosexuelle Liebesschnulze."

Ich grinste. „Ich glaube nicht, dass ich so etwas bei meinem Großvater finde. Wir werden uns wohl eher mit Steinbeck beschäftigen. Na ja, alles ist besser als Jane Austen."

„Also, ich mag Jane Austen."

Ich lachte. „Irgendwie wundert mich das nicht."

NEUN

MONTAG, 16. DEZEMBER

Wir hofften, dass die Leitungen im Haus am nächsten Tag wieder von Elektrizität durchlaufen werden würden. Aber unser Wunsch blieb unerfüllt. Wir probierten ein weiteres Mal jede erdenkliche Kombination der Sicherungsschalter aus, aber der Strom kam nicht zurück. Ich überlegte, ob es irgendwo einen Hauptschalter geben konnte, aber Bobbi meinte, es wäre besser, zum nächsten Häuschen zu laufen. Und sie hatte recht. Wir hatten fast eine Stunde damit zugebracht, an dem Sicherungskasten herumzuspielen. Wenn wir heute noch einen anderen Menschen zu Gesicht bekommen wollten, mussten wir nun los.

„Hier, zieh die lieber über." Bobbi reichte mir ein paar Ski-Handschuhe.

„Du hast wirklich an alles gedacht, oder?"

Sie zog sich eine Wollmütze über den Kopf und zuckte mit den Schultern. Ich konnte die Bewegung nur erahnen, weil die dicke Winterbekleidung ihren Körper und ihre Statur verhüllte.

„Dann laufen wir mal los." Ich setzte einen meiner wasserfesten Stiefel in den Schnee und versank bis knapp unter dem Knie. Ich konnte nur hoffen, dass die Person, auf die wir als erstes treffen würden, irgendeine Möglichkeit hatte, uns auf vier Rädern hierher zurückzubringen. Oder besser noch in ein Hotel. Die Lust auf das Haus am Meer war mir inzwischen vergangen. Zwar hatte ich keine frischen Fußspuren oder andere Hinweise darauf entdecken können, dass uns jemand beobachtete, aber das ungute Gefühl hatte mich wieder eingeholt und mir den Schlaf geraubt.

„Na, das kann ja heiter werden." Bobbi folgte mir und versank bis zu den Knien im Schnee. „Hast du dein Telefon und das Kabel eingesteckt?"

Ich griff in meine Jackentasche und vergewisserte mich, dass beides da war. „Ja, habe ich."

Sie deutete auf ihren Rucksack. „Ich habe Brote und etwas zu trinken dabei." Sie verzog das Gesicht. „Leider nichts Warmes."

„Ich nehme an, uns wird beim Gehen warm."

Wir durchstießen die leicht überfrorene Schneedecke weiter Schritt für Schritt und hielten uns nahe dem Waldrand.

„Ich bin immer noch dafür, dass wir durch den Wald gehen." Bobbi hatte am Vorabend eine Karte der Umgebung im Bücherregal meines Großvaters gefunden. Wenn wir quer durch den Wald liefen, würden wir weniger als ein Drittel der Strecke zurücklegen müssen, um zu dem kleinen Restaurant zu kommen, in dem wir vor zwei Tagen essen waren. Und dort gab es weitere Häuser. Die Wahrscheinlichkeit, dass wir auf jemanden trafen, der uns helfen konnte, war deutlich höher als bei dem einzelnen Haus, zu dem uns die Straße führen würde.

„Nein."

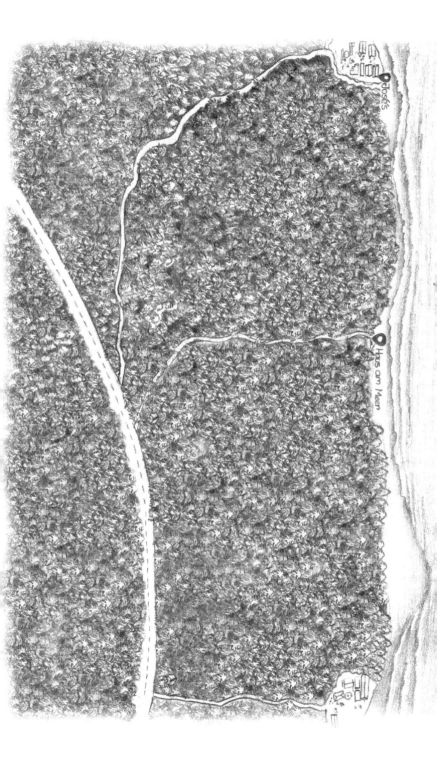

„Aber die Strecke ist viel kürzer und ganz sicher ist auch der Schnee dort nicht so tief. Du bist echt ein Angsthase, Lara." Obwohl ich erkannte, dass sie die Worte lustig aussprechen wollte, hörte ich auch den Vorwurf und das Unverständnis darin. Hatte sie recht? Sollten wir durch den Wald gehen?

„Was ist mit den Tieren?"

„Die schlafen." Der kleine Ausschnitt, den ich von ihrem Gesicht sehen konnte, hatte sich bereits rot verfärbt und auch ich spürte die Kälte auf meiner Haut.

„Sind die nicht vollkommen ausgehungert und warten nur darauf, uns aufzufressen?"

„Ich wusste, ich hätte Insatiable nicht mit dir gucken dürfen."

Ich konnte ihren Worten nicht folgen. „Was meinst du? Was haben denn Schönheitswettbewerbe …" Aber dann erreichte das Bild einer sehr großen Wildschweinfamilie, die sich über einen toten Körper hermachte, meine Gedanken und ich schloss die Augen. „Musstest du mich jetzt wirklich daran erinnern?"

Sie legte einen Arm um meine Schultern, wofür sie sich vermutlich auf die Zehenspitzen stellen musste. Zumindest wuchs sie ein Stück in die Höhe. „Komm schon, Lara. Ich passe auf dich auf." Und dann zog sie ein riesiges Messer aus der Seitentasche ihrer Hose. Die fünfzehn Zentimeter lange Klinge war mit einem Tuch umwickelt, aber ich war sicher, dass sie ein Wildschwein vertreiben, vermutlich sogar filetieren könnte.

„Hast du das etwa auch mitgenommen?"

Sie schüttelte lachend den Kopf. „Glaubst du, ich würde so etwas besitzen?"

Ich hatte keine Ahnung. Wie gut kannte ich sie schon?

„Ich habe es in einer Schublade bei deinem Großvater gefunden."

„Hast du auch die Karte dabei?"

Sie steckte das Messer zurück und zog aus der anderen seitlichen Hosentasche die Landkarte hervor. Sie war in eine Plastikfolie gehüllt. Mit der freien Hand griff Bobbi in ihre Jackentasche und präsentierte mir ein kreisförmiges, schwarzes Etwas. „Außerdem habe ich einen Kompass gefunden."

Ich sah zum Himmel. Er war blau und klar. Dann wandte ich den Blick zum Wald. Der Schnee reflektierte das Licht und wir würden nicht durch eine dunkle Baumwelt laufen. Sollten wir es wagen? „Also gut. Wir probieren es." Ich sah auf meine Armbanduhr. Es war 09:43 Uhr. „Fünf Minuten. Wenn ich Panik bekomme, drehen wir um."

Sie strahlte. „Das wirst du nicht. Ich verspreche es dir."

Ich wusste nicht, auf welchem Fundament sie ihr Versprechen baute, aber ich wollte ihr vertrauen. Und ihre Zuversicht steckte mich an. Also liefen wir los.

Der Wald war still, mein Kopf permanent in Bewegung und meine Augen suchten die Umgebung nach Lebewesen ab. Nach Vögeln, Eichhörnchen, Füchsen, Wildschweinen und Menschen. Aber ich sah nichts und niemanden. Und mit jedem Schritt schwand meine Angst. Ich genoss die kleine Wanderung immer mehr und als ich das nächste Mal auf die Uhr sah, waren bereits zwanzig Minuten vergangen.

Bobbi und ich waren vertieft in Gespräche, die sich um die Qualität von Netflix-Serien drehten. Es war uns noch kein einziges Tier über den Weg gelaufen. Wenn man von dem toten Kaninchen einmal absah, das neben einem nur teilweise zugeschneiten Stein vor Schwäche zusammengebrochen sein musste.

Wenig später kletterten wir einen kleinen Abhang hinauf und unser Gespräch verstummte unter der Anstrengung. Und unter der Konzentration, die wir aufbringen mussten, um das ständige Wegrutschen auf den zum Teil vereisten Wurzeln zu verhindern. Ich erreichte die Anhöhe vor Bobbi und sah mich um. Die Bäume standen zu hoch, als dass man das Meer hätte sehen können. An den kahlen Ästen hatte sich Schnee festgesetzt, dessen Eiskristalle glitzernd das Licht der Sonne in die Umgebung reflektierten. Der Wind wehte schwach und um meinen warmen Fingern ein bisschen frische Luft zu gönne, zog ich die Handschuhe von den Händen. Ich steckte sie in die Jackentaschen, konnte sie dann jedoch nicht mehr schließen. Also zog ich sie wieder heraus und behielt sie in der Hand.

„Nun ... sag' ... es schon." Bobbi erreichte die Anhöhe schnaufend und stellte sich zu mir.

„Was soll ich sagen?"

„Na, dass ich recht hatte. Dass du froh bist, dass wir hier sind. Dass es viel besser ist, als diese langweilige Straße entlangzugehen."

Doch ich sagte nichts dergleichen. Denn ich war zu sehr damit beschäftigt, die Tiere zu zählen, die vor uns feine

Wölkchen in die kalte Dezemberluft atmeten. Sie lagen auf dem Waldboden. Ihre Körperwärme hatte den Schnee schmelzen lassen. Keines von ihnen bewegte sich, aber ich war mir sicher, dass sie uns gehört hatten. Würden sie uns angreifen?

Bobbi plapperte munter weiter: „Außerdem sind wir hier allein und ehrlich gesagt, ist mir nicht besonders kalt." Sie näherte sich mir. „Hey, was ist los?"

Ich streckte langsam den Arm aus und deutete mit dem Finger auf die Schweine.

Sie folgte ihm mit ihrem Blick. „Scheiße!"

Ich nickte und zog sie dann zurück zu dem Abhang. Aber als ich nach unten sah, blieb mein Herz, das gerade so schnell geschlagen hatte, als würde es bereits ohne mich den Rückzug antreten wollen, stehen. Etwa fünfzig Meter vom Fuß des Abhangs entfernt stand ein Mann. Die vielen Bäume versteckten ihn fast, aber meine nach Gefahr suchenden Augen hatten ihn dennoch erfasst. Er trug dunkle Kleidung und ein Fernglas hing um seinen Hals. Und er blickte eindeutig in unsere Richtung.

Bobbi kniete sich auf den Boden, um wieder hinunterzuklettern, aber ich hielt sie auf und zeigte in die Richtung, in der der Mann stand. „Warte! Da ist ein Mann." Ich war überzeugt davon, dass dieser Typ derjenige sein musste, der für die Fußspuren verantwortlich war. Es kam mir überhaupt nicht in den Sinn, dass er jemand anderes sein könnte. Jemand, der uns helfen könnte.

Aber Bobbi schien anderer Meinung zu sein. Sie stand wieder auf und winkte mit beiden Armen. „Hey! Wir sind hier. Wir brauchen Hilfe!"

Ich starrte sie an und dann sah ich wieder zu dem Mann. Aber er stand nicht länger dort, wo ich ihn gesehen hatte. Er rannte jetzt. Er rannte von uns weg. Mein Herz begann wieder zu rasen und unzählige Fragen drängten in meine Gedanken. Aber sie wurden übertönt vom leisen Grunzen der erwachenden Wildschweine hinter uns. Ich sah mich um. Ein Keiler hatte sich erhoben. Sein Kopf reichte mir sicher bis zum Bauchnabel, vielleicht auch bis zur Brust. Und auch sein restlicher Körper war riesig. Außerdem starrte er uns an.

„Scheiße!" Bobbi hatte ihren Fehler erkannt, ging wieder in die Knie und schwang die Beine über den Abhang.

„Was tust du?" Meine Füße schienen fest mit dem Boden verwurzelt zu sein. Ich wollte nicht bei den Tieren bleiben, aber ich wollte auch nicht herausfinden, wo der Typ aus dem Wald sich versteckt hatte.

„Lara, komm." Bobbi fasste meine Hose und versuchte, mich in die Hocke zu ziehen. „Worauf wartest du?"

Ich wartete darauf, dass jemand Entwarnung bezüglich des Waldmenschen gab. Andererseits würde diese Entwarnung möglicherweise erst dann kommen, wenn die Schweine entschieden hatten, ob wir es wert waren, dass sie ihren Schlaf unterbrachen.

Also hockte ich mich ebenfalls hin, steckte die Handschuhe wieder in die rechte Jackentasche und ließ mich nach unten gleiten. Der Abstieg war schwerer als der Aufstieg. Es gab nur feuchte oder vereiste Wurzeln und Steine, an denen ich mich festhalten konnte. Bobbi war etwa zwei Meter unter mir. Ich achtete nicht auf sie, nur auf die Stellen, an denen ich meine Hände und Füße positionierte. So gut es ging, denn der Schmerz in meinen Händen schob sich mit jedem Schritt nach unten, mit jedem Kontakt mit dem Schnee weiter in den Vordergrund meines Bewusstseins.

Ich war so damit beschäftigt, heil am Ende des Hanges anzukommen, dass ich den Grund für Bobbis Schrei nicht

mitbekam. Aber ich hörte, wie sich der Klang dieses Schreis viel zu schnell von mir entfernte, als sie über den Boden rutschte und schließlich unten aufschlug. Es konnten nur wenige Meter gewesen sein, aber meine Panik wurde neu entfacht und ich hangelte mich so schnell ich konnte zu ihr hinab.

Sie lag auf dem Bauch, das Gesicht zur Seite gedreht.

„Bobbi." Ich kniete mich neben sie und schüttelte ihre Schulter. Sie rührte sich nicht. „Bobbi, was ist los? Bist du verletzt?" Noch immer keine Reaktion. Tränen stiegen in mir auf und ich atmete schnell ein und langsam wieder aus, um den nahenden Panikanfall abzuwehren. „Bobbi, sag doch bitte was!" Ich wollte eine mögliche Verletzung nicht verschlimmern und traute mich nicht, sie auf den Rücken zu drehen. Vor ihrem Gesicht stieg Dampf auf. Sie atmete. Ich sah mich um und erwartete, den Mann hinter einem Baum hervorlugen zu sehen. Aber entweder hatte er sich gut versteckt oder er war tatsächlich verschwunden.

Ich sah wieder zu Bobbi. Sie rührte sich noch immer nicht. Ich strich über ihre Wange. Und in diesem Moment legte sich ein Lächeln auf ihren Mund. Und dann lachte sie auf, drehte sich auf den Rücken und hielt sich den Bauch.

Ich starrte sie an. Mit offenem Mund. „Sag mal, hast du sie noch alle?"

Sie sah zu mir und lachte weiter. Und ich war so erleichtert, dass ihr nichts geschehen war, dass ich in ihr Lachen einstimmte. Zaghaft.

„Das ist doch ein großartiges Abenteuer." Sie rollte sich zu mir und griff mein Gesicht. „Aber es war wirklich süß, wie du dich um mich gesorgt hast."

Am liebsten hätte ich ihr eine Ohrfeige gegeben, aber ihr liebevoller Blick hielt mich davon ab. „Tu das nie wieder!"

Sie richtete sich auf und küsste mich. „Versprochen.

Entschuldige! Aber irgendetwas musste ich tun, um diese düstere Stimmung aufzuhellen."

„Die Stimmung aufzuhellen? Wir sind gerade einer Horde Wildschweine entkommen und laufen möglicherweise einem Irren in die Arme."

„Wahrscheinlich war es nur ein Spaziergänger."

„Hier?" Ich konnte nicht glauben, dass sie den Gedanken, jemand könnte uns verfolgen, noch immer nicht zuließ. „Er hatte ein Fernglas in der Hand, das ziemlich eindeutig in unsere Richtung gezeigt hat."

Sie zuckte die Schulter und stand auf. „Ein die Natur beobachtender Spaziergänger. Zumindest ist er vor uns …" Ein weiteres Mal schrie sie auf und fiel gleich darauf wieder in den Schnee.

Ich wartete ab, ob sie wieder in Gelächter ausbrechen würde, aber als ich die Tränen in ihren Augen sah, wusste ich, dass es dieses Mal kein Scherz war. „Was ist los?"

„Mein Knöchel." Sie legte eine Hand an ihr rechtes Fußgelenk.

„Was ist damit?" In mir schrie eine Stimme immer und immer wieder ‚Nein'.

„Ich weiß nicht, aber ich kann nicht auftreten."

„Verdammt. Komm, wir versuchen es gemeinsam." Ich richtete mich etwas auf und schob einen Arm unter ihre Schultern. „Belaste nur den linken Fuß."

Sie tat es und stützte ihren Körper auf mich. Da sie kleiner war als ich, musste ich die Beine beugen, um sie halten zu können.

„Kannst du so laufen?"

„Ich weiß nicht. Versuchen wir es." Ich ging ein paar Schritte und Bobbi hüpfte etwas unbeholfen neben mir her. Nach wenigen Metern keuchte ich vor Anstrengung. „Wir werden Stunden brauchen, ehe wir den Waldrand erreichen. Bis zum Restaurant schaffen wir es so auf keinen Fall, bevor die Dunkelheit hereinbricht."

„Es tut mir leid."

Ich atmete tief ein. „Hast du dich mit Absicht fallen lassen?"

Sie riss den Kopf zu mir herum. „Was? Nein! Glaubst du das etwa?"

Ich schüttelte den Kopf. „Dann gibt es nichts, was dir leidtun müsste. Außer vielleicht, dass du unsere schweinischen Freunde geweckt und den Irren darüber informiert hast, dass wir ihn gesehen haben. Los, bringen wir dich nach Hause."

Wir brauchten zwei Stunden für den Rückweg. Immer wieder mussten wir uns hinsetzen, ausruhen und darauf warten, dass der Schmerz in Bobbis Fuß ihr erlaubte, weiterzugehen. Zwischendurch hob ich Bobbi auf meinen Rücken, aber länger als ein paar Minuten hielt ich ihr Gewicht nicht aus.

Der Boden war zu uneben. Es gab zu viele Stolperfallen und wir konnten nicht riskieren, dass auch ich mich verletzte. Ich versuchte, die Umgebung im Blick zu behalten, aber der Rückweg war so anstrengend, dass ich es nicht fertigbrachte, auf etwas anderes zu achten als auf unsere Füße. Und das war gut so. Denn auf diese Weise dachte ich nicht an den Mann mit dem Fernglas.

Als wir endlich den Waldrand erreichten, ließ ich mich erschöpft in den Schnee fallen. Ich sah auf die Uhr. Es war gerade einmal Mittag. „Können wir die Brote essen?"

Bobbi stand auf einem Bein über mir und schüttelte mit dem Kopf. Über uns strahlte der blaue Himmel, aber ich spürte die Kälte und die Nässe durch den Stoff meiner Kleidung dringen. „Die letzten Meter schaffen wir auch noch. Nun komm schon." Sie streckte mir die Hand entgegen und ich ergriff sie.

„Bobbi?"

„Ja?"

„Der Typ im Wald ... war das der Mann, den du bei unserer Ankunft am Strand getroffen hast?"

Sie überlegte. „Puh, keine Ahnung. Ich hab ihn nicht lange genug gesehen, denke ich. Ich kann es wirklich nicht sagen."

„Was war das für ein Typ?"

„Fragst du mich, ob er Fußspuren in den Schnee stapfen könnte?"

Ich zuckte mit den Schultern. „Ja, vielleicht."

„Er wirkte zumindest harmlos."

„Okay."

Wir liefen weiter. Die Erleichterung, halbwegs unbeschadet aus dem Wald herausgekommen zu sein, überlagerte irgendwann diese Gedanken und auch das schlechte Gefühl über unsere erfolglose Tour. Andererseits gab es mir und offenbar auch Bobbi neuen Antrieb. Wir kamen schneller voran und schafften die dreihundert Meter in zehn Minuten.

„Geht es deinem Fuß wieder besser?"

Sie nickte. „Ja, offenbar brauchte er nur ein wenig Pause." Sie setzte ihn auf. Zunächst vorsichtig und dann etwas fester. Ein Lächeln legte sich auf ihre Lippen. „Tut kaum noch weh."

Ich atmete auf. „Gott sei Dank."

„Nein, dir sei Dank." Sie küsste mich auf die Wange. „Du hast mich gerettet."

„Ja, ich bin eine wahre Heldin, oder?" Ich lachte und zog sie zum Haus. Aber als wir dort ankamen, erstarb mein

Lachen. Bobbi sah den umgekippten Blumentopf ein paar Sekunden später als ich und auch ihr Lachen verstummte.

„Jetzt erzähl mir nicht, dass der Wind dafür verantwortlich war."

„Nein. Ganz sicher nicht. Aber es könnte ein Tier gewesen sein."

Ich blickte sie an. „Ein Tier? Ist das dein Ernst? Siehst du hier vielleicht die Abdrücke von kleinen Katzenpfötchen?"

„Nein, aber denk doch mal nach. Ein Irrer würde seine Spuren besser verwischen."

„Nicht, wenn er will, dass wir Angst vor ihm bekommen."

„Warum sollte er das wollen? Wenn er uns etwas antun wollte, würde er doch die Aufmerksamkeit nicht so auf sich lenken."

„Und wenn er mit uns spielen wollte, würde er genau das machen. Hinweise und Spuren platzieren. Uns in den Wald folgen und dann wegrennen. Uns beim Schlafen und …" Ich atmete erschrocken ein. „Und beim Sex beobachten und dann die Fußspuren nicht verwischen, damit wir genau wissen, dass er da war. Dass er uns gesehen hat. Damit wir, egal, was wir tun, Angst davor haben, noch einmal beobachtet zu werden."

Sie schüttelte den Kopf. „Nach deiner Zeitrechnung haben wir aber längst geschlafen, als dieser Irre uns beobachtet hat. Und so irre kann er gar nicht sein. Sonst würden wir uns jetzt hier nicht unterhalten." Sie zögerte. „Zumindest nicht gefährlich irre."

Ich atmete schnell, mein Puls raste und ich wollte nicht glauben, dass Bobbi diese Sache nicht ernst nahm. Spürte sie denn nicht, dass hier etwas nicht stimmte?

„Lass uns reingehen."

„Was? Nein! Ich gehe nicht in dieses Haus."

„Lara. Ich bin völlig durchnässt. Ich habe Hunger und ich kann keine Einbruchsspuren erkennen. Du etwa?"

„Nicht hier. Aber das Haus hat mehrere Fenster. Eine Terrasse und dann ist da ja auch noch das Bootshaus."

„Kommt man darüber denn ins Haus?"

Ich schüttelte den Kopf. „Nein, aber es bietet ein gutes Versteck."

Sie seufzte. „Also gut, wir überprüfen jede einzelne Möglichkeit, in das Haus eindringen zu können. Aber wenn wir keine Spuren einer Gewalteinwirkung finden, werde ich hineingehen. Okay?"

Nein, es war nicht okay. „Und wenn er einen Schlüssel hat?"

Sie ließ die Schultern sinken. „Was willst du denn stattdessen tun? Einen Schlüsseldienst rufen und die Schlösser austauschen lassen? Nein, warte, das geht ja nicht. Schließlich haben wir kein funktionierendes Handy." Ein Funke Wut flammte in ihren Augen auf. „Also, was ist dein Vorschlag, Lara?"

Ich hatte keinen und schwieg. Wir konnten keinen neuen Versuch starten, einen anderen Menschen zu erreichen. Dafür hatten wir nicht ausreichend Zeit und ich wusste nicht, wie stark Bobbis Knöchel verletzt war. Sie hierzulassen stand außer Frage.

Sie deutete auf ihr rechtes Hosenbein. „Ich habe noch immer das Messer." Es war ein Wunder, dass sie sich damit nicht verletzt hatte. „Und vielleicht funktioniert der Strom inzwischen wieder. Dann könnten wir dein Telefon laden."

Sie hatte recht. „Also gut. Aber zuerst laufen wir um das gesamte Haus herum. Dann gehen wir rein. Und wir überprüfen jeden einzelnen Winkel im Haus."

„Und was ist mit dem Bootshaus?"

„Dort suchen wir auch nach Einbruchsspuren."

Sie nickte lächelnd. „Und wenn wir fertig sind, setzen wir uns ans Feuer und rösten ein paar Marshmallows."

Wir fanden keinerlei Spuren, die darauf hinwiesen, dass jemand versucht hatte, ins Haus oder in das Bootshaus zu gelangen, und auch in den einzelnen Zimmern war alles so, wie wir es hinterlassen hatten.

Bobbi meinte, dass ich den Fokus darauf gesetzt hätte, dass etwas nicht stimmte. Deshalb nahm ich Dinge, die mir sonst vermutlich nicht einmal aufgefallen wären, als bedrohlich wahr. Ich wollte, dass sie recht hatte. Ich wollte, dass ich mir all das nur einbildete. Dass mein schlechtes Gefühl sich auf etwas bezog, das ich in der Vergangenheit erlebt hatte. Aber irgendetwas pochte weiter an meinen Nerven und hielt mein Blut getränkt mit Adrenalin.

Es gab noch immer keinen Strom und wir beschlossen, das Wohnzimmer als unser Lager herzurichten. Hier konnten wir den Kamin so weit anheizen, dass wir auch in der Nacht ausreichend Wärme haben würden. Außerdem schafften wir es, in einem Edelstahltopf Wasser zu erhitzen und Kaffee und Tee aufzubrühen. Wir brieten Käsetoasts mit Hilfe einer Grillzange und garten Gemüse in Alufolie.

Als es draußen dunkel wurde, zündeten wir Kerzen an und öffneten eine Flasche Wein. Der Alkohol beruhigte mich ein wenig und in unserem abgesteckten Raum fühlte ich mich annähernd sicher. Aber sobald ich den Raum verließ, schlug mein Herz so schnell wie zu Beginn eines Marathonlaufs und meine Handinnenflächen wurden feucht. Gleichzeitig überzog eine Gänsehaut meinen Körper und ich zitterte.

Bobbi schob es auf die Kälte der unbeheizten Räume, aber ich bestand darauf, dass wir das Wohnzimmer nur gemeinsam verließen, um auf die Toilette zu gehen oder etwas aus der Küche zu holen. Bobbi lachte über meine Angst, aber ich schaffte es nicht, sie beiseite zu schieben. Und klammerte mich an das zweite Jagdmesser, das wir in den Schränken gefunden hatten.

Gegen sieben Uhr am Abend, als uns beiden der Hals vom Vorlesen brannte, unsere Bäuche gefüllt waren und auch Kartenspielen, Sex und Anekdoten erzählen nicht mehr ausreichten, um unsere Langeweile zu vertreiben, sagte Bobbi: „Los, wir erkunden das Haus."

Ich schüttelte den Kopf. „Ich verlasse diesen Raum nicht, außer zur Erfüllung meiner Bedürfnisse."

„Spaß ist auch ein Bedürfnis."

Ich erwiderte nichts.

Sie atmete aus. „Also gut, dann erkunden wir halt diesen Raum."

Ich sah mich um. Das Wohnzimmer umfasste etwa 35 Quadratmeter. Es gab keinen Erker und keine Nischen. „Nur zu."

Sie sprang auf und sah sich um. Nach ein paar Sekunden ging sie auf das Bücherregal zwischen Kamin und Tür zu. Sie zog ein paar Bücher hervor und stellte sie wieder zurück. Plötzlich hielt sie inne und zog einen Briefumschlag zwischen zwei Bänden einer Enzyklopädie hervor. „Ah, was haben wir denn da?"

Interesse wallte in mir auf, erstarb aber sofort wieder, als Bobbi sagte: „Ach, nur eine Aufforderung des Finanzamtes, die Einkommensteuererklärung abzugeben." Sie überflog den Brief. „Sie ist acht Jahre alt."

Ich entspannte mich wieder und beobachtete, wie sie hinter dem Sofa an der Tür vorbei ging und an einer Vitrine stoppte. Ich hatte die Arme auf der Sofalehne und den Kopf auf ihnen abgelegt.

Sie sah zu mir. „Darf ich?"

„Sicher."

Sie öffnete die Türen und fand Gläser und Schalen und ein paar Streichhölzer. Sie schloss die Türen wieder und zog die zwei darunterliegenden Schubläden auf. Offenbar fand sie auch darin nichts Interessantes, denn sie schloss sie wieder. „Hast du das als Kind nie getan?"

„Was?"

Sie ging weiter durch den Raum, hob Bilder von den Wänden und Kunstblumen aus ihren Töpfen. „Na, in fremden Schränken gestöbert."

Ich überlegte. „Nein."

„Nicht mal bei deinen Eltern?"

„Wozu? Ich wusste, was meine Mutter in ihren Schränken hatte. Das war kein großes Geheimnis."

Sie sagte nichts und ging weiter vorbei am Esstisch zu einer alten Kommode, die an der dem Kamin gegenüberliegenden Wand stand. Der Schein der Kerzen erreichte sie kaum. „Bringst du mir mal eines der Wachslichter?"

„Wachslichter?"

Sie lachte. „Ich dachte, das klingt mystischer."

Ich seufzte, rappelte mich dann aber auf und nahm zwei der Kerzenständer vom Tisch. Vorsichtig, um kein Wachs zu verschütten oder eine der Flammen zu löschen, ging ich zu ihr. Eine der Kerzen stellte ich auf die Kommode. Die andere hielt ich so, dass wir den Inhalt des obersten geöffneten Schubfachs sehen konnten. Papiere, Servietten, noch mehr Kerzen, ein Flaschenöffner. Ich fragte mich, ob es nach dem Tod meiner Mutter meine Aufgabe gewesen wäre, das Haus zu entrümpeln. Wahrscheinlich hatte sie es vorgehabt und sich einfach etwas Zeit damit gelassen. Zeit,

die es nicht gegeben hatte. Andererseits wollte mein Großvater mich nicht sehen. Vermutlich hätte ich nicht einmal das Recht gehabt, mich in diesem Haus aufzuhalten.

Bobbi tastete den Boden ab und schob das Fach zurück.

„Suchst du nach einem Geheimversteck?"

„Wer weiß." Sie hielt die Kerze so, dass ich ihr Gesicht sehen konnte und zwinkerte mir zu. „Manchmal verstecken die Menschen die unmöglichsten Dinge."

„Ich kann mir nicht vorstellen, dass mein Großvater irgendetwas zu verstecken hatte."

„Warum? Du kanntest ihn doch kaum." Sie presste die Lippen aufeinander. „Entschuldige."

„Schon okay." Sie hatte ja recht. „Vor wem hätte er etwas verbergen sollen? Er wohnte hier allein."

Sie strich über das Holz der Kommode. „Dieses Schätzchen ist ziemlich alt. Vielleicht kannte der Vorbesitzer ja jemanden, vor dem es etwas zu verstecken gab. Oder für ihn." Sie riss die Augen auf und versuchte wohl, eine gruselige Grimasse aufzusetzen, aber sie sah einfach nur albern aus und ich lachte auf.

„Ach, du hast keinen Sinn für ein kleines Gruselabenteuer."

Ich schluckte. „Ich könnte etwas Abwechslung von gruseligen Dingen gebrauchen."

Bobbi öffnete den Mund, aber ich unterbrach sie. Ich wollte nicht, dass sie mir ein weiteres Mal erklärte, wie falsch ich mit meinen Spekulationen lag. „Nun öffne schon das nächste Fach. Vielleicht finden wir ja ein paar Pornohefte aus den Achtzigern."

Bobbi verzog das Gesicht, öffnete dann aber das zweite Schubfach. Darin fanden sich weitere Papiere, ein Notizbuch und etwa dreißig Kugelschreiber. Bobbi entnahm das Notizbuch und schlug es auf. „Lauter Zahlenreihen." Sie zögerte und blätterte durch die Seiten. „Dein Großvater war wohl ein Skat-Fan?"

Ich zuckte mit den Schultern. „Möglich." Aber in diesem Moment sah ich ihn hier und am Tisch eines anderen älteren Mannes sitzen. Gemeinsam mit zwei weiteren Männern riefen sie ‚Re' und ‚Ich gehe mit' und diskutierten über Trümpfe und Segelrichtlinien.

Sie schloss auch dieses Fach und zog dann an dem darunter. Es öffnete sich nicht. Sie rüttelte an dem Griff, stellte die Kerze auf den Boden und zog mit beiden Händen daran. Es blieb verschlossen. Ihr Gesicht hellte sich auf. „Na, endlich."

Ich seufzte. „Da klemmt nur was." Ich stand auf, ging zu ihr und richtete meine Kerze auf den Griff. Es gab kein

Schloss, mit dem man das Fach hätte verriegeln können. Sicher blockierte ein großer Zeichenblock oder irgendein Stück Holz die Schublade.

Sie nickte. „Ja, bestimmt." Sie zog kräftiger, aber das Fach bewegte sich nicht. Keinen Millimeter.

Ich stutzte. „Wenn es blockiert wäre, müsste es sich zumindest etwas bewegen, oder?"

„Ah, endlich habe ich Ihren Scharfsinn geweckt, Mr Monk."

„Monk? Ausgerechnet Monk?"

„Ihr habt schon die ein oder andere Gemeinsamkeit." Sie sah sich um, stand auf und ging zum Sofatisch, auf dem die Jagdmesser lagen. Sie kam mit beiden zurück und schob sie in den Spalt am oberen Rand der Schublade. Bevor ich sie daran hindern konnte, hebelte und bog und zog sie an den Messern und Stück für Stück kam Bewegung in das Holz. Allerdings nicht so, wie wir es erwartet hatten.

„Oh, nein." Die Verblendung barst und große Splitter stachen heraus. „Es tut mir so leid."

Ich winkte ab. „Egal. Ich fand das Teil schon immer hässlich." Ich nahm eines der Messer und hebelte nun selbst.

„Was tust du? Die Kommode ist sicher hundert Jahre alt und eine Menge wert."

„Jetzt nicht mehr." Ich ächzte unter der Kraftanstrengung. „Da hat sich jemand ziemlich viel Mühe gegeben, um das Fach zu verschließen." Ich stieß das Messer in den größer werdenden Spalt. „Ich will wissen, warum."

Sie grinste mich an. „So habe ich mir das vorgestellt."

Ich grinste zurück und konzentrierte mich dann wieder auf das Messer. Weitere Splitter lösten sich und der Spalt war nun so breit, dass ich mit den Fingern dazwischenfahren konnte.

Aber Bobbi stoppte mich. „Nein, warte. Du wirst dir Splitter einziehen." Sie öffnete eines der anderen Schubfächer und nahm die Servietten heraus. „Hier. Die legen wir auf das Holz."

Ich sah sie skeptisch an, befolgte aber ihren Rat. Und dann riss ich an dem Holz. Bobbi tat es mir gleich und mit einem lauten Knarzen und Krachen brach der größte Teil der Verblendung ab und wir wurden etwas zurückgeworfen, als unsere Kraft keinen Widerstand mehr fand.

Ich richtete mich auf und leuchtete mit der Kerze auf das Fach. Holzstücke lagen davor. Große und kleine. Einzelne spitze und lange Späne. Und dann lag da noch etwas anderes. Auf den ersten Blick hätte man es für weitere Holzteile halten können. Aber sie unterschieden sich in Farbe und Form von den anderen. Es fehlten die scharfen Kanten. Sie waren runder und deutlich heller. Und sie glänzten im Schein der Kerzen. Es dauerte ein paar Sekunden, bis ich erkannte, um was es sich handelte. Ich schrie auf und das Messer fiel mit einem lauten Krachen auf den Boden. Den metallenen Fuß des Kerzenständers dagegen hielt ich fest umklammert.

„Scheiße, was ist das?" Bobbi führte nun auch ihre Kerze vor das Fach und gemeinsam starrten wir auf die Knochen.

ZEHN

DEZEMBER, 24 MONATE ZUVOR.

Die Menschen glauben, ein Keller wäre der geeignete Ort, um Dinge aus ihrem Leben zu verbannen. Dinge, die sie nicht in den Müll werfen oder verschenken möchten. Dinge, an denen sie mit einem Teil ihres Herzens hängen. Die aber dennoch Gefühle in ihnen auslösen, die sie an einen Abgrund stellen. Oder manchmal ist es auch die hässliche Vase der Großtante, die herausgekramt wird, wenn besagte Tante zu Besuch kommt.

Hier gab es keine Vasen. Es gab nicht einmal besonders viele Kartons. Es war der Keller eines Menschen, der oft den Wohnort wechselte und aus diesem Grund so wenig Ballast wie möglich anhäufte. Das würde meine Suche erleichtern.

Ich wusste nicht genau, was ich zu finden erhoffte. Aber wenn ich es in den Händen hielt, würde ich endlich Antworten haben.

Das Vorhängeschloss stammte von einem Discounter und war leicht zu knacken. Das gleiche Exemplar befand sich in meiner Jackentasche und ich würde es später ersetzen, damit die Besitzerin davon ausgehen musste, es wäre kaputt, wenn ihr Schlüssel nicht mehr dazu in der Lage war, es zu öffnen.

Ein klappriges Holzregal bot Platz für einen Ventilator, einen künstlichen Weihnachtsbaum und sechs Pappkartons, die nicht beschriftet waren.

Ich stellte die erste Kiste auf den Boden und leuchtete mit der Taschenlampe hinein. Zwischen der Weihnachtsdeko befanden sich alte Kinderbilder und Karten, aber nichts, was mich interessiert hätte.

Die nächste Kiste beherbergte Steuerunterlagen. Ich ging sie durch, fand aber auch hier keine interessanten Hinweise.

Die dritte Kiste war gefüllt mit weiteren Papieren. Briefe, Karten, Rechnungen. Ich nahm jedes einzelne Blatt in die Hand. Und dann fand ich sie. Sie waren in einer Papp-Mappe gesammelt. Es waren nur Durchschläge. Die Originale befanden sich im Besitz des Mannes, wegen dem ich hier war. Ich war froh, dass es so altmodische Menschen wie seine Tochter gab, die Kopien von ihren Briefen anfertigten.

Der erste Brief, das unterste Blatt, war fast siebzehn Jahre alt. Aber er enthielt nur Bitten und Flehen und nichts, was für mich von Bedeutung gewesen wäre. Ebenso verhielt es sich mit den beiden nächsten Briefen. Offenbar hatte der liebe Papa nicht auf die Briefe des Töchterleins reagiert.

Aber dann, als ich den Beginn des vierten Briefes las, beschleunigte sich mein Herzschlag.

Lara hatte heute Nacht wieder einen Albtraum. Ich habe sie geweckt und sie stand noch völlig neben sich. Im Halbschlaf hat sie mir endlich erzählen können, welche Bilder sie heimsuchen. Ich glaube nicht, dass sie sich im Wachzustand an diese Träume erinnert.

Sie erzählt von Zuhause, Papa. Von deinem Haus. Und von einem Mann, der im Eingangsbereich liegt. Und von Blut. Was hat das zu bedeuten, Papa? Geh endlich ans Telefon und erzähl mir, was verdammt nochmal passiert ist. Sonst werde ich vorbeikommen.

Mit zitternden Fingern griff ich nach dem nächsten Brief.

Ich kann nicht glauben, dass du einfach aufgelegt hast. Und deine Vorwürfe kannst du dir sparen. Ich habe sehr wohl Zeit für meine Tochter. Ich will sie nicht zu dir abschieben. Und warum hast du mir nicht erzählt, dass dieser Mann sie bedrängt hat? Ich bin ihre Mutter. Ich habe ein Recht zu wissen, wenn jemand so etwas tut.

Der Rest dieses Briefes beinhaltete Vorwürfe, die keine weitere relevante Aussage beinhalteten. Ich hatte ohnehin genug erfahren. Die folgenden Briefe überflog ich nur noch. Offenbar hatte es ein weiteres Telefonat gegeben und die Tochter schrieb nur noch sporadisch, lud ihren Vater zu Feiern ein oder teilte ihm eine neue Adresse mit. Und nie vergaß sie, ihm von seiner Enkelin zu erzählen.

Ich legte die Blätter zurück in ihre Mappe, stellte die Kiste ins Regal und schloss den Keller ab. Ich hatte endlich Gewissheit.

ELF

MONTAG, 16. DEZEMBER

Ich keuchte, schloss die Augen, riss sie im nächsten Moment wieder auf und starrte ungläubig auf die verschieden großen Knochen vor meinen Füßen. Es waren nur wenige, aber das Licht der Kerzen, das in das Innere des Schubfachs gelangte, wurde schwach von weiteren hellen Gegenständen zurückgeworfen, die das gesamte Fach auszufüllen schienen.

Galle stieg meine Speiseröhre hinauf und ich schlug die freie Hand vor den Mund. „Scheiße." Ich sprang auf und rannte zur Terrassentür, riss sie auf, hastete drei weitere Schritte zum Rand der Terrasse und erbrach den Wein und die Käsetoasts in den Schnee. Danach sog ich die eisige Luft ein, übergab mich ein weiteres Mal und nahm dann eine Hand voll sauberen Schnee auf, um mir den Mund auszuspülen. Mein Atem ging stoßweise und Tränen strömten über meine Wangen. Das kalte Eis schmolz auf meiner Zunge und ich spuckte es wieder aus.

Ich konnte nicht rational denken. Ich konnte gar nicht denken. Ich sah nur immer und immer wieder die Bilder

der unzähligen Knochen vor meinen Augen. Roch den muffigen, aber nur leicht fauligen Geruch, der uns entgegengeströmt war, als wir das Brett abgerissen hatten. Ich schloss die Augen, öffnete sie wieder und schaufelte Schnee über mein Erbrochenes, nur, um etwas zu tun zu haben. Dann trat ich ein paar Schritte zur Seite und sah zum Meer, das durch den Mond erhellt wurde. Ich sah jedoch keine Umrisse. Alles verschwamm vor meinen Augen.

Noch vor zehn Minuten hätte mich kaum etwas hier heraus bekommen. Aber nun wollte ich der Kommode und ihrem Inhalt so fern wie möglich bleiben. Der Schnee pappte an meinen Beinen und meine Hose war bis zu den Knien durchnässt. Ich trug nur ein dünnes T-Shirt und dennoch schwitzte ich und mein Gesicht schien zu glühen. Ich versuchte, die Panik wegzuatmen. Fünf Sekunden einatmen. Fünf Sekunden halten. Fünf Sekunden ausatmen. Fünf Sekunden halten. Und wieder von vorn. Nach vier Durchläufen sah ich etwas klarer. Die Tränen waren versiegt und mein Herz raste nur noch mit etwa 170 statt mit 230 Schlägen in der Minute.

Es waren also Knochen in dem Schubfach. Dafür konnte es verschiedene Erklärungen geben. Ich versuchte, mich an die Form und die Größe der Knochen zu erinnern. Vielleicht hatte mein Großvater einen Hund. Vielleicht bewahrte er dessen Überreste auf. Vielleicht war das seine Art gewesen, sich mit seinem Tod auseinanderzusetzen, ihn zu verarbeiten. Mein Magen zog sich erneut zusammen. Das wäre widerwärtig. Aber diese Erklärung war etwas, womit ich würde umgehen können. Sie stellte keine Bedrohung dar.

Ich atmete ein weiteres Mal tief durch und ließ meinen Blick über den Strand schweifen. Meine Sicht war nun klarer. Die Welt vor meinen Augen zu friedlich für das, was hinter mir lag. Wellen rollten sanft ans Ufer. Vereinzelt bewegten sich Eisschollen auf dem Wasser. Zu meiner Linken lagen der Wald und die beginnende Steilküste und ich vermied es, den Blick dorthin zu richten. Stattdessen blickte ich weiter zum Strand. Am Himmel leuchteten die Sterne. Das Wasser reflektierte das Mondlicht. Und da war noch etwas, das das silberfarbene Licht zurückwarf. Ich kniff die Augen zusammen und fixierte den Punkt, der etwa fünfzig Meter von mir entfernt nahe dem Ufer aufleuchtete. Nicht reflektierte. Er leuchtete von selbst.

Als mein Gehirn das Bild in einen Gedanken verwandelt hatte, drehte ich mich zurück zum Haus und rannte durch die Terrassentür ins Wohnzimmer. Ich knallte die Tür so heftig hinter mir zu, dass das Glas wackelte, und lehnte mich heftig atmend dagegen. Nein. Nein, nein, nein, nein, nein. Das hatte ich mir eingebildet. Ich hatte es mir nur eingebildet. Da war niemand.

Bobbi saß noch immer auf dem Boden vor der Kommode und starrte auf das Innere der untersten Schublade. Der Knall ließ sie jedoch hochschrecken. „Was ist los?"

Ich rannte zu ihr, griff mein Messer, blies alle Kerzen aus und stellte mich ans Fenster. Das Feuer im Kamin erhellte den Raum jedoch weiterhin so stark, dass ich von der Umgebung hinter der Glasscheibe kaum etwas wahrnahm.

Bobbi stellte sich zu mir. Sie hielt ihr eigenes Messer angriffsbereit in der Hand und starrte selbst nach draußen. „Lara, was ist los?"

Ich atmete schnell, mein Puls raste noch immer. „Da ... da war jemand."

Sie sagte nichts.

„Ich bin ganz sicher. Er hatte eine Taschenlampe in der Hand. Oder ein Handy. Es hat geleuchtet und ich konnte seine Umrisse erkennen."

Sie schwieg noch immer. Fast hoffte ich auf eine ihrer Erklärungen, aber sie sagte nichts.

„Bobbi was machen wir denn jetzt?"

Endlich sah sie mich an und schüttelte langsam den Kopf. „Ich habe keine Ahnung." In ihrem Blick lag Entsetzen. Aber es galt nicht meinen Worten.

„Bobbi? Was ist los?"

Sie sah zu der Kommode oder vielmehr in die schwarze Ecke, in der sie sich befand.

Ich folgte ihrem Blick, konnte jedoch nichts erkennen. „Bobbi?"

Sie wandte sich zu mir und flüsterte: „Lara."

„Ja?"

„Da ist ein Schädel in dem Fach." Ihre Stimme war ganz ruhig. Sie betonte jedes Wort gleichsam kraftlos. Eine Spur Unglaube lag darin.

Ich dachte an Hundeschädel, aber Bobbi sagte: „Ein menschlicher Schädel."

Ich öffnete den Mund, um etwas zu erwidern, aber in diesem Moment erstrahlte das Wohnzimmer in hellem Licht.

„Was zur …?" Bobbis kreidebleiches Gesicht war nun deutlich zu erkennen. Sie starrte mich mit großen, dunklen Augen an.

„Der Strom." Mehr konnte ich nicht sagen. Ich scannte den Raum. Nichts hatte sich verändert, abgesehen von dem Licht, mit dem zwei Tischleuchten, eine Hängelampe und ein Deckenfluter den Raum erleuchteten.

„Dein Telefon." Bobbi ließ das Messer sinken und griff nach meiner Hand. „Wo ist es?"

Ich fragte: „Was?", aber nach ein paar Sekunden verstand ich selbst. „In meiner Jackentasche." Mein Herz raste weiter, aber dieses Mal schwang positive Aufregung mit dem erhöhten Puls. Ich würde mein Telefon laden. Wir würden

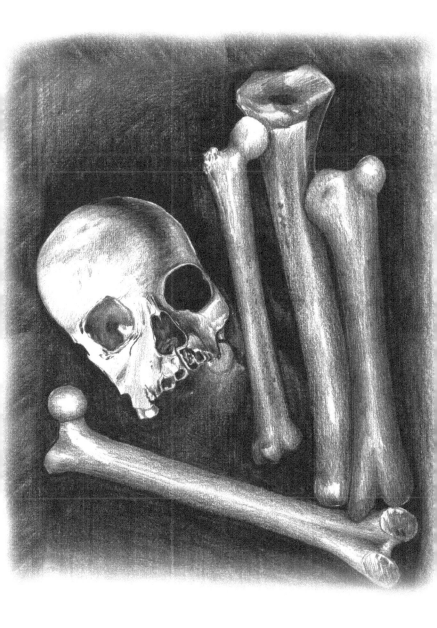

die Polizei rufen. Jemand würde kommen, um uns zu helfen. Wir würden hier verschwinden können.

Bobbi sprang auf, rannte zur Tür, überlegte es sich dann aber anders und kam zurück. Sie griff nach ihrem Messer und dann nach meiner Hand. Ich wusste nicht, ob es die Knochen waren, oder ob die vielen anderen Hinweise nun doch ein großes Ganzes in ihrem Kopf und damit Sinn für sie ergaben.

Ich wollte nicht in den Flur, aber ich wollte auch nicht, dass sie allein dort hinaus ging. Und ich wollte nicht allein hier zurückbleiben. Die Garderobe stand nur wenige Meter von der Tür zum Wohnzimmer entfernt und wir würden binnen Sekunden zurück in diesem Raum sein.

Bobbi sah mich an und flüsterte: „Bist du bereit?"

Ich war es nicht, aber ich nickte.

Sie legte die Finger auf die Türklinke, drehte so leise wie möglich den Schlüssel herum und drückte dann das Metall nach unten. Ich hob die Hand, in der ich das Messer fest umklammert hielt, und starrte auf den Spalt, der immer größer wurde, je weiter sie die Tür zu uns heranzog.

Auch im Flur hatte sich das Licht wieder eingeschaltet. Ich sah mich um, scannte den Boden, die Wände und die Türen. Nichts deutete darauf hin, dass jemand dort war. Die Haustür war verschlossen. Es gab keine nassen Fußspuren auf dem Boden. Ich sah zur Garderobe. Unsere Jacken hingen nebeneinander an den alten Messinghaken.

Bobbi trat einen Schritt in den Flur und ich folgte ihr. Im nächsten Moment rannte sie los, erreichte die Garderobe und riss meine Jacke vom Haken. Bevor ich ihr weiter hatte folgen können, stand sie wieder neben mir, schob mich in den Raum und verschloss die Tür hinter uns. Sie atmete schnell und ihre Wangen waren gerötet.

Sie so aufgeregt zu sehen, schürte meine eigene Angst auf

ein neues Niveau. Meine Hände zitterten. Wenn nun auch Bobbi unsere Situation nicht mehr als zufällige Aneinanderreihung von Ereignissen verstand, was sollte mich dann noch beruhigen? Ich drehte den Schlüssel im Schloss, während sie in die Jackentaschen griff. Immer wieder.

„Lara, es ist nicht hier." Inzwischen saß sie auf dem Boden und stülpte die Taschen meiner Jacke nach außen. Auf dem Boden lagen saubere und benutzte Taschentücher, Handschuhe, ein Ladekabel, eine Packung Kaugummi und der Schlüssel zu meiner Wohnung in der Stadt.

„Was meinst du?" Ihre Worte ergaben keinen Sinn.

Sie atmete aus und wirkte, als hätte sie keine Geduld dafür, dass ich ihren Gedanken nicht folgen konnte. „Dein Telefon. Es ist weg."

Ein heftiger Stoß traf meinen Magen, meinen Hals und meinen Kopf. Er betäubte meine Synapsen und sie leiteten ihre Worte nicht weiter. Einzig das Gefühl, dass etwas vollkommen falsch war, schaffte es in mein Bewusstsein.

Bobbi sprang auf, rannte wieder zur Tür und riss sie dieses Mal nach dem Entriegeln auf, ohne auf ihre Umgebung zu achten. Sie eilte durch den Eingangsbereich, durchsuchte die Garderobe, öffnete sogar die Haustür, ging barfuß nach draußen und fluchte lautstark.

Endlich konnte ich wieder Bewegung in meinen Körper und in meine Gedanken bringen. Ich ging ihr langsam nach. Das Telefon war verschwunden. Konnte es jemand gestohlen haben? War jemand ins Haus eingedrungen und hatte das Telefon mitgenommen? Ein Stich durchfuhr mich. Der Wald. Hatte ich es im Wald verloren? Lag es irgendwo im Schnee? Aber die Handschuhe. Sie waren noch da. Sie waren in derselben Tasche gewesen wie das Handy. Oder nicht?

Ich ging zurück ins Wohnzimmer und griff selbst in die umgestülpten Taschen. Vielleicht war eine Naht aufgeplatzt.

Vielleicht hatte das Futter ein Loch und das Handy war dahinter gerutscht. Aber es gab kein Loch. Und kein Telefon. Wie konnte das sein?

Die Haustür knallte zu und Bobbi kam zurück. „Scheiße! Scheiße, verdammte Scheiße!" Sie setzte sich auf den Boden und sah zu mir auf. Ihr Blick schien ein einziger Vorwurf zu sein. Aber war sie es, die diesen Vorwurf ausdrückte? Oder waren es meine eigenen Schuldgefühle, die ich auf ihrem Gesicht sah? Erst hatte ich vergessen, das Handy zu laden, und nun hatte ich es verloren.

Ich ließ mich neben sie sinken. „Es tut mir leid." Meine Stimme war matt. Ich fühlte mich hilflos, unfähig noch länger über die vielen Steine zu klettern, die uns das Leben in den Weg legte. Wie konnte all das zusammenhängen? Der Strom, die Knochen, die Wildschweine, das verlorene Handy. Es musste einen Zusammenhang geben.

Sie schwieg. Ihr Kiefer bewegte sich hin und her, als sie die Zähne aufeinander rieb.

„Ich muss es im Wald verloren haben, als ich dich gestützt habe."

„Oh, jetzt ist es meine Schuld." Sie sprang auf und funkelte mich an. Es wirkte böse, aber ich wusste, dass dahinter dieselbe Verzweiflung lag, die ich spürte. „Der einzige Grund, warum wir in diesen dummen Wald gegangen sind, war, um das Handy zu laden. Das Handy, das du nicht an den Strom angeschlossen hast, als du dazu die Gelegenheit hattest. Wie konntest du ausgerechnet das verlieren? Unsere einzige …"

„Ist das dein Ernst?" Ich stellte mich neben sie. „Ich wollte nicht in diesen Wald. Ich wollte die Straße nehmen. Hätten wir das getan, wären wir inzwischen dort. Du hättest keinen verletzten Fuß und ich …" Ich stutzte und sah hinab zu ihrem Knöchel. „Wieso kannst du mit dem Ding eigentlich rumrennen?" Ich sah wieder auf und suchte in ihrem Blick nach einer Erklärung.

Sie runzelte die Stirn und verengte dann ihre Augen. „Was soll das denn heißen?" Sie klang aufgebracht, aber nicht länger aus Angst. „Hast du noch nie davon gehört, dass der Körper Schmerzen stumm schaltet, wenn er in Alarmbereitschaft ist?" Sie sah zu ihrem Fuß und ließ ihn langsam kreisen. „Autsch!" Sie biss sich auf die Lippe.

„Doch, sicher."

Ich wollte noch etwas sagen, aber sie kam mir zuvor: „Es tut mir leid. Ich wollte dich nicht so anfahren. Ich … ich … diese Knochen. Scheiße, Lara, das sind die Knochen von einem Menschen. Ich kann nicht hierbleiben." Eine Träne rollte über ihre Wange. Die toughe Bobbi weinte, weil mein Großvater die Knochen eines Menschen aufbewahrt hatte.

Und da kam mir ein Gedanke. Ein nicht weniger abschreckender Gedanke, der aber immerhin eine Erklärung bieten konnte, die zumindest dieses Rätsel auflöste. „Vielleicht ist es meine Großmutter."

„Deine Großmutter."

„Ja, vielleicht hat er sie wieder ausgegraben, nachdem sie beerdigt wurde, und hierhergebracht."

Bobbis Gesicht strahlte Abscheu aus, aber auch sie entspannte sich. „Okay. Okay, ich möchte das gern glauben." Sie nickte und hörte nicht mehr damit auf, bis ich ihr eine Hand auf die Schulter legte.

„Wie wäre es mit einem Tee?"

Sie runzelte die Stirn. „Tee?"

Ich deutete auf die Lampen. „Wir haben wieder …" Ich stockte, als mir einfiel, welches Gespräch das Wiedereinsetzen des Stroms unterbrochen hatte. Ich rannte zum Fenster, aber natürlich sah ich nichts. Es war im Inneren des Hauses nun noch heller als zuvor und außer meinem bleichen

Gesicht und den Umrissen der Wohnzimmermöbel, die sich in der Scheibe spiegelten, sah ich nur undurchdringbare Dunkelheit.

Ich drehte mich zu Bobbi. „Da war jemand."

Sie biss sich auf die Unterlippe.

„Glaubst du mir immer noch nicht?"

„Doch, natürlich glaube ich dir. Ich meine, ich glaube dir, dass du jemanden gesehen hast."

„Aber?"

„Lass uns die Tür wieder verriegeln, ein paar zusätzliche Holzscheite ins Feuer legen und irgendetwas tun, das uns auf andere Gedanken bringt." Sie sah mich bittend an, aber ich runzelte nur die Stirn. Sie zog meinen Kopf zu sich, legte ihren dagegen und glättete so die Falten. Ein wenig. „Wir können doch ohnehin nichts tun." Da war sie wieder, die furchtlose Bobbi.

Ich drehte mich zurück in den Raum und mein Blick schweifte zu der Kommode. Ich deutete darauf: „Was ist damit?"

Sie schauderte. „Vielleicht suchen wir uns auch einen anderen Raum?"

Ich nickte, griff das Messer und zog sie an der Hand zur Tür und dann in den Eingangsbereich. Ein kalter Luftstrom umhüllte und irritierte mich. Das Licht, das die Holzdielen vor wenigen Minuten erhellt hatte, war jetzt ausgeschaltet, obwohl das Licht im Wohnzimmer noch immer brannte. Und auch von draußen, durch die geöffnete Haustür, drang kein Licht.

ZWÖLF

MONTAG, 16. DEZEMBER

„Hast du die Tür offengelassen?" Ich wusste, dass es nicht so war. Ich hatte gehört, wie sie ins Schloss geknallt war. Ich hatte es deutlich gehört. Und aus diesem Grund raste mein Herz ein weiteres Mal, als gälte es, einen Marathon zu gewinnen. Was ich jetzt sehr gern getan hätte. Das und nichts anderes. Von mir aus auch zweimal nacheinander. Aber von hier konnte ich nicht wegrennen. Nicht jetzt. Nicht durch den Schnee. Mitten in der Nacht. Ohne Bobbi, deren Fuß diese Strecke nicht würde zurücklegen können.

Ich schaltete das Licht ein.

„Ich ... ich weiß nicht." Ihre Stimme klang dünn.

„Du hast sie zugeknallt."

Sie starrte mich an. „Vielleicht ist sie wieder aufgesprungen. Es ist eine alte Tür. Vielleicht hat das Schloss nicht gegriffen und ..." Sie beendete ihren Satz nicht.

Es war eine alte Tür. Dennoch hatte sie ein neues Schloss. Und ich hatte gehört, wie die Falle eingeschnappt war. Ich schritt auf die Tür zu und drückte sie in den Rahmen.

Dann sah ich mich um. Es gab keine weiteren feuchten Fußspuren. Nur die Abdrücke von Bobbis nassen Socken, die langsam trockneten.

„Bestimmt war der Aufprall zu heftig. Bestimmt ist sie wieder aufgesprungen." Bobbi schien ihre Worte weniger für mich als für sich selbst zu wiederholen.

Ich nickte, auch wenn ich es nicht glaubte. Dann ging ich zur Abstellkammer.

„Was machst du?"

Ich öffnete die Tür und zog zwei alte Decken aus einem der Regale.

„Lara?"

Ich ließ die Tür offenstehen und ging zurück zum Wohnzimmer.

„Lara, was ist los?"

An der Tür zögerte ich für einen Moment und schritt dann langsam zur Kommode. Ich vermied es, auf den Boden zu sehen, legte eine Decke auf einen kleinen Schrank neben mir und breitete die andere aus. Ich ließ sie auf den Boden sinken und tat das Gleiche mit der anderen Decke. Als ich meinen Blick nach unten richtete, waren die Knochen und der größte Teil des Holzes mit dem alten Wollstoff bedeckt. Das aufgerissene Schubfach ignorierte ich.

Ich wandte mich wieder in Richtung Kamin und sah in Bobbis fragendes Gesicht. Sie stand im Türrahmen und hatte es nicht gewagt, mir zu folgen. Ich ging auf sie zu, schob sie in den Raum und verschloss die Tür wieder. „Wir schlafen hier."

Ihre Augen weiteten sich und sie schüttelte den Kopf.

„Es gibt keine Alternative. Dieser Raum hat zwei Ausgänge. Es gibt ein Feuer und wir haben zumindest eine Seite des Hauses und einen Teil des Strandes im Blick."

Sie schüttelte noch immer den Kopf. Ihr Blick war auf die Kommode gerichtet.

Ich nahm Bobbis Hand, zog sie zum Sofa und schob sie in die Kissen. Tränen liefen über ihre Wangen und sie schüttelte immer wieder den Kopf. Ich setzte mich rittlings auf sie, schlang die Arme um ihren Nacken und zog sie an mich. Nach ein paar Sekunden legte sie ihre Hände auf meinen Rücken und drückte mich noch fester an sich. Und irgendwann spürte ich das Zittern. Ich wusste nicht, ob es von ihr oder von mir ausging. Aber es verstärkte sich mit jeder Sekunde, bis ich mich selbst schluchzen hörte.

Das dazugehörende Gefühl versank an Bobbis Schulter. Ich ließ es nicht zu mir durchdringen. Ich wollte weder die Angst noch die Verzweiflung noch die Hilflosigkeit spüren. Ich wollte einzig in diesen Moment eintauchen und all das vergessen, was um uns herum geschah.

Bobbis Hände strichen über meinen Rücken, ihr Kopf lag auf meiner Schulter und ihre Tränen tropften in den Ausschnitt meines T-Shirts. Nach einer Weile ließ das Zittern nach, ich spürte nur noch ihren warmen Körper und schaffte es schließlich, mich in diese kleine Welt, in unsere winzige Glaskugel zurückzuziehen. Das Wohnzimmer, die Kommode und der Mensch am Strand verschwanden an einen Ort, an den ich schon so manches hatte verbannen können. Und plötzlich wusste ich, dass ich dort auch den Grund für das Gefühl finden würde, das mich bei unserer Ankunft überfallen hatte.

Ein Geräusch weckte mich, ließ mich aufschrecken. Der Schrei einer Möwe. Wie hatte ich einschlafen können? Ich sah mich um. Die Farbe des Himmels hatte sich in ein dunkles Grau gewandelt. Das Feuer glühte nur noch schwach, aber der Raum war so warm, dass mein Körper T-Shirt und Haare nass geschwitzt hatte. Auch die Lampen brannten. Wir hatten noch immer Strom. Ich verzog das Gesicht und schluckte. Hätten wir einen halben Tag gewartet, wären wir nicht durch den Wald gerannt, hätte ich nicht mein Telefon verloren. Ich sah nach draußen. Es schneite und vor dem Fenster und der Terrassentür hatte sich eine neue Schicht angehäuft, die zu einem großen Teil ins Haus fallen würde, wenn ich die Tür öffnete. Der Wetterbericht hatte eine falsche Vorhersage abgegeben.

Ich legte meinen Kopf auf Bobbis Schulter. Sie lag auf dem Rücken und schien noch zu schlafen. Mein Blick glitt über den Strand und nach und nach kehrten die Bilder des vergangenen Abends zurück. Die Knochen, der Mensch am Strand. Die offenstehende Tür. Mein Herzschlag beschleunigte sich, auch wenn meine Angst weniger stark war als am vergangenen Abend. Das Licht gab mir wieder einmal ein Gefühl der Sicherheit. Ein falsches. Eines, das mich nicht überzeugte.

Ich erhob mich vorsichtig, um Bobbi nicht zu wecken, und ging zum Fenster. Es gab keine frischen Fußspuren auf der Terrasse. Der Strand lag einsam vor den Wellen. Das Meer war ruhig und der Schnee fiel in dichten Flocken vom Himmel. Es hätte ein schöner Wintermorgen sein können. Der vierte Morgen unserer zweisamen Auszeit. Stattdessen war es der vierte Tag, der mich vor Aufgaben stellen würde, die ich nicht bewältigen wollte. Würden wir heute Abend noch hier sein? Würden wir einen Weg finden, hier heraus zu kommen? Würden wir mehr wissen?

Was sollten wir jetzt tun? Sollte ich allein ins Dorf laufen, um Hilfe zu holen? Sollte ich den Weg zum Wald in der Hoffnung zurücklaufen, mein Telefon zu finden? Aber was würde es nutzen? Die Nässe hatte die Elektronik sicher ohnehin längst zerstört. Abgesehen davon war es sehr unwahrscheinlich, dass ich es unter all dem Schnee überhaupt fand.

Ich sah wiederholt den Strand entlang, sah auf die Wellen. Ganz so, als würde dort die Antwort liegen. Konnten wir dort zum nächsten zivilisierten Lebewesen laufen? Eine Richtung hatten wir bereits erkundet. Bis zu den Felsen hatte es keinen Aufgang gegeben, der unmittelbar zu einem von Menschen besiedelten Ort führte. Überall schirmten der Wald und die Steilküste das Ufer von den Straßen ab. Und zu Fuß hatten wir keine Möglichkeit, an den Steilwänden vorbeizukommen.

Im Sommer hätte man die Felsen umschwimmen können, aber jetzt bestünde unsere einzige Hoffnung darin, dass die Kälte das Wasser gefroren hatte. Und dass diese Kälte die Wellen zwischen den Eisschollen miteinander verband. Aber das war unwahrscheinlich. Selbst hier bewegte sich das Wasser gleichmäßig und ließ keinen Zweifel daran, dass man es zu Fuß nicht überqueren konnte.

Ich ging zum Bücherregal und zog die Landkarte heraus. Wenn wir es bis hinter die Felsen schafften, würden wir auf einen Weg treffen, der uns in einen Ort führte. Ich fuhr mit meinem Finger den Strand in die andere Richtung entlang. Auch hier gab es Ortschaften, aber sie waren weiter entfernt. Wir wären mindestens doppelt so lang unterwegs, um sie zu erreichen. Es gab auch Orte, die näher lagen. Aber der Weg zu ihnen führte vom Strand aus durch den Wald zu einer großen Straße und dann wieder durch den Wald. Ich hatte nicht vor, diesen ein weiteres Mal zu betreten.

Ich fixierte das Kompass-Symbol auf der Karte. Mein Blick wurde weicher und die Farben vor mir verschwammen. Ich schloss die Augen und schüttelte den Kopf. Es musste eine Möglichkeit geben, um die Felsen herumzukommen. Ich legte die Karte auf die Armlehne des Sessels und scannte das Bücherregal. Vielleicht gab es weitere Karten. Aktuellere. Diese war zwanzig Jahre alt.

Aber ich sah nur Bücher. Lexika, Bücher über das Angeln, verwitwete Ermittler und über Gerichte für alleinlebende Kochmuffel. Und Bücher über das Segeln. Ich schluckte und sog die Luft ein. Segeln. Ich legte den Zeigefinger auf das obere Ende eines Buchrückens und zog einen Band über das Segeln auf dem Meer aus seinem Platz im Regal. Eine Staubwolke hätte mir entgegenkommen müssen, aber sie blieb aus. Wie auch der Rest des Hauses war das Bücherregal vor nicht allzu langer Zeit entstaubt worden. Mein Großvater musste damit gerechnet haben, zurückzukommen. Welchen anderen Grund hätte er gehabt, das Haus zu behalten? Und wieder dachte ich an meine Mutter. Und daran, dass mein Großvater nicht mehr in der Lage gewesen war, solche Entscheidungen zu treffen. Dass es meine Aufgabe gewesen wäre.

Vielleicht hatte er schon lange eine Putzfrau gehabt und meine Mutter hatte schlichtweg vergessen, ihr zu kündigen? Wenn dem so war, wann würde sie das nächste Mal kommen? Konnten wir auf sie warten? Wer bezahlte sie?

Ich schob die Fragen beiseite und legte das Buch zu der Karte. Ich wollte nicht hineinsehen. Es war nicht notwendig. Ich wollte nur, dass es vor mir lag und mir eine Möglichkeit aufzeigte, von hier wegzukommen. Allerdings bestand diese Möglichkeit nur dann, wenn die Jolle im Bootshaus noch intakt war, wenn sie überhaupt noch da war. Mein Großvater war Mitglied des Segelvereins gewesen. Sicher hatte er sein Boot gepflegt. Wenn er es nicht verkauft oder verschenkt hatte, war die Wahrscheinlichkeit groß, dass wir es nutzen konnten.

Ich sah nach draußen. Auf das Meer. Ich verfolgte die Eisschollen mit den Augen. Sie befanden sich nur auf einem etwa zehn Meter breiten Streifen. Nun schlug ich das Buch doch auf. Vielleicht würde ich ein Kapitel darüber finden, wie man eine Jolle im Winter manövrierte.

DREIZEHN

DIENSTAG, 17. DEZEMBER

Eine Stunde später saßen Bobbi und ich in der Küche, tranken heißen Kaffee und aßen Eier mit Speck. Auch im Rest des Hauses hatte es keine Anzeichen dafür gegeben, dass jemand eingedrungen war. Wir hatten jeden einzelnen Raum durchsucht. Bobbi meinte, wenn der Strom schon einmal da wäre, sollten wir ihn auch nutzen. Also hatten wir das Radio, den Herd und den Wasserkocher eingeschaltet und taten so, als verliefe alles nach Plan. Aber das tat es nicht und es fiel mir schwer, der fröhlichen Stimme des Moderators zuzustimmen, der in jenen Regionen einen sonnigen Tag versprach, in denen es nicht schneite.

Mein fehlender Appetit ließ mich in meinem Essen herumstochern. Ich hatte noch immer das Gefühl, als würde ein riesiger Stein auf meiner Brust liegen und bei jedem Geräusch, das ich nicht sofort einordnen konnte, zuckte ich zusammen.

„Wir werden erfrieren."

Ich hatte Bobbi von meiner Idee mit dem Segler erzählt. Ihr gesagt, dass ich ihr endlich beibringen würde zu segeln. Zunächst war sie begeistert, aber nun fand sie ein Argument nach dem anderen, das dagegensprach.

Ich entkräftete jedes einzelne von ihnen. Ich wollte unter jedweden Umständen hier weg. Ich konnte nicht noch eine vierte Nacht in diesem Haus verbringen. „Du hast Ski-Sachen für uns beide eingepackt. Bestimmt gibt es wasserdichte Säcke auf dem Boot. Dort können wir Wechselsachen unterbringen. Wir stopfen uns Wärmflaschen unter die Pullover, kochen Tee und nehmen alle Handschuhe mit, die wir finden können."

„Die Segel frieren ein."

„Hast du schon mal was von Eissegeln gehört? Nicht jeder zieht seinen Segler über den Winter aus dem Wasser. Für manche fängt der Spaß erst an, wenn die Temperaturen den Gefrierpunkt erreichen."

„Ich kann überhaupt nicht segeln."

„Aber ich. Außerdem werden wir die meiste Zeit in eine Richtung segeln, haben also nicht viel mehr zu tun, als das Boot auf Kurs zu halten. Und ich werde dir vorher genau erklären, was du zu tun hast."

„Was ist, wenn die Strömung uns abtreibt? Aufs Meer hinaus. Ist das Boot nicht viel zu klein für das große Meer?"

Sie hatte das Boot nicht gesehen und ich runzelte die Stirn. „Woher willst du das wissen?"

„Du hast gesagt, es wäre eine Jolle."

„Und woher weißt du, wie groß eine Jolle ist?"

Sie zuckte mit den Schultern. „Nur weil ich nicht segeln kann, heißt das ja nicht, dass ich noch nie in einem Hafen war." Sie deutete nach draußen. „Außerdem sieht das Häuschen da draußen nicht so aus, als könnte es eine Hochseejacht von zwanzig Metern Länge und einem Eisbrecher vor dem Bug beherbergen."

Ich atmete hörbar aus. „Du brauchst wirklich keine Angst zu haben. Wir segeln nicht weit ab vom Ufer. Im schlimmsten Fall schwimmen wir an Land und rennen nach Hause."

Ihre Augen weiteten sich. „In Ski-Sachen?"

Ich nickte. „Vertrau mir."

Sie verzog das Gesicht und schob sich eine Gabel mit Ei in den Mund. Bobbis Appetit hatte keinen Schaden genommen. „Das tue ich, aber ich bin auch realistisch und wiege ab, unter welchen Umständen eine größere Gefahr besteht zu sterben." Sie deutete nach draußen in Richtung Meer. „Da! Im eisigen Wasser." Sie senkte den Arm wieder und legte dann den Zeigefinger auf die Tischplatte. „Oder hier drinnen mit einem Messer in der Hand und der Möglichkeit wegzurennen."

„Wie geht es eigentlich deinem Fuß?"

Sie runzelte die Stirn und ich hob eine Augenbraue.

„Ach so, meinem Fuß." Sie stand auf und setzte den verletzten Fuß immer wieder auf. Dann sah sie mich lächelnd an. „Deutlich besser."

„Gut genug, um ins Dorf zu laufen?"

Sie verzog das Gesicht. „Ich vermute nicht."

„Dann haben wir wohl keine Wahl."

„Lara."

„Hast du eine bessere Idee?"

Eine Weile schwieg sie, setzte sich wieder und rührte in ihrem Kaffeebecher herum. Schließlich blickte sie von ihrer Tasse auf. „Nein." Sie brummte das Wort mehr, als dass sie es aussprach.

„Ich will hier weg."

Sie seufzte. „Das will ich doch auch."

„Dann essen wir jetzt und gehen danach ins Bootshaus, um uns den Segler anzuschauen."

„Wir wissen ja nicht mal, wie wir dort reinkommen sollen."

„Das werden wir schon rausfinden." Ich zögerte und legte dann mehr Entschlossenheit in meine Stimme. „Ich will hier weg. Bist du dabei?"

Sie presste die Lippen aufeinander. Entweder fand sie keine weiteren Argumente oder sie hielt sich davon ab, sie auszusprechen. Irgendwann aber sagte sie: „Okay."

Die Tür zum Bootshaus war durch ein Vorhängeschloss gesichert. Ich hatte die Schränke im Eingangsbereich nach dem passenden Schlüssel durchsucht, aber er war nicht aufzufinden.

„Wir könnten es mit einer Axt aufschlagen." Bobbi besah das massive Schloss und drehte es zwischen ihren Fingern. Sie waren gerötet von der Kälte, der wir uns seit zehn Minuten aussetzten, um die möglichen Verstecke, an denen mein Großvater den Schlüssel postiert haben konnte, abzusuchen. Wir hatten nichts außer einer toten Maus und einem alten Plastikeimer gefunden. Der Wind hatte den meisten Schnee verweht und unsere Schuhe versanken nur ein paar Zentimeter in der weißen Decke, die sich am Boden hatte halten können.

„Du schaust echt zu viele Filme." Ich strich über die Metallplatte, die an die Tür geschraubt war und an der sich die Öse für das Schloss befand. „Wir brauchen eigentlich nur den richtigen Schraubenzieher."

„Dreher."

Ich reagierte nicht auf ihre Verbesserung. „In der Abstellkammer steht eine Werkzeugkiste. Ich bin sicher, da ist einer." Ich wandte mich zum Gehen, während ich sprach.

„Warte, ich komme mit."

Wir fanden das passende Werkzeug schnell. Und auch die Schrauben ließen sich ohne Probleme herausdrehen. Das überraschte mich. Ich hatte erwartet, dass der Frost sie fester im Holz fixiert hatte. Oder der Rost. Oder einfach die Zeit, die sie und das Holz bereits miteinander verbracht hatten.

Aber ich konnte keine Altersspuren an dem Metall ausmachen. Diese Schrauben wirkten, als hätten sie noch vor nicht allzu langer Zeit in einem Baumarkt gelegen. Ich hoffte, dass derjenige, der sie dort gekauft hatte, nicht in das Bootshaus eingedrungen war, um den Segler zu beschädigen.

Als ich die letzte Schraube löste, sprang das Metallstück ab und beide Flügeltüren öffneten sich schnell in unsere Richtung. Wir traten zur Seite, um ihnen Platz zu machen, und dann zurück in den Türrahmen. Die Luft, die uns entgegenströmte, war frischer, als ich es vermutet hatte. Befreite die unbekannte Putzkraft auch das Bootshaus von Staub und Nagetierhinterlassenschaften?

Weder Bobbi noch ich bewegten uns. Wir starrten beide auf die abgedeckte Jolle meines Großvaters und ich nahm an, dass sie daran zweifelte, dass uns das kleine, hölzerne Boot über das Meer tragen konnte. Ich tat es auch und musterte den Rumpf. Zumindest wirkte der Teil des Bootes, den wir sehen konnten, intakt und gut gepflegt. Er war sauber, das Schwert eingeholt und ich konnte keine Löcher, Risse oder auch nur größere Kratzer in dem glänzenden Holz erkennen. Sie lag auf einem Bootsanhänger, dessen Reifen jedoch die Luft fehlte.

„Das sieht doch gut aus." Ich setzte mich endlich in Bewegung und ging um das Boot herum. Dabei löste ich die Verschlüsse der roten Plane, auf der sich kein Staub gesammelt hatte. Auch das Innere des Bootes war sauber. Mast und Baum, ebenfalls aus Holz, lagen ordentlich nebeneinander.

Das Großsegel war akkurat aufgerollt und zwei Paddel befanden sich zusammen mit dem kleineren Fock-Segel und dem Ruder auf dem Boden des Bootes. Eine Stimme in mir schrie, ich sollte nach möglichen Manipulationen suchen. Doch so genau ich den alten Segler auch untersuchte, ich fand nichts. Es würde sich auf dem Meer zeigen, ob das Boot uns eine Hilfe war.

„Wenn du das sagst." Bobbi trat neben mich und legte ihren Kopf an meinen Oberarm. Trotz allem schafften wir es, Zärtlichkeiten dieser Art auszutauschen, und sie machten die wenigen Momente aus, in denen ich etwas anderes fühlte als Angst und Verwirrung.

„Ja, das sage ich." Ich küsste ihre Stirn und ging um das Heck des Bootes herum. Dabei besah ich die Halterung des Ruders, kontrollierte die Ventile, hob das Seil an, mit dem man das Großsegel hielt, ging weiter auf die Backbord-Seite und blieb dort abrupt stehen.

Bobbi war mir gefolgt, aber ihr Blick richtete sich offenbar noch immer in das Innere der Jolle. „Bist du sicher, dass die Wellen das Boot nicht fluten werden? Und was ist, wenn irgendeine Schraube nicht richtig festsitzt und uns das Segel um die Ohren schlägt oder …?" Sie drehte sich zu mir. „Hey, wo bleiben deine schlauen Argumente?"

Und dann sah sie es auch. Sie schlug eine Hand vor den Mund und ich hörte ein dumpfes „Scheiße".

Ich versuchte, meinen Atem zu kontrollieren, befahl ihm, mehrere Sekunden ein- und dann wieder auszuströmen. Ich hielt die Lippen fest aufeinandergepresst, damit ich durch die Nase atmen musste, und ganz langsam beruhigte sich mein Puls. Ich nahm das Jagdmesser von meinem Gürtel und hielt es so fest umklammert, dass sich die Haut an meinen Fingern weiß verfärbte. Ganz so, als könnte ich das Bild vor uns auf diese Weise bekämpfen, auslöschen.

Auf dem Boden lagen neben einem ordentlich aufgerollten Schlafsack ein Stapel Pullover, eine Jacke, Schuhe, die mindestens sechs Nummern zu groß waren, um einer Frau meiner Größe zu passen, und eine verschlossene Reisetasche. Außerdem fand sich eine Kiste mit Essensvorräten an der Wand. Brot, Konserven, Bananen, Nüsse, aber auch Schnaps und Schokolade, ein bisschen Geschirr, Besteck und Papiertücher.

„Ich wusste es." Ich war unsicher, ob ich die Worte laut ausgesprochen hatte. Hatte ich die Lippen bewegt? War es meine eigene heisere Stimme, die in meinem Kopf widerhallte? Es schien nur ein Flüstern zu sein und doch hörte ich die Worte klar und deutlich.

Bobbi sagte nichts.

Für mehrere Sekunden starrten wir schweigend auf unseren Fund. Nur das Rauschen der Wellen und die lauten Stöße unserer Atemzüge drangen an meine Ohren. Wir hätten die Sachen nach Hinweisen auf die Identität ihres Besitzers durchsuchen können. Wir hätten es tun sollen. Aber mein Gehirn kämpfte gegen mein Hormonsystem, das meinen gesamten Körper unter Stress und Spannung gesetzt hielt und zur Flucht animierte. Die gegensätzlichen Forderungen lähmten mich.

Irgendwann löste ich mich aus meiner Starre, drehte mich um und blickte wieder auf das Boot. Wir mussten so schnell wie möglich hier verschwinden. Die Taschen mit den Wechselsachen standen fertig gepackt im Eingangsbereich. Wir hatten ein paar der riesigen Einkaufstüten, in denen wir unser Bettzeug transportiert hatten, mit Gewebefaserklebeband verklebt. Die Verdichtung würde Wellen, die ins Boot schwappten, davon abhalten, unsere Wechselsachen mit Salzwasser zu tränken. Zumindest hofften wir das.

„Los, wir holen die Sachen."

Bobbi starrte mich an. Dann schluckte sie und schien wieder klarer zu denken. „Sollten wir nicht hierbleiben? Zumindest einer von uns."

„Noch ein Beginn einer Horrorfilm-Szene, bei der ich den Film ausschalte. Bist du irre? Keiner von uns bleibt jetzt noch irgendwo allein."

Sie nickte und ich griff nach ihrer Hand und zog sie zum Haus.

Ich rechnete damit, dass wir dem Bewohner des Bootshauses auf dem Weg zum Haupthaus begegneten. Vielleicht war er aber auch im Haus. Vielleicht hatte er einen Schlüssel und nutzte die Räume, wenn wir nicht da waren. Vielleicht war er es, der den Strom ein- und wieder ausschaltete, wenn ihm danach war. Ich schluckte. Oder, wenn er der Meinung war, einen besonderen Moment gefunden zu haben, um uns zu erschrecken. Oder um uns einer Möglichkeit zu berauben, die Außenwelt zu kontaktieren. Vielleicht nutzte er den Strom, wenn er selbst im Haus war, kochte sich Tee und briet sich ein Steak, während wir durch den Wald über Wildschweine stolperten. Vielleicht lud er sein eigenes Handy, nachdem er uns dabei beobachtet hatte, wie wir im Kerzenschein Knochenjäger spielten.

Ich war sicher, dass er uns dabei beobachtet hatte. Ich war sicher, dass er gesehen hatte, wie Bobbi die Schränke durchsuchte, wie wir das Schubfach aufrissen und wie das Kerzenlicht unsere entsetzten Gesichter beleuchtete. Aber wie? Ich dachte an das Licht am Strand.

Er war am Strand gewesen, als wir die Kommode durchsucht hatten. Ich hatte ihn gesehen. Hatte er uns auch gesehen? War es möglich, dass er einen Beobachtungsposten nahe der Terrasse hatte und von dort aus unbemerkt zum Strand gerannt war, nachdem ich die Tür geöffnet hatte?

Ich schüttelte den Kopf. Langsam und zögerlich und immer wieder, um auch die Gedanken abzuschütteln. Aber dann brachen sie durch. Was, wenn dieses Handy in irgendeiner Form mit dem Haus verbunden war? Vielleicht war er schon länger hier? Vielleicht hatte er auf uns gewartet und das Haus vor unserer Ankunft präpariert? Ich nahm mir nicht die Zeit, den Sinn dahinter zu erfragen. Ich verrannte mich in die Vorstellung, dass jemand hier war, um uns zu beobachten und … Und dann fokussierte ich mich auf eine Frage: Was, wenn er eine Kamera im Wohnzimmer installiert hatte?

Dann hatte er die Knochen gesehen. Hatte er davon gewusst? Warum hatte er den Strom genau in diesem Moment aktiviert? Hatte er uns unsere Angst nehmen wollen? Oder hatte er vermutet, dass uns das plötzliche Einsetzen des Stroms noch mehr verängstigen würde? Welches Spiel spielte er mit uns? Und warum hatte er uns bisher nicht angegriffen? Wer war dieser Typ?

Ich dachte nicht daran, dass die Entdeckung der Sachen etwas erklären würde. Die Situation entschärfen könnte. Dass der Typ einfach nur ein Obdachloser war, der sich vor uns versteckte und wollte, dass wir wieder verschwanden.

Wir gingen den Weg zum Haus hinauf und die Angst, die mich vor wenigen Minuten auf das Lager des Unbekannten hatte starren lassen, verwandelte sich in Wut. Ich schritt schneller voran und Bobbi hatte Mühe, mein Tempo mitzuhalten. Ich öffnete die Tür und ging durch den Eingangsbereich auf das Wohnzimmer zu.

„Was tust du, Lara?" Bobbi blieb stehen. „Wir müssen hier verschwinden." Ihre Stimme überschlug sich. Weinte sie?

Aber ich hatte keine Zeit, mich um sie zu kümmern. Ich fegte mit dem Arm die Bücher aus den Regalen, riss

Kunstpflanzen aus ihren Töpfen und strich mit den Fingern über die Bilder an der Wand. Ich mied die Kommode.

„Was suchst du?"

„Er hat uns beobachtet."

„Was?"

„Ich bin sicher, er hat hier irgendwo Kameras versteckt. Als wir die Knochen gefunden haben, stand er mit dem Handy am Strand. Und ich bin sicher, er hat uns beobachtet."

„Oh, mein Gott. Nein. Er hat uns die gesamte Zeit über beobachtet? Er wusste immer, was wir tun?" Sie zögerte. „Dann … dann hat er uns auch … er hat gesehen, wie wir …"

Ich war sicher, dass er uns nicht nur beim Kartenspielen und Käsetoast braten beobachtet hatte, sondern auch dabei, wie wir miteinander geschlafen hatten. Allerdings war das nicht meine größte Sorge. Ich schüttelte die Vorhänge und klopfte die Kissen aus. Es war nichts zu finden. Konnte er sie entfernt haben? Konnte ich sie übersehen haben?

Ich sah aus dem Fenster. Es war bereits nach zehn Uhr. Uns blieb nicht viel Zeit, wenn wir im Hellen irgendwo ankommen wollten. Also schaute ich mich ein letztes Mal um und sah nichts außer dem Chaos, das ich soeben verursacht hatte. „Lass uns gehen."

Bobbi nickte und ging voraus in den Eingangsbereich, wo wir die verklebten Taschen griffen und dann so schnell, wie es möglich war, mit ihnen zum Bootshaus rannten.

VIERZEHN

DIENSTAG, 17. DEZEMBER

Zehn Minuten später hatten wir das Haus verlassen und das Boot ein weiteres Mal gründlich auf Lecks abgesucht und sämtliche Seile kontrolliert. Sie wirkten ebenfalls gepflegt, einige fast neu. Alles war in bestem Zustand, wenn man einmal von den luftleeren Reifen des Anhängers absah. Ich fragte mich, wann mein Großvater das letzte Mal mit der Jolle gesegelt war.

„Irgendwo muss es hier doch eine Luftpumpe geben." Ich öffnete Schränke und schloss sie wieder.

„Ist das nicht egal? Wir schaffen das auch so, oder? Brauchen wir überhaupt den Wagen?"

„Es geht sicher auch ohne, aber mit dem Wagen ist es leichter und das Boot zerkratzt nicht so leicht."

Bobbi fing meinen Blick auf und starrte mich an. „Kratzer? Ernsthaft?" Sie deutete auf das Lager. „Wir sind noch nicht unterwegs, weil du Kratzer vermeiden willst?"

Ich sah auf und die Wut auf ihrem Gesicht. Ein seltener Anblick, der sie fremd wirken ließ. „Nein, weil es schneller geht, wenn die Räder mit Luft gefüllt sind." Ich seufzte. „Egal, wir versuchen es so." Ich warf noch den Eimer, der vor dem Haus gestanden hatte, und ein paar riesige Gummistiefel zu unseren Sachen ins Boot und ging dann zur Tür, um die Vorleine am Handgriff des Anhängers zu befestigen. Danach warf ich Bobbi die Leine zu. „Hier. Lauf ein Stück schräg hinter mir und halt das Seil so fest, wie du kannst, damit das Boot nicht vom Anhänger rutscht, wenn es bergab geht."

Sie nickte und ich drückte gegen den Handgriff. Ich setzte mein gesamtes Körpergewicht ein, um den Wagen anzuschieben, aber er bewegte sich nicht. „Du musst mir helfen."

Bobbi klemmte sich das Leinenbündel unter den Arm und schob mit mir gemeinsam. Als auch das nichts brachte, hielt sie inne und sah unter das Boot. „Da liegen Steine vor den Rädern."

Richtig. Die hatte ich ganz vergessen. „Kannst du sie wegnehmen?"

Sie krabbelte unter das Boot und zog die Bremsblöcke weg. Als sie wieder neben mir stand, schafften wir es, den Anhänger aus dem Bootshaus zu schieben.

Der Strandabschnitt war flach genug, damit der Wagen nicht von sich aus ins Wasser rollte. Aber dennoch ging es leicht bergab und es lag kaum Schnee auf dem Sand. Wir kamen gut voran.

Als wir das Wasser erreicht hatten, bedeutete ich Bobbi, in das Boot zu steigen. Ich griff nach den Gummistiefeln, zog meine Winterschuhe und Socken aus und gab beides Bobbi. In ihrem Blick lag leichte Panik.

„Keine Angst, ich lasse dich nicht wegschwimmen." Ich wollte ihr zuzwinkern, brachte aber nur ein Blinzeln zustande.

„Es ist wirklich kein guter Zeitpunkt für Witze."

„Das war kein Witz." Ich löste die Vorleine und legte sie ins Boot. „Ich werde jetzt den Mast aufrichten und das Fock-Segel anbauen."

„Was?"

„Das kleine Segel, das sich vorne am Boot befindet."

Sie nickte. „Okay."

„Wir hissen die Segel aber erst, wenn wir auf dem Wasser sind. Hilf mir mal."

Gemeinsam stellten wir den Mast auf und ich befestigte das Focksegel und seine Leinen mit zwei Achterknoten. Dann schob ich den Anhänger schräg ins Wasser und gab dem Boot einen sanften Stoß, damit es schwamm. Das Meer war etwa knietief und der Rumpf schabte über den Sand. Ich trat vorsichtig ins Wasser. „Setz dich auf die andere Seite, damit wir nicht umkippen, wenn ich reinspringe."

Bobbis Augen weiteten sich, aber sie wechselte die Seite.

Ich brauchte mehrere Anläufe und die Jolle wankte bedrohlich, aber schließlich landete ich mit nackten Füßen im Boot. Die Gummistiefel waren immer weiter in den Sand gesunken und schließlich steckengeblieben. Ich zog meine Schuhe und Socken wieder an, stülpte die Hose über den Schaft der Stiefel, damit der nasse Stoff meine Haut nicht berührte, und schnappte mir dann eines der blauen Paddel. Bobbi verstand und griff das andere. Wir stießen die Paddelblätter in den Sand und drückten dagegen, um das Boot weiter ins Wasser zu schieben. Es funktionierte und wir trieben zwischen einzelnen Eisschollen durch die sanften Wellen.

„Das Schwert."

Bobbi sah mich verständnislos an, aber ich warf mein Paddel ins Boot und löste die Seile, die die Stahlplatte oben gehalten hatten. Mit einem knarzenden Rumms sank sie ins Wasser und die Lage des Boots stabilisierte sich.

„Ist das so wichtig?"

Ich nickte. „Es sorgt dafür, dass wir nicht umkippen, wenn die Segel gesetzt sind und der Wind dagegen drückt. Zumindest auf den meisten Kursen."

„Oh."

Ich lächelte. Es tat gut, in die Routine zu fallen und mich auf die einzelnen Aufgaben konzentrieren zu können. Als ich die Schwertleine mit einem Webeleinstek fixiert hatte, baute ich das Ruder an, löste die Fock-Leine von der Klampe und zog das kleine Segel hoch. Ich erklärte Bobbi, wie sie mir beim Großsegel helfen konnte und wenige Minuten später schob der Bug die kleiner werdenden Eisschollen auseinander und wir nahmen Fahrt auf.

Der Strand, das Bootshaus, das Wohnzimmer mit den Knochen. Mit jedem Meter, den wir von all dem durch die Wellen wegtrieben, löste sich die Schlinge um meinen Hals etwas mehr. Wir hatten es geschafft. Ich atmete freier und konnte fokussierter denken. Alles war klarer und wir näherten uns einem neuen Abschnitt auf dieser Odyssee. Die Freiheit des Meeres erfasste mich und in wenigen Minuten würde ich es schaffen zu lächeln.

„Warum sind die Segel so weit offen?" Bobbi saß auf der Kante, das Großsegel hinter sich und die Füße unterhalb des Gurtes, der am Boden der Jolle fixiert war, um den Segler beim Ausreiten festzuhalten. Aber es war nicht notwendig, dass sie sich aus dem Boot lehnte. Sie hatte lediglich Angst, herauszufallen.

„Der Wind steht schräg hinter uns. Man nennt das Raumwind und mit der Segelstellung fangen wir diesen Wind am besten ein. Wenn der Wind auffrischt, musst du auf meine Seite kommen."

Aber der Wind wurde nicht stärker. Noch nicht. Ich zog mir den Schal über den Mund und die Mütze hinunter bis zu den Augenbrauen und sah auf die Wellen. Bobbis Blick war zurückgerichtet. Ich folgte ihrem Blick für einen Moment. Wir waren etwa dreißig Meter vom Strand entfernt und das Haus lag fast einen halben Kilometer hinter uns.

„Wieso gab es eigentlich keine Spuren vor dem Bootshaus?" Bobbi sprach eine Frage aus, die ich mir selbst schon gestellt hatte. „Könnte es nicht vielleicht auch sein, dass schon seit Wochen niemand mehr dort war?"

Ich dachte an den Handy-Mann, das frische Obst und den umgeworfenen Blumentopf und schüttelte den Kopf. „Es ist noch nicht lange her, dass dort jemand war."

„Aber es gibt keine Spur."

„Vielleicht ist da noch ein anderer Eingang." Ich atmete warme Luft durch den Handschuh meiner linken Hand. Der dicke Stoff konnte nicht verhindern, dass Wasser an meine Haut drang. Es war schwierig, die Leinen zu halten.

Sie nickte. „Glaubst du, er war im Haus?"

„Ja." Ich sah zum Horizont und verfolgte die dicken, grauen Wolken.

Sie erwiderte nichts und wir schwiegen. Nach etwa zehn Minuten fielen die ersten Schneeflocken vom Himmel und schmolzen auf den nassen Holz- und Metallteilen der Jolle. Der Himmel verdunkelte sich, der Wind frischte etwas auf und ich bat Bobbi, sich in die Mitte des Bootes zu setzen, damit wir nicht nach Steuerbord kippten.

„Wie lange müssen wir fahren?"

Ich zuckte mit den Schultern. Der Strandabschnitt, den wir ansteuerten, lag etwa fünfzehn Kilometer entfernt. Die Segel verdeckten den Blick auf das Ufer, aber Bobbi würde den Aufgang erkennen. Sie schaute noch immer zurück.

„Wir sollten die Karte im Blick behalten. Anhand der Küstenform können wir ungefähr erkennen, wo wir uns gerade befinden."

Sie sah mich an und nickte. Und nach einer Weile sagte sie grinsend. „Dazu musst du sie mir aber geben."

Ich runzelte die Stirn, lächelte dann aber selbst. „Sehr witzig. Du hast sie doch eingesteckt."

Sie schüttelte langsam den Kopf.

„Nicht?"

„Nein, Lara. Sie lag nicht mehr auf dem Couchtisch. Deswegen bin ich davon ausgegangen, dass du sie genommen hast."

Das hatte ich nicht. Wir sagten beide nichts. Zu viele Dinge dieser Art waren in den letzten Tagen geschehen und wir würden all dem auch ohne die Karte entkommen.

Nach einer Weile fragte Bobbi: „Was machen wir, wenn wir jemanden gefunden haben?"

Ich schob die Pinne ein kleines Stück von mir, als sich eine Landzunge ins Wasser schob und wir etwas weiter aufs Meer hinaussteuern mussten. Der Wind kam nun stärker von der Seite und ich zog das Segel etwas dichter. Bobbi erschrak, erinnerte sich aber scheinbar an meinen Hinweis, dass die Segel fast immer parallel ausgerichtet sein sollten, zog auch das Fock-Segel dichter zu sich und setzte sich wieder auf die Kante.

„Wir suchen einen Polizisten, erzählen ihm alles und dann sehen wir weiter." Ich hatte noch nicht allzu viel darüber nachgedacht, wie die nächsten Tage aussehen würden. Ich wollte einfach nur weg von diesem Haus und hoffte, dass wir bei anderen Menschen Sicherheit finden würden. Und Wärme. Der kalte Wind und die starre Haltung drangen durch den Stoff, zermürbten meine Zuversicht. Andererseits sollten wir nicht länger als eine Stunde brauchen. Aber sicher war ich mir nicht.

Ein paar Minuten später fierte ich das Großsegel wieder und zog die Pinne zu mir heran, um die Landzunge zu umrunden. Auch Bobbi ließ das Fock-Segel etwas weiter aufgehen. Und dann traf uns eine Böe. Das Großsegel schwenkte zurück und schlug Bobbi gegen den Kopf. Es war kein harter Schlag, aber sie rieb sich die Schläfe und sah mich mit schmerzverzerrtem Gesichtsausdruck an.

Ich richtete das Ruder aus. „Ist alles okay?"

Sie nickte und warf dem Großbaum einen strafenden Blick zu. „Wann sind wir da?", fragte sie noch einmal.

„Ich weiß es nicht."

Sie seufzte und wischte sich ein paar Schneeflocken von der Hose.

„Bobbi, wir kommen super voran."

„Wenn du das sagst."

Wir schwiegen wieder. Die Küste krümmte sich und ich steuerte die Jolle parallel zu ihrem Verlauf. Der Wind kam nun wieder von der Seite. Aber er schien nicht nur aufzufrischen, sondern auch zu drehen. Denn weitere fünf Minuten später segelten wir auf einem Kurs, der uns hart am Wind entlangführte. Ich hielt das Segel so dicht, wie ich konnte, und bat Bobbi, sich neben mich zu setzen. Das Boot geriet dennoch in eine zu starke Schräglage und wir rutschen etwas nach vorne, ins Innere des Bootes.

„Du musst dich weiter raus setzen." Ich schob meinen eigenen Po so weit über die Kante, dass er über dem Wasser schwebte. Bobbi sah mir zu und zögerte. Aber dann verhakte sie ihre Füße im Fußgurt und ließ sich langsam nach hinten gleiten.

Die Lage des Bootes stabilisierte sich und sie grinste mich an. „Das macht Spaß!"

Ich nickte und ein Funke ihrer Begeisterung schwang auf mich über. Das Wasser strömte laut unter uns. Die spritzende Gischt war nicht länger nur kaltes Wasser. Sie war Ausdruck der Geschwindigkeit. Für einen Moment vergaß ich, was uns hierhergeführt hatte. Für einen Moment gab es nur uns, die Bewegung und das Meer.

„Segelst du oft?" Sie musste über das Tosen des Windes und der Wellen hinweg schreien, damit ich sie unter der Kapuze verstand.

Ich zuckte mit den Schultern, was sie sicher nicht bemerkte. „Früher schon. Aber momentan eher weniger." Das Wasser drückte gegen das Ruder und ich musste viel Kraft aufwenden, um es in seiner Position zu halten.

„Du musst es mir unbedingt beibringen, wenn wir wieder zuhause sind."

Ich lächelte. Zuhause. Das klang gut. Ich sah meine kleine Wohnung vor mir und sie erschien mir wie ein Paradies der Ruhe und des Friedens. Der Drang, wieder umzuziehen, war verschwunden und ich hätte fast alles dafür gegeben, jetzt auf meiner Couch vor dem stummen Fernseher zu liegen und mit Bobbi die Dialoge der Charaktere im Stil schlechter Seifenopern zu synchronisieren. „Klar, das mache ich."

Wieder wölbte sich der Küstenstreifen. Ich steuerte weg vom Wind, lockerte die Großschot, um das Segel weiter zu öffnen und sagte Bobbi, sie könne sich wieder ins Boot setzen. Doch bevor sie den Platz wechselte, schrie sie auf. Ihr Schrei war so markerschütternd, dass ich die Pinne von mir wegdrückte, um uns in den Wind zu stellen. Aber ich vergaß, ihr zu sagen, dass das Großsegel zu uns herüberschwenken würde und sie den Kopf einziehen musste.

Die schwere Holzstange traf sie am Kopf. Sie kippte zur Seite, fiel und blieb liegen.

„Bobbi!" Ich wartete darauf, dass sie sich aufrichtete und mich angrinste oder zumindest einen vor Schmerz verzerrten Gesichtsausdruck aufsetzen würde. Aber sie tat nichts. Sie lag schräg im Boot, ihr Kopf auf der Kante und ihre

Arme hingen schlaff am Körper hinunter. „Komm schon, Bobbi. Das ist nicht witzig." Aber dann sah ich das Blut. Es quoll unter ihrer Mütze hervor, genau an der Stelle, an der der Baum sie getroffen hatte.

Mein Herz begann zu rasen. War der Aufprall so stark gewesen? Ich hatte so ein Segel schon oft gegen den Kopf bekommen und ich hatte auch schon heftige Kopfschmerzen davongetragen, aber ich hatte noch nie erlebt, dass jemand das Bewusstsein von einem Schlag verlor. Doch dort lag sie und rührte sich nicht.

Ich hielt den Pinnenausleger weiter fest umklammert und beugte mich zu ihr. „Bobbi, wach auf." Ich rüttelte an ihrer Schulter, strich über ihre Wange und spritzte ihr schließlich das eisig kalte Meerwasser ins Gesicht. Sie reagierte nicht. Und ich konnte hier auf dem Wasser nichts tun. Ich konnte ihre Beine nicht hochlagern und ich konnte sie nicht in eine stabile Seitenlage bringen. Ich hatte keine Ahnung, wie weit es noch bis zum nächsten Ort war. Auf dem Meer war nicht ein einziges Schiff zu sehen und ich fühlte Panik in mir aufsteigen.

Der Wind wehte immer stärker in Böen und das Schneetreiben verdichtete sich. Ich hatte Angst, dass ich bei sich weiter verschlechterndem Wetter nicht in der Lage sein würde, das Boot ruhig zu führen, Bobbi hin- und her- oder gar aus dem Boot herausgeschleudert werden würde.

Also steuerte ich auf die Küste zu. Etwa zehn Meter bevor ich den Strand erreichte, killte ich die Segel und paddelte den Rest der Strecke zwischen den Eisschollen hindurch. Bobbi hing noch immer bewusstlos auf der Seite. Ich hatte ihre Atmung mehrfach überprüft und jedes Mal versucht, sie aufzuwecken. Ohne Erfolg. Etwa zwei Meter vom Strand entfernt lief das Boot auf Sand auf. Ich riss mir die Schuhe von den Füßen, zog Hose und Socken aus und stieg ins Wasser. Millionen einzelner, winzig kleiner Glasscherben schienen sich in meine Haut zu bohren, als sich das Meer um sie legte und sie auf schleimigen Sand trafen.

Ich ignorierte den Schmerz, griff nach der Vorleine und zerrte daran, so fest ich konnte. Es gelang mir trotzdem nicht, das Boot an Land zu ziehen und ich konnte nur hoffen, dass die Wellen es nicht wegtragen würden. Es gab keinen Stein oder Baumstumpf, an dem ich die Leine festmachen konnte.

Als zumindest der Bug halbwegs auf Sand stand, griff ich nach den Tüten und meinen Sachen, breitete unsere Wechseljacken als Lager aus und hievte schließlich Bobbi aus dem Boot. Ich benötigte mehrere Anläufe, schaffte es schließlich aber irgendwie, sie mir auf den Rücken zu legen.

Sie hatte keine Körperspannung in sich und ich überprüfte ein weiteres Mal ihre Atmung. Ich lief gebeugt und presste ihre Arme an mich. Ihre Beine zogen ihren Körper in Richtung Boden und ich schaffte es kaum, einen Schritt vor den anderen zu setzen. Nach wenigen Metern gab meine Muskulatur nach und wir sanken langsam in den kalten Sand.

FÜNFZEHN

DIENSTAG, 17. DEZEMBER

„Es tut mir so leid."
„Es war nicht deine Schuld."
„Ich hätte es sehen müssen."
„Und du kannst dich nicht mehr erinnern, warum du aufgeschrien hast?"

Bobbi schüttelte den Kopf und trank einen Schluck Tee. Er verdampfte heiß in der eisigen Luft und umhüllte ihr Gesicht mit einem grauen Nebel, in dem Schneeflocken schwebten. Das Blut auf ihrer Stirn war getrocknet.

„Du hast wirklich nur Kopfschmerzen?" Sie war wenige Minuten, nachdem wir den Strand erreicht hatten, aufgewacht und als sie sich wieder orientieren konnte, hatte sie geweint. Und ich hatte mit ihr geweint und nun saßen wir hier. Ratlos. Sollten wir umkehren? Weiterfahren?

„Ja, wirklich. Mir ist nicht schlecht und ich sehe keine Sternchen mehr." Sie grinste schief. „Außer dich natürlich."

Trotz allem musste ich lächeln. „Ich werde anfangen, diese Schmalzbrote aufzuschreiben."

„Schmalzbrote." Sie lachte und hörte dann wieder auf.

„Willst du sie unseren Enkelkindern vorlesen?"

Ich hob die Augenbrauen, was sie vermutlich nicht sah, weil ich meine Mütze und die Kapuze noch immer weit hinunter in die Stirn gezogen hatte. „Wir haben andere Geschichten, die wir ihnen erzählen können." Ich zögerte. „Wenn wir überhaupt jemals irgendetwas erzählen werden können."

„Was glaubst du? Wie hoch sind die Chancen, dass wir eine Nacht hier draußen überleben?"

„Hm, darüber muss ich nachdenken. Wie sehr hängst du an deinen Zehen? Möchtest du unbeschadet zurück in die Zivilisation?"

„Wir müssen uns also entscheiden. Gehen wir in die eine oder die andere Richtung?"

„Ja." Ich zögerte. „In diese Richtung ..." Ich deutete in die Richtung, in die wir gefahren waren. „... können wir nur segeln. Ich habe keine Ahnung, ob der Strand komplett begehbar ist. Und zu Fuß schaffen wir die Strecke bis zum nächsten Ort auf keinen Fall vor Einbruch der Dunkelheit."

Sie zögerte ebenfalls. „Und die andere Richtung?" Sie blickte nach Osten. „Zurück zum Haus?"

Ich sog die Luft ein, ließ sie ausströmen und spürte, wie mein Atem sich danach von allein beschleunigte. Soweit man es vom Boot aus hatte sehen können, gab es in dieser Richtung keine unüberwindbaren Hindernisse. Es würde möglich sein, die Strecke zu Fuß zurückzulegen. „Da will ich nicht hin."

„Wie weit sind wir denn schon gefahren?"

„Bobbi, da ist ein Irrer im Bootshaus."

„Das weißt du doch gar nicht. Er hat uns bisher nichts getan. Vielleicht lebt er einfach dort. Vielleicht lebt er seit Jahren dort." Sie sprach ruhig, aber ihre Stimme konnte mich nicht beruhigen.

Ich schüttelte den Kopf. „Der Stapel Pullover und der Schlafsack. Das wirkte alles ziemlich neu. Es wirkte, als hätte jemand extra für diese Reise eingekauft. Die ganzen Vorräte. Wenn er nicht ein gut gefülltes Portemonnaie auf der Straße gefunden hat, kann er kein Obdachloser sein." Ich überlegte. „Ich glaube nicht einmal, dass er alle diese Sachen hier kaufen konnte. Er muss dafür in einem Laden in einer größeren Stadt gewesen sein."

Sie nickte. „Aber wir sind seit vier Tagen dort. Meinst du nicht, er hätte uns längst etwas getan, wenn er das wollte?"

Ich wusste es nicht. Ich spürte nur den sich verstärkenden Druck, der seit unserer Ankunft meinen Hals einengte. Allein der Gedanke daran, zurückzukehren, ließ mich schwerer atmen. „Also, was möchtest du tun? Willst du ihm einen Brief schreiben und ihn zu einem Glas Wein und einer Runde Skat einladen? Oder möchtest du ihn um eine Tasse Mehl bitten, um einen Kuchen zu backen, den wir dann bei einer Tasse Kaffee gemeinsam verspeisen? Vorausgesetzt natürlich, der Gute gestattet uns eine Portion Strom, damit wir den Herd benutzen und Wasser aufbrühen können." Meine Stimme war laut geworden und ich machte eine Pause, um sie und mich zu beruhigen. Meinen Zynismus konnte ich allerdings nicht bändigen. „Vielleicht ist er ja nur auf der Suche nach ein paar Freunden."

„Ich würde ihm meine Freundschaft zumindest anbieten." Sie stupste mich an. „Immerhin hat er ein Handy dabei."

„Ich halte es für eine extrem miese Idee, zurückzugehen."

„Und ich halte es für eine extrem noch miesere Idee, hier zu erfrieren oder ins Meer zu fallen und dort zu erfrieren." Sie deutete auf die Wellen, die das Wasser und das Eis inzwischen wild an den Strand rollten. Es würde kaum möglich sein, die Wellen mit der kleinen Jolle zu bezwingen.

„Wir müssten das Boot hierlassen." Unsere einzige Chance zu fliehen.

Sie schwieg und dachte vermutlich dasselbe wie ich. Dann sah sie sich um. „Wir bringen es zum Fuß der Steilküste und binden es an einen Baum. Also, wie weit sind wir in etwa gefahren?"

Ich konnte nur raten. „Vielleicht drei Kilometer? Vielleicht mehr?"

„Das können wir laufen. Und wenn das Wetter besser ist, kommen wir zurück und fahren weiter."

Ich sprang auf und presste die Hände aufs Gesicht. „Und was ist, wenn es dann zerstört ist? Oder nicht mehr da steht?"

Bobbi stand ebenfalls auf und legte einen Arm fest um meinen Oberkörper. Die Berührung tat gut. Sie gab mir Kraft und täuschte Sicherheit vor. „Dann laufen wir weiter."

„Wir haben keine Ahnung …"

Sie legte einen Finger auf meine Lippen. „Dann laufen wir zur Straße."

„Und warum machen wir das nicht jetzt?"

Ich wusste es selbst. Es wäre genauso irrsinnig wie jede andere Option. „Weil wir nicht wissen, wie breit das Waldstück hier ist und ob wir es überhaupt da hoch schaffen." Ich deutete auf die sandige, schräge Wand, die sich hinter uns erhob und dann auf den Himmel. „In wenigen Stunden wird es stockduster sein und das Wetter wird immer schlechter." Sie sah zum Himmel, an dem sich die Wolken trotz der frühen Stunde verdunkelten und weitere Schneemassen versprachen.

Sie hatte recht. Zurück im Haus meines Großvaters konnten wir die Karte studieren. Wir könnten auf dem Rückweg unsere Schritte zählen und dann abschätzen, wie weit das

Boot vom Haus entfernt stand. Oder vielleicht würden wir am nächsten Tag auch schlichtweg die Straße vom Haus aus entlang bis zum nächsten Ort laufen. Vielleicht würden wir den gesamten Tag brauchen, aber zumindest wusste ich, dass wir auf diesem Weg irgendwann ankommen würden.

Wenn uns niemand einholte.

Also liefen wir zurück. Wir brauchten zwei Stunden. Der Wind wehte uns immer kräftiger entgegen, drückte Schneeflocken in die winzigen Ausschnitte unserer Gesichter, die wir nicht mit Mützen und Schals bedeckt hatten, und hinderte uns daran, schneller voranzukommen.

Bobbi musste sich immer wieder hinsetzen, weil ihre Kopfschmerzen schlimmer wurden. Zum Glück konnte sie ihren Fuß wieder voll belasten. Wir hatten unsere Wechselsachen beim Boot gelassen und nur den Rucksack mit dem Proviant mitgenommen. Der Tee wärmte uns kaum und es war unmöglich, die Nüsse oder die belegten Brote mit den dicken Handschuhen zu essen. Ohne Schutz gefroren die Finger jedoch innerhalb von Sekunden zu unbenutzbaren und schmerzenden Stöckchen.

Die Dämmerung war inzwischen so stark vorangeschritten, dass sich die Lichter des Hauses meines Großvaters deutlich von der dunklen Umgebung abhoben, als es in unser Sichtfeld gelangte. Es dauerte ein paar Schritte, bis ich realisierte, was ich sah. Und als ich es tat, streckte ich den Arm in Bobbis Richtung aus und stoppte sie.

„Was ist los?" Sie schrie, um die tosenden Wellen zu übertönen.

Ich streckte die Hand in Richtung Haus aus.

Sie trat näher zu mir und sprach nun etwas leiser. „Vielleicht haben auch wir das Licht angelassen."

Das war möglich. Ich hatte das Wohnzimmer in aller Hast durchsucht. Schon heute Vormittag hatten die Wolken nur wenig Licht in die Räume gelassen. Ich konnte mich zwar nicht daran erinnern, das Licht eingeschaltet zu haben. Aber es war nicht unmöglich.

Obwohl wir noch mehr als einhundert Meter vom Bootshaus entfernt waren, zog ich mein Messer aus der seitlichen Beintasche meiner Hose. Bobbi tat es mir gleich.

Ich rückte noch näher an sie heran. „Bereit?"

Sie sah mich an. „Nein."

„Ich auch nicht."

Trotzdem gingen wir weiter. Kleine Eisperlen in den Wimpern und ein taubes Gefühl in den Zehen trieben uns immer weiter durch den harten Sand. So lange, bis wir die offenstehenden Flügeltüren des Bootshauses erreichten. Warum hatte er sie nicht wieder verschlossen, um das bisschen Wärme zwischen den Holzwänden zu halten? Bedeutete dies, dass er im Haus war? Sollten *wir* die Gelegenheit nutzen und die Nacht im Bootshaus verbringen?

Aber der Gedanke daran, auf dem kalten Boden zu schlafen, oder besser nicht zu schlafen, ließ mich den Kopf schütteln. Und außerdem, Bobbi hatte recht. Wir hatten keine Ahnung, wer dieser Typ war. Vielleicht war es nur irgendein Landstreicher, der einen neuen Schlafsack geschenkt bekommen hatte.

Vielleicht überwinterte er hier jedes Jahr. Vielleicht hatte mein Großvater ihm das sogar erlaubt und nun hatte er Angst, dass ich ihn wegschicken würde, wenn er sich uns zeigte. Vielleicht veranstaltete er allein aus diesem Grund dieses Theater. Um uns zu vertreiben und sich sein Winterquartier zu erhalten.

Bei diesen Gedanken stieg Wut in mir auf. Vielleicht kam es von der Kälte. Vielleicht erkannte ich in diesem Moment auch einfach nur, dass wir nicht wehrlos waren. Wir waren zu zweit. Wir konnten uns verteidigen. Das war mein Haus. Ich würde jetzt dort hineingehen und die Person suchen, die diese Flucht aus dem Alltag zu einem Albtraum hatte werden lassen.

Entschlossenheit durchströmte meine Adern. Ich nahm das Messer in die linke Hand, griff mit der rechten nach Bobbis Hand und zog sie zum Haus. An der Tür angekommen schluckte ich die wiederaufkeimende Angst hinunter, zog die Handschuhe aus und steckte mit klammen Fingern den Schlüssel ins Schloss. Ich drehte ihn. Zweieinhalb Mal. Genauso oft hatte ich die Tür verriegelt. Aber das musste nichts heißen.

Anstatt sie zaghaft zu öffnen, stieß ich mit beiden Händen dagegen und brüllte so laut ich es nach den Stunden in der Kälte noch konnte: „Komm raus!" Ich wiederholte die Worte mehrfach. Die einzige Antwort, die ich erhielt, war ein zartes Echo. Neben mir stand Bobbi, das Messer genau wie ich schützend vor dem Körper. Sie sah von einer Tür zur nächsten. Es waren nicht viele. Im unteren Teil des Hauses gab es neben der Küche, der Abstellkammer und dem Wohnzimmer nur ein kleines Gäste-WC. Das Haus hatte keinen Keller. Im Obergeschoss befanden sich zwei Schlaf- und ein Badezimmer.

Mit der linken Hand öffnete ich meine Jacke und zog die Kapuze vom Kopf. Als ich Mütze und Schal abgelegt hatte, drang die Wärme an meinen Körper. Sie würde meine Haut in den nächsten Stunden langsam wieder auftauen. Ich ging zur Küche. Unser Geschirr stand noch immer in der Spüle. Es war kein neues hinzugekommen und auch sonst wirkte alles unverändert.

Auch die Abstellkammer und das WC wiesen keine Spuren eines unerwünschten Mitbewohners auf.

„Gehen wir nach oben." Ich wollte das Wohnzimmer so lange wie möglich meiden. Wegen der Knochen. Wir würden ein Problem nach dem anderen angehen.

Bobbi, die ihre Jacke inzwischen abgelegt hatte, folgte mir die Treppe hinauf ins Obergeschoss, aber auch hier war niemand zu sehen. Niemand hatte die Betten verwüstet, in den Schränken gewühlt oder Fußabdrücke hinterlassen. Ich dachte an Annie Wilkes und überlegte, ob ich vor unserem nächsten Ausflug Haare an den Türen spannen sollte. Aber dann fiel mir ein, dass wir von unserem nächsten Ausflug hoffentlich nicht allein zurückkommen würden.

Als wir schließlich vor der geschlossenen Wohnzimmertür ankamen, runzelte ich die Stirn. Hatte ich die Tür in all der Hektik hinter mir zugezogen? Ich wandte mich zu Bobbi. Die am Boot noch rote Blutkruste hatte sich inzwischen bräunlich verfärbt und war zum Teil verwischt. Der Rest ihres Gesichtes war bleich. Ihre Augen geweitet. Sie hatte Angst.

„Sollen wir?"

Sie schüttelte den Kopf.

Ich hob eine Augenbraue. „Du hältst ihn doch für einen guten Kumpel." Ich wollte sie angrinsen, brachte aber nur eine Grimasse zustande. „Oder möchtest du doch zuerst den Kuchen backen?"

Sie schloss die Augen und flüsterte. „Nicht, wenn er da drin schon mit einer Kanne Kaffee auf uns wartet."

Es war sinnlos, vor der Tür zu stehen. Wenn sich jemand in diesem Raum befand, hatte er unsere Rufe, unsere Schritte und vermutlich auch Bobbis Flüstern ohnehin schon gehört. Ich legte die Hand auf die Klinke und öffnete die Tür langsam.

Alle Lampen waren eingeschaltet. Die Terrassentür war verschlossen und eine wohlige Wärme umströmte uns. Niemand befand sich im Raum. Und doch brachte sein Anblick meine Angst auf eine neue Stufe.

Die Bücher, die ich vor wenigen Stunden aus den Regalen geworfen hatte, standen ordentlich aufgereiht auf ihren Brettern. Die Plastikpflanzen steckten wieder in ihren Übertöpfen und diese standen zurück an ihrem Platz. Selbst die Decke auf der Couch war ordentlich, Kante auf Kante, zusammengefaltet. Auf dem Tisch stand eine verschlossene Flasche Rotwein. Daneben zwei Gläser und eine ungeöffnete Packung ungeschälter, gerösteter Mandeln. Bobbis Lieblingssorte, die man nur in einem bestimmten Laden in unserer Stadt kaufen konnte. Wir hatten vor unserer Abfahrt keine besorgt. Unter einem der Gläser lag eine Karte, auf der in akkurater und gleichmäßiger Schrift geschrieben stand: ‚Willkommen zurück.'

„Lara." Bobbis Stimme klang dumpf und als ich sie ansah, erkannte ich den Grund. Sie hatte beide Hände vor den Mund gelegt. Tränen rannen ihr aus den Augen und sie starrte auf den Kamin. Ich folgte ihrem Blick. Ein Feuer loderte zwischen den Steinwänden. Aber es waren keine Holzscheite, die dort zu Asche verbrannten. Zwischen den Flammen lag ein Berg Knochen.

SECHZEHN

DIENSTAG, 17. DEZEMBER

Ich wandte mich zur Tür und stieß sie mit beiden Händen zu. Dann drehte ich den Schlüssel und rannte fast durch den Raum. Die Kommode war noch immer beschädigt. Aber die herausgebrochenen Holzstücke und jeder einzelne Knochen waren verschwunden. Nicht einmal ein kleiner Holzspan war auf dem Boden zu entdecken.

Ein dumpfes Geräusch ließ mich aufblicken. Bobbi war an der Tür zu Boden gesunken und verbarg das Gesicht in den Händen. Ich ging zu ihr und half ihr beim Aufstehen. „Du kannst dort nicht sitzen." Ich führte sie zum Sofa. Es war gut, sich um Bobbi zu kümmern. Die Aufgabe zögerte meinen eigenen Zusammenbruch hinaus. Sie überlagerte das Zittern und gab mir einen Grund, ruhig zu atmen.

Es fühlte sich an, als könnte ich all die anderen Dinge dadurch in eine imaginäre Ablage verschieben. Allerdings gab es zu viele Dinge, die wichtig und dringlich waren. Und ich musste auf alle reagieren, musste eine Lösung finden und mir klar machen, was hier passierte. Aber wie konnte ich das? Wie konnte ich verstehen, was das hier war? Wie sollte ich darauf reagieren, um mich, um uns zu schützen?

Bobbi nahm die Hände vom Gesicht und starrte auf das Terrassenfenster. Statt des Strandes und des Meeres sahen wir uns und den hell und gemütlich erleuchteten Raum. Die Wärme des Lichts passte nicht zu dem Entsetzen, das mich fest gepackt hatte.

„Finn war immer ein bisschen anders."

Finn? Sekunden vergingen, bis ich den Namen einordnen konnte. Ihr verschwundener Bruder hieß Finn. Ich sagte nichts, zu verwirrt darüber, dass sie ausgerechnet jetzt auf ihn zu sprechen kam.

„Er hatte nie viele Freunde. Sein großes Vorbild war Kurt Cobain. Und er wollte genauso ein Einzelgänger sein wie er. Er schloss sich immer in seinem Zimmer ein, spielte grottenschlecht Gitarre und ließ sich die Haare lang wachsen. Danach sah er ihm sogar ein bisschen ähnlich. Aber er konnte sich nie mit dem restlichen Auftreten der Band anfreunden. Seine Haare waren zwar lang, aber immer frisch gewaschen. Seine Klamotten waren sauber und er ging pünktlich zur Schule."

Ich versuchte, ihre Worte mit dem in Verbindung zu bringen, was uns in diesem Augenblick umgab. Versuchte sie, der Situation durch andere Erinnerungen zu entfliehen? An eine andere Möglichkeit wollte ich nicht denken. Und dennoch fragte ich: „Bobbi? Warum erzählst du mir das?"

Sie drehte sich zu mir. Ihr Blick glitt an mir vorbei zum Kamin und ein Ausdruck von Ekel und Entsetzen trat auf ihr Gesicht. Sie sah angewidert zurück zu mir. „Können wir bitte dieses Feuer löschen?"

Ich zögerte. Wir könnten auf die Terrasse gehen, den Ascheeimer mit Schnee füllen und die Flammen damit ersticken. Dann könnten wir die Knochen nach draußen bringen und versuchen, mit dem trockenen Holz, das neben dem Kamin aufgestapelt lag, ein neues Feuer zu schüren. Aber über die gesamte Zeit stünde die Tür offen.

„Sag mir erst, warum du jetzt von deinem Bruder erzählst."

Sie deutete auf den Sofatisch. „Das ist meine Lieblingssorte."

„Ich weiß."

„Wir haben keine mehr bekommen."

Ich nickte.

„Es gibt sie nur in diesem einen Laden."

Der Laden importierte sie exklusiv aus der Türkei.

Sie starrte mich an und öffnete den Mund. Aber erst nach ein paar Sekunden sprach sie weiter: „Es sind auch Finns Lieblingsmandeln."

Ich schloss die Augen und schluckte. Dann öffnete ich sie wieder. „Bobbi? Warum erzählst du mir das?" Meine Stimme klang heiser.

„Wir haben uns immer darum gestritten."

„Bobbi!" Ihr Bruder war tot. Zumindest war die Wahrscheinlichkeit, dass er noch lebte, sehr gering.

„Einmal hat er die gesamte Packung allein gegessen und mir erzählt, er hätte sie verloren." Sie war in ihrer eigenen Welt, zu der sie mir keinen Zugang, nur einen Blick von außen, gewährte.

„Bobbi, bitte."

„Aber irgendwann hat er angefangen, sie mir zu schenken. Erst zum Geburtstag und später, als er Geld verdiente, immer dann, wenn er an dem Laden vorbeikam." Sie sah mich an und hatte offensichtlich nichts mehr zu sagen.

Ich räusperte mich, wollte die Frage nicht stellen, die mir auf der Zunge lag, und tat es dann doch, weil sie drohte, mein Gehirn zu zerfetzen. „Glaubst du, er ist es? Glaubst du, Finn wohnt im Bootshaus?"

Wieder rannen Tränen über ihre Wangen. Sie nickte, zuckte dann die Schultern und sagte: „Ich weiß es nicht. Ich habe ihn schon so lange nicht mehr gesehen."

Die Möglichkeit, dass Bobbis Bruder hinter all dem stecken könnte, beruhigte mich ein winziges bisschen. Auf der anderen Seite machte es mir Angst, dass er sich vor uns versteckte. Ich deutete auf das Feuer. „Warum könnte er das getan haben?"

„Er hasst Unordnung. Und er hasst es, Sachen zu verschwenden."

Etwas Saures stieg meinen Hals empor. „Aber in der Küche hat er nicht aufgeräumt."

Sie schwieg.

„Ist er gefährlich?"

Sie schwieg weiter.

„Hättest du so etwas von ihm erwartet?"

„Vielleicht hat er Angst, dass ich ihm nicht verzeihen kann, dass er weggegangen ist. Vielleicht zeigt er sich deshalb nicht."

Das war möglich. Und bisher hatte er tatsächlich nichts getan, das gegen ihn sprach. Abgesehen von der Tatsache, dass er sich versteckte und mit uns Strom-Zufall spielte. „Aber woher wusste er, dass wir hier waren? Und dass wir wiederkommen würden?"

Sie presste die Lippen aufeinander.

„Meinst du, er verfolgt dich schon länger?"

Ihre Augen weiteten sich. „Ich weiß es nicht."

„Was machen wir jetzt?"

Sie zuckte mit den Schultern. Dann sah sie wieder zum Kamin. „Können wir bitte …"

„Also, gut." Ich schaltete die Lampen aus und ging zur Terrassentür. Sie war nicht verriegelt. Ich erkannte kaum verschneite Fußspuren im Schnee. Hatte Finn das

Wohnzimmer verlassen, als wir das Haus betreten hatten? Hatte er die Knochen ins Feuer geworfen, als ich den Schlüssel im Schloss gedreht hatte? Und ein weiteres Mal tauchte die Frage in mir auf, woher er gewusst hatte, dass wir zurückkommen würden? Hatte er nicht damit rechnen müssen, dass wir es schafften? Hatte er das Boot doch präpariert und wir waren nur nicht weit genug gefahren, um die Falle auszulösen?

Das Bootshaus lag dunkel zu unserer Rechten. Die Türen waren noch immer geöffnet. Wo war er? Hielt er sich zwischen den Bäumen verborgen?

Ich verriegelte die Tür. „Ich werde nicht da rausgehen."

Bobbi erwiderte nichts. Ich ging zu ihr, griff ihre Hand und zog sie vom Sofa.

„Was ist los?"

„Wir holen jetzt Wasser."

Zwei Stunden später starrten wir in die Flammen eines frischen Holzfeuers. Es hatte eine Weile gedauert, bis wir das andere Feuer gelöscht und den Kamin vollständig ausgefegt und gereinigt hatten. Bobbi hatte die Knochen aus einem Fenster in der oberen Etage gekippt und ich hatte versucht, den Kamin zu trocknen. Als das Feuer wieder brannte, beschlossen wir, etwas zu essen.

Und nun saßen wir vor unseren leeren Tellern und nippten an unseren Weingläsern. Wir hatten eine andere Flasche geöffnet. Nicht die, die der Unbekannte für uns bereitgestellt hatte. Das war Unsinn. Sollte er uns vergiften wollen, hätte er dazu ausreichend Möglichkeiten. Er brauchte uns nichts vorzusetzen.

Ich wusste nicht, was ich von all dem halten sollte. War der Typ gefährlich? War es wirklich Bobbis Bruder? Und wenn ja, erlaubte er sich nur einen Scherz mit seiner Schwester? Oder wollte er sich für etwas an ihr rächen, von dem ich keine Ahnung hatte? Und was, wenn es nicht Finn war? Was, wenn dieser Typ im Bootshaus einfach nur eine Menge Dinge über Bobbi und ihren Bruder wusste? Was, wenn er Finn etwas angetan hatte und nun Jagd auf seine Schwester machte?

Ich teilte meine Gedanken mit Bobbi, aber sie reagierte kaum darauf. Ich vermutete, dass es sie lähmte, dass ihr Bruder nur wenige Meter von ihr entfernt sein könnte. Vielleicht stand sie zwischen dem Wunsch, nach ihm zu suchen, und dem Drang, sich vor ihm zu verstecken. Würde sie ihm in die Arme fallen oder ihn mit dem Jagdmesser bedrohen, wenn er sich schließlich doch irgendwann zeigte?

Ich trank den letzten Schluck aus meinem Glas und stand auf. Das Jagdmesser trug ich nun in jeder Sekunde bei mir. Ich wusste selbst nicht, ob ich Angst haben musste. Je offener sich der Unbekannte präsentierte, desto mehr hatte ich das Gefühl, die Kontrolle zurückzugewinnen.

Wir wussten mehr als am Abend zuvor. Das bedeutete zwar nicht, dass wir die Situation in irgendeiner Form einschätzen konnten, aber die Unsicherheit war noch unerträglicher gewesen. Fast so unerträglich, wie zu wissen, dass wir es beinahe geschafft hatten. Dass wir Finns Arrangement um ein Haar nicht hätten sehen müssen.

Trotzdem konnte ich nicht herumsitzen und warten. Ich ging durch das Wohnzimmer, warf ein weiteres Holzscheit ins Feuer, blickte aus dem Fenster, sah nichts und ging dann weiter zum anderen Ende des Raumes.

Ich hockte mich vor die zerrissene Schublade, nahm eine Lampe von der Kommode und leuchtete hinein. Sie war leer. Nicht ein einziger Holzspan befand sich mehr darin. Er musste sie ausgefegt haben. Vielleicht sogar ausgewischt. Trocken, denn ich konnte den Geruch von nassem Holz nicht wahrnehmen. Die Bretter waren dunkler als in den anderen Fächern. So, als hätte sie jemand mit einer besonderen Lasur versehen. Dieser Jemand hatte sich viel Mühe damit gegeben, den Knochen eine gut verborgene letzte Ruhestätte zu schaffen.

Und plötzlich hatte ich eine Idee. Wenn sich die Person so viel Mühe damit gegeben hatte, die Überreste eines Menschen zu verstecken, gab es vielleicht weitere Geheimfächer, weitere Dinge, die versteckt worden waren. Vielleicht befanden sich Hinweise auf die Identität des Toten unter einem doppelten Boden. Das Holz der Kommode reichte bis zum Parkett. Es konnte sich alles Mögliche unter dem Schubfach befinden.

Mit der Messerspitze drückte ich auf den dünnen Boden des Schubfachs. Es gab leicht nach und ich drückte fester hinein. Die Klinge schnitt eine Kerbe und dann einen Spalt in das Holz. Ich atmete tief ein und hebelte mit dem Messer mehr und mehr Holzstücke heraus.

„Lara, was machst du da?"

Ich antwortete ihr nicht, hörte ihre Stimme kaum. Denn in diesem Moment hatte ich den Blick auf den Raum unter dem Schrank freigelegt und leuchtete hinein.

Und tatsächlich. Etwas lag darin. Es waren keine weiteren Knochen. Ich riss den Boden heraus, schnitt mir dabei an mehreren Stellen in die Finger und zog mir einen Splitter ein. Ich holte ihn mit den Zähnen wieder heraus, leckte das Blut ab und machte weiter. Und irgendwann war das Loch groß genug, damit ich die Bücher herausziehen konnte. Es waren sieben.

„Bobbi, sieh dir das an!"

Ich hörte, wie sie aufstand und über den alten Holzfußboden zu mir kam. Ihre nackten Füße erzeugten ein ähnliches Geräusch, wie sie es noch vor wenigen Tagen in meiner Wohnung getan hatten. Ich sah zu ihr auf, nahm ihren Blick wahr, der verwirrt über die vielen Holzstückchen wanderte.

„Sieh, was ich gefunden habe." Ich hielt ihr die Bücher entgegen.

„Weitere Skat-Turnier-Tabellen?" Sie blätterte in einem der Bücher, sagte: „Oh", und sah wieder zu mir. „Ist das ein Tagebuch?"

„Ich weiß es nicht."

Sie kniete sich zu mir. „Ist da noch mehr drin? Vielleicht eine Brieftasche?"

Eine Brieftasche. Oder einzelne Ausweispapiere. Damit könnten wir einen Hinweis auf die Identität des Toten erhalten. Es war das erste Mal, dass ich den Knochen, die nun im Vorgarten lagen, wirklich zugestand, dass sie irgendwann einmal das Gerüst eines Menschen dargestellt, ihn getragen und seine Organe geschützt hatten. Ich leuchtete wieder in das Schubfach. „Ja, da liegt noch etwas." Ich schob meinen Arm durch das Loch in die Ecke, über der ich den Boden noch nicht entfernt hatte, schnitt mir ein weiteres Mal in die Haut und griff das ordentlich gefaltete Stück Stoff.

„Was ist das?"

Ich breitete es vor uns aus.

„Eine Strumpfhose?" Bobbi strich mit zitternden Fingern über den fein gestrickten Stoff.

„Von einem Kind."

„Von einem Mädchen."

Ich nickte und etwas in mir machte Klick. Ich konnte jedoch nicht ausmachen, welche Erinnerung der Schalter aktiviert hatte.

„Stimmt."

„Sie ist voller Flecken." Ich wollte selbst über den Stoff streichen, hielt meine Finger jedoch in der Luft.

„Und zerrissen. Sieh nur." Sie zeigte mir ein riesiges Loch am Oberschenkel.

Ich schluckte und starrte auf die kleinen Blümchen, die in den Stoff gestickt waren. „Das waren keine Kinderknochen."

Bobbi schüttelte langsam den Kopf. „Was hat das zu bedeuten?"

Ich legte den Zeigefinger auf die Bücher. „Vielleicht geben die uns eine Antwort."

„Ja, aber ich bin zu erledigt, um jetzt noch darin zu lesen."

So ging es mir auch.

„Und was machen wir dann jetzt?"

Ich ging zum Fenster. Die Türen vom Bootshaus standen noch immer offen. „Wir warten." Ich war vollkommen ruhig. Vielleicht, weil ich hoffte, dass wir uns einem weiteren Meilenstein näherten. Vielleicht, weil die Notizbücher und die Strumpfhose die Prioritäten für mich verschoben hatten.

„Wir warten?"

Ich zog sie zum Sofa. „Hast du eine bessere Idee?"

Sie hatte keine und so entschieden wir uns, die Nacht über Wache zu halten. Gemeinsam.

Aber der Tag hatte uns beide geschafft. Wir waren nicht dazu in der Lage, die Augen offenzuhalten, und teilten die Nacht in Schichten ein. Bobbi brauchte den Schlaf mehr als ich und ich übernahm die erste Wache. Sie lag auf dem Sofa und ich stand am Fenster, wechselte zur Wohnzimmertür, um auf Geräusche zu lauschen. Aber ich hörte und sah nichts.

Ich hätte in den Notizbüchern lesen können, aber ich wollte nicht riskieren, dabei einzuschlafen oder etwas von der Außenwelt zu verpassen. Also lief ich nur zwischen meinen Posten auf und ab und wartete darauf, dass meine Schicht endete und Bobbi die Wache übernahm. Oder dass der Mann aus dem Bootshaus den nächsten Punkt seines Planes umsetzte.

SIEBZEHN

MITTWOCH, 18. DEZEMBER

Als die ersten Sonnenstrahlen das Wohnzimmer bereits so weit erhellt hatten, dass kein Licht mehr notwendig war, erwachte ich, während Bobbi ihre zweite Wache halten sollte. Das Feuer brannte und auch die Lampen tauchten den Raum in ein warmes Licht. Der Strom war noch immer da. Der Strom war da, aber etwas fehlte. Bobbi. Sofort war ich hellwach. Ich sprang auf und durchsuchte das Wohnzimmer. Sie war nicht hier. Die Terrassentür war verriegelt. Ich sah aus dem Fenster. Nichts hatte sich verändert.

Langsam ging ich zur Tür. Sie war einen Spalt weit geöffnet. Ich fasste den Griff des Jagdmessers fester und trat hinaus in den Eingangsbereich. Ich versuchte, meinen Atem zu beruhigen, aber er füllte und entleerte meine Brust so schnell mit Luft, dass er jedes andere Geräusch, das an meine Ohren hätte dringen können, verbarg. Ich schlich weiter in die Küche. Sie war leer. Auch das Gäste-WC war unbesetzt. Ich sah sogar in die Abstellkammer. Nichts.

Panik kletterte meinen Hals hinauf und schnürte ihn zu. Wo war sie? Mein Herz schlug laut und kräftig gegen meine Brust und ich war kurz davor zu hyperventilieren. Hatte sie mich allein gelassen? War sie losgezogen, um ihren Bruder zu suchen? Hatte er sie geholt? Ich scannte die Garderobe. Unsere Jacken hingen beide dort. Die Hosen hatten wir im oberen Badezimmer aufgehängt.

Das obere Stockwerk. Vielleicht war sie dort. Ich rannte die Stufen hinauf und riss die Türen der Schlafzimmer auf. Nichts. Ich öffnete die Badezimmertür. Sie stieß gegen etwas. Ich sah hinein und erkannte Bobbis Beine, die auf dem Boden lagen. Genau wie der Rest ihres Körpers.

„Nein! Nein, nein, nein, nein." Ich fiel auf die Knie, ignorierte den Schmerz und krabbelte zu ihr. Ich schüttelte sie, sprach sie immer wieder an. Ihr Kopf lag direkt neben der Toilette und sie reagierte weder auf meine Berührungen noch auf meine Worte.

Ich schlug ihr sanft gegen die Wange. „Bobbi, wach auf." Sie rührte sich nicht.

Ich konnte keine Anzeichen von Gewalteinwirkung feststellen. Ich fühlte ihren Puls, überprüfte ihre Atmung. Sie war okay. Zumindest was diese zwei Vitalfunktionen anging. Ich schlug noch einmal gegen ihre Wange. Etwas fester dieses Mal. „Bobbi, wach auf. Was ist passiert?"

Ihre Lider flackerten und die Panik in meiner Brust wich einen Millimeter zurück. Ich versuchte es ein weiteres Mal und schlug noch etwas fester zu.

„Lass das." Es war nur ein Murmeln, aber in mir breitete sich eine für unsere Situation unangebrachte Euphorie aus.

„Komm, steh auf."

Sie öffnete langsam die Augen, kniff sie zusammen und öffnete sie wieder. „Wieso ist es so hell?"

„Ein neuer Tag hat begonnen." Ich sah nach oben zur

Deckenlampe. „Und dem Mann im Bootshaus wird das Strom-An-Aus-Spiel langsam langweilig."

Sie richtete sich langsam auf. „Strom-Was-Spiel?"

„Was ist passiert, Bobbi?"

Sie sah sich um und senkte dann den Blick. „Ich musste kotzen."

„Was?" Ich überdachte das Abendessen, den Wein. Und dann drang das Bild von Bobbis blutender Kopfwunde in meinen eigenen, unversehrten Kopf. „Scheiße."

Sie lehnte sich an den Badewannenrand. Ich stand auf und ließ Wasser in einen Becher laufen, setzte mich zu ihr und gab ihn ihr. „Wie geht es dir?"

„Ich habe auf dem kalten Badezimmerboden geschlafen, nachdem ich mich übergeben habe."

Ich ignorierte ihren Sarkasmus. „Hast du Kopfschmerzen?"

Sie nickte.

„Ist dir noch schlecht?"

Sie schloss die Augen, schüttelte dann aber den Kopf.

„Lass mich deine Augen sehen."

Sie sah mich an. Ich konnte nichts Ungewöhnliches erkennen, wusste aber ehrlicherweise nicht, worauf genau ich achten sollte, um eine Gehirnerschütterung auszuschließen.

„Wie spät ist es?"

Ich sah auf die Uhr an meinem Handgelenk. „Halb neun."

Sie erhob sich. „Wir müssen los."

Ich stand ebenfalls auf. Ich wollte ihr zustimmen, unsere Sachen zusammenpacken, Eier für den Weg kochen und Tee in die Thermoskanne füllen. Aber ich konnte es nicht. „Du kannst diesen Weg nicht gehen."

„Was? Natürlich. Wegen mir konnten wir gestern schon nicht weiterziehen. Und wir mussten den Weg durch den

Wald …" Sie schloss die Augen, fasste sich an die Stirn und mein Entschluss stand fest.

„Wir bleiben hier. Es schneit so stark wie gestern. Das Meer ist noch immer wild. Wir können sowieso nicht segeln."

„Aber wir können laufen."

Ich schüttelte den Kopf, half ihr aus dem Badezimmer und führte sie die Treppe hinunter. Unten angekommen kontrollierte ich ein weiteres Mal sämtliche Räume. Alles war so, wie ich es verlassen hatte. Ich setzte sie an den Küchentisch und füllte den Wasserkocher.

„Wirklich, Lara. Wir können nicht hierbleiben."

„Wir können aber auch nicht irgendwo im Schneesturm darauf warten, dass du dich von einer Gehirnerschütterung erholst."

„So ein Unsinn. Ich habe einfach nur zu viel gegessen. Oder vielleicht findet mein Magen die Tatsache, dass mein Bruder, möglicherweise mein Bruder, Knochen verbrennt, die dein Großvater gemeinsam mit einer blutigen und zerrissenen Mädchenstrumpfhose versteckt hat, einfach nicht besonders appetitlich."

Das war möglich. Es war wahrscheinlich. Und trotzdem. „Es war alles etwas viel."

„Es ist alles etwas viel. Und genau deshalb müssen wir hier verschwinden."

Ich schüttelte den Kopf. Wir konnten dieses Risiko nicht eingehen. Ich hängte ein paar Teebeutel in eine Kanne und stellte Tassen bereit. Das Messer lag neben mir auf der Arbeitsfläche. Mein Blick ging immer wieder zur Tür und zum Fenster hinaus. Auf dieser Seite des Hauses blickte man direkt in den Wald. Wo hatte er geschlafen? Wo war er jetzt? Und warum war ich so überzeugt davon, dass es sich um einen Mann handelte?

„Nein, wir bleiben hier. Bis morgen. Wenn du bis dahin fit bist, gehen wir." Der Gedanke zu bleiben war absurd. Es fühlte sich falsch an, diese Chance nicht zu nutzen. Eine weitere Nacht hierzubleiben. Ich wollte hier weg. Ich wollte, dass uns jemand half. Meine Beine drängten darauf, das Haus zu verlassen. Aber die Vorstellung, dass Bobbi auf dem Weg zusammenbrechen könnte, hielt mich zurück. „Wir bleiben hier", wiederholte ich.

Sie brummte, erwiderte aber nichts.

Ich öffnete den Kühlschrank und nahm eine Packung Eier heraus. Die verderblichen Lebensmittel, die wir zwischenzeitlich vor dem Haus gelagert hatten, lagen wieder verstaut im Kühlschrank. „Lass uns frühstücken."

Wir hatten uns wieder im Wohnzimmer eingeschlossen. Zusammen mit Proviant, Tee und Wasserflaschen. Der Schnee fiel dicht und die Spuren auf der Terrasse waren inzwischen verschwunden. Immer wieder sah ich zum Bootshaus.

„Wo ist er?"

Bobbi trat zu mir. „Es ist zu kalt da drinnen, oder?"

Ich nickte und atmete durch den Mund aus. Die Scheibe beschlug und ich wischte den Nebel mit meinem Ärmel weg. Ich wollte duschen, meine Sachen wechseln. Aber ich konnte den Raum nicht verlassen. Ich wollte nicht, dass er ein weiteres Mal unsere Kissen aufklopfte und uns ein spezielles Feuer entzündete.

„Meinst du, er ist tot?"

Ich sah zu ihr. Sie wirkte gefasst. „Ich glaube nicht."

„Aber wo könnte er sein?"

„Ich weiß es nicht."

„Früher hatte ich immer Angst davor, dass sich jemand im Bettkasten meiner Couch versteckt. Finn hat dann für mich nachgesehen."

Unwillkürlich sah ich zum Sofa. Niemand lag darunter und es gab auch keinen Bettkasten. Und dann fiel mein Blick auf die Notizbücher. Sie lagen unordentlich gestapelt auf dem Sofatisch. Ich sah zur Kommode. Dort bedeckten noch immer die Holzsplitter und die zerrissene Strumpfhose den Boden.

Ich deutete auf den Bücherstapel. „Wir sollten mal einen Blick dort hineinwerfen." Bisher hatten wir es nicht getan. Die Gegenwart beschäftigte uns zu sehr. Aber jetzt schien es sinnvoll zu sein, uns von ihr abzulenken und in die Vergangenheit zu tauchen.

„Ja, wahrscheinlich hast du recht." Sie zögerte. „Ich hoffe, dein Großvater war kein Serienkiller." Sie lachte unsicher auf. Ich konnte nicht einstimmen. Was auch immer die Knochen zu bedeuten hatten, ich bezweifelte, dass wir darüber würden Späße machen können.

Wir setzten uns auf das Sofa und Bobbi zog die Decke über uns. Ich ignorierte das leise Gefühl der Behaglichkeit und versuchte, mir mit einem Blick zum Kamin bewusst zu machen, in welcher Situation wir uns befanden. Andererseits konnte ich diese Situation nicht wirklich bestimmen und so gab ich mich dem Gefühl ein kleines bisschen hin. Wer wusste, wofür ich die Kräfte, die ich jetzt sammelte, in den nächsten Tagen brauchen würde?

Ich schlug das oberste Buch auf. Es gab keine Datierung und auf den ersten Blick auch sonst nichts, was auf eine Reihenfolge der Bücher hinwies. Die Schrift war krakelig und ich brauchte ein paar Sekunden, um die Worte zu erkennen. „Dieser Satz hat keinen Anfang." Ich runzelte die

Stirn und nahm ein anderes, dünneres Buch. Ich blätterte zum Ende. Der letzte Satz endete nach dem ersten Verb und ohne Satzzeichen. „Er muss die Bücher fortlaufend geschrieben haben."

Alle sieben Bücher hatten etwa das gleiche Format, waren jedoch unterschiedlich dick und hatten verschiedene Einbände. Wir besahen in jedem von ihnen die erste und die letzte Seite und sortierten sie wie ein Puzzle.

„Das sind keine Tagebücher."

Ich schüttelte den Kopf. „Zumindest stehen keine Daten darin."

Ich nahm das Buch in die Hand, das wir als Nummer eins identifiziert hatten. Es gab keinen Titel, aber in der ersten Zeile standen drei jeweils durch einen Punkt getrennte Buchstaben: H.K.B. Darauf folgte eine Leerzeile und dann begann der Text.

„Liest du es mir vor?" Bobbi trank einen Schluck von ihrem Tee und ich starrte auf die Initialen. Ein Bild blitzte in meinem Kopf auf. Ein weißes Taschentuch. Drei mit grünem Faden gestickte Buchstaben. H.K.B.

„Lara?"

Ich schüttelte den Kopf, versuchte das Bild genauer zu betrachten, aber es verschwand und ich kehrte zurück in die Gegenwart.

„Ist alles okay?"

Nichts war okay. Und plötzlich hatte ich Angst vor dem, was wir in diesen Büchern finden würden. „Vielleicht sollten wir warten, bis wir wieder in der Zivilisation sind."

„Was redest du denn da?"

„Mir reicht die Spannung, die uns der Typ im Bootshaus, die Wildschweine und unser kleiner Segeltörn in den letzten Tagen beschert haben. Ich brauche keine weiteren Horrorgeschichten, die vermutlich jahrzehntelang zurückliegen."

Sie schwieg.

Mein Blick war noch immer auf das Buch gerichtet. Und als würde jemand anderes über ihre Bewegung bestimmen, glitten meine Augen über die Buchstaben, formten sie zu Worten und Sätzen und ließen das Geschriebene in meinen Kopf eindringen.

HKB (der Autor hatte die Punkte nun weggelassen) *wurde 1961 in einer kleinen Stadt nahe London geboren. Seine Eltern verließen das Land, als er drei Jahre alt war. Sein Vater war ein Säufer, seine Mutter arbeitete den größten Teil des Tages und HKB und seine beiden Schwestern waren die meiste Zeit auf sich allein gestellt. Er ging nur selten zur Schule. Stattdessen verdiente er sich mit kleineren Jobs etwas Geld, das er entweder seiner Mutter zusteckte oder verwendete, um seinen Schwestern Süßigkeiten zu kaufen.*

„Hey, liest du etwa ohne mich?"

„Hm?" Ich riss mich von den Zeilen los und sah zu Bobbi. „Entschuldige."

„So spannend?"

„Nein, eigentlich nicht. Ich glaube, er erzählt die Lebensgeschichte von diesem HKB."

„Glaubst du, er ist der Tote?"

Ich nickte. „Warum sonst sollte das ganze Zeug zusammen dort liegen?"

„Nun lies schon vor."

Ich seufzte. Und dann las ich die Zeilen ein weiteres Mal. Laut nun. Auf den folgenden Seiten erzählte mein Großvater davon, wie HKB sein Elternhaus nach dem Tod seiner Mutter verlassen hatte. Wie er seine Schwestern zurückließ, ihnen schwor, sie zu holen und sie dann vergaß. Wie er auf einem Schiff anheuerte, dort auf die falschen Leute traf und nach seiner Rückkehr Geld von Restaurants und kleineren Läden eintrieb.

Nach etwa einer Stunde streckte Bobbi sich und stand auf. „Lass uns eine Pause machen. Dieser Typ hatte ein echt deprimierendes Leben."

Ich rieb mir die Augen. Das Lesen strengte mein unausgeschlafenes Gehirn an.

„Möchtest du etwas schlafen?" Bobbi biss in einen Apfel.

Schlafen. Das würde ich tatsächlich gern. Aber was, wenn Bobbi auch einnickte? Ich vertraute ihrem Zustand noch nicht ganz. Zwar hatte sie keinerlei weitere Anzeichen einer Gehirnerschütterung gezeigt, aber das Bild, wie sie auf dem Badezimmerboden lag, hatte sich in meinen Kopf gebrannt. Ich hatte Angst davor, ein weiteres Mal aufzuwachen und sie in diesem Haus suchen zu müssen. Und dennoch, ich musste schlafen, wenn ich einen klaren Kopf behalten und halbwegs fit bleiben wollte.

„Nur für eine halbe Stunde."

„Solange du willst."

Ich zog die Decke über meine Schultern, gähnte und schlief ein, als der Stoff meine Haut bedeckte.

Als ich wieder aufwachte, war es bereits dunkel. Erschrocken richtete ich mich auf.

„Hey, ganz ruhig. Es ist alles okay." Bobbi saß auf einem Sessel neben dem Sofa. Sie las in einem Buch. Keines der Notizbücher.

„Wie spät ist es?"

„Halb sieben."

„Bobbi!"

„Was?"

„Ich sagte, eine halbe Stunde." Ich schwang die Beine über den Sofarand und schloss die Augen, bis der leichte Schwindel, den der Schlaf hinterlassen hatte, verschwand. Meine Blase drückte so stark gegen meinen Bauch, dass es wehtat. „Ich muss pinkeln."

Sie nickte und stand auf. Ich griff nach meinem Messer und gemeinsam verließen wir das Wohnzimmer. Der Eingangsbereich und der Rest der unteren Etage waren unauffällig. Wir schalteten das Licht nicht mehr aus und bisher hatte auch niemand anderes dafür gesorgt, dass die Lampen nicht mehr brannten.

„Ich bereite frisches Teewasser zu." Bobbi trat in die Küche und ich ging ins Gäste-WC. Es fühlte sich falsch an, auch nur eine Minute voneinander getrennt zu sein. Sie hätte mitkommen sollen. Warum war sie plötzlich so sorglos? Ich wartete ungeduldig, bis meine Blase sich vollständig entleert hatte, ließ danach für wenige Sekunden Wasser über meine Hände laufen und trat mit rasendem Herzen und erhobenem Messer in den Eingangsbereich. Aber noch immer gab es keine Anzeichen für einen Eindringling. Wo war er?

Bobbi stand am offenen Kühlschrank. „Lass uns etwas kochen."

Ich sah zum Wohnzimmer und verzog das Gesicht.

„Wir könnten auch eine Pizza in den Ofen schieben."

„Das dauert ewig."

„Zwanzig Minuten."

Ich wollte keine zwanzig Minuten außerhalb des Wohnzimmers verbringen. Aber ich hatte ziemlich großen Hunger.

„Und ich möchte duschen."

Das wollte ich auch. Mehr noch als vor ein paar Stunden.

„Glaubst du, dass das eine gute Idee ist?"

„Wir könnten gemeinsam duschen, während die Pizza bäckt."

„Und was ist, wenn er diese Gelegenheit nutzt, um was auch immer zu tun?"

„Ich kann einfach nicht noch länger in diesem stickigen Raum sitzen. Du hast geschlafen. Ich musste einige Stunden länger durchstehen."

Sie hatte recht. Aber ich fühlte mich nicht wohl bei dem Gedanken. „Dann schläfst du jetzt. Und vorher rösten wir wieder Käsetoast über dem Feuer."

Sie stülpte die Unterlippe nach vorn und ich lachte. „Machst du jetzt einen Schmollmund?"

„Ich hab mir das alles ganz anders vorgestellt." Sie schloss den Kühlschrank und kam zu mir. Ihre Hände legten sich um meine Taille und ihre Lippen auf die meinen. „Ich dachte, wir würden uns zwingen müssen, aus dem Bett zu kommen. Und wenn wir es täten, hätten wir eine Menge Spaß im Schnee und im Meer und dabei, uns Geschichten aus unserem Leben zu erzählen. Uns besser kennenzulernen."

Ich ließ mich für ein paar Sekunden in diese Vorstellung und ihre Umarmung fallen und spürte, wie sehr ich mich selbst danach gesehnt hatte. Es noch immer tat. „Morgen gehen wir ins nächste Dorf. Und dann verkaufe ich das Haus. Und dann buchen wir eine Reise. Irgendwohin. Egal wo."

Sie lächelte. „Das klingt traumhaft. Aber einen Ski-Urlaub werde ich in den nächsten Jahren nicht machen können. Ich brauche Wärme. Und zwar tropische Wärme." Sie löste sich von mir, öffnete den Kühlschrank erneut und griff Käse, Toast und Butter. „Also los, Camper. Essen wir etwas."

ACHTZEHN

DONNERSTAG, 19. DEZEMBER

Wir teilten auch in dieser Nacht Wachschichten ein. Bobbi schlief als Erste und ich starrte drei Stunden lang aus dem Fenster. Das Feuer brannte kaum noch. Unser Holzvorrat neigte sich dem Ende zu und wir würden nach draußen gehen müssen, um von dem großen Stapel neben der Terrasse neue Scheite zu holen.

Zum ersten Mal fragte ich mich, wer sie dort wohl positioniert hatte. Bisher war ich davon ausgegangen, dass sie einfach noch da waren. Dass mein Großvater sie nicht aufgebraucht hatte. Mir wurde immer mehr bewusst, über wie viele Dinge ich hinweggesehen, wie viele Denkfehler ich gemacht hatte. Das Haus war zu sauber. Die Möbel nicht abgedeckt. Es fand sich kein Unrat von Nagetieren auf dem Boden.

Wer hatte das Haus in Schuss gehalten? Warum hing neben dem WC Toilettenpapier, das nicht vollkommen eingestaubt war? Wie lange lebte dieser Typ schon hier? Lebte er im Haus, wenn niemand sonst Anspruch darauf erhob?

Hatte er vielleicht sogar selbst Anspruch darauf, weil er ein entfernter oder naher Verwandter meines Großvaters, und damit auch von mir war? Es war nicht das erste Mal, dass ich an diese Möglichkeit dachte. Aber warum sollte er sich dann vor uns verstecken?

Und lebte er überhaupt noch? Das Bootshaus schien weiterhin verlassen. Auf der Terrasse lag eine unberührte Schneeschicht, die durch die aus dem alten Haus durch alle Ritzen strömende Wärme nicht weiter angewachsen war.

Ich sah auf die Uhr. Es war Zeit, Bobbi zu wecken. Aber ich war nicht müde. Ich hatte am Nachmittag fast sechs Stunden geschlafen. Selbst wenn ich sie weckte und mich dann auf die Couch legte, würde ich nicht einschlafen können.

Aber länger hier herumstehen wollte ich auch nicht. Ich ging durch den Raum. Meine Augen suchten noch immer jeden Millimeter ab, um eventuelle Kameras zu entdecken. Aber entweder hatte er die kleinen Dinger verdammt gut versteckt oder es gab keine. Vielleicht überschätzten wir ihn. Vielleicht hatten wir zu viel Zeit damit verbracht, Serien und Filme eine falsche Realität in unsere Köpfe malen zu lassen.

Ich ging zur Kommode und entschied, dass ich dort etwas aufräumen konnte. Die Holzstücke würden das Feuer für ein paar Minuten anheizen und die Strumpfhose war vermutlich ein wichtiges Beweisstück. Ich würde sie zur Seite legen.

Nachdem ich das Holz im Ascheeimer gesammelt hatte und es im Feuer brannte, setzte ich mich mit der Strumpfhose auf einen Hocker. Ich legte sie mir auf den Schoß und wollte sie zusammenlegen, aber dann entdeckte ich das Etikett. Es wirkte nicht ausgewaschen. Das Mädchen konnte die Strumpfhose nicht oft getragen haben. Je länger ich darauf starrte, umso mehr fühlte ich ein Jucken an meinem unteren Rücken. Das gleiche Gefühl, das ein Etikett an dieser Stelle auslösen würde, wenn ich eine solche Strumpfhose trug. Ich hasste Etiketten und schnitt sie heraus, bevor ich ein neues Kleidungsstück in den Schrank legte.

Ich strich über die kleinen Blümchen an den Beinen. Sie hoben sich leicht vom restlichen Stoff ab. Es war eine schöne Strumpfhose. Dann glitten meine Finger an die Kanten des Risses, der bis in den Schritt hinauf reichte. Ich besah die kleinen dunklen Punkte auf dem Stoff. Jeden Einzelnen. Sie waren von rot-bräunlicher Farbe. Es war kein Matsch. Keine Schokoladensoße. Aus irgendeinem Grund wusste ich, dass es Blut war. Altes Blut, dessen Eisenanteil mit dem Sauerstoff der Luft zu Rost oxidiert war. Luft, die Zeuge davon geworden war, warum die Strumpfhose sich in diesem Zustand befand. Und vom Schicksal ihrer Besitzerin.

Die Strumpfhose gehörte einem etwa sechsjährigen Mädchen. Vielleicht war es etwas älter. Oder jünger. Wer war das Mädchen? Was war mit ihr geschehen? Wo war sie? Und was hatte sie mit dem Toten zu tun? Und mit meinem Großvater? Ich legte den Stoff behutsam zusammen und steckte ihn dann in die Tasche meiner Fleecejacke. Ganz so, als könnte ich dem Mädchen auf diese Weise in irgendeiner Form helfen. Ihm Trost spenden. Denn, dass es ihn gebraucht hatte, vielleicht noch immer brauchte, spürte ich. In meinem Bauch. In meinem Herzen. Zumindest fühlte es sich nicht richtig an, die Strumpfhose achtlos in eine Ecke zu legen.

Ich musste mich ablenken. Der Gedanke an das Mädchen trieb mich in eine Tiefe, in der ich nicht sein wollte. In den nächsten Minuten sortierte ich unsere Vorräte, räumte die Gläser vom Tisch und notierte dann, welche Dinge wir am nächsten Tag einstecken mussten, um die Strecke durch den Schnee zu schaffen, ohne unter einer Last an Proviant zusammenzubrechen und dennoch bei Kräften zu bleiben. Seit ein paar Stunden schneite es nicht mehr. Und ich hoffte, dass sich das nicht änderte. Was hätte ich darum gegeben, den Wetterbericht zu sehen. Eine App auf dem Handy zu öffnen und das Niederschlagsradar zu beobachten. Oder einfach das Radio aus dem oberen Badezimmer zu holen.

Aber nicht einmal der große Flatscreen gewährte uns einen Blick in die Außenwelt. Er funktionierte nicht. Wir hatten versucht, den DVD-Player anzuschließen, aber das Bild blieb schwarz. Bobbi vermutete ein defektes Kabel. Ich vermutete, dass es einfach ein Teil des Bildes war, in das uns jemand hineingezeichnet hatte.

Gegen ein Uhr wusste ich nichts mehr mit mir anzufangen. Die Stille, die nur durch das Knacken des verbrennenden Holzes und Bobbis Atmen durchbrochen wurde, war unerträglich. Sie ließ mich bei jedem anderen Geräusch aufhorchen. Inzwischen hoffte ich, dass der Mann aus dem Bootshaus endlich den nächsten Schritt wagen würde. Ich spürte, dass er nur auf den richtigen Moment wartete. Dass er uns zermürben wollte. Aber ich ließ mich nicht zermürben.

Auch wenn ich es nicht wagte, das Haus zu verlassen. Auch wenn ich Angst hatte, wenn ich allein auf dem Klo saß, war es doch die Wut, die meine Gefühlswelt dominierte. Ich wollte mich all dem stellen. Aber ich war nicht so dumm, blind den einzigen Schutz zu verlassen, den es hier für uns gab. Ich würde mich zurückhalten, solange ich nicht wusste, wo er sich befand, mit wem wir es überhaupt zu tun hatten. Solange ich in der Position einer Maus war, die nicht wusste, an welchem Ausgang des Käfigs die Katze wartete, würde ich hier in dieser zweifelhaften Sicherheit bleiben.

Mein Verstand funktionierte noch. Mein Bedürfnis zu Überleben stand an erster Stelle.

Ich blickte mich um. Irgendetwas musste ich tun. Mein Blick glitt über Bobbi und ein Lächeln legte sich auf meine Lippen. Dieses Erlebnis würde uns auf ewig verbinden. Und vielleicht waren auch wir gemeinsam ewig. Vielleicht war dies alles der Preis dafür, dass wir danach uns hatten. Uns wirklich hatten.

Das Licht des Kamins tauchte ihre blonden Haare in gold-orangefarbenes Licht. Auf ihrer blassen Haut lag eine zarte Röte. Sie war so wunderschön, dass es mir in Momenten wie diesem den Atem raubte. Mein Blick fiel auf die Stelle hinter ihrem Ohr. Ihr Haar war zurückgefallen und legte die Haut frei. Sieben schwarze Punkte fanden sich in zwei parallel zur Krümmung des Ohres verlaufenden Linien. Die letzte Tätowierung hatte sie erst in der vergangenen Woche machen lassen.

Jeder Punkt stand für einen besonderen Moment. Sie hatte mir die genaue Bedeutung nicht verraten wollen, aber ich wusste, dass der letzte Punkt mit mir zu tun hatte. Zuhause fand ich es befremdlich, dass sie bereits nach so kurzer Zeit eine Erinnerung an mich auf diese Weise auf ihrem Körper verewigt hatte.

Inzwischen glaubte ich, dass sie die Besonderheit unserer Begegnung, das Besondere an uns vielleicht einfach schon früher hatte spüren können. Wenn wir wieder zuhause waren, würde ich mir auch einen Punkt hinter mein linkes Ohr tätowieren lassen.

Ich wandte den Blick von ihr ab, setzte mich in einen Sessel und starrte auf den Sofa-Tisch. Ein paar Kerzen standen darauf. Ich entzündete sie und als ich die Streichhölzer zurücklegte, glitten meine Finger über die Notizbücher. Wer war HKB und warum hatte jemand seine Geschichte aufgeschrieben? Sollte ich weiterlesen? Bobbi würde nichts verpassen. Wir könnten später an der Stelle fortfahren, an der wir aufgehört hatten.

Ich zog das dritte Buch aus dem Stapel. Wir hatten die ersten beiden und die Hälfte dieses Bandes gelesen. HKB war Anfang zwanzig und hatte einen ziemlich miesen Weg eingeschlagen. Ich fragte mich, warum mein Großvater all diese Informationen besaß und warum er sie notiert hatte. Wenn es nicht jemand anderes getan hatte. Aber vielleicht würden die nächsten Seiten diese Fragen beantworten.

NEUNZEHN

DONNERSTAG, 19. DEZEMBER

Drei Stunden nachdem ich mit dem Lesen begonnen hatte, legte ich das fünfte Buch auf den Tisch und griff nach dem sechsten. Es war noch immer dunkel. Ich hatte dem Feuer weitere Holzscheite gefüttert und mich inzwischen auf den Boden vor den Couchtisch gesetzt, gekniet und wieder gesetzt. Ich hatte neben der Vitrine gestanden, auf der eine Kerze die Seiten erhellte, und vor dem Kamin auf einer Decke gelegen.

Der Autor hatte einen sehr detaillierten Bericht über HKBs Leben verfasst. Er beschrieb, wie er mit 23 Jahren angeschossen wurde, als er das Geld von einem asiatischen Restaurant eintreiben wollte. Es war ein Streifschuss. Die Polizei suchte ihn im Krankenhaus auf und bot ihm Strafminderung an, wenn er mit ihnen kooperierte. Er willigte ein, warnte aber die Leute, die er verriet, wodurch diese flüchten konnten und ihn verschonten.

Danach suchte er sich legale Jobs. Er arbeitete für Inkassounternehmen, absolvierte eine Ausbildung in einer Bank und verkaufte Immobilien. Nach wenigen Jahren hatte er ausreichend Geld zur Seite gelegt, um ein solides Leben zu führen. Was er jedoch nicht tat. Er kündigte seinen Job und seine Wohnung und mit Anfang dreißig zog er um die Welt. Er bereiste Osteuropa, das nun auch westlichen Reisenden offenstand.

Er verdiente Geld als Fotograf und versorgte internationale Agenturen mit Bildmaterial aus Ost-Berlin, Warschau und Moskau. Er besuchte kleine Dörfer, lernte Russisch, Polnisch und Bulgarisch und die Dialekte der Menschen. Er schaffte es, ihr Vertrauen zu gewinnen, sprach mit ihnen und steuerte seinen Bildern Geschichten bei, die von Zeitschriften auf der ganzen Welt gedruckt wurden.

Mein Großvater hatte ein paar der Artikel und der Fotos ausgedruckt und in die Bücher geklebt. Den vollständigen Namen hatte er jedoch jedes Mal geschwärzt. Mit einer Internetverbindung wäre es mir vielleicht gelungen, nach einzelnen Sätzen zu suchen und dem Autor auf diese Weise einen Namen zu geben. Aber so musste ich mich mit den Initialen begnügen.

Es waren gute Fotos. Sie lichteten das Leben der Menschen kurz nach dem Ende des kalten Krieges auf eine Weise ab, die mich zurück in ihre Zeit zog. In manchen Gesichtern lag Hoffnung, manche zeigten Angst und viele wirkten gleichgültig. Erwartungslos, weil ihre Erwartungen schon zu oft enttäuscht worden waren. Dies waren nicht meine Worte. HKB hatte ihren Seelenzustand selbst auf diese Weise beschrieben.

Ich las jeden Artikel mehrfach. Die Worte berührten mich. Sie zeigten mir eine Welt, die ich nur aus Geschichtsbüchern kannte. In die ich nicht hineingeboren worden war. Ich war zu jung, um zu verstehen, dass und vor allem warum unsere Welt auf diese Weise gespalten gewesen war.

Und doch war ich alt genug, um zu erkennen, wie wenige Schritte erst hinter uns lagen, die uns von dieser Spaltung wegführten.

Mein Großvater schrieb nur von wenigen Menschen, deren Wege jenen von HKB in dieser Zeit kreuzten. Er schien ein Einzelgänger gewesen zu sein, der sich an jedem Ort Menschen suchte, die sich seine Geschichten anhörten. Die ihm ihre Geschichten erzählten. Und am nächsten Tag zog er weiter. Auf der Suche nach neuen Motiven. Nach weiteren Worten.

Er hatte bisher keine Frau gefunden, die ihn an sich oder einen festen Ort hatte binden können. Seine Schwestern tauchten auf keiner der Seiten auf. Sein Vater ebenso wenig. Es gab den ein oder anderen Menschen, mit dem er für ein paar Wochen, Tage oder auch nur Stunden seinen Weg beschritt. Aber mehr nicht. Vielleicht fehlten dem Autor diese Information jedoch auch schlichtweg. Oder hatte er sie bewusst ausgelassen?

In Kasachstan verlor HKB zwei Finger an der rechten Hand, als er einem Bauern dabei half, einen Zaun zu errichten. Der ansässige Arzt amputierte sie, weil sich an jedem Finger ein Schnitt, den er sich an einem rostigen Nagel zugezogen hatte, entzündete. Eine unnötige Maßnahme, wie der Autor schrieb. HKB hatte Glück. Er konnte seine Kamera weiterhin bedienen und lernte, mit links zu schreiben.

Die Geschichte brachte noch mehr Dunkelheit in meine Überlegungen, aber sie lenkte mich von der Gegenwart ab und ich würde sie zu Ende lesen. Es fehlten nur noch dieses und das siebte Notizbuch und ich fragte mich, ob ich erfahren würde, wie und warum HKB gestorben war. Und ob es wirklich seine Knochen waren, die angekokelt unter dem Schnee lagen.

Letztendlich konnten wir bis zu einer Aufklärung nicht wissen, ob es einen Zusammenhang zwischen den Büchern, den Knochen und der Strumpfhose gab. Möglicherweise hatte mein Großvater Relikte verschiedener Ereignisse in seinem Leben gesammelt. Ich steckte meine Hand in die Jackentasche und befühlte den Stoff der Strumpfhose.

Ein seltsames Gefühl überkam mich. Es war eine Mischung aus Vertrautheit und Abscheu. Aus Angst und dem Wunsch, mich zu erinnern. Was, wenn diese Strumpfhose etwas mit dem Grund zu tun hatte, aus dem mein Großvater mich nicht mehr bei sich hatte haben wollen? Was, wenn er es gewesen war, der …? Was, wenn er sie zerrissen hatte?

„Hey." Bobbi rekelte sich auf dem Sofa und durchschnitt die Fragen, die mich an einen Ort führten, an dem ich noch weniger sein wollte als in diesem Ferienparadies.

Ich schob die Bücher zur Seite. Etwas schuldbewusst. Ganz leise meldete sich mein schlechtes Gewissen. Oder mein Körper suchte lediglich nach einem Weg, die anderen Gefühle aus dem Weg zu räumen. „Hey, schlaf weiter."

Sie setzte sich auf und rieb sich die Augen. „Nein, ich muss pinkeln."

Ich nickte. „Ich auch."

Sie gähnte. „Dann los." Fast schon automatisch griffen wir beide nach den Messern auf dem Tisch. Ich hatte in ein paar sehr miesen Gegenden in großen Städten gewohnt. Es hatte oft ein Messer unter meinem Bett gelegen. Dennoch erschrak ich für einen Moment, als mir bewusst wurde, wie routiniert ich nach wenigen Tagen zu einer Waffe griff. Und dass ich bereit war, sie auch zu benutzen.

„Wie spät ist es?"

Ich sah auf die Uhr. „Kurz nach vier."

Sie drehte sich zu mir und verengte die Augen. „Lara, du solltest mich nach drei Stunden wecken."

Ich zuckte mit den Schultern. „Du brauchtest den Schlaf."

Sie musterte mich. Eine Falte auf ihrer Stirn verriet für den Bruchteil einer Sekunde Misstrauen. Aber dann lächelte sie. „Ja, du hast recht." Sie legte die Hand, in der sie das Messer hielt, auf die Klinke und drehte mit der anderen den Schlüssel im Schloss. Die Klinge des Messers schabte über das Metall des Beschlags, als sie den Griff langsam hinunterdrückte.

Ich legte die Hand über ihr an den Rahmen, bereit die Tür sofort zuzudrücken. Aber der Eingangsbereich war leer. Jedoch nicht unverändert.

„Was ist das?" Bobbi trat auf die dunkle Spur zu, die von der Eingangstür durch den Flur bis zur Küche verlief. Sie hockte sich daneben.

Ich schluckte und kämpfte gegen die aufkommende Panik, die mir das Gefühl gab, nicht ausreichend Luft einatmen zu können, um den Sauerstoffgehalt in meinem Blut auf dem essentiellen Niveau zu halten. Etwas Schweres schien auf meine Brust zu drücken und ich holte mehrfach tief Luft, um die Last zu verringern. Dann sah ich mich um. Wo war er? Wie war er hier hereingekommen, ohne dass ich etwas gehört hatte? War es möglich, dass ich so vertieft in die Lektüre gewesen war, dass es mir entging, wenn jemand ins Haus drang? Unter diesen Umständen?

„Das ist Ruß." Bobbi rieb Daumen und Zeigefinger aneinander, stand auf und kam zu mir, um mir den schwarzen Staub zu zeigen.

Ich runzelte die Stirn. „Ruß?" Und dann gab endlich der Druck auf meine Brust nach, als meine Lungen sich scharf mit Luft füllten. „Nein." Meine Panik war ein weiteres Mal einer sich steigernden Wut gewichen und mit erhobenem Messer folgte ich der Spur in die Küche.

Das schmutzige Geschirr war verschwunden, die benutzten Handtücher ausgewechselt. Und auf dem Herd stand ein riesiger Topf, aus dem ein Stück Holz ragte. Man konnte noch einen Rest der blauen Farbe erkennen, in der es einmal lackiert worden war. Ich ging langsam auf den Topf zu. Er war bis zum Rand gefüllt mit Knochen. Das lange Stück Holz war alles, was von unserem Paddel übriggeblieben war.

„Ist es … ist es das, was ich denke, was es ist?" Bobbi stand im Eingang zur Küche. Sie atmete schnell und sagte dann: „Bitte sag mir, dass das nicht die Knochen sind." Sie schluckte und schlang die Arme um ihren Oberkörper.

„Die Knochen und eines unserer Paddel."

Sie sah sich um. Immer wieder. In ihren Augen stand Panik. Und dann, von einem Moment auf den anderen beruhigte sie sich und schien sich selbst aus der aufkommenden Hysterie zu befreien. „Deswegen haben wir ihn so lange nicht gesehen."

„Er ist zum Boot gelaufen, um es zu zerstören." Ich lehnte mich gegen die Arbeitsfläche und schloss die Augen. Dann riss ich sie wieder auf. „Wir müssen das Haus durchsuchen. Und dieses verdammte Bootshaus. Irgendwo muss sich dieser Bastard verbergen und ich werde mich nicht länger von ihm in dieses Zimmer zurückdrängen lassen."

„Lara, es ist stockduster."

„Das ist mir egal. Wir suchen ihn jetzt!"

Bobbi presste die Lippen aufeinander, nickte dann aber. Sie sah auf ihr Messer. „Ich wünschte nur, wir hätten eine andere Waffe."

„Wir sind zu zweit. Er ist allein. Das muss reichen."

Sie verzog den Mund.

„Was?"

„Also genau genommen wissen wir nicht, ob er alleine ist."

Ich schluckte, aber ich konnte die entsetzte Leere in meinem Bauch nicht füllen, die ihre Worte hinterlassen hatten. „Scheiße."

„Willst du immer noch da raus?"

Ich überlegte. War es tatsächlich denkbar, dass sich zwei oder mehr erwachsene Männer hier versteckten, ohne dass wir sie sahen? Andererseits war es für einen einzigen Mann möglich, auf diese Weise mit uns zu spielen? „Ja."

Ich nahm den Topf vom Herd, er war so schwer, dass ich ihn kaum tragen konnte, und ging damit durch die Küche, an Bobbi vorbei in den Eingangsbereich.

Sie folgte mir. „Was hast du vor?"

„Ich zeige ihm, was ich von seinen Spielchen halte."

Sie blieb stehen.

„Hilfst du mir?" Ich deutete mit dem Kopf auf die Tür.

Sie biss sich auf die Lippe.

„Bobbi, das Ding ist echt schwer."

„Okay." Sie ging zur Tür und öffnete sie so langsam wie vor wenigen Minuten die Wohnzimmertür. Sie war nicht verriegelt.

Ich drängte mich dazwischen und verharrte im Türrahmen. Der Bewegungssensor hatte mich registriert und dafür gesorgt, dass sich die kleine Lampe über der Tür einschaltete. Der Lichtkegel erleuchtete den Schnee vor uns in einem Radius von etwa sieben Metern. Der Schnee war etwas mehr als knietief. Ich erkannte es an den Löchern, die der Bootshausmann hineingetreten hatte.

Es waren nicht einfach Fußspuren, die er auf seinem Weg zum Haus hinterlassen hatte. Er hatte die Löcher ganz bewusst in den Schnee getreten. Ich folgte jeder einzelnen der fünf Linien bis hin zum letzten Loch, obwohl ich das Wort bereits auf den ersten Blick erfasst hatte.

HI!

Nur eine Linie führte vom Haus aus zum Strand. Entweder war er auf dem Rückweg in die gleichen Löcher getreten, oder …

„Lara, was geht hier vor?" Bobbi war noch immer im Haus. Ihre Stimme klang verändert. Ich sah mich nicht zu ihr um. Ich war unfähig, mich zu regen.

„Lara!" Sie schrie. Fast. „Sieh mich an!"

Ich tat es. Langsam. Und dann runzelte ich die Stirn. Tränen flossen über ihre Wangen. In ihren Augen lag Angst. Angst vor dem, was sie vor sich sah. Schnell wandte ich den Kopf zurück. Aber da war nichts hinter mir.

„Bobbi, was ist los?"

Eine Bewegung auf Höhe ihrer Brust brachte mich dazu, den Blick von ihren Augen zu lösen. Ich hatte alles andere ausgeblendet, aber nun sah ich die Stiefel in ihrer Hand. Meine Stiefel. Sie waren nass. Ich schluckte. „Bobbi."

„Lara, warum sehen deine Stiefel aus, als … als hättest du in den letzten Stunden den Wald nach deinem Handy abgesucht?" Ich hörte Hysterie und sah Panik. Sie atmete schnell aus und ein. Ihre Hand lag auf der Kante der Tür, vermutlich war sie bereit, sie zuzuschlagen. „Was ist das hier?"

„Bobbi, bitte. Du glaubst doch nicht …"

„Ich glaube, was ich sehe." Sie trat einen Schritt zurück, stellte die Schuhe ab und richtete ihr Messer auf mich. Mein eigenes Messer war zwischen dem Griff des Topfes und meiner Hand eingeklemmt.

„Und ich sehe deine nassen Schuhe und Spuren im Schnee. Ich sehe Rußspuren auf dem Boden, die entstanden sind, als ich geschlafen habe. Ich sehe einen verdammten Topf in deinen Händen, in dem Knochen und unser Paddel stecken. Das sehe ich." Sie schrie die letzten drei Worte und atmete danach so heftig, als hätte sie beim Reden das Haus

gemeinsam mit Jesse Owens in der Olympiavorbereitung umrundet.

„Bobbi, nein." Ich wollte ihr sagen, dass ich nichts damit zu tun hatte. Ich wollte ihr erzählen, dass ich in den letzten Stunden HKBs Geschichte gelesen hatte. Aber ich brachte keinen Ton raus. Tränen liefen mir über die Wangen. Das Gewicht des Topfes brachte meine Arme zum Zittern. Mir fehlte die Kraft, um ihn länger zu halten. Mir fehlte die Kraft, um all das länger auszuhalten. Und auch meiner Stimme fehlte jedwede Kraft. „Bitte, das kannst du doch nicht wirklich glauben."

Als spürte sie, dass ich auch zum Lügen keine Kraft mehr gehabt hätte, veränderten sich ihre Gesichtszüge. Ein Schluchzen drang aus ihrer Kehle und sie eilte zu mir.

Verwirrt blickte ich ihr entgegen und dann legte sie ihre Arme um meinen Hals. „Es tut mir leid. Ich bin so ein Idiot. Natürlich hast du mit all dem nichts zu tun." Sie schluchzte wieder. „Er will uns auseinanderreißen. Er will, dass wir uns gegenseitig beschuldigen. Und ich wäre fast auf seine Masche reingefallen." Sie löste sich von mir und sah mich an. „Verzeihst du mir?"

Ich nickte langsam, unfähig etwas zu sagen. Sie hatte recht. Er spielte mit uns. Und uns gegeneinander aufzuhetzen, war Teil dieses Spiels.

„Lara?"

„Ja?" Meine Stimme war nur ein Kratzen. Bobbi stand inzwischen neben mir und starrte auf den Schnee. Ich folgte ihrem Blick.

„Es gibt nur eine Spur."

In diesem Moment knallte die Tür hinter uns ins Schloss. Eine Sekunde später ertönte ein weiterer Knall, als mir der Topf aus den Händen glitt und zuerst den Blumentopf und dann meinen rechten Fuß traf.

ZWANZIG

DONNERSTAG, 19. DEZEMBER

Ich schluckte den Schmerz und den Schrei hinunter und schnellte zur Tür. Ich drückte dagegen, stemmte mich gegen das Holz, aber sie blieb verschlossen.

Bobbi stand wie erstarrt neben mir. Das pure Entsetzen lag in ihren Augen und ich fragte mich, ob ich einen ähnlichen Anblick bot. Aber dann löste sie sich aus ihrer Lähmung und drückte ebenfalls gegen die Tür. „Vielleicht war es nur der Wind."

Ich glaubte nicht daran und deutete auf die Buchstaben. „Das passt viel zu gut zusammen."

Sie schüttelte den Kopf, als könnte das etwas an den Fakten ändern.

„Wir müssen uns überlegen, was wir jetzt tun."

Sie nickte, sagte aber nichts. Meine Füße schrien nach Wärme, obwohl einer von ihnen die Kälte zu brauchen schien. Aber der Schmerz, den die möglicherweise gebrochenen Knochen verursachten, wurde vom Adrenalin abgeschwächt.

„Wir können nicht hierbleiben." Ich sah mich um. Das Auto war unter einer dicken Schneeschicht verborgen. Ohnehin hatten wir keinen Schlüssel und die Scheibe einzuschlagen, war keine Option. „Wir müssen ihn suchen."

„Was? Spinnst du?"

„Hast du einen besseren Vorschlag?"

Sie schüttelte den Kopf und bevor sie etwas einwenden konnte, stapfte ich in die Löcher, die vom Haus wegführten. Genau genommen stapfte ich jedoch nur mit einem Fuß. Der andere schwang einfach irgendwie mit.

Sobald wir den Lichtkegel verließen, konnte ich die Spur nur noch erahnen. Es war schmerzhaft, mit dem rechten Fuß aufzutreten, und ich humpelte mehr, als ich ging. Ich würde nicht einmal mehr vor einem Kleinkind davonlaufen können. Aber hier draußen würden wir erfrieren.

Bobbi ging hinter mir. Vor uns auf der Terrasse leuchtete schwach der vom Schein des Kaminfeuers in orangefarbenes Licht getauchte Schnee. Sonst sah ich nichts. Und ich hörte auch nichts außer den Wellen und dem Klopfen meines Herzens.

„Wohin führen die Spuren?" Sie flüsterte.

Ich sprach in derselben Lautstärke. „Ich kann sie nicht sehen."

„Was machen wir jetzt?"

Ich überlegte und schlich nahe am Haus entlang weiter zur Terrasse. Hier war der Schnee weniger tief und ich versank nur bis zum Knöchel darin. „Wir müssen irgendwie zurück ins Haus kommen."

„Aber wie?"

Ich blieb stehen und überlegte. „Vielleicht lässt sich die Terrassentür öffnen."

„Was ist, wenn er noch im Haus ist? Was ist, wenn er dort auf uns wartet?"

„Dann müssen wir uns ihm stellen." Ja, genau. Wir müssten uns ihm stellen. Der Gedanke löste keine Panik in mir aus. Vielmehr spürte ich Endorphine durch mein Blut rasen. Ich wollte mich ihm stellen. Ich wollte endlich wissen, wer hinter all dem steckte. Ich wollte, dass es endete.

Sie sagte nichts.

„Wenn sich die Tür nicht öffnen lässt, könnten wir das Glas mit einem Stein einschlagen."

„Hast du hier Steine gesehen?"

Ich nickte, obwohl sie es nicht sah. „Ein paar grenzen die Terrasse auf der Waldseite ab."

„Stimmt." Ihre Stimme zitterte.

„Bereit?"

„Nein."

„Dann los." Langsam bog ich um die Ecke, das Messer kampfbereit neben meinem Körper. Als ich die Terrasse betrat, sah ich zuerst die Spuren im Schnee. Dann spürte ich die Wärme, die durch die offene Tür nach draußen strömte. „Die Tür ist offen." Ich ging langsam weiter darauf zu und spähte hinein. Auf den ersten Blick war der Raum leer. Ich griff nach Bobbis Hand. „Komm."

Sie folgte mir und wir traten ins Haus. Auch auf den zweiten Blick befand sich niemand außer uns im Raum. Ich suchte jede Ecke ab, während Bobbi die Tür verriegelte.

„Wir müssen das restliche Haus durchsuchen."

„Was?"

„Nun komm schon." Ich steuerte auf die Wohnzimmertür zu und hoffte, Bobbi würde mir folgen. Ich griff nach der Klinke, drückte sie nach unten und zog fester daran, als Bobbi es wenige Minuten zuvor getan hatte. Wenn er im Eingangsbereich war, wusste er ohnehin, dass wir kommen würden. Es war besser, schnell vorzugehen.

Aber trotz der Kraft, die ich aufwandte, blieb die Tür verschlossen. Ich runzelte die Stirn. Sie war verriegelt. Ich griff unter der Klinke nach dem Schlüssel. Aber da war nichts.

„Die Tür ist abgeschlossen."

„Dann schließ sie doch auf." Bobbi flüsterte noch immer.

„Der Schlüssel ist weg."

„Was? Nein, das kann nicht sein. Bestimmt liegt er auf dem Boden. Mach das Licht an."

Ich betätigte den Schalter. Der Raum blieb so dunkel wie zuvor. „Nein."

„Was ist?"

„Der Strom." Ich sah auf die kleinen Lampen, die auf Tischen und Schränken verteilt standen. Warum war mir ihr fehlendes Licht nicht beim Eintreten aufgefallen?

„Oh, nein. Nein, das hat er nicht getan." Sie ging zu den Lampen und knipste einen Schalter nach dem anderen. Nichts passierte. „So ein Arschloch. Geht ihm dieses Spiel nicht langsam selbst auf die Nerven?"

„Er glaubt, dass er uns damit zermürben könnte."

„Idiot!" In den vergangenen Minuten hatte Bobbi verängstigt gewirkt. Nun strahlte sie dieselbe Empörung aus wie ein Kind, dem der große Bruder das letzte Schokoladeneis aus dem Tiefkühlfach geklaut hatte. Nur dass ihr großer Bruder möglicherweise ein Psychopath war, der dafür sorgte, dass unser Schokoladeneis im Tiefkühlschrank schmolz. Sie ließ sich auf das Sofa fallen.

Ich ging zu ihr und setzte mich. „Glaubst du noch immer, dass Finn dahintersteckt?"

„Er hat das Geschirr in den Geschirrspüler geräumt."

Ich runzelte die Stirn. „Woher weißt du das?"

„Was?"

„Dass es im Geschirrspüler ist."

„Was? Na, weil es weg ist."

Ich musterte sie.

„Nun sieh mich nicht so an. Vielleicht hat er es auch draußen im Schnee verteilt, damit wir reintreten, wenn wir barfuß um das Haus laufen. Wir haben früher oft ‚Kevin allein zuhaus' geguckt."

„Wir sitzen in der Falle."

Sie schwieg.

„Wir können nicht einmal mehr rausgehen, weil wir weder Jacken noch Schuhe haben." In diesem Moment spürte ich die Nässe an meinen Beinen. „Los, wir müssen aus den nassen Klamotten raus." Ich stand auf und zog die Jogginghose über den Po. Als ich die Socke vom rechten Fuß schob, raubte mir ein Stich für ein paar Sekunden den Atem.

„Was ist los?"

„Dieser dumme Topf." Ich strich vorsichtig über die Schwellung. „Ich glaube, da ist was gebrochen."

„Was?" Sie streckte die Hand nach meinem Fuß aus und betastete ihn vorsichtig. „Leg dich hin. Du darfst ihn nicht belasten. Müssen wir ihn verbinden?"

„Ich weiß es nicht. Und ich will mich nicht hinlegen." Zu groß war die Angst, dass die Wärme sich mit der Müdigkeit vereinte und das Adrenalin aus meinen Adern vertrieb. Ich durfte nicht einschlafen. Wir brauchten einen Plan. „Siehst du Licht im Bootshaus?"

Sie stand auf und ging zum Fenster. „Nein. Es ist alles dunkel." Sie kam zurück und schälte sich nun selbst aus Hose und Socken. „Meinst du, er ist noch im Haus?"

Ich überlegte, während sie die Kleidungsstücke nahe dem Feuer über zwei Stuhllehnen hängte. „Nein. Dafür hatte er nicht genug Zeit." Von dem Moment an, in dem die Tür zugeknallt war, bis zu dem Zeitpunkt, in dem wir die Terrasse gesehen hatten, konnte nicht mehr als eine Minute vergangen sein. Hätte er in dieser Zeit zum Wohnzimmer rennen, das Wohnzimmer durchqueren, die Terrassentür öffnen, die Spuren im Schnee hinterlassen, wieder zurück in den Raum und die Tür abschließen können? Ich sah auf den Boden. Unsere eigenen Füße hatten Schnee in den Raum getragen. Aber es waren keine Spuren von Schuhen zu sehen.

Konnte er die Spuren auf der Terrasse vorher hinterlassen haben? Nein, dann hätte ich ihn gesehen. „Ich glaube nicht, dass er im Haus ist", wiederholte ich deshalb meine Einschätzung.

Sie atmete hörbar aus und setzte sich dann mit einer Tüte Gummibärchen neben mich. Ich sah sie mit erhobenen Augenbrauen an.

„Was? Ich bin ein Stressesser. Das weißt du doch inzwischen."

Ich sah auf die Uhr. Es würde noch mindestens drei Stunden dauern, bis es dämmerte. Aber was dann? „Wir müssen versuchen, die Tür aufzubrechen."

„Vielleicht können wir das Schloss anders öffnen?"

„Mit einer Haarklammer?"

„Ich schätze, das wird nichts, oder?"

„Zumindest brauchen wir mehr Licht dazu."

„Ich könnte mit einer Kerze leuchten."

Wir versuchten es. Aber weder unsere Bemühungen, die Tür mit dem Messer aufzuhebeln, noch pure Gewalt führten zum Erfolg. Auch nach zwanzig Minuten schafften wir es nicht, die Verriegelung zu lösen.

Bobbi ließ sich entmutigt auf den Boden sinken.

Ich ging zurück zur Couch. „Wir versuchen es morgen noch einmal." Ich legte mich nun doch hin. Die Müdigkeit kroch in meine Gedanken und hinderte sie daran, klar in mein Bewusstsein zu treten. Ich war schon viel zu lange wach und hatte in dieser Zeit viel zu viele Informationen und Ereignisse verarbeiten müssen. Der Bootshausmann gönnte uns eine Pause. Zumindest hoffte ich das. So oder so musste ich Kräfte sammeln für was auch immer als nächstes auf seiner ‚Bobbi & Lara in den Wahnsinn treiben'-Checkliste stand.

Bobbi kam zu mir, legte sich vor mich und zog die Decke über uns.

Ich umschlang ihren Oberkörper mit meinem Arm, spürte ihre nackten Beine an meinen, die weiche und zarte Haut ihres Pos an meiner Hüfte. Die leichte Wölbung ihrer Brust oberhalb meines Unterarmes. Wie gern hätte ich meine Hand auf sie gelegt, wäre mit meinen Lippen an ihrem Hals entlanggeglitten und hätte all das vergessen, was mich davon abhielt, es zu tun.

„Er wollte nicht, dass wir erfrieren."

„Was will er dann?"

Sie seufzte. „Ich weiß es nicht."

„Hast du Angst?"

„Manchmal." Sie zögerte. „Und du?"

„Ein bisschen." Nun zögerte ich. „Und manchmal ziemlich viel."

„Ja, ich weiß, was du meinst."

Meine Augen schlossen sich, aber ich riss sie wieder auf. „Wir dürfen nicht einschlafen."

„Hm?"

Wieder legten sich meine Lider über die Augen. Es dauerte ein paar Sekunden, bis ich sie wieder hob. „Bobbi."

Sie seufzte. „Du hast recht." Sie richtete sich auf. „Ich werde wach bleiben."

Ich brummte nur ein unverständliches „Okay", und driftete dann in den Schlaf.

Als ich die Augen wieder öffnete, war es draußen hell genug, um das Meer und die Wolken zu erkennen. Und den Schnee, der in dicken Flocken vom Himmel fiel. Es musste wärmer geworden sein. Wenn es kalt war, waren die Schneeflocken kleiner, oder?

Irgendwann war mein Kopf wach genug, um Gedanken dieser Art als unwichtig einzustufen und sich daran zu erinnern, wo ich mich befand. In welcher Situation ich mich gerade behaupten musste. Sofort strömte Adrenalin durch meinen Körper und ich richtete mich auf. Dabei durchzuckte mich ein Schmerz und ich stöhnte auf. Mein Fuß.

Mein Blick fiel auf Bobbi, die zusammengesunken in einem der Sessel saß. Auf ihrem Schoß lag eines der Notizbücher. Sie hatte nur ein weiteres begonnen.

Ich schwankte zwischen Ärger, weil sie ihre Wache nicht erfüllt hatte, und einem Gefühl von Liebe und Wärme, das das Bild ihres friedlich schlafenden Körpers in mir auslöste.

Und dann sah ich mich im Raum um. Das Feuer brannte auf niedriger Flamme, aber trotzdem war es warm im Raum. Außerdem leuchtete eine der kleinen Tischlampen. Der Bootshausmann hatte den Strom offensichtlich wieder eingeschaltet.

Ich stellte die Füße auf den Boden und wollte aufstehen, aber in diesem Moment durchströmte eine weitere Schmerzwelle meinen Körper und ich fiel mit einem Stöhnen wieder in die Kissen. Ich sah zu meinem Fuß. Er hatte sich blau verfärbt und war noch immer dick angeschwollen.

„Hey, was ist los?" Bobbi rekelte sich und das Notizbuch fiel zu Boden. „Oh." Sie hob es auf, legte es auf den Tisch und sah sich für einen Moment um. Und dann erreichte auch sie die Realität. „Verdammt. Ich bin eingeschlafen." Sie sprang auf. „Das darf nicht wahr sein. Ich hab mir doch extra das Buch genommen. Es tut mir leid, Lara."

„Schon okay."

„Nein, das ist es nicht." Sie griff nach meinem Handgelenk und sah auf die Uhr. „Aber ich habe nicht lange geschlafen. Die Dämmerung hatte schon begonnen. Ich bin sicher, es waren nur ein paar Minuten." Während sie versuchte, mich von der Bedeutungslosigkeit ihres Fehlers zu überzeugen, ging sie zum Kamin, legte eines der letzten Holzscheite nach und befühlte die Hosen, die über den Stuhllehnen hingen. „Sie sind trocken." Sie warf mir meine Jogginghose zu.

Es war nicht leicht, den Fuß durch den Knöchelbund zu manövrieren, ohne dabei Schmerzen auszulösen. Aber als ich den warmen Stoff auf meiner Haut spürte, genoss ich für einen Moment die leichte Geborgenheit, die mich damit überkam.

Bobbi setzte sich zu mir. Sie öffnete eine Flasche Wasser und führte sie an die Lippen. Bevor sie trank, sagte sie: „Wir brauchen einen Plan."

„Ich kann nicht laufen."

„Was?"

Ich deutete auf meinen Fuß und sie erschrak. „Verdammt. Nein. Oh, bitte sag mir, dass das nur ein dämlicher Witz ist."

Ich runzelte die Stirn. „Natürlich ist es kein Witz. Oder glaubst du, ich hätte mir meinen Fuß geschminkt, während du über HKBs Biografie eingeschlafen bist?" Wut füllte ein weiteres Mal meine Blutbahnen. Aber sie galt nicht Bobbi. Mein Plan, den Weg zum nächsten Dorf zu Fuß zurückzulegen, wurde nicht nur durch den erneut fallenden Schnee durchkreuzt. Ich würde es nicht einmal bis zur nächsten Straße schaffen.

„Dann warten wir weiter?"

„Erst einmal essen wir etwas." Ich deutete auf die Kisten

unter dem Fenster, in denen sich Toastbrot, Dosenfleisch, Gemüse und Obst befanden.

„Und dann?"

„Öffnen wir die Tür."

Ihre Augen wurden größer. „Könnten wir das vielleicht sofort machen?"

Ich runzelte die Stirn.

„Ich muss immer noch pinkeln." Sie hatte lange ausgehalten.

„Oh. Ähm, ja sicher." Ich stützte mich mit den Händen auf die Sitzpolster des Sofas. „Hilfst du mir mal?"

Gemeinsam humpelten wir zur Tür. Ich besah den Rahmen, kontrollierte die Scharniere und den Spalt am Boden. Wir konnten uns nicht dagegenstemmen, denn die Tür öffnete sich nach innen.

„Verdammt!" Bobbi schleuderte einen Briefbeschwerer gegen die Tür. Er landete auf der Klinke, die sich senkte, und mit einem Klacken öffnete sich die Tür. Erst jetzt sah ich den Schlüssel, der in seinem Loch unter der Klinke steckte.

„Was zur …?" Ungläubig musterten wir den Schlüssel und den Spalt, der einen Blick in den Eingangsbereich freigab.

„Sie war verschlossen." Ich humpelte zum Tisch, um die Messer zu holen. „Sie war eindeutig verschlossen. Der Schlüssel steckte nicht im Schloss. Er war nicht hier." Meine Stimme wurde mit jedem Wort lauter.

Bobbi setzte ihr ein leises Flüstern entgegen. „Er war heute Nacht noch einmal im Haus. Er war hier drin. Und ich hätte ihn sehen müssen, wenn ich nicht eingeschlafen wäre."

Ich nickte. Vielleicht war er noch immer hier. Wieder siegte meine Wut über die Angst und ich trat in den

Eingangsbereich. „Wo bist du, du Feigling? Komm raus und zeig dich endlich!"

Meine Stimme hallte kaum hörbar von den Wänden zurück, erhielt aber wieder keine Antwort. Das Holz unter meinen Füßen war kalt. Jedes Auftreten trieb einen Stich durch meinen Fuß, der Muskeln, Haut, Knochen und weiteres Gewebe bis hinauf in meinen Oberschenkel zu zerteilen schien.

Bobbi eilte an mir vorbei. „Ich kann es nicht mehr halten." Sie rannte zum WC, knallte die Tür zu und ließ mich in der Stille allein.

Ich sah mich um. Der schwarze Streifen auf dem Boden war verschwunden. Unsere Jacken und Schuhe hingen und standen an ihrem Platz. Ich ging weiter in die Küche. Die Anzeige am Geschirrspüler leuchtete auf. Ich ging darauf zu. Die Zahlen zeigten die Restzeit des Waschvorgangs an. 39 Minuten.

Ich sank auf einen Stuhl. Ich fühlte mich hilflos. Und inzwischen war ich nicht mehr sicher, ob ich Angst vor diesem Typen haben sollte oder einfach abwarten und darauf hoffen, dass am Ende seines Ferienprogramms ein ‚Reingelegt' und nicht unser minutiös geplanter Tod stand.

Bobbi kam in die Küche. Sie ging direkt zum Kühlschrank und nahm Eier und Butter heraus. „Ich brauche jetzt ein richtiges Frühstück. Rührei oder Spiegelei?"

Die Stunden vergingen. Wir trauten uns endlich, das Erdgeschoss zu verlassen, um gemeinsam zu duschen, die Zähne zu putzen und frische Klamotten anzuziehen. Bobbi fand einen Erste-Hilfe-Kasten in der Abstellkammer und verband meinen Fuß so fest, dass es weh tat und ich den Umschlag wieder löste.

Wir öffneten die Haustür, um zu kontrollieren, was mit den Knochen geschehen war. Sie waren mitsamt dem Topf verschwunden. Das Wort ‚HI!' war zu einem großen Teil zugeschneit, aber noch immer gut erkennbar.

Eine Weile überlegten wir, ob es eine Möglichkeit gab, in das nächste Dorf zu fliehen. Aber selbst, wenn ich den Weg geschafft hätte, wäre ich nicht in der Lage gewesen zu rennen, wenn der Bootshausmann entschied, uns zu folgen.

Also stockten wir unsere Vorräte im Wohnzimmer auf und zogen uns immer wieder dorthin zurück. Ich verriet Bobbi, dass ich fast alle Bücher gelesen hatte, und sie verbrachte ein paar Stunden damit, sie selbst zu lesen, während ich ein wenig Schlaf nachholte oder nach draußen starrte.

Nach dem Mittagessen saßen wir auf dem Boden vor dem Feuer. Wir hatten weiteres Holz aus dem Lager geholt. Mehr als an den Tagen zuvor. Und mehr gab es nicht zu tun. Es war zermürbend. Während die Lichtspiele mich längst nicht mehr störten, war das Nichtstun ein Problem. Es fühlte sich einfach nicht richtig an, passiv die Stunden zu verbringen und darauf zu warten, dass das Programm eines anderen weiterlief.

„Wir müssen noch einmal in das Bootshaus." Ich schob ein Stück Holz mit dem Schürhaken von links nach rechts.

„Du kannst nicht laufen, Lara."

„Es ist nicht weit."

„Es ist zu weit."

„Es wird schon gehen."

„Du passt bestimmt nicht mal in die Schuhe."

Ich stand langsam auf und humpelte zur Wohnzimmertür. „Das werden wir gleich sehen." Ich schloss die Tür auf und steckte den Schlüssel in die Tasche meiner Fleecejacke.

Die andere. Die, in der sich nicht die Strumpfhose befand. Dann ging ich in den Flur, nahm meine Stiefel und setzte mich auf die Treppe. Es war nicht besonders angenehm, aber ich konnte den Schuh überstreifen. „Siehst du?"

Bobbi war mir gefolgt. Sie seufzte. „Also gut."

Wir zogen uns an. Ich griff den Haustürschlüssel, ging noch einmal zur Wohnzimmertür, zögerte dort angekommen aber und entschied mich, den Raum nicht von außen abzuschließen. Und dann verließen wir das Haus.

EINUNDZWANZIG

DONNERSTAG, 19. DEZEMBER

Der Schnee fiel leise und friedlich und weniger stark als am Morgen. Der Weg zum Bootshaus zeigte keine neuen Spuren auf. Ich sah mich um. Gab es noch eine andere Möglichkeit, dorthin zu gelangen? Als wir das Bootshaus erreichten, wehte uns ein starker Wind entgegen. Selbst wenn der Bootshausmann hier Spuren hinterlassen hatte, waren sie inzwischen verschwunden.

Die Türen waren noch immer geöffnet. Schnee war auf den Steinboden geweht. Der Raum erschien mir deutlich größer als noch vor zwei Tagen. Die Jolle war in meiner Erinnerung zu klein, um das Bootshaus auszufüllen. Aber natürlich hatte sie das getan. Es waren wirklich erst zwei Tage vergangen, seitdem wir den Segler in die Wellen geschoben hatten. Voller Hoffnung.

Ich sah in die Ecke, in der wir das Lager entdeckt hatten. Das Licht drang nur schwach durch die geöffneten Türen herein. Aber ich erkannte die noch immer ordentlich gestapelten Sachen so gut wie vor ein paar Tagen. Ich hockte mich davor. Waren dies die gleichen Dinge? Ein zusammengerollter Schlafsack, eine Reisetasche, ein Stapel Pullover, eine Jacke, große Männer-Schuhe, Geschirr und Servietten und eine Kiste mit Essensvorräten.

Diesmal sah ich genauer in diese Kiste. Hätten die Vorräte nicht abnehmen müssen? Hätte er nicht zumindest einen der Pullover wechseln müssen? Ich kippte die Kiste aus und nahm eine Tomate in die Hand, die ungewöhnlich leicht davonrollte. Sie wog fast nichts. „Die ist nicht echt." Ich hob weitere Dinge vom Boden. Eine leere Papp-Packung Müsliriegel, Plastiksalami, ein Holzbrot. „Das ist alles Zubehör eines Kaufmannsladens für Erwachsene."

Bobbi hockte sich zu mir und nahm selbst Gegenstände in die Hand. Einen leeren Tetra-Pack Milch. Eier, die hochsprangen, wenn man sie fallen ließ.

Mein Herz raste. Was sollte das? Was lief hier ab? Warum hätte jemand so etwas arrangieren sollen? Ich stand auf und schmiss das falsche Essen nach draußen an den Strand, gegen die Wände des Bootshauses und schrie: „Was ist das hier?" Meine Stimme drang nach draußen und wurde dort von den Wellen, von der Weite verschluckt.

Bobbi stellte sich zu mir und legte ihre Arme um meine Taille. Aber ich stieß sie von mir. Für einen kurzen Moment war ich überzeugt davon, dass sie hinter all dem steckte. Mein Gehirn suchte nach einer Antwort. Es wollte nicht länger im Dunkeln tappen.

„Hey, was ist los?"

Die Tür war aufgeschlossen worden, als ich schlief. Sie hätte genug Zeit gehabt, die Knochen zu beseitigen und den Geschirrspüler einzuschalten. Ich atmete schwer. Konnte sie es sein? Mein Kopf dröhnte, aber ich versuchte, mich auf die vergangenen Situationen zu konzentrieren, in denen etwas geschehen war. Die Knochen auf dem Herd.

Nein, da hatte sie geschlafen. Zumindest war ich wach gewesen.

Tränen füllten meine Augen und ich legte die Hände darauf. Bobbi schlang noch einmal die Arme um mich. „Es tut mir so leid."

Ich stutzte. Konnte sie doch etwas mit all dem zu tun haben?

„Wir wären nicht hier, wenn ich nicht ... Ich hätte auf dich hören sollen. Ich habe dich zu diesem Ausflug gedrängt."

Das hatte sie. Aber sie konnte nicht hinter dem stecken, was hier geschah. In zu vielen Situationen hatten wir gemeinsam etwas entdeckt, waren wir gemeinsam erschreckt und überrascht worden. In zu vielen Situationen war sie bei mir, während jemand das Haus aufgeräumt oder uns einen Snack bereitgestellt hatte.

Nein, Bobbi allein konnte es nicht sein. Andererseits ... Ich dachte an die Mandeln. Hatte sie nicht zu schnell darauf getippt, dass ihr Bruder der Fremde sein könnte? Arbeitete sie mit ihm zusammen? Aber warum hätte sie mich auf diese Fährte bringen sollen? Aber vielleicht war genau das der Grund. Vielleicht war das ein Teil des Spiels.

Ich löste mich von ihr und ging nach draußen. In meinem Kopf drehte sich alles, drehte durch.

Sie folgte mir. „Lara, was ist los?"

Ich antwortete nicht. Ich wusste nicht, was ich sagen, was ich denken sollte. In mir formte sich die Überzeugung, dass sie und eine weitere Person hier ein Spiel spielten, das ich nicht durchschaute. Dass sie und vielleicht sogar ihr Bruder mich aus irgendeinem Grund auserwählt hatten, um ... Ja, warum eigentlich? Was könnte die beiden dazu getrieben haben, mich dieser Situation auszusetzen? Und was war mit den Knochen? Hatten sie das auch inszeniert? Waren sie nur Teil eines großen Ganzen, das ich nicht verstand? Waren sie überhaupt echt gewesen? Der Gedanke war mir schon früher gekommen und ich hatte mit Bobbi darüber gesprochen. Sie hatte darauf bestanden, dass sie echt waren. Jetzt wirkten ihre Worte jedoch nicht mehr, wie aus Überzeugung gesprochen. Sie wirkten, als hätte sie mich zu überzeugen versucht.

Ich dachte an die Notizbücher, an die Voraussicht Bobbis, so viele Dinge mitzunehmen. Ihr Wunsch, die Handys zuhause zu lassen. Mein verschwundenes Handy. Wenn man jedes einzelne Puzzle-Teil in die Hand nahm, entstand ein Bild. Und dieses Bild machte mir Angst. Aber was, wenn ich die Teile falsch zusammensetzte?

Sie legte ihre Hand auf meine Schulter. Zurückhaltend. „Lara?"

Ich atmete tief ein. „Es ist …" Ich drehte mich zu ihr, sah ihr in die Augen. Ich konnte nichts entdecken, außer Verwirrung, Liebe und einer Spur Angst. Ihre gesamte Haltung sprach dafür, dass sie die war, die sie vorgab zu sein. Aber in mir hatten die letzten Minuten Zweifel wachsen lassen. Ich stellte ihre Person in Frage. Ihre Liebe. Ihre Worte. Ihr Handeln. Vielleicht sogar ihre sexuelle Orientierung. Hatte sie zu Beginn nicht viel zu unerfahren gewirkt?

„Was?" Ihre Stimme klang zärtlich und meine Zweifel bröckelten. Ich dachte an ihre Worte, die sie in der vergangenen Nacht zu mir gesagt hatte. Ihre Zweifel an mir. War dies nur ein weiteres Mittel, um uns auseinanderzubringen?

Ich schüttelte den Kopf.

„Irgendetwas ist doch."

Ich hätte sie konfrontieren können. Ich hätte sie direkt fragen können, was sie verbarg. Aber ich hatte Angst vor dem, was diese Fragen nach sich ziehen würden. Ich wollte, dass wir hier zusammen rauskamen. Ich wollte, dass ich hier rauskam. Egal, ob sie mit dem Typ zusammenarbeitete oder nicht, ich hatte keine Ahnung, was hier gespielt wurde. Und wenn sie ein Teil dieses Spiels war, musste ich die Fassade aufrechterhalten. Es wäre meine einzige Chance, zu entkommen.

Ich deutete auf die eine Plastikbanane. „Das hier."

Sie nickte.

„Ich weiß nicht, was ich davon halten soll. Und ich weiß nicht, was wir tun sollen." Meine Worte klangen abgelesen, aber sie schien es nicht zu bemerken. „Und ich habe keine Ahnung, wie wir hier wegkommen sollen."

Wieder legte sie ihre Arme um mich und ich ließ es geschehen, kämpfte gegen die leichte Versteifung meines Körpers an, die die Zweifel provozierten und legte meinen Kopf gegen ihren. Ich würde einen Weg finden, die Wahrheit zu erfahren.

„Möchtest du wieder ins Haus gehen?"

Ich wollte nicht. Nie wieder wollte ich diese Räume betreten. Aber ich ließ mich von ihr mitziehen, humpelte den kleinen Pfad entlang, den wir vor wenigen Minuten in den Schnee getreten hatten, und wartete auf ein neues Zeichen von ihm.

Aber auch nach fünf Stunden gab es keinen Hinweis darauf, dass er da war. Dass er überhaupt existierte. Wir bewegten uns erneut etwas freier im Haus. Ich wollte kein weiteres Mal die Küche betreten und etwas vorfinden, was dort nicht hingehörte. Vielleicht platzierte er beim nächsten Mal ein Wildschwein im Ofen, das mein Handy im Maul trug. Zerstört natürlich. Oder es war intakt und wir würden kein einziges Ladeteil mehr im Haus finden.

Wir versuchten ein weiteres Mal, den DVD-Player zum Laufen zu bringen, kochten etwas zum Abendessen und spülten nach dem Essen das Geschirr. Bobbi schlug vor, weiter in den Notizbüchern zu lesen. Aber ich hatte keine Lust mehr. Ich wusste nicht, ob die Geschichte von HKB überhaupt echt war. Und aus diesem Grund interessierte mich auch nicht, wie sie endete.

„Wie wäre es mit einem Glas Wein?" Bobbi stand auf und ging zur Wohnzimmertür.

„Nein, danke." Ich brauchte einen klaren Kopf. Ich wollte kein Detail übersehen. „Aber ich begleite dich." Und ich würde sie keine Sekunde aus den Augen lassen. Vielleicht war ich paranoid, aber ich hatte keine andere Spur und ich musste dieser nachgehen. Also stand ich auf und folgte Bobbi.

„Lara, was machst du denn? Bleib sitzen." Sie deutete auf meinen Fuß.

„Ich muss mich etwas bewegen."

„Dann hätten wir dir einen Stock suchen müssen."

Das wäre eine gute Idee gewesen. Allerdings hätte ich dann mein Messer nicht länger in der rechten Hand halten können. Und mit links würde ich deutlich unkoordinierter damit umgehen. Ob ihr das bewusst war? Hatte sie diese Gehhilfe deshalb vorgeschlagen?

Ich erwiderte nichts und sie versuchte kein weiteres Mal, mich umzustimmen.

In der Küche beobachtete ich sie, wie sie die Weinflasche öffnete und sich ein Glas einschenkte. War irgendetwas daran seltsam? Verhielt sie sich normal? Aber war das ‚normal', das ich kannte, ein Indiz dafür, dass ich mich irrte oder richtig lag?

„Lara, was ist los mit dir?"

Ich schluckte. Ich durfte mich ihr gegenüber nicht auf diese Weise prüfend verhalten. Ich gab ihr die halbe

Wahrheit. „Ich komme einfach nicht mehr klar. Meine Gedanken fahren Achterbahn. Inzwischen glaube ich sogar, dieser Typ könnte auch die Knochen in der Kommode versteckt haben." Ich schluckte. Ein neuer Gedanke schlug mir so heftig in den Magen, dass ich drei Atemzüge brauchte, um weiterzusprechen. „Was ist, wenn das die Knochen von meinem Großvater sind?"

Bobbis Augen weiteten sich. Wenn ihre Reaktionen nicht echt waren, war sie eine verdammt gute Schauspielerin. Aber vielleicht war sie das ja auch. Ich kannte sie seit sechs Wochen und was wusste ich schon von ihr? Vielleicht war sie seit Jahren der Star einer regionalen Theatergruppe, die eine neue Variante von Reality-Shows auf die Beine stellte.

„Aber ... aber dein Großvater ist doch noch gar nicht so lange tot. Ich meine, es dauert doch eine Weile, bis der Rest des Körpers ... du weißt schon ... weg ist." War sie tatsächlich so naiv?

Ich deutete in Richtung Wohnzimmer. „Bobbi, egal, wer da drin lag, er wurde dort ohne Fleisch und Blutgefäße verstaut."

Sie verzog das Gesicht. „Igitt, Lara."

„Ich meine ja nur. Es könnte sein. Es ist nicht ausgeschlossen. Vielleicht will dieser Typ meine gesamte Familie auslöschen." Wieder traf mich ein Gedanke an einer Stelle, die Denken nicht bewusst zuließ. Es dauerte ein paar Sekunden, bis er in meinem Kopf ankam und sich das Bild meiner Mutter vor mir formte. Aber ich sprach ihn nicht laut aus.

„Warum sollte das jemand tun wollen?"

„Ich habe keine Ahnung. Aber ich weiß auch nicht, warum jemand die Attrappe eines Vagabunden-Lagers im Bootshaus meines Großvaters aufbaut."

Sie presste die Lippen aufeinander und sagte dann: „Könnte es vielleicht dein Großvater sein?"

Ich runzelte die Stirn. „Das habe ich doch gerade gesagt."

Sie schüttelte den Kopf. „Nein, nicht die Knochen."

Was meinst du? Und dann verstand ich. „Nein. Nein, das ist unmöglich."

„Warum?"

„Weil er tot ist."

„Bist du da ganz sicher? Hast du seine Leiche gesehen?"

„Nein, aber ein Pfleger."

„Hast du mit diesem Pfleger gesprochen?"

Ich schüttelte den Kopf. „Aber er wird ihn wohl kaum selbst ins Krematorium gebracht haben. Es gibt noch andere Menschen, die ihn tot gesehen haben. Und er war 84 Jahre alt, verdammt. Niemals wäre er in der Lage gewesen, diesen schweren Topf zu tragen oder bis zur Jolle zu laufen."

Wieder zögerte sie. „Aber ... vielleicht hat er ja einen Komplizen."

Dieses Gespräch hatte eine so falsche und verwirrende Richtung eingeschlagen, dass ich auflachte.

„Was ist denn bitte daran so lustig?"

Mein Lachen erstarb. „Nichts. Absolut nichts ist lustig. Nichts an dieser ganzen Scheiße ist ein Lachen wert."

Sie fragte nicht, warum ich es dennoch getan hatte. Stattdessen sagte sie: „Lara, wir müssen zusammenhalten."

Sie hatte recht. Oder auch nicht. Je nachdem, ob ich meinen Zweifeln oder ihr Glauben schenken wollte. So oder so musste sie jedoch glauben, dass es das war, was ich anstrebte. Zusammenhalten. „Du hast recht. Ich kann einfach nicht mehr."

Sie winkte mit der Flasche. „Das könnte helfen."

„Nein, ich will wirklich nichts trinken."

„Okay." Sie leerte ihr Glas und schloss für einen Moment die Augen. Dann öffnete sie sie wieder. „Lass uns ins Wohnzimmer gehen." Sie nahm ihr Messer von der Anrichte und verließ die Küche.

Ich zögerte. Irgendetwas übersah ich. Vielleicht übersahen wir auch beide etwas, aber ich wollte meine Gedanken nicht mit ihr teilen. Ich musste allein nach diesem irgendwas suchen.

Aber zunächst folgte ich ihr. Ich würde den Raum später auf den Kopf stellen. So wie alle anderen. Wenn sie schlief. Wenn ich vorgab, Wache zu halten.

Ich hatte fast einen Liter Cola getrunken und Bobbi dann erzählt, ich wäre zu aufgedreht, um zu schlafen. Sie hatte zugestimmt, dass ich die erste Wache übernahm. Die Einwilligung kam jedoch etwas widerwillig. Zumindest war dies die Interpretation ihrer Worte, ihres Verhaltens, die meine Zweifel hervorrief.

Das Koffein und die viele Flüssigkeit hatten noch einen anderen Effekt. Ich musste dringend pinkeln. Der Vorwand kam mir gelegen, sollte Bobbi aufwachen. Ich entschied jedoch, dieses Bedürfnis hinten anzustellen.

Für einen kurzen Moment befürchtete ich, der Strom könnte wieder abgeschaltet worden sein, aber das Licht in der Küche ließ sich einschalten. Nachdem sich mein Herzschlag, der wegen des kurzen Weges durch den dunklen Flur raste, wieder beruhigt hatte, begann ich, den Plan auszuführen, den ich mir in den vergangenen Stunden zurechtgelegt hatte.

Ich würde zunächst die Schubfächer durchsuchen, dann den Tiefkühlschrank, den Herd und schließlich die anderen Schränke. Ich wusste nicht, wonach ich suchte. Aber ich war mir sicher, dass ich es erkennen würde, wenn ich es fand.

Ich war schnell und leise. Nach wenigen Minuten hatte ich nur noch drei Schränke vor mir. Bisher war mir nichts Verdächtiges aufgefallen. Aber ich wollte nicht aufgeben. Ich war sicher, dass ich etwas finden würde. Und dann, als ich die Putzmittel im Eckschrank unter dem Fenster zur Seite schob, entdeckte ich tatsächlich etwas. Unter bunten Einweglappen, die unordentlich übereinandergeworfen waren, lugte ein Kabel hervor, das zu einer Steckdose führte. Der Bootshausmann hatte hier nichts versteckt. Er hätte die Lappen sorgsam geordnet.

Ich zögerte, stand kurz davor, den Schrank zu schließen und zu vergessen, was ich gesehen hatte. Aber meine rechte Hand bewegte sich zu den Lappen. Mein Daumen und mein Zeigefinger griffen den dünnen Zellstoff. Mit einem Ruck zog ich die Lappen zu mir und zum Vorschein kam ein etwas älteres Smartphone.

ZWEIUNDZWANZIG

MÄRZ, 21 MONATE ZUVOR.

„Es ist wirklich nett von Ihnen, mich mitzunehmen."

Er starrte mich an. Sein Blick schien mich durchdringen zu wollen, aber ich offenbarte ihm nichts. „Ja, sicher. Wenn es Sie doch so sehr interessiert." Er brummte, aber ein freundliches Lächeln schob sich in seine Mundwinkel.

„Fahren Sie oft hier raus?"

Er entspannte sich etwas und zog das Segel dichter zu sich. „Fast jeden Tag." Er deutete auf die Steilküste. „Gibt es denn etwas Schöneres?"

Ich schüttelte zustimmend den Kopf. „Mein Vater wollte immer mit mir Segeln gehen."

„Warum hat er es nicht getan?"

„Er ist gestorben." Ich fixierte ihn, wollte jede Gefühlsregung sofort erkennen.

„Oh, das tut mir leid." Er wich meinem Blick aus, sah aufs Meer und kniff die Augen zusammen, als die Sonne ihn blendete.

„Ja. Ich war noch sehr klein, wissen Sie."

Er brummte etwas und ich lächelte.

„Er ist verschwunden."

Nun sah er auf.

„Aber ich halte es für ausgeschlossen, dass er noch lebt. Es gibt wirklich überhaupt keine Spur von ihm. Menschen verschwinden doch nicht einfach so. Was glauben Sie?"

Er zuckte mit den Schultern. Seine Hand verkrampfte sich um das Seil, mit dem er das Segel noch immer fest zu sich heranzog. „Manchmal passiert das."

„Ja, sicher. Aber nicht bei meinem Vater."

„Wenn Sie das sagen." War es normal, dass er auf diese Weise reagierte? Hätte er nicht mit allerlei Theorien aufwarten müssen oder Dinge sagen, die mich beruhigten?

„Mein Vater war ein großartiger Mensch. Niemals hätte er meine Mutter und mich freiwillig allein gelassen."

Er deutete auf die Steilküste. „Sehen Sie, wie sich der Sand dort oben löst?"

Ich hatte ihm erzählt, ich würde einen Artikel über die Steilküsten des Landes schreiben. Darüber, wie gefährlich es war, dort oben herumzuklettern. Um meine Tarnung zu wahren, nickte ich und schoss ein paar Fotos. Auch von ihm. Ich ließ ihn ein bisschen von den Kräften der Brandung erzählen und wie sie eine Brandungshohlkehle in die Felsen formten und dadurch die darüber liegenden Schichten den Halt verloren. Es war wirklich interessant, aber nicht das, was ich wissen wollte.

„Haben Sie Kinder, Herr Béyer?"

Wieder brummte er nur. Als ich ihn weiter erwartungsvoll ansah, öffnete er aber schließlich den Mund und antwortete. „Ich habe eine Tochter."

Ich lächelte. „Das ist wirklich schön."

„Sicher."

„Mein Großvater hat die Rolle meines Vaters übernommen, als er verschwand. Wir hatten immer eine ganz besondere Beziehung, wissen Sie?" Das stimmte nicht. Ich kannte weder den einen noch den anderen Großvater. „Ich war sein ganzer Stolz. Haben Sie auch Enkelkinder?"

Er zögerte und ich hatte die Antwort, nach der ich suchte.

„Ein Mädchen, ja."

„Oh, wie schön. Wie heißt sie denn?"

Er musterte mich, aber offenbar sah er keinen Grund, mir ihren Namen nicht zu verraten. Es wäre kein Problem gewesen. Ich hätte ihn auch ohne seine Hilfe herausgefunden. Aber es war mir eine Freude, die kleine Träne in seinem Augenwinkel zu sehen, als er ihren Namen aussprach. „Lara. Sie heißt Lara."

DREIUNDZWANZIG

DONNERSTAG, 19. DEZEMBER

Ich starrte auf das Handy. Sekunden oder Minuten. Ich wusste es nicht. Die Zeit flog an mir vorbei oder stand still. Erst jetzt wurde mir bewusst, dass ich gehofft hatte, nichts zu finden. Ich hatte gehofft, diese Geschichte mit Bobbi durchstehen zu können. Ich wollte über meine Unsicherheit lachen. Ich wollte paranoid sein. Ich wollte nicht, dass Bobbi mich angelogen hatte.

Irgendwann riss mich ein Geräusch aus der Starre. Jemand ging durch den Flur. Und dann hörte ich Bobbi, wie sie scheinbar müde fragte: „Was machst du hier?"

Ich rührte mich nicht und sie kam zu mir.

„Lara."

Endlich kam Bewegung in meinen Körper. Ich griff nach dem Handy, riss es vom Ladekabel und sprang auf. Ohne ein Wort zu sagen, streckte ich ihr das Telefon entgegen. Und noch immer hielt ich mit der anderen Hand das Messer umklammert. Ich konnte mir nicht vorstellen, es gegen sie verwenden zu müssen.

Sie schloss die Augen und ihr Kehlkopf hob und senkte sich, als sie schluckte. Dann öffnete sie die Augen. „Okay, ich kann das erklären."

Ich fand meine Stimme wieder. „Erklären? Was willst du erklären? Dass wir die ganze Zeit über Hilfe hätten rufen können? Dass es nur einen einzigen Grund geben kann, der …"

Sie unterbrach mich. „Nein, so ist das …"

Auch ich ließ sie nicht ausreden und stürmte an ihr vorbei. „Ich muss hier raus. Ich kann nicht hierbleiben." Ich ging zur Garderobe, zog meine Jacke an und schlüpfte mit dem gesunden Fuß in meinen Stiefel. Als ich den anderen Schuh griff, setzte sie wieder zu einer Erklärung an, aber ich zwängte mich, den Schmerz ignorierend, in den zweiten Stiefel, riss die Tür auf und stürmte nach draußen.

Auf Socken rannte sie mir mehrere Meter hinterher und ich beschleunigte meinen Schritt, so gut es ging.

„Bist du irre? Es ist mitten in der Nacht. Du bist verletzt und hast nicht einmal etwas zu essen dabei."

Zu essen? Ich sah mich um. Ich würde der Straße folgen können. Ich musste mich nur am Waldrand halten, genau wie Luke in Stephen Kings Institut. Ein paar Meter neben dem Waldrand. Schließlich musste ich mich nicht vor kranken Verschwörungstheoretikern verstecken. Ich musste mich vor niemandem verstecken. Ich musste nur hier weg.

Ich würde einfach immer weiter einen Fuß vor den anderen setzen. Irgendwann würde ich entweder ankommen oder der Bootshausmann und Bobbi würden mich einfangen. Letzteres war wahrscheinlicher, aber hierzubleiben hätte einen deutlich größeren Kraftaufwand bedeutet.

„Ich schreibe ein Buch." Sie war noch immer neben mir. Wir hatten den Lichtkegel der Eingangsleuchte verlassen.

Ich reagierte nicht mit Sprache, aber in meinen Gedanken überschlugen sich die Worte und Bilder. Ein Buch. Ein

Buch? Sie schrieb ein Buch. Sie schrieb ein Buch? Bedeutete dies, dass diese gesamte Inszenierung dazu diente, eine Handlung für einen Thriller nachzustellen? Wollte sie realitätsnah beschreiben können, wie sich ein Opfer in meiner Position verhalten würde?

Mein Schritt verlangsamte sich. Wenn das die Wahrheit war, gab es keinen Grund zu fliehen. Es gab immer noch viele Gründe, so schnell wie möglich von hier zu verschwinden und Bobbi danach nie wiederzusehen. Aber es gab keinen Grund, mitten in der Nacht das warme Haus zu verlassen, um ins Nirgendwo zu rennen.

„Bitte, lass es mich erklären." Ich hörte das Zittern in ihrer Stimme und nahm endlich selbst die Kälte wahr, die bei jedem Einatmen Schmerzen in meinem Rachen verursachte.

„Du solltest reingehen."

„Nur, wenn du mitkommst."

Ich trat zurück in den Lichtkegel. Ich wollte, dass sie mir folgte und ich ihr Gesicht sehen konnte. Sie tat es und ich scannte jedes Fältchen in ihrem Gesicht. In jeder Pore suchte ich nach Wahrheit und Verrat. Versuchte ich zu erkennen, ob sie sich eine Geschichte ausdachte oder mir ihre Geschichte erzählen würde. „Du hast eine Minute Zeit, um mir alles zu erklären."

Sie stellte sich zu mir und atmete tief durch. „Ich schreibe schon sehr lange daran. Aber ich wollte unbedingt mit dir wegfahren." Sie zögerte und sah auf ihre vom Schnee bedeckten Füße. „Na ja, ich wollte keinen Laptop mitbringen, weil ich … ich habe noch niemandem davon erzählt." Sie sah wieder auf und ihr Blick wirkte offen. Aber das konnte wiederholt ein schlichtes Zeugnis ihres Schauspieltalents sein. „Das hat nichts mit dir zu tun. Ich bin nur so verdammt unsicher, was dieses Buch angeht."

„Das erklärt noch immer nicht das Handy." Und es erklärte nicht, warum wir damit keine Hilfe gerufen hatten.

„Ich schreibe darauf. Ich konnte nicht nicht schreiben, verstehst du?"

Ein bisschen.

„Aber ich wollte ... konnte es dir auch nicht erzählen. Und ich schreibe nicht gern mit der Hand. Das dauert ewig und ich muss Worte und Zeilen löschen können. Durchstreichen macht mich völlig ... ich weiß nicht ... Außerdem hättest du mich dann auch gefragt und ..."

„Du hattest die ganze Zeit über ein Handy dabei. Wir hätten Hilfe rufen können. Stattdessen lässt du mich in dem Glauben, wir wären hier auf uns gestellt mit diesem Irren. Oder ist der ein Teil der Kulisse deines Buches?" Ich glaubte nicht mehr daran, konnte es aber auch nicht sicher ausschließen.

Ihre Augen weiteten sich und ihre Stimme wurde lauter. „Nein. Nein, Lara. Ich habe nichts mit all dem zu tun. Das musst du mir glauben."

„Warum haben wir nicht um Hilfe gerufen? Warum sollte ich dir überhaupt noch irgendetwas glauben?"

Sie griff nach meiner Hand und erst jetzt realisierte ich, dass ich das Telefon noch immer darin festhielt. Sie schaltete das Display ein und deutete auf die rechte obere Ecke. „Es ist keine SIM-Karte eingelegt."

Und ohne SIM Karte war ein Notruf nicht möglich.

„Was?"

„Ich habe das ernst gemeint, als ich sagte, ich möchte eine Pause von sozialen Medien, von der Welt da draußen machen." Sie hielt das Handy hoch. „Das hier war wirklich nur fürs Schreiben bei mir."

„Und du hast es versteckt, weil du nicht wolltest, dass ich von deinem Buch erfahre."

„Das ist ganz schön dumm, oder?"
Ich schwieg.
„Lara, es tut mir leid." Sie zitterte nun stärker. „Verzeih mir, bitte! Ich hätte es dir sagen sollen."
Ich schüttelte den Kopf. „Was hätte das gebracht?"
„Gehen wir wieder rein?" Es lag noch immer ein Stein auf meiner Brust, aber er war leichter. Und kleiner.
Ein Teil von mir wollte trotzdem weg. Dieser Teil wollte sich Bobbi schnappen und so lange weitergehen, bis wir auf einen anderen Menschen trafen. Es konnte doch nicht so schwer sein.
„Nun komm schon." Sie trat näher zu mir, aber offenbar verbarg der Schnee meine Füße, denn sie setzte einen der ihren auf meinen verletzten. Es war nicht kraftvoll. Aber das kaputte Gewebe hielt auch dem leichten Druck nicht stand, ohne Millionen von Schmerzimpulsen durch meinen Körper zu senden. Ich schrie unkontrolliert auf. Sofort legte sie eine Hand auf meinen Mund. „Psst. Was ist?"
Ich schnappte nach Luft. „Du bist auf meinen Fuß getreten."
„Was?" Ihre Stimme brach. „Oh Lara, es tut mir so leid. Ich … ich mache alles falsch." Tränen liefen ihr über die Wangen.
„Es war ja keine Absicht. Nun komm schon." Ich atmete gegen den Schmerz an und zog sie dann ins Haus. Mit diesem Fuß würde ich keine Flucht begehen können.

VIERUNDZWANZIG

DONNERSTAG, 19. DEZEMBER

Der Stress-Schub der Cola machte einem Koffeintief Platz und ich konnte mich nicht wachhalten. Bobbi versprach, Wache zu halten, und ich gab der Müdigkeit nach. Ich musste ihr vertrauen. Ich musste darauf vertrauen, dass sie die Wahrheit gesagt hatte. Wahrheit. Vertrauen. Die Worte schlängelten sich durch meinen Kopf. Welchen Grund, außer ihren Worten, hatte ich eigentlich, um ihr zu vertrauen? Adrenalin schoss durch meine Adern. Ich schlug die Augen wieder auf und setzte mich.

„Hey, ich dachte, du wärst schon längst im Land der Träume." Sie lächelte.

Ich presste die Lippen aufeinander. Wenn sie die Wahrheit sagte, würde ich ihr nun zeigen, dass ich ihr nicht vertraute. Aber dann sprach ich meinen Gedanken trotzdem aus: „Kann ich dein Buch einmal sehen?"

Ihre Augen weiteten sich. „Was? Lara, nein. Ich hab dir doch gesagt, dass ich es niemandem …"

„Ich will es nicht lesen."

Sie runzelte die Stirn und dann verstand sie. „Du glaubst mir nicht."

„Bobbi, bitte. Ich weiß einfach nicht, was ich denken soll. Ich möchte dir vertrauen. Wirklich. Aber da sind all diese Zweifel. Ich bin sicher, der Irre hat sie gestreut. Und ich bin sicher, du kannst sie zerstreuen."

Sie zögerte, aber dann lächelte sie. „Wahrscheinlich ginge es mir in deiner Position genauso." Sie verzog den Mund. „Ehrlich gesagt, war das letzte Nacht nicht das erste Mal, dass ich dich verdächtigt habe. Als wir die Knochen gefunden haben, da dachte ich ganz kurz, dass das ein Streich sein könnte."

Ich hob die Augenbrauen.

„Na ja, egal. Du kannst gern nachsehen." Sie zögerte. „Aber nicht lesen." Sie reichte mir das Telefon, das bisher auf dem Couchtisch gelegen hatte.

Mein schlechtes Gewissen wurde zu einer großen, dunklen Wolke, die meinen gesamten Kopf ausfüllte. Dennoch nahm ich das Handy. Bobbi hatte es nicht gesperrt. Offenbar sah sie dafür keinen Grund. Ich tippte auf die Notizen-App, in der sich sortiert nach Datum mehrere Einträge fanden. Der letzte war von gestern. Ich öffnete ihn, ignorierte den Text und überprüfte das Datum. Es stimmte mit dem Namen der Notiz überein.

„Es tut mir leid."

Sie seufzte. „Schon okay. Wenigstens kannst du jetzt sicher sein, dass ich dir nicht dieses Ding hier in die Kehle ramme, während du in der Badewanne liegst." Sie tippte mit dem großen Zeh auf das Messer, das vor ihr auf dem Tisch lag.

„Das ist nicht witzig."

„Nein." Sie setzte sich zu mir und lehnte ihren Kopf an meine Schulter. „Wie geht es deinem Fuß? Kann er morgen ins Dorf laufen?"

„Ich weiß es nicht."

„Vielleicht gibt es hier einen Schlitten."

„Meinst du nicht, dass er uns folgen wird?"

„Ich weiß nicht. Vielleicht können wir das Haus verlassen, ohne dass er es merkt. Irgendwann muss er schließlich auch schlafen."

„Ich fürchte, er weiß ganz genau, wann wir was tun." Ich sah mich um und flüsterte. „Vielleicht gibt es keine Kameras. Aber ganz sicher hört er, worüber wir sprechen."

Bobbi ließ mich schlafen.

Als ich aufwachte, war es bereits hell. Sie saß in ihrem Sessel, das Handy in der Hand und auf der Armlehne lag eines der Notizbücher. Es war ein paradoxes Bild. Nach so wenigen Tagen wirkte der kleine Gegenstand in ihrer Hand fremd.

Als sie mein Aufwachen bemerkte, strahlte sie mich an. Und das erste Mal seit langem löste dieses Strahlen ein warmes Gefühl in meiner Brust aus. Ich erwiderte ihr Lächeln. „Du siehst glücklich aus."

Sie nickte und deutete auf das Handy. „Ich habe die ganze Nacht geschrieben." Sie presste die Lippen aufeinander, bevor sie weitersprach, und legte eine Hand auf das Notizbuch. „Und gelesen." Dann gähnte sie. „Und jetzt bin ich super müde."

Ich streckte mich, stand auf und ging zu ihr. Dort nahm ich das Buch von der Armlehne, setzte mich an seine Stelle und küsste Bobbi. Ruhe breitete sich in mir aus. Zuversicht. „Das glaube ich." Ich sah mich um. „Gab es irgendwelche besonderen Vorkommnisse?"

„Ich habe nichts mitbekommen." Sie verzog das Gesicht. „Das muss aber nichts heißen, wie wir wissen. Ich war sehr vertieft in diese Geschichte." Sie deutete auf ihr Telefon.

„Verrätst du mir irgendwann mehr darüber?"

Sie kniff die Augen zusammen und öffnete dann eines wieder. „Vermutlich?"

Ich lachte. „Warte nicht zu lang. Ich weiß nicht, wie viel Zeit wir noch haben."

„Schwarzer Humor steht dir nicht, Lara."

Ich zuckte die Schultern, stand wieder auf und ging zur Terrassentür. Nachdem ich die Umgebung gründlich abgesucht hatte und nichts Verdächtiges mein Blickfeld erreichte, öffnete ich die Tür. Der Himmel war wolkenfrei. Die Sonne kämpfte sich hinter dem Wald hervor und der Schnee reflektierte ihr Licht gleißend hell. Es gab keine neuen Fußspuren.

„Möchtest du zuerst schlafen oder zuerst frühstücken? Ich habe riesigen Hunger und hätte Lust auf Eier." Ich atmete die frische Luft durch die Nase ein und entließ die verbrauchte in einer großen weißen Wolke. Der neue Tag fühlte sich gut an. Der Schlaf hatte die meisten Zweifel an Bobbi mit sich genommen und auch wenn wir es heute noch nicht schaffen würden, von hier wegzukommen, war ich doch zuversichtlich. Gemeinsam würden wir uns gegen diesen Typen behaupten können.

„Also, ich bin dafür, dass wir zuerst etwas essen. Was sagst du?"

Bobbi antwortete nicht.

„Bobbi?" Ich schloss die Tür und drehte mich zu ihr. Sie war im Sessel zusammengesunken und schlief.

Ich ging lächelnd zu ihr und weckte sie noch einmal, um sie zur Couch zu bringen. Als sie weiterschlief, legte ich Feuerholz nach, räumte das Wohnzimmer auf und traute mich schließlich, den Flur und das Gäste-WC zu betreten. Ich schloss Bobbi im Wohnzimmer ein, während ich mir einen Kaffee und etwas zu essen machte.

Irgendwie hatten die Erleichterung über Bobbis Unschuld und die Helligkeit des sonnigen Morgens es geschafft, meine Ängste in den Hintergrund treten zu lassen. Das war dumm. Das wusste ich. Aber ich erlaubte mir diesen kurzen Moment der Unbeschwertheit. Genauso schnell flüchtete ich mich jedoch zurück ins Wohnzimmer, nachdem ich mein Geschirr in der Spülmaschine verstaut hatte, und daran dachte, dass der Bootshausmann mit der Anordnung der Teller nicht einverstanden sein könnte.

Ich ignorierte den Drang, das Handy zu greifen und nach Spielen zu suchen. Bobbi würde denken, ich respektierte ihren Wunsch nicht. Stattdessen griff ich das sechste Notizbuch. Ich musste noch einmal die letzten Sätze lesen, um wieder in die Geschichte zu finden, aber dann vertiefte ich mich in die Lektüre und folgte HKB auf seinem weiteren Lebensweg.

Als es schließlich dämmerte, trat der Unbekannte gerade in eine Bar in einem Ort am Meer, den er nie zuvor besucht hatte. Er war auf der Durchreise und wollte Wellen fotografieren, die an den Felsen einer Steilküste brachen. Diese Szene fühlte sich merkwürdig vertraut an. Aber ich konnte sie nicht greifen und dann erwachte Bobbi, gähnte und fragte mich, ob ich schon gefrühstückt hätte.

„Und es gab kein neues Zeichen?"

Ich schüttelte den Kopf.

„Das ist unheimlich." Sie biss von ihrem frisch gebackenen Brötchen ab.

„Unheimlicher als die Knochen auf dem Herd?"

Sie wackelte mit dem Kopf und strich Butter mit ihrem

Jagdmesser auf ihre zweite Brötchenhälfte. „Nicht wirklich, nein. Aber wo steckt er?"

„Du klingst, als wäre unser Kater weggelaufen."

„Meinst du, er hat etwas Böses im Sinn?"

Ich zuckte mit den Schultern.

„Wie geht es deinem Fuß?"

„Besser."

„Kannst du morgen laufen?"

„Ich weiß es nicht."

Sie streute Salz auf die Butter, hielt dann aber inne. „Wir könnten die Straße vom Schnee befreien."

Die Idee war nicht schlecht, aber aussichtslos. „Wie lange willst du denn dafür brauchen? Und außerdem wird er es merken und …" Ich sprach nicht aus, was ich dachte. Vielleicht war er noch nicht selbst auf die Idee gekommen, die Reifen zu zerstechen oder Zucker in den Tank zu füllen. Vielleicht hatte er es aber auch längst getan.

Sie nickte. „Aber irgendetwas müssen wir tun."

Ich nahm ihr Handy, was sie mit einem erschrockenen Blick quittierte. Ich reagierte nicht darauf, öffnete die Notiz-App, erstellte eine neue Notiz und schrieb: ‚Wir sollten nicht so laut darüber reden. Er muss nichts von unseren Plänen erfahren.'

„Du hast recht."

Ich funkelte sie an und sie rettete die Situation. „Es macht keinen Sinn, die Straße freizuschaufeln."

Und dann schrieb sie: ‚Irgendwelche Ideen?'

Ich schüttelte den Kopf.

Sie schrieb: ‚Wir dürfen nicht so lange schweigen.'

Ich nickte. „Du wirst heute Nacht nicht schlafen können, wenn du jetzt noch Kaffee trinkst."

„Wahrscheinlich hast du recht. Aber dann kann ich wenigstens die erste Wache halten."

Während sie sprach, schrieb ich: ‚Wir müssen ein weiteres Mal versuchen, ihn zu finden.'

„Ja, das ist gut. Aber lass mich nicht wieder so lange schlafen", sagte ich und Bobbi schrieb: ‚Er muss im Bootshaus sein.'

Sie lachte. „Es hat dir und deinem hübschen Gesicht aber gutgetan und ich konnte schreiben. Und jetzt lass mich essen. Ich will wieder ins Wohnzimmer."

Ich nickte ihr anerkennend zu, sagte „Okay", und schrieb: ‚Aber dort war niemand.'

Bobbi: ‚Vielleicht gibt es ja irgendwo ein Versteck.'

Ich stutzte. War das möglich? Konnte es einen Raum oder einen Verschlag geben, den wir nicht hatten sehen können? Am liebsten wäre ich sofort nachsehen gegangen. Aber es war zu dunkel. Wir würden bis zum nächsten Tag warten müssen. Ich schrieb: ‚Morgen nehmen wir das Ding auseinander.'

Sie nickte lächelnd und kaute weiter auf dem Bissen Brötchen in ihrem Mund, während ich auf das kleine Papierkorb-Symbol tippte und die Notiz löschte. Dadurch öffnete sich die neueste Notiz, an der Bobbi heute Morgen geschrieben hatte. Ich wollte wegsehen und sie schließen, um nicht zufällig Worte aus dem Text aufzugreifen, die noch nicht für meine Augen bestimmt waren. Also sah ich zum oberen Bildschirmrand und dort blieb mein Blick hängen. Nicht am Titel, der das heutige Datum enthielt. Sondern an dem, was darunter stand. In meinem Kopf begannen die Nervenenden, sich miteinander zu verknoten und ihr Austausch verlor jedweden Sinn. Unter den Zahlen aus dem Titel standen weitere Zahlen und Buchstaben. Eine Uhrzeit und das Wort ‚heute'. Es war der Hinweis des Systems, dass diese Notiz vor acht Stunden mit dem Online-Speicher synchronisiert worden war. Ihr Telefon hatte sich mit einem Netzwerk verbunden.

FÜNFUNDZWANZIG

FREITAG, 20. DEZEMBER

Ich erzählte Bobbi nichts von meiner Entdeckung. Wie schon vor ein paar Stunden sollte sie weiter glauben, dass ich ihr vertraute. Aber das tat ich nicht. Und dieses Mal gab es dafür einen handfesten Grund. Einen Grund, aus dem sie sich nicht würde herausreden können. Natürlich würde sie es versuchen. Aber ich würde ihr keine Gelegenheit dazu geben. Vielleicht in ein paar Tagen auf einer Polizeiwache. Aber nicht hier. Ich würde meine Entdeckung so lange verschweigen, bis ich in Sicherheit war. Bei anderen Menschen. An einem anderen Ort.

Wieder beobachtete ich jeden ihrer Schritte genau. Suchte in jedem ihrer Worte nach einem Hinweis darauf, was sie als Nächstes vorhatte, wann sie mich in eine Falle locken würde. Was sie und der andere als Nächstes vorhatten. Inzwischen glaubte ich, dass sie selbst die Mandeln ausgesucht hatte. Sie hatte mir vorspielen wollen, ihr Bruder könnte hinter all dem stecken. Ein Bruder, der seit einem Jahr nicht mehr lebte. Wenn es ihn überhaupt jemals gegeben hatte.

Ich spielte ihr vor, dass es meinem Fuß schlechter ging und ich kaum noch laufen könnte. Ich sprach von Kopfschmerzen und Müdigkeit und gab vor zu schlafen, während ich mit geschlossenen Augen, aber wachen Ohren auf der Couch lag und wartete, dass etwas geschah.

Das Telefon hatte keine Verbindung zum Internet angezeigt. In der linken oberen Ecke hatten die Worte ‚No SIM' gestanden. Es gab kein Symbol für WLAN oder Bluetooth. Aber natürlich zeigte das Telefon diese Symbole nicht an, wenn ich es in der Hand hielt oder Gefahr lief, es zu entdecken. So dumm wäre sie nicht. Sie musste irgendeine Möglichkeit haben, das Telefon mit dem Internet zu verbinden, wenn das nötig war. Und ich musste diese Möglichkeit finden, damit ich irgendjemandem eine Nachricht senden konnte.

Aber wem? Ich hatte keine Familie und noch nicht viele Freunde in der neuen Stadt. Wer würde mir glauben? Meine Studienkollegen würden es für einen Scherz halten und nicht reagieren. Und zu fast jedem Menschen aus meiner Vergangenheit hatte ich nur eine oberflächliche Beziehung. Ich glaubte nicht, dass es jemanden gab, der mir ausreichend vertraute, um mir so eine Geschichte abzukaufen.

Ich könnte es auf den sozialen Medien versuchen. Aber auch da war meine Reichweite gering. Vielleicht würde die Polizei mir glauben, wenn ich ihnen auf Twitter schrieb? Mussten sie einem solchen Hinweis nachgehen? Oder konnte man über die offizielle Website der Polizei einen Notruf absetzen?

Welche dieser Optionen versprach am ehesten Erfolg? Und welche könnte ich am schnellsten umsetzen? Ich würde möglicherweise oder vielmehr wahrscheinlich nur wenig Zeit haben, bevor Bobbi mich erwischte oder sie und der andere merkten, dass ich das Internet nutzte.

Wenn es doch eine Kamera gab, würde der Bootshausmann mich immer dann beobachten, wenn Bobbi schlief? Würde er ihr auf irgendeine Weise Bescheid geben, wenn ich ihr Handy in die Hand nahm? Auf welche?

Ich dachte an die vergangene Nacht. War es nicht seltsam gewesen, dass sie kurze Zeit nach mir in die Küche gegangen war, obwohl sie tief und fest geschlafen hatte? Wie hielten sie Kontakt miteinander? Wann erzählte er ihr von seinem nächsten Schritt? Wusste sie immer Bescheid? Führten sie einen festen Plan aus oder reagierten sie flexibel und spontan auf meine Handlungen?

Und trotz allem schob sich eine Frage immer wieder zwischen die anderen: Bildete ich mir all das vielleicht doch nur ein? Gab es irgendeine Möglichkeit, die die Synchronisierung erklärte und Bobbi gleichzeitig von jeglicher meiner stillen Anschuldigungen freisprach? Konnte der andere das Telefon mit dem Internet verbunden haben?

Ich brauchte weitere Beweise. Ich musste wissen, ob ich etwas übersah. Bei der nächsten Gelegenheit würde ich das Haus durchsuchen. Die Küche hatte ich bereits gefilzt. Aber im Obergeschoss fanden sich hunderte weiterer Möglichkeiten, einen Router zu verstecken oder ein weiteres Handy, das durch einen Hotspot den Zugang zum Internet ermöglichte.

Die Gelegenheit bot sich schneller, als ich es erwartet hätte. Ich hatte damit gerechnet, erst mitten in der Nacht ungestört ins Obergeschoss gehen zu können. Wenn Bobbi schlief. Aber sie machte es mir leichter.

Wir saßen wieder in der Küche. Wieder beim Abendessen. Es war meine Idee, nicht im Wohnzimmer zu essen.

Ich wollte sie aus dem Konzept bringen, wollte unberechenbar sein. In dem einen Moment spielte ich die Ängstliche, die Geräusche hörte und Männer am Strand entlanglaufen sah. Und im nächsten Moment schrie ich wütend gegen die Luft und forderte den Unbekannten auf, sich zu zeigen.

Dann wieder war ich gelassen genug, um ohne Vorsicht und Hektik durchs Haus zu gehen. Nur mein Messer trug ich jetzt noch enger und beharrlicher bei mir.

Ich äußerte abwechselnd die Wünsche, so schnell wie möglich aufzubrechen und so lange hierzubleiben, bis wir ihn gefunden hatten. Ich schlug ihr vor, das Haus abzubrennen oder nach dem Segler zu sehen. Diese Gedanken beschäftigten mich tatsächlich und es fiel mir nicht schwer, sie glaubhaft zu äußern.

Aber ich ging noch weiter. Ich zweifelte laut, ob der Typ überhaupt noch da wäre oder ob er uns hier allein zurückgelassen hätte, in der Hoffnung, wir würden verhungern. Und jedes Mal beobachtete ich ihre Reaktion. Ich achtete auf jede Veränderung ihrer Mimik. Ich konnte nichts feststellen, das meinen Verdacht unterstützt hätte. Und trotzdem war ich sicher, dass sie noch mehr verbarg, als den Wunsch, Schriftstellerin zu werden.

„Bist du nicht langsam müde?" Sie legte das Besteck auf ihrem Teller ab und lehnte sich zurück.

„Ich habe doch heute Nachmittag geschlafen."

„Aber nur eine Stunde."

Ich deutete auf die Tasse Kaffee, die neben meinem Teller stand. „Der da hält mich wach."

„Warum trinkst du überhaupt so spät noch Kaffee?"

„Weil mich die Bewegungslosigkeit einschläfert."

„Du hast recht, wir müssen uns mehr bewegen." Sie deutete auf meinen Fuß. „Aber mit dem ist das ja auch nicht wirklich möglich, oder?"

„Nein, leider nicht."

Sie zog ihr Weinglas zu sich heran. Ich verzichtete noch immer auf Alkohol. Selbstverständlich.

„Hast du Angst, Lara?"

Ich überlegte, welche Antwort sie von mir erwartete. Welche Antwort würde mich in eine bessere Position bringen? Oder würde meine Antwort nur die Grundlage für ihren nächsten Schritt bieten? Wenn ich verneinte, würden sie dann schärfere Geschütze auffahren? Vielleicht ein toter Fuchs im Waschbecken? Oder würde ich mit nackten Füßen in extra für mich platzierte Glasscherben treten? Und wenn ich bejahte, was würden sie dann tun? Endlich den nächsten Schritt gehen?

Ich reagierte mit einer Gegenfrage: „Und du?"

Sie schloss die Augen. „Je weniger er etwas tut, desto seltsamer und unwirklicher wird das alles."

Ich nickte, als sie die Augen wieder öffnete. „So geht es mir auch."

„Morgen gehen wir in das Bootshaus und suchen …"

Ich deutete mit den Fingern einen Reißverschluss an, den ich über meinen Lippen zuzog.

Ihre Augen weiteten sich und sie setzte schnell hinzu: „Nach einem Schlitten meine ich. … ähm … wir suchen im Bootshaus nach einem Schlitten und versuchen zu fliehen." Sie flüsterte laut genug, damit er uns verstehen konnte, falls er uns belauschte. Wovon ich überzeugt war. Ganz so, als würde sie wirklich wollen, dass er glaubte, wir würden den eigentlichen Plan vor ihm verbergen wollen. Genauso, wie meine Bobbi es getan hätte. Oder die Bobbi, die mir glaubhaft vormachen wollte, meine Bobbi zu sein.

Ich nickte nur. Ich wollte nicht länger darüber reden. Ich wollte so schnell wie möglich so tun, als würde ich schlafen, damit Bobbi sich nach mir hinlegte und ich meinen Plan durchführen konnte.

Ich würde in die obere Etage gehen und vorgeben, mir frische Sachen zusammensuchen zu wollen. Sie würde es mir nicht abnehmen, wenn ich unter die Dusche stieg oder mir ein Bad einließ. Aber mit einer frischen Unterhose würde ich sie vielleicht täuschen können.

Natürlich war es möglich, dass es auch oben Kameras gab. Aber dieses Risiko musste ich eingehen. Ich konnte nicht länger warten. Ich konnte es einfach nicht.

Und dann sagte Bobbi: „Ich würde gern ein Bad nehmen."

„Ein Bad?" Ich hob die Augenbrauen. Es überraschte mich tatsächlich. Was hatten sie vor?

Sie nickte. „Ich brauche das gerade." Sie sah zu mir, fast schüchtern. „Kommst du mit?" Und da war er. Der Funke, nach dem ich den gesamten Nachmittag und Abend über gesucht hatte. Die Hoffnung, ich würde ‚Nein' sagen. Ich sah sie in ihren Augen, die leicht zuckten. Hörte sie im Trommeln ihres linken Zeigefingers auf dem Küchentisch. Und ich spürte sie tief in mir. Spürte den Verrat, die Lügen.

Nun war ich mir sicher. Und weil ich mir sicher war, konnte ich das Spiel umdrehen. „Ja, gern."

Wieder zeigte sich ein Funke in ihrem Gesichtsausdruck. Nur ganz kurz. Es war eine Mischung aus Genervtsein und Entsetzen. Ihr Finger stoppte in der Bewegung, aber dann lächelte sie ein aufgesetztes Lächeln. „Wie schön." Sie stand auf und räumte das Geschirr in die Spülmaschine.

Ich half ihr dabei. Aber das Einräumen der Teller und Messer geschah unbewusst. Ich lauerte. Ich lauerte darauf, wie sie die Situation zurück in ihre Pläne lenken würde.

Sie schloss die Tür des Geschirrspülers und biss sich dann auf die Lippen, um mich, als sie sie wieder öffnete, davon zu überzeugen, lieber nicht mitzukommen. „Oder meinst du, es ist dumm, wenn wir beide im Obergeschoss verschwinden?"

Ich tat, als überlegte ich. „Das haben wir doch schon einmal gemacht." Fast fand ich Gefallen daran, sie an der Nase herumzuführen. Die Oberhand zu haben. Ich wusste etwas, war ihr einen Schritt voraus. Aber das Gefühl hielt nicht lange an.

Sie nickte. „Ja, das stimmt. Aber er hat lange nichts getan. Vielleicht wartet er nur genau auf so eine Gelegenheit."

Ich war sicher, dass genau das der Fall war, und atmete sehr deutlich und hörbar aus. „Du hast recht. Vielleicht sollten wir lieber nicht baden gehen. Wir sollten zusammen im Wohnzimmer bleiben." Ich intensivierte meinen Gesichtsausdruck, damit sie glaubte, die folgenden Worte wären mir besonders ernst. „Auf keinen Fall dürfen wir uns trennen."

Sie verzog das Gesicht und wandte sich zur Arbeitsplatte. Als sie sich wieder umdrehte, wirkte sie traurig, fast schon lethargisch. Sie spielte ihre Rolle überspitzt. War das die gesamte Zeit über so gewesen? Hatte ich es nur nicht bemerkt?

„Bist du wirklich sicher? Ich drehe noch durch hier. Das Baden hat mich schon immer entspannt. Es war immer mein Fluchtpunkt, wenn es mir nicht gutging. Ich war immer so lange im Wasser, bis meine Finger zu schrumpelig waren, um die Seiten eines Buches umzuschlagen. Fast jedes Mal musste ich warmes Wasser nachlaufen lassen. Aber wenn ich mich abtrocknete, ging es mir besser." Sie hatte in unserer gemeinsamen Zeit kein einziges Mal gebadet. Noch vor wenigen Tagen hätte ich dies als Zeichen dafür betrachtet, dass es ihr in meiner Gegenwart einfach wahnsinnig gut ging.

Ich heuchelte Verständnis und atmete ein weiteres Mal hörbar aus. „Das wusste ich nicht. Es geht dir nicht gut, hm?"

Sie nickte und schaffte es tatsächlich, eine Träne über ihre Wange laufen zu lassen. Ich war ein wenig beeindruckt und tat, was ich vor ein paar Tagen oder auch Stunden getan hätte. Ich nahm sie in den Arm. Ich schloss dabei die Augen und strich ihr über den Rücken, damit auch ein heimlicher Beobachter glaubte, ich würde mit ihr fühlen.

Und dabei überlegte ich. Sie wollten, dass ich im Erdgeschoss blieb. Allein. Wahrscheinlich. Aber warum? Ich konnte mir keinen Reim darauf machen und beschloss, mich nicht länger dagegen zu stellen. Denn, egal, was sie vorhätten, ich konnte mich auf diese Weise zumindest von Bobbi unbeobachtet im Haus bewegen. Sollte sie wirklich ahnungslos sein, müsste ich ihr so nicht erklären, warum ich ihre Sachen durchsuchte.

„Also gut, wir kriegen das schon irgendwie hin. Am besten ist es, wenn du allein in die Badewanne gehst. Ich halte hier unten Wache und werde keinen der Räume länger als ein paar Sekunden aus den Augen lassen." Ich schmunzelte gekünstelt. „So bekomme ich dann auch direkt meine Bewegung."

Erleichterung trat in ihren Blick und ich entschied, das Spiel zu wiederholen, um ganz sicher zu sein. „Vielleicht solltest du aber doch hierbleiben."

Die Erleichterung verschwand und ihre Worte klangen wütend. „Kannst du dich mal entscheiden?" Sie atmete tief durch. „Entschuldige. Ich stehe einfach komplett neben mir."

Ich nickte. „Schon okay. Du könntest aber zumindest die Tür offenstehen lassen."

Sie verzog das Gesicht. „Erstens ist das super kalt. Und zweitens könnte ich niemals entspannen, wenn die Tür offensteht. Ich muss zumindest hören können, wenn jemand sich am Schloss zu schaffen macht."

„Ich könnte im Flur vor der Tür sitzen bleiben."

„Lara, dann habe ich die gesamte Zeit über ein schlechtes Gewissen."

Ich war nicht sicher, ob es auch früher die Möglichkeit gegeben hatte, das Badezimmer zu verriegeln. Als ich darüber nachdachte, trat ein Bild in meinen Kopf. Mein Großvater, der ins Bad platzte, als ich auf der Toilette saß.

Ich atmete lang aus und sagte schließlich: „Okay, also gut. Du gehst baden."

Sie nickte. „Und du passt auf, dass das Feuer nicht ausgeht."

„So in etwa." Und dann setzte ich hinzu: „Aber verriegel die Tür." Auf diese Weise würde ich hören können, wenn sie dabei war, das Badezimmer zu verlassen.

SECHSUNDZWANZIG

FREITAG, 20. DEZEMBER

Ein paar Minuten, nachdem Bobbi im Bad verschwunden war, stand ich vom Sofa auf und sah mich um. Wir hatten das Obergeschoss und danach das Erdgeschoss durchsucht, bevor wir uns trennten, aber nun war ich auf der Suche nach anderen Dingen.

Ich hielt mich nicht mit unseren Sachen auf. Sie würde bessere Verstecke finden als ihre Handtasche. Stattdessen durchwühlte ich die Schubfächer unter der Garderobe, den Platz hinter den Einsätzen der Besteckschubladen in der Küche. Ich nahm die Tüte aus dem Mülleimer und durchwühlte jeden Winkel der Abstellkammer. Sogar die Kiste mit dem alten Malerzeug nahm ich mir vor. Die alte Farbe musste ausgelaufen sein, denn die Box klebte so fest auf dem Boden, dass ich sie nicht lösen konnte. Ich fand nichts.

Immer wieder kontrollierte ich das Wohnzimmer, sah hinunter zum Bootshaus. Aber während meiner Durchsuchung hätte jeder ausreichend Zeit gehabt, um sich dem Haus zu nähern und dann hinter der nächsten Ecke zu verstecken. Es war sinnlos, Zeit damit zu verschwenden. Also ging ich ins Obergeschoss.

Ich stieg leise die Treppe nach oben, durchwühlte genauso leise die Betten in den Schlafzimmern, nahm Bücher aus dem Regal und tastete Lampenschirme ab. Ich hob Teppiche an, klopfte leise auf Dielenbretter, sah hinter die Heizkörper und stellte mich auf Stühle, um zu sehen, was sich auf den Schränken befand. Und dann, als ich die Hoffnung fast aufgegeben hatte, als ich fest damit rechnete, die Suche abbrechen zu müssen, entdeckte ich etwas.

Im Flur hing ein etwa ein Meter breites Bild. Ich hob es wie die anderen an, um dahinter zu blicken. Dabei erklang ein Geräusch, das sich anhörte, als würde man ein Pflaster von der Haut ziehen. Im nächsten Moment fiel ein brauner Umschlag zu Boden. Ich hob ihn auf und ging damit in eines der Schlafzimmer. Ich schloss die Tür hinter mir und zog sechs unterschiedlich große Blätter heraus, die jeweils mehrfach gefaltet waren. Ich brauchte einen Moment, um zu verstehen, was sie darstellten.

Aber dann sah ich den Aufbau der einzelnen Räume. Es waren detaillierte Grundrisse und Blaupausen von diesem Haus. Und nicht nur vom Haupthaus. Eines der Blätter bildete das Bootshaus ab. Ich vergaß jede Vorsicht, breitete den Papierbogen auf dem Teppich aus und fuhr vorsichtig mit dem Messer über die Wände.

Da war die Flügeltür, die Zugang zu dem großen Raum bot, in dem die Jolle gestanden hatte. Mein Blick glitt zum anderen Ende dieses Rechtecks. Dort war eine Wand. Aber in der Wand gab es eine Tür. Wir hatten keine Tür gesehen. Nur Regale. Die komplette Wand war mit Regalen zugestellt gewesen. Regale gefüllt mit schweren Werkzeugen. Niemand hätte diese Regale zur Seite schieben können, ohne Spuren zu hinterlassen.

Hinter der Tür verbarg sich ein Raum. Das Bootshaus war fünf Meter lang. Der Raum einen Meter dreißig breit. Er war 6,5 Quadratmeter groß. Genug Platz, um sich dort tagelang zu verstecken. Auf den Plänen waren auch Steckdosen eingezeichnet. Und in diesem Raum befanden sich mehrere. Er hatte, anders als der Rest des Bootshauses, keine Fenster.

Und dann schlug mein Herz so stark gegen meine Brust, dass es wehtat. Der Raum hatte keine Fenster, aber eine zweite Tür, die nach draußen führte. Ich versuchte mir das Bootshaus vor Augen zu führen. Ein Holzzaun befand sich dahinter. Er grenzte das Grundstück ab. Das Bootshaus war erst später gebaut worden und offensichtlich hatte mein Großvater den Zaun nie entfernt. Wir hatten dort nicht nach Spuren gesucht, weil wir davon ausgegangen waren, der Unbekannte könnte das Bootshaus nur durch die Flügeltüren betreten.

Ich korrigierte mich. Ich hatte aus diesem Grund nicht dort gesucht. Bobbi hatte diesen Vorschlag sicher ganz bewusst nicht gemacht, um mich auf der falschen Fährte zu halten.

Was sollte ich tun? Es bestand die unwahrscheinliche Möglichkeit, dass jemand anderes die Pläne dort versteckt hatte. Vielleicht war es sogar mein Großvater selbst gewesen. Ich scannte jedes einzelne Blatt in der Hoffnung, einen Hinweis zu finden. Aber jedes Datum lag Jahre zurück. Sie konnten seit gestern oder seit einem Jahrzehnt hier liegen.

Ich könnte Bobbi damit konfrontieren. Ich konnte ihr die Blätter hinhalten, ihr erzählen, dass ich sie gefunden hätte, weil mir ein Bild heruntergefallen war. Und dann könnte ich ihre Reaktion abwarten. Ein weiteres Indiz sammeln.

Es war die einzige Möglichkeit, die mir einfiel. Also faltete ich die Blätter zusammen, steckte sie zurück in den

Umschlag und ging mit diesem in der linken und dem Messer in der rechten Hand in den Flur. Dort sorgte ich dafür, dass das Bild zu Boden fiel. Eine Sekunde nach dem dadurch erzeugten Knall rief ich laut „Verdammt", und sagte, noch immer laut genug, damit sie mich durch die geschlossene Badtür hören konnte: „Bobbi, mir ist eines der Bilder runtergefallen." Ich ließ wieder ein paar Sekunden verstreichen. „Warte, was ist das?" Ich raschelte mit dem Umschlag. „Bobbi, ich hab was gefunden. Das musst du dir ansehen."

Sie hatte noch nicht reagiert. Sicher schwieg sie, weil sie sich überlegen musste, wie sie mit meinem Fund umging. Vielleicht tauschte sie auch mit dem Bootshausmann Nachrichten darüber aus, wie sie weiter vorgehen konnten.

„Bobbi, hast du mich gehört?"

Wieder reagierte sie nicht. Ich ging zum Badezimmer. Der auch nach all den Jahren noch immer weiche Teppich dämpfte meine Schritte. Ein weiteres Bild drang ohne Vorwarnung in meinen Kopf. Mein Großvater, der mich auf den Armen trug und vor dem Badezimmer barfüßig auf dem Teppich abstellte. Meine Beine fühlten sich leer und seltsam frei an. So, als hätte ich Sekunden zuvor noch eine Hose angehabt. Eine Strumpfhose. Ich spürte die weichen Kunstfasern unter meinen Fußsohlen und zwischen meinen Zehen. In der Erinnerung genauso deutlich wie in diesem Augenblick.

Das Badezimmer lag am anderen Ende des Flurs und es war durchaus möglich, dass sie mich bisher nicht gehört hatte. Ich klopfte und sagte ein weiteres Mal ihren Namen. Aber sie reagierte nicht. Obwohl ich wusste, dass sie die Tür verriegelt hatte, drückte ich die Klinke langsam mit der Hand nach unten, in der ich den Umschlag hielt. Sie öffnete sich. Für einen Moment hielt ich überrascht inne.

Hatte Bobbi vergessen, sie zu verschließen? Oder wartete sie auf mich?

Ich umfasste das Messer fester und betrat den Raum, der von feuchter Luft gesättigt hätte sein sollen. Aber die Luft war klar und kühl. Auch Bobbi hatte ihr Messer bei sich. Es lag auf einem kleinen Schränkchen neben der Badewanne. Rote Tropfen hatten sich darauf gesammelt. Jene, die keinen Platz mehr auf der Klinge fanden, bildeten kleine Seen auf dem Schrank.

SIEBENUNDZWANZIG

JULI, 17 MONATE ZUVOR.

„Und Sie glauben, Sie haben ihn überzeugen können?"

„Ja, ich denke schon." Der Mann mit der schwarz gerahmten Brille sah mich mit einem schiefen Lächeln an. Es lag keine Reue darin. Das war gut. Hätte er bereut, was er getan hatte, würde er möglicherweise die Nerven verlieren und unser Vorhaben in Gefahr bringen.

„Sie denken?"

„Ich bin mir sicher." Er zögerte, richtete sich dann auf und sagte: „Sie haben gute Arbeit geleistet."

Ich erwiderte nichts.

„Wie haben Sie es geschafft, ihn zu der Überzeugung zu bringen, er hätte alle Freude im Leben verloren? Ich meine, den Schlüssel im Eisfach zu verstecken, das Auto heimlich vollzutanken und die Freunde ohne sein Wissen zum Abendessen einzuladen, damit sie vor der Tür stehen, während er von nichts weiß. Ja. Das leuchtet mir alles ein. Aber er sagt, es würde ihm rein gar nichts mehr Freude bereiten.

Und da ist noch etwas. Er hat mir erzählt, die Welt würde ihm so viel größer, fremd und beängstigend erscheinen. Und er zittert. Ich habe es selbst gesehen. Er zittert, als sei er auf Entzug. Wie haben Sie das gemacht?"

Der Typ ging mir auf die Nerven. Er sollte nur das tun, wofür er bezahlt wurde. Das hier war kein Ausbildungszentrum. Ich setzte ein Lächeln auf und hoffte, dass er dessen Falschheit erkannte. „Es tut mir leid, aber das darf ich Ihnen leider nicht verraten."

Es war die Mischung aus verschreibungspflichtigen Medikamenten und harten Drogen, die, wohl dosiert, verschiedene Symptome der Demenz hervorrief. Nicht alle Symptome. Aber doch ausreichend, damit es auffiel.

Er stöhnte auf, nickte dann aber. „Natürlich können Sie das nicht. Nun ja, zumindest hat es gut funktioniert. Er ist überzeugt davon, sich selbst zu verlieren."

„Gut."

Er lachte. „Wenn Sie das sagen."

„Konnten Sie ihn inzwischen überzeugen, dass es zu gefährlich ist, allein zu leben?" Das war der einzige Grund, aus dem dieser Mensch vor mir saß. Der einzige Grund, weshalb er den Auftrag bekommen hatte.

Er schwenkte die Hand vor der Brust und schüttelte den Kopf. „So weit ist er noch nicht."

Das war nicht schlimm. Ich wusste, wie man ihn zu diesem Gedanken bringen konnte. Dennoch bedeutete es, dass sich die Sache in die Länge zog. Und das barg die Gefahr, dass jemand misstrauisch wurde. Dass die Aktion aufflog.

„Aber ich konnte ihn überreden, sich einem Familienmitglied anzuvertrauen." Wenigstens etwas.

„Seiner Tochter?"

Er nickte. „Er wollte sie noch heute anrufen."

„Wann sehen Sie ihn wieder?"

„Er wollte mich kontaktieren, sobald er mit ihr gesprochen hätte."

Ich witterte eine Chance, alles ein wenig zu beschleunigen. „Bringen Sie ihn dazu, dass er Sie zu sich nach Hause einlädt."

Der Mann vor mir wackelte mit dem Kopf. War das ein Nicken oder ein Kopfschütteln? Aber dann sagte er: „Das sollte kein Problem sein." Er war bereits mehrfach in seinem Haus gewesen. Der andere Mann vertraute ihm.

„Bringen Sie Tiefkühl-Pizzen mit."

„Tiefkühl-Pizzen? Ich weiß nicht, ob …"

Ich unterbrach seinen Einwand. „Sie werden ihn schon von der kulinarischen Qualität dieser Dinger überzeugen. Erzählen Sie ihm, dass es für die Seele manchmal gut sein kann, sich dieser Art von Essen hinzugeben. Oder so einen Schwachsinn. Ihnen wird schon etwas einfallen. Schließlich sind Sie Schauspieler. Improvisieren Sie. Kriegen Sie das hin?"

Er nickte, setzte zum Sprechen an, aber ich unterbrach ihn erneut.

„Es ist sehr wichtig, dass er es ist, der den Ofen einschaltet."

Ein bösartiges Grinsen verdunkelte sein Gesicht. Es schreckte mich nur ein wenig ab, welchen Gefallen er an seinem Job fand. Ich selbst empfand dennoch Abscheu. Der einzige Grund, der ihn dazu trieb, zu tun, was er tat, bestand darin, das Geld einzustreichen, das er im Erfolgsfall erhalten würde. Meine Gründe lagen tiefer. So tief, dass ich sie selbst nicht zur Fülle kannte.

„Was haben Sie vor?"

Statt einer Antwort, erklärte ich ihm seine Aufgabe: „Er wird den Ofen einschalten und Sie gehen gemeinsam ins Wohnzimmer. Schließen Sie die Tür und schalten Sie

Musik ein. Das ist wichtig!" Ich sah ihn an, als wäre er ein fünfjähriges Kind, dem ich die Regeln für den Gebrauch einer Heißklebepistole erklärte. Er hing an meinen Lippen. „Nach etwa fünfzehn Minuten fragen Sie ihn, ob Sie nach den Pizzen sehen sollen, und stellen fest, dass diese noch immer gefroren sind, weil der Herd ausgeschaltet ist."

Seine Augen weiteten sich. „Wie …?"

„Das soll nicht Ihre Sorge sein. Kann ich nun fortfahren?"

Er verzog das Gesicht, nickte aber und ich erklärte ihm den Rest des Planes. Während sie aßen, würde der Ofen weiterfeuern, obwohl er doch ganz sicher ausgeschaltet worden war. Zumindest würde der alte Mann das glauben.

Der Schauspieler würde daraufhin Sorge zeigen, ihn allein zu lassen. Im Laufe des Gespräches sollte er ihm vorschlagen, die Tochter ein weiteres Mal anzurufen.

„Und dann sprechen Sie mit ihr."

„Ich?"

„Sie suchen sich eine Stelle im Flur, von der aus er Sie im Wohnzimmer noch immer hören kann. Sprechen Sie trotzdem so gedämpft, als wollten Sie genau das verhindern."

Ich sah ihn für einen Moment an, um zu erkennen, ob er verstand. Er nickte.

„Erklären Sie seiner Tochter, dass Sie es für fahrlässig halten, ihn länger allein leben zu lassen. Dass Sie fürchten, er stelle eine Gefahr für sich selbst und auch für andere dar."

„Und dann?"

„Sollte Sie es nicht selbst erwähnen, schlagen Sie den Umzug in ein Altersheim vor. Erklären Sie ihr, dass er sich zwar noch in einem frühen Stadium der Krankheit befände, der Verlauf jedoch unberechenbar sei. Und dass er sich mitunter rapide verschlechtern könne."

„Stimmt das denn?"

Ich seufzte. Sicher würde ich ihm keine medizinische Fachstunde geben. „Recherchieren Sie." Das gehörte zu seinem Job. Er sollte sich umfassend mit der Krankheit befassen. Offensichtlich hatte er es nicht getan.

„Warten Sie, bevor Sie den Wechsel ins betreute Wohnen selbst vorschlagen. Wenn es von ihr kommt, wird sie nicht das Gefühl haben, dazu überredet worden zu sein." Ich zog eine Mappe aus der Tasche und schob sie ihm hin. „Empfehlen Sie ihr dieses … Etablissement. Es ist nicht besonders teuer, hat einen guten Ruf und liegt in der Nähe ihres Wohnortes." Er wollte das Infomaterial zu sich ziehen, aber ich hielt es fest und fixierte seinen Blick mit meinen Augen. „Es ist sehr wichtig, dass sie sich für dieses Heim entscheidet. Studieren Sie den Inhalt der Mappe deshalb sehr genau und verkaufen Sie ihr das Ding."

„Warum?"

Wie üblich ignorierte ich seine Frage. „Er darf keine Ausweichmöglichkeit sehen. Holen Sie seine Tochter auf Ihre Seite. Drängen Sie ihn in die Ecke. Argumentieren Sie mit seiner und der Sicherheit anderer. Er muss glauben, dass es keine andere Möglichkeit gibt."

Ein Lächeln schob sich auf seine Lippen. „Kein Problem. Der Alte vertraut mir. Ich bin der Einzige, mit dem er über all das reden kann."

Ich legte einen zweiten Umschlag auf den ersten. „Dies ist ein Diagnosebericht. Und andere Dokumente, die das Helm erwarten wird. Lesen Sie alles! Übergeben Sie den Umschlag der Tochter, wenn die Entscheidung steht und sie kommt, um ihn abzuholen."

ACHTUNDZWANZIG

FREITAG, 20. DEZEMBER

Der Umschlag fiel aus meiner Hand. Das Messer nicht. Aus dem Augenwinkel sah ich die unnatürliche Farbe des Wassers. Es war zu dunkel. Die wenigen und fast schon flachen Schaumberge schimmerten rosa. Vermutlich waren sie nicht verfärbt, aber die Pigmente des roten Wassers drangen durch sie hindurch und verwandelten sie in diese mädchenhafte Farbe, die die gesamte Szenerie unwirklich und noch entsetzlicher gestaltete.

Ich wandte den Blick zu Bobbis Gesicht. Ihre Augen waren geschlossen. Das Wasser ruhte um sie herum. Ihre Unterarme lagen auf dem Rand der Badewanne und hinderten sie daran, ins Wasser zu rutschen. An ihrem Hals fand sich ein Schnitt, der kaum länger als ein kleiner Finger sein konnte. Das war nicht das Werk eines Schlachters. Hier hatte jemand ganz genau angesetzt, um ihr nur die kleinstnotwendige Verletzung zuzufügen. Sie sollte sterben. Ihr Körper aber hatte nichts von seiner Schönheit einbüßen sollen.

Vor wenigen Tagen hätte ich darauf gewartet, dass sie ein Auge öffnete und mich für mein rasendes Herz und meinen offenstehenden Mund auslachte. Aber nicht jetzt.

Die Gedanken drangen klar durch meinen Kopf und doch realisierte ich nicht, was ich vor mir sah. Ich nahm all die Details so emotionslos wahr, als betrachtete ich den Aufbau einer Theaterkulisse. Aber das hier war keine Kulisse. Das hier war Bobbi. Bobbi, die ich bis vor wenigen Minuten verdächtigt hatte, ein Teil dessen zu sein, was sie nun getötet hatte. Ich fühlte mein Herz heftig gegen die Rippen schlagen, aber sonst spürte ich nichts. Ich war ganz ruhig.

Und dann hörte ich die Wellen. Warum hörte ich die Wellen? Mein Kopf bewegte sich wenige Zentimeter in Richtung Fenster. Es stand offen. Es stand offen und diese Erkenntnis trieb das Leben zurück in meinen Körper. Vielleicht war sie nicht tot. Vielleicht konnte ich ihr helfen. Vielleicht war es erst eine Minute her, dass …

Ein Knall durchbrach meine Gedanken und schlug die aufkommenden Emotionen zurück. Das Geräusch drang aus dem Erdgeschoss zu mir herauf. Und es blieb nicht bei diesem einen Geräusch. Rumms! Rumms! Es klang, als würde jemand mit einem sehr schweren Gegenstand auf etwas anderes sehr Hartes einschlagen. Adrenalin durchschoss meinen Körper. Ich atmete schnell und durch den Mund und versuchte, meine Gedanken zu ordnen.

Auf dem Boden neben der Badewanne lag Bobbis Handy. Ich griff es und rannte aus dem Bad. Ich konnte von hier aus nicht ins Erdgeschoss sehen, aber ich hörte Schritte. Das Schlagen hatte aufgehört und die Schritte näherten sich der Treppe. Zumindest war es dieses Bild, das sich in meinem Kopf manifestierte. Ich rannte in das nächstgelegene Schlafzimmer und drückte die Tür zu.

Aber sie hatte keinen Schlüssel, also öffnete ich den Raum wieder und rannte über den gesamten Flur zum anderen Schlafzimmer. Als ich die Treppe passierte, sah ich einen Mann. Er hatte langes blondes, gepflegtes Haar und einen Bart. Er grinste mich an und ich rannte weiter. Er aber beeilte sich nicht. Er wusste, dass ich in der Falle saß.

NEUNUNDZWANZIG

FREITAG, 20. DEZEMBER

Ich hatte es geschafft. Der Mann hatte keine Anstalten gemacht, mich davon abzuhalten, das Schlafzimmer zu erreichen. Er hatte keinen Grund dazu. Ganz offensichtlich war es nicht seine Art, die Dinge zu übereilen. Es passte nicht in sein Spiel.

Nachdem ich die Tür hinter mir zugeschlagen und den Schlüssel im Schloss gedreht hatte, sah ich mich um. Ich musste die Tür verbarrikadieren. Zwei Kommoden standen etwa einen halben Meter voneinander entfernt an der Wand, in der sich die Tür befand. Vielleicht konnte ich mich dazwischendrängen und eine von ihnen vor die Tür schieben.

Aber das schwere Holzmobelstück bewegte sich keinen Millimeter. Ich riss die Schubladen heraus und versuchte es noch einmal. Ich zwängte mich in die Lücke zwischen den beiden Kommoden und drückte mit dem linken Bein gegen die Seitenwand. Mein Gesicht verzog sich und Hitze stieg in mir auf. Ich dachte, mein Kopf würde platzen, weil er sich der Anstrengung nicht länger entgegenstellen konnte.

Und dann gab es einen Ruck und die Kommode löste sich aus ihrer jahrzehntelang beanspruchten Position. Danach ließ sie sich leichter schieben und als sie die Tür ausreichend blockierte, setzte ich die Schubläden wieder ein. Wenigstens hatte hier niemand Knochen versteckt. Inzwischen war ich mir nicht mehr sicher, ob dieser Niemand mein Großvater oder Finn war.

Denn, dass es Finn war, der sich draußen auf dem Flur befand, davon war ich nun überzeugt. Er entsprach exakt der Beschreibung, die Bobbi … Bobbi. Bobbi. Bobbi. Bobbi war tot. Sie war tot. Jetzt war sie es ganz sicher. Ich konnte mir nicht vorstellen, dass Finn Wiederbelebungsmaßnahmen eingeleitet hatte. Schließlich hatte er es getan. Er hatte sie getötet und mir dann gestattet, sie zu finden, indem er die Verriegelung der Tür gelöst hatte.

Eine Mischung aus Unglaube und Trauer überwältigte mich. Ich wusste nicht, was ich denken, was ich fühlen sollte. Hatte ich mich getäuscht? Und wenn nicht, war es richtig, um jemanden zu trauern, der mich in diese Situation gebracht hatte?

Ich saß noch immer auf dem Boden, den linken Fuß gegen die Kommode gestemmt, die Hände neben meinem halb aufgerichteten Oberkörper auf dem Boden. Ich wagte es nicht, mich zu regen. Es schien, als bewahrte mich die Starre davor, die Realität der Situation zu erkennen. Vielleicht träumte ich. Vielleicht hatten die Zweifel an Bobbi mein Unterbewusstsein dazu veranlasst, meinen Schlaf mit diesen Bildern zu füllen.

Doch je länger ich dort saß, umso weniger war ich in der Lage, diesem dünnen Seil Glauben zu schenken. Die Kälte fuhr mir unter die Haut, löste ein Zittern aus, das mich in einem Traum nicht geschüttelt hätte. Der Schock saß tief, aber die mit ihm einhergehende Starre währte bereits zu lang, als dass sie eine Traumsequenz gefüllt hätte. Und irgendwann riss das Seil komplett und ich hörte einen dumpfen Knall, als ich auf den Boden fiel.

Aber nicht ich hatte das Geräusch verursacht. Es hatte tatsächlich einen Knall gegeben. Er war nicht besonders laut und er kam ganz eindeutig von draußen. Hatte Finn das Haus wieder verlassen? Was hatte er getan?

Ich kroch auf dem Boden zum Fenster, griff mit den Händen das schmale Brett, auf dem eine künstliche Topfpflanze stand und zog mich langsam nach oben. Ich hörte, wie jemand in schweren Schuhen die Treppenstufen hinunterstieg. Er war noch im Haus. Ich kniff die Augen zusammen, atmete tief durch und stand so weit auf, dass ich aus dem Fenster blicken konnte.

Aber ich sah nichts. Es war zu dunkel. Mein Herz raste bereits und ich fühlte das Pochen deutlich stärker, als ich den Entschluss fasste, das Fenster zu öffnen und nach unten zu sehen.

Die alten Holzrahmen knarzten laut in der Stille des Zimmers, als ich den Messinggriff drehte. Doch sobald sich ein Spalt geöffnet hatte, übertönten das Meer und der Wind die leisen Geräusche des Hauses.

Ich steckte langsam den Kopf unter der Gardine hindurch nach draußen. Ich sah einen Teil des Gartens, den mein Großvater nie bepflanzt hatte. Vermutlich wuchs auf dem sandigen Boden nichts, um das sich die Mühe lohnte. An dieser Stelle, genau unter mir, befand sich die Küche. Das Licht war noch immer eingeschaltet und erhellte den Schnee in einem kühlen Weiß.

Ein Stück weiter rechts reflektierte der Schnee das wärmere Gelb-Orange des Kamins und der wenigen Lampen, die dort eingeschaltet waren. Aber es lag nicht nur Schnee auf der Terrasse. Ein tiefes Loch war in die weiße Decke gerissen worden. Und um das Loch herum lagen lange Haare. Sie wirkten blond, aber vielleicht war es auch mein Gehirn, das dem Bild diese Information hinzufügte.

Das Badezimmer befand sich über dem Wohnzimmer. Bobbi hatte dies seltsam gefunden, weil die Rohrleitungen dafür unnötig lang durch das Haus gelegt hatten werden müssen. Ich hatte vermutet, dass das nicht immer so gewesen war, und es seltsam gefunden, dass sie über solche Dinge nachdachte.

Ich starrte auf die Leiche meiner Freundin, von der ich vor wenigen Minuten, oder waren es Stunden, überzeugt gewesen war, dass sie ein schreckliches Spiel mit mir spielte, und dachte über Baupläne nach. War das eine Maßnahme meines Verstandes, mich vor der Wahrheit zu beschützen?

In diesem Moment traten zwei Füße weitere Löcher in den Schnee. Finn kam aus dem Wohnzimmer auf die Terrasse, sah zu Bobbi hinab und dann drehte er den Kopf langsam in Richtung Haus. Er hob ihn an und sah nun in meine Richtung. Und dann hob er den Arm und winkte mir zu. Ich konnte seine Gesichtszüge nicht erkennen, aber mein Gehirn addierte ein freundliches Lächeln zu dieser Geste.

Ich ging einen Schritt zurück, verfing mich und das Fenster in der Gardine, als ich es schloss, und sank dann an das Bett gelehnt zu Boden. Laut atmend sog ich die Luft in meine Lunge. Immer schneller, bis ich schließlich die Kontrolle verlor und die Welt um mich herum erst verschwamm und schließlich in einem tiefen Schwarz versank.

DREISSIG

OKTOBER, 14 MONATE ZUVOR.

„Ich sage Ihnen doch. Ich habe keine Ahnung, wovon Sie reden." Sie saß auf dem Sofa, während ich Taschentücher mit einer gelblichen Schleim-Wasser-Mischung besprühte und anschließend zerknüllte. Sie beobachtete jede meiner Handbewegungen. Aber die Fesseln hinderten sie daran, einzugreifen. Oder zu fliehen.

„Und ich glaube Ihnen nicht." Ich verteilte ein paar der Tücherknäuel neben dem Sofa und auf dem Sofatisch. Den Rest brachte ich in die offene Küche, um sie in den Mülleimer zu werfen.

„Können Sie bitte die Waffe herunternehmen?"

„Sie erkennen sie nicht, oder?"

Ein Runzeln legte ihre Stirn in Falten. „Warum sollte ich?"

„Sie gehört Ihrem Vater."

„Mein Vater und ich haben uns lange Zeit nicht gesehen, bevor er …"

Schulterzucken. „Er die Waffe auch nicht, nehme ich an."

Ich setzte mich neben sie. „Es geht auch gar nicht so sehr

um die Waffe. Sondern vielmehr um den Menschen, den sie getötet hat. Den Ihr Vater damit getötet hat."

Ihre Stimme wurde leiser. Sie klang müde. Das war verständlich. Wir saßen hier bereits seit ein paar Stunden. „Wie oft soll ich Ihnen das noch erklären? Ich habe keine Ahnung, wer Ihr Vater ist oder war. Und falls mein Vater jemals einen Menschen getötet hat, dann hat er mir davon nichts erzählt." Sie sah mich an. „Und ich fürchte, auch er kann Ihnen darüber keine Auskunft mehr geben."

Ich lächelte. „Davon würde ich nicht ausgehen."

„Wenn Sie ihn in einem guten Moment erwischen, vielleicht."

„Oh, Sie meinen wegen der Demenz-Geschichte."

Sie kniff die Augen zusammen, entspannte ihre Gesichtsmuskeln aber im nächsten Moment. „Natürlich wissen Sie davon."

Ich legte den Kopf schief. „Wissen. Verantwortung tragen. Die Grenzen sind fließend."

„Verantwort…", begann Laras Mutter.

„Lassen wir das!"

„Sprechen wir über Ihre Tochter. Ihr Name ist Lara, richtig?"

Sie schluckte, sagte aber nichts. Es war nötig, die Waffe gegen ihren Kopf zu schlagen, damit sie zumindest durch ein Nicken antwortete. Hoffentlich würde der Kopf später an der gleichen Stelle aufprallen.

„Lara hat viel Zeit bei Ihrem Vater verbracht?"

„Ja."

Ich wartete und schwieg.

„Aber nur in den ersten Jahren ihres Lebens."

Wir kamen der Sache näher. „In den ersten sieben Jahren?"

Sie nickte.

„Und warum änderte sich das?"

„Ich weiß es nicht." Sie war keine schlechte Lügnerin.

„So ein Bullshit."

„Ich sagte doch, ich weiß es nicht." Ihre Stimme zitterte, als sie auf die Waffe blickte, die nun direkt auf ihr rechtes Auge zielte.

Ich drückte sie nach unten.

„Was wissen Sie denn?"

Tränen rannen über ihre Wangen. Auch wenn ich die Brutalität nicht mochte, erfüllte sie doch ihren Zweck. Sie begann endlich zu reden: „Lara war oft bei meinem Vater. Mit sieben verbrachte sie ihre Sommerferien bei ihm. Zumindest sollte sie das. Aber nach zwei Wochen rief er plötzlich an und sagte, er müsse sie zurückbringen."

„Mit welcher Begründung?"

„Er sagte, irgendetwas stimme nicht. Sie hätte Albträume, erzähle seltsame Dinge."

„Was für Dinge?" Nun wurde auch ich ungeduldig. Musste man ihr alles aus der Nase ziehen?

„Das sagte er mir nicht." Sie schluchzte.

Ich atmete tief durch. „Gut. Er hat sie also nach Hause gebracht, richtig?"

Sie nickte.

„Und dann? Wie ging es ihr?"

„Sie ... sie schwieg. Tagelang sagte sie kein Wort."

Ich hob die Augenbrauen, um sie zum Weiterreden aufzufordern.

„Ich dachte, ihr ware etwas zugestoßen, und untersuchte sie auf Verletzungen. Aber ich fand nichts."

„Und was dachten Sie dann?"

„Eine Freundin wies mich darauf hin, dass es sich um einen Schock handeln könnte. Dass sie irgendetwas gesehen haben könnte." Eine Strähne fiel ihr ins Gesicht und ich steckte sie ihr hinter das Ohr.

„Also habe ich meinen Vater angerufen. Aber er wollte nicht mit mir sprechen."

„Und da sind Sie nicht misstrauisch geworden?"

„Doch, natürlich. Ich bin sogar zu ihm gefahren. Aber er hat mich abgewiesen. Wir hatten kein gutes Verhältnis, nachdem ich … ich hatte bei ihm gewohnt und dann war ich weggezogen. Ich glaube, das hat er mir nicht verziehen. Ich dachte, dass er … dass er vielleicht deswegen nichts mehr mit uns zu tun haben wollte. Vielleicht hatte Lara etwas erzählt. Ich weiß es doch auch nicht." Ihre Wangen waren tränennass. Unter der Nase feuchtete eine andere Flüssigkeit ihre Haut an. Ich wischte sie mit einem Taschentuch ab und warf es zu den anderen. Danach stellte ich die Box auf den Sofatisch und legte ein Buch daneben, das ich zur Hälfte gelesen hatte. Als Lesezeichen benutzte ich das Etikett eines Teebeutels.

„Aber irgendwann begann Lara wieder zu sprechen."

„Ja, natürlich tat sie das. Aber sie schwieg, sobald ich sie auf ihren Großvater oder die vergangenen Wochen bei ihm ansprach. Ich bekam nichts aus ihr heraus. Sie war bei drei verschiedenen Therapeuten. Niemand konnte ihr helfen."

„Haben Sie es mit Hypnose versucht?"

Sie schüttelte den Kopf. „Es ging ihr wieder gut. Sie zeigte keine Anzeichen eines Traumas. Sie war körperlich unversehrt. Ich wollte sie nicht länger durch diese Prozeduren ziehen. Irgendwann bekam ich außerdem aus meinem Vater heraus, dass ein Mann sie bedrängt hätte. Aber weil ich keine Verletzungen finden konnte, habe ich einen Schlussstrich gezogen."

„Sie haben es nicht weiter verfolgt?"

„Nein. Vielleicht hätte ich es tun sollen, aber ich wollte sie nicht noch einmal aufwühlen."

Ich nickte. Verständnisvoll. Und ich glaubte ihr. „Nur eine Frage noch."

Erwartung und Angst paarten sich in ihren Augen zu einer aufgeregten Unruhe.

„Hat Lara jemals im Schlaf gesprochen? Wegen der Albträume, meine ich."

Sie nickte.

„Was hat sie gesagt?"

„Nicht viel. Nur ‚Großvater'." Sie wich meinem Blick aus.

Ich zögerte, überlegte, ob ich nachfragen sollte, beließ es aber bei dem Gesagten. „Gut, ich denke, damit haben Sie uns alles gesagt, was Sie wissen, richtig?"

Sie nickte wieder.

„Dann wollen wir mal." Ich ging in den Eingangsbereich und holte ihre Schuhe, ihren Mantel und die Handtasche. Die Schuhe zog ich ihr sofort an, nachdem ich die Fußfesseln gelöst hatte. Für den Rest musste ich auch ihre Hände befreien.

„Ich werde jetzt diese Fesseln lösen." Ich öffnete den Knoten des weichen Schals, den ich über die Ärmel ihrer Bluse gelegt hatte. Schlieren an den Handgelenken hätten zu viele Fragen aufgeworfen. Ich schob die Ärmel hoch und registrierte zufrieden, dass es funktioniert hatte.

Eine Minute später standen wir gemeinsam und angezogen im Flur. Ich überprüfte noch einmal, ob wir an alles gedacht hatten. Die Taschentücher, das Buch, ein leeres Teeglas, die zerknüllte Decke. Sie hatte ihre Handtasche dabei, trug Mantel und Schuhe und den Schal um den Hals, der soeben noch ihre Hände aneinandergebunden hatte.

„Oh, eine Sache müssen wir noch erledigen." Mit diesen Worten stopfte ich ein Knäuel aus fünf Taschentüchern in ihren Mund, nachdem ich damit die verwischte Wimperntusche von ihren Wangen entfernt hatte.

Ich sah durch den Spion und öffnete die Tür. Sie kannte den Plan nicht, sah panisch auf die Waffe, die nun weggesteckt werden musste. Der Hausflur war leer. Die meisten Bewohner arbeiteten um diese Zeit und würden auch erst in ein paar Stunden zurückkommen.

Ohne Vorwarnung gab ich ihr einen Stoß, stellte ihr dabei ein Bein und beobachtete, wie sie die Treppe hinunterfiel mehrere Male mit dem Kopf aufschlug. Die kleine Wunde, die ihr die Waffe vor ein paar Minuten zugefügt hatte, würde nicht auffallen. Das Rumpeln war laut gewesen, aber ihm folgte kein weiteres Geräusch wie etwa das Öffnen einer Tür oder ein erschrockener Ruf.

Der Schlüssel drehte sich im Schloss. Ich nahm ihn und ging zu der Frau, die sich nicht mehr bewegte. Nachdem ich den Schlüssel in ihre rechte Manteltasche gleiten ließ, zog ich das Knäuel aus ihrem Mund. Es war blutverschmiert.

EINUNDDREISSIG

SAMSTAG, 21. DEZEMBER

Als ich mich aus der inneren Dunkelheit befreien konnte und die Augen wieder aufschlug, war auch das Schwarz des Himmels einem sehr dunklen Grau gewichen. Ich selbst war zur Seite gefallen und für wenige Sekunden fragte ich mich, warum mein Gesicht auf einem kratzigen Teppich lag. Es war der gleiche Fußbodenbelag wie im Flur der oberen Etage, aber unter der dünnen Haut meines Gesichtes fühlte er sich nicht weich wie ein Lammfell an, sondern rau wie ein Fußabtreter.

Und dann packten mich die Erkenntnis und die Erinnerung an die Stunden der Nacht. Zuerst sah ich Bobbis geschlossene Augen und dann das Grinsen des blonden Mannes, als er die Treppe emporstieg. Ich erinnerte mich an Bobbis Haare im Schnee, an Finn, der zu mir hochgesehen hatte, und an das Gefühl, keine Luft mehr zu bekommen.

Ich atmete mehrfach tief durch. Ich durfte mich kein weiteres Mal einer dieser Attacken hingeben. Klarheit. Ich brauchte Klarheit. Emotionslose und rationale Klarheit.

Auf andere Weise würde ich keinen Weg finden, hier raus zu kommen. Wie lange war es her, dass ich die Kommode vor die Tür geschoben hatte? Warum hatte Finn nicht versucht, die Tür zu öffnen? Oder hatte er das getan?

War er die Fassade hochgeklettert, um durch das Fenster zu mir zu gelangen? Ich dachte an das geöffnete Badezimmerfenster. War er auf diesem Weg ins Haus gelangt oder wieder nach draußen? Oder beides? Warum hatte er die Tür entriegelt? Hatte er mir auf diese Weise nicht die Möglichkeit gegeben, sie zu retten? Und warum zur Hölle hatte er seine Schwester getötet? Was hatte er mit mir vor? Und warum? War er einfach nur geistesgestört, oder steckte hinter all dem eine Erklärung, die aus seiner Sicht vollkommen nachvollziehbar war?

Minutenlang saß ich ans Bett gelehnt unter dem Fenster. Ich dachte an Bobbi. Vielleicht hatte sie wirklich mit Finn zusammengearbeitet. Vielleicht hatte sie sich dann aber gegen ihn gestellt. Vielleicht hatte sie die Sache beenden wollen. Ich drückte meine Daumen gegen die Schläfen, aber das Pochen in meinem Kopf verschwand nicht.

Ich wagte nicht, mich aufzurichten. Was hätte ich auch tun sollen? Der Raum war dunkel und ich würde daran auch nichts ändern. Ich wollte das Licht nicht einschalten und auf diese Weise noch mehr Aufmerksamkeit auf mich lenken. Natürlich war das Unsinn. Er wusste, wo ich mich befand, und wartete sicher nur auf einen Moment, der in seinen Plan passte. Hatte er einen Plan? Wusste er, wie es nun weitergehen würde? Ließ er sich von dem Moment leiten oder hatte er eine Projektplanungs-App, in der er jeden einzelnen Schritt festgehalten hatte?

Ich war nicht gut im Warten. Schon in den letzten Tagen hätte ich mich ihm lieber gestellt, als diese Ungewissheit zu ertragen. Aber jetzt war ich nicht sicher. Ich hatte mein

Messer und zumindest in den nächsten Stunden würde er nicht in den Raum kommen können, ohne sich der Gefahr einer Verletzung auszusetzen.

Aber gleichzeitig saß ich in der Falle. Wie lange würde ich ohne Wasser hier drinnen auskommen können? Würde es mir gelingen, Schnee vom Dach oder dem Fensterbrett zu sammeln?

Diese Gedanken machten mich verrückt. Ich durfte sie mein Gehirn nicht zu Brei verarbeiten lassen. Ich musste sie in klare Bahnen lenken, mich mit irgendetwas ablenken. Und dann fiel mir Bobbis Handy ein. Ich hatte es vom Boden aufgehoben. Richtig. Es hatte neben der Badewanne gelegen. Wieder sah ich ihren schmalen Körper in dem rot gefärbten Wasser liegen.

Ich presste den Gedanken mit aller Gewalt in eine Ecke, aus der ihn hoffentlich in kurzer Zeit ein Therapeut versuchen würde zu befreien, und überlegte, wo ich das Telefon hingelegt hatte.

Ich hatte zunächst versucht, die Kommode mit den Händen zu schieben. Dafür musste ich es zur Seite legen. Richtig, es lag auf der anderen Kommode. So langsam ich konnte, begab ich mich auf meine Knie und kroch die wenigen Meter zum Schrank. Meine Gelenke schmerzten unter der Bewegung. Offenbar waren Stunden vergangen, seitdem ich mich zuletzt bewegt hatte. Ich tastete die Oberseite ab und nach wenigen Sekunden spürte ich die kalte Mischung aus Glas und Plastik unter meinen Fingern.

Ich zog es herunter und lehnte mich wieder gegen das Bett. Ich überprüfte noch einmal jede einzelne Verbindung und versuchte, ein WLAN-Netzwerk zu finden. Vergeblich. Wie auch immer Bobbi den Kontakt zu den Servern hergestellt hatte, mir gelang es nicht. Und dann schloss ich die Augen und ein leises „Scheiße!" drang über meine Lippen.

Ich hätte all das schon viel früher ahnen müssen. Als ich Bobbis Handy unter den Lappen fand, hätte ich sie auf ihre Erklärungen hin fragen müssen, warum wir meine SIM-Karte nicht in ihr funktionierendes Telefon gesteckt hatten, bevor ich es im Wald verloren hatte. Ich ließ mich ein paar Minuten in den Ärger fallen.

Und erst als ich mir eingestand, dass er mich nicht weiterbrachte und ich damit alles womöglich nur um ein paar Stunden beschleunigt hätte, durchsuchte ich jede einzelne App auf dem Telefon. In den Nachrichtenprogrammen gab es keinen einzigen Chat. Der Browserverlauf war leer. Es gab weder Einträge im Telefonbuch noch in der Anrufliste. Keine E-Mails, obwohl ein E-Mail-Konto angelegt war. Es gab nicht ein einziges Foto. Und in der Notizen-App fand sich lediglich das Buch, an dem Bobbi geschrieben hatte. Es sah fast so aus, als hätte sie die Wahrheit gesagt. Oder war das Telefon dafür zu sauber? Nutzte sie es nicht für Recherchezwecke? Dann hätte es Screenshots und Lesezeichen im Browser geben müssen. E-Mails, die sie sich selbst geschickt hatte - was sie zuhause ständig tat. Und wieder tauchte die Frage in meinem Kopf auf, warum Finn seine Schwester getötet haben sollte, wenn sie doch zusammengearbeitet hatten.

Aber selbst, wenn sie das nicht getan hatten, was war der Grund? Bobbi schien keine Angst vor ihrem Bruder gehabt zu haben. Hatte sie ihn so falsch eingeschätzt? Er wirkte nicht wie jemand, der unbedacht Menschen tötete. Aber natürlich hatte ich ihn nur in diesen kurzen Momenten gesehen.

Und doch war mir sein Gesicht bekannt vorgekommen. Lag es an seiner Ähnlichkeit zu Kurt Cobain? Oder daran, dass Bobbi mir solch private Details über ihre Kindheit erzählt hatte?

Aber dann drang ein Bild in meine Gedanken und mein Magen füllte sich mit dem, was von meinem Herz noch übrig war. Es gab einen anderen Grund dafür, warum sein Gesicht nach diesem kurzen Moment so klar in meiner Erinnerung erschien. Ich hatte ihn schon einmal gesehen. Zweimal.

Beim ersten Mal saß ich in einem Café und er hatte immer wieder zu mir rüber geschaut. Er hatte gelächelt und Anstalten gemacht, sich zu mir zu setzen. Ich hatte sein Lächeln nicht erwidert, hatte meinen Kaffee schneller getrunken, als ich es geplant hatte, und war aufgestanden. So wie ich es immer tat. Ich war es leid, dass die Männer es für eine billige Ausrede hielten, wenn ich ihnen erzählte, ich würde auf Frauen stehen. Und auch an diesem Tag hatte ich keine Lust auf ein Gespräch dieser Art. Also war ich gegangen.

Aber ein paar Tage später traf ich ihn zufällig vor der Uni. Da auch das Café nicht weit entfernt von dort lag, war ich zumindest davon ausgegangen, dass es ein Zufall war. An diesem Tag konnte ich ihm nicht schnell genug ausweichen. Er fragte mich, ob wir uns nicht vor ein paar Tagen in einem Café gesehen hätten. Dass er mich sehr gerne auf einen Tee einladen wollte und dass er nicht mehr aufhören konnte, an mich zu denken.

Ich hatte nett auf seine Einladung reagiert, sie aber bestimmt abgelehnt. Er hatte den Korb nicht akzeptiert und war mir zum Eingang der Uni gefolgt. Dort hatte ich ihm eröffnet, dass ich mit Männern in romantischer Hinsicht nichts anfangen konnte, was er wie erwartet nicht glaubte. Also war ich zu einem Mädchen gegangen, das in unserer Nähe stand, und hatte sie gefragt, ob ich sie küssen dürfe. Sie war mir bereits aufgefallen, bevor der Typ mich aufgehalten hatte, und vermutlich hätte ich sie ohnehin angesprochen. Sie hatte große Augen gemacht, aber grinsend genickt.

Als ich mich umwandte, um Finn mit einem ‚Siehst du'-Blick zu bedenken, war er bereits verschwunden. Und das Mädchen hatte nach meiner Hand gegriffen und mich ein weiteres Mal geküsst. Und jetzt lag sie tot im Schnee auf der Terrasse meines Großvaters, die nun mir gehörte.

Die nächsten Stunden verbrachte ich damit, über die Wahrscheinlichkeit des Zufalls nachzudenken. Wie wahrscheinlich war es, dass Bobbi und ihr Bruder zur gleichen Zeit im Gebäude meiner Uni waren, er mir hinterherstellte und sie in genau diesem Augenblick auftauchte, ihn aber nicht sah? Der Kuss war aus meiner Initiative heraus geschehen. Aber sie war das einzige Mädchen gewesen, das in unserer Nähe stand. Sie hatte uns den Rücken zugewandt. Es konnte also tatsächlich sein, dass sie ihn nicht gesehen hatte.

Aber wieder stiegen die Zweifel in mir hoch. Und es gab noch weitere Zufälle, an denen mein rationales Denken zu zerbrechen drohte. Mein Großvater war wenige Wochen nach diesem Vorfall auf mysteriöse Weise verstorben und vermachte mir sein gesamtes Vermögen, inklusive diesem Haus. Und das, nachdem wir achtzehn Jahre lang keinen Kontakt hatten. Abgesehen von den zwei Gelegenheiten nach dem Tod meiner Mutter.

Und dann drängte der nächste Gedanke in meinen Kopf und mein Herzschlag nahm unkontrolliert Tempo auf. Wie wahrscheinlich war es, dass mein Handy aus meiner Jackentasche fiel? Aus meiner super engen Jackentasche, in die ich ein paar fette Winterhandschuhe gestopft hatte. Wie wahrscheinlich war es, dass Bobbi sich auf unserem ersten Fluchtversuch den Fuß verknackste und beim zweiten vom

Baum des Großsegels so hart getroffen wurde, dass sie das Bewusstsein verlor? Ich war so blind gewesen. Trotz meiner Wachsamkeit hatte ich Bobbi als mögliche Täterin viel zu lange ausgeschlossen.

Und sie mussten unter einer Decke stecken. Gesteckt haben. Ohne Bobbi hätte Finn all das nicht hinbekommen. Aber warum war sie dann tot?

Der Himmel hatte sich inzwischen in ein kräftiges Grau verwandelt. Ich hätte gern einen Blick auf die Terrasse geworfen. Lag Bobbi noch dort? Aber ich wagte es nicht, ein weiteres Mal ein Geräusch so laut wie das Knarren der Fenster zu verursachen. Wagte es nicht, die Stille zu durchbrechen. Die Illusion der Sicherheit, die diese Stille mir vorspielte, zu gefährden.

Inzwischen meldeten sich weitere Bedürfnisse meines Körpers. Ich musste pinkeln, mein Mund fühlte sich trocken an und ich war unendlich erschöpft. Immer wieder fielen mir die Augen zu, nur damit ich sie Sekunden später durch einen Adrenalinschub veranlasst wieder aufriss.

Ich durfte nicht schlafen. Ich durfte nicht den Moment verpassen, in dem Finn sich entschied, seinen nächsten Zug zu machen. Meine Gedanken nutzten jedes Wort, um sich auf eine Reise in die Traumwelt zu begeben. Bei ‚Zug' dachte ich an den Hogwarts Express. Der lange Rauchfaden der Lokomotive zog sich durch meinen Kopf und ich schmeckte die Frosch-Schokolade auf der Zunge.

Ich schüttelte mich. So ging das nicht. Ich krabbelte um das Bett herum. Dort hatte ich vor ein paar Stunden die Blaupausen studiert. Aber die lagen nun im Bad, wenn Finn sie nicht an sich genommen hatte. Ich versuchte, mich daran zu erinnern, ob sie Auskunft darüber gegeben hatten, wie gut meine Chancen standen, über das Dach zu fliehen. Aber angesichts des wiedereinsetzenden Schneefalls war es unwahrscheinlich, dass ich diesen Versuch lebend überstand. Ganz abgesehen von meinem Fuß, dem ich nicht zutraute, mich im Notfall zu halten.

Ich richtete mich schließlich auf, ging langsam auf und ab, durchsuchte noch einmal unsere Taschen, fand aber nur das Ladekabel von Bobbis anderem Handy. Ich probierte es an dem Gerät aus, das sich in meiner Hosentasche befand. Es passte und ich steckte das Netzteil in die Steckdose neben dem Nachttisch. Im Seitenfach der Tasche befand sich außerdem ein Powerriegel, den ich dort vor Monaten nach dem Training vergessen hatte. Ich aß ihn gierig und mein Durst wurde größer.

Der klebrige Zucker schien auch den letzten Rest Feuchtigkeit aus meiner Zunge zu saugen und ich bereute es, der Gier nach Glucose so unbedacht nachgegangen zu sein. In diesem Moment wäre ich sogar bereit gewesen, meinen Urin zu trinken, aber es gab kein Gefäß, mit dem ich ihn hätte auffangen können, außer dem Blumentopf auf dem Fensterbrett. Und so weit war ich noch nicht.

Um mich wach zu halten und abzulenken, wechselte ich meine Kleidung und ging noch einmal Bobbis Sachen durch. Aber ich fand nichts, das mich im Handeln oder Denken weitergebracht hätte.

Irgendwann pinkelte ich doch in den Blumentopf, konnte mich aber nicht überwinden, die warme Flüssigkeit zu trinken. Vielleicht später, wenn sie abgekühlt und ich so verzweifelt war, dass der Durst jede Hemmschwelle niederriss.

Ich drehte mich mehrfach im Kreis. Sobald ich stehenblieb, überkam mich die schwere Müdigkeit. Der Versuch meines Körpers, all dem hier zu entfliehen. Ich musste mich beschäftigen. Ich brauchte etwas, das mir half, die Stunden vergehen zu lassen. Ich sah zu Bobbis Handy, das inzwischen voll geladen war. Sollte ich ihr Buch lesen? Ich hatte ihr versprochen, es nicht zu tun. Aber jetzt sahen die Dinge anders aus. Und vielleicht fand ich darin einen Hinweis. Etwas, das mir half, aus dieser Situation herauszufinden. Vielleicht hatte sie über ihren Bruder geschrieben. Vielleicht fand ich zwischen all den Worten etwas, das mir das anvisierte Ende verriet.

Aber es war nicht Finns Geschichte, die ihre Notiz-App für die Nachwelt speicherte. Und es war auch kein fiktiver Roman, das Buch, von dem sie mich hatte überzeugen wollen. Ich kannte diese Worte. Und ich fragte mich, ob sie sich zuerst auf dem Handy oder zwischen den Seiten der Notizbücher befunden hatten.

Ich hielt mich nicht mit der Frage auf, warum sie die Bücher abgeschrieben haben könnte. Stattdessen durchsuchte ich die Notizen, bis ich zu der Stelle gelangte, an der ich vor ein paar Stunden mit dem Lesen aufgehört hatte. Noch viel mehr als zuvor glaubte ich nun, dass es eine Verbindung zwischen den Knochen, den Notizbüchern und Finn und Bobbi geben musste.

ZWEIUNDDREISSIG

SAMSTAG, 21. DEZEMBER

HKB betrat die Bar. Ich las die Seiten über seine Zeit in dem kleinen Ort am Meer noch einmal, in der Hoffnung, dass die Worte dieses Mal eine Erinnerung und nicht nur ein Gefühl hervorriefen. Der Autor hatte keine Jahreszahlen notiert, aber tief in meinem Inneren wusste ich, dass ich HKB kannte. Dass ich wusste, wer er war. Und ich wusste auch, dass mein Großvater die Worte geschrieben hatte.

Ich hatte keine abstruse Vorahnung gehabt, dass Finn hier auf uns warten könnte. Oder dass Bobbi mich in eine Falle gelockt hatte. Mein Unbehagen hing mit etwas zusammen, das sich vor Jahren in diesem Haus abgespielt hatte. Und ich wollte die Geschichte dahinter erfahren. Ich wollte erfahren, wie alles zusammenhing. Vielleicht würden diese Worte mir Aufschluss geben.

Ich ging also mit HKB in die Bar. Er trank dort einige Biere und unterhielt sich mit den Menschen, die Interesse daran zeigten, von seiner Reise zu erfahren. Er erzählte ihnen, dass er auf der Durchreise wäre. Dass er nur ein paar Bilder vom Meer machen wolle und dass er sich am Abend in den letzten Bus setzen und wieder verschwinden würde. Die Bilder hätte er bereits im Kasten, aber der Bus würde erst in ein paar Stunden fahren.

Die Beobachtungen der Begegnungen, die HKB in der Bar machte, waren sehr detailgetreu wiedergegeben. Fast in Echtzeit. Der Verfasser hatte sogar einzelne Dialoge notiert. Die Stunden schienen ihm sehr wichtig gewesen zu sein. Schienen sehr wichtig in HKBs Leben gewesen zu sein. Dabei waren sie nur ein banaler Ausschnitt aus dem Alltag eines Reisenden. Sicher hatte er Szenen dieser Art in unzähligen Städten erlebt. Und dennoch war mein Großvater nur hier auf Einzelheiten wie die Anzahl der Biere, die HKB trank, oder die Kleidung auf seinem Leib eingegangen. Etwas Wichtiges war hier geschehen und mit diesem Ereignis näherte ich mich dem Ende. Ich konnte es nicht nur anhand der verbleibenden Notizen erkennen, ich konnte es spüren. Meine Gefühlswelt erinnerte sich bereits, während mein Bewusstsein noch immer in der Dunkelheit nach einer Lichtquelle suchte.

Irgendwann sagte HKB zu einem Mann, der seinen Lebensunterhalt mit der Reparatur von Booten verdiente, sein Körper könne die vielen Biere nicht länger in seinem Bauch aufbewahren und er müsse die Toilette aufsuchen. Nun ja, er drückte sich nicht ganz so gewählt aus, aber er verließ den Schankraum und ging aufs Klo.

Ab diesen Zeilen wurden die Bilder in meinem Kopf klarer, während die Worte im Buch ihre Details verloren. HKB war nicht länger ein Mann mittleren Alters, dessen Gesicht nur ein Abbild der unzähligen Männer war, die mir bisher in meinem Leben begegnet waren. Plötzlich konnte ich ihn klar vor mir sehen. Er hatte dunkle Haare, die ihm bis über die Ohren reichten. Sie wirkten zu lang, aber nicht ungepflegt. Seine Augenbrauen waren von der gleichen Farbe und breit, aber nicht buschig. Er hatte blasse, blaue Augen und eine Nase, die irgendwie zu klein war für sein Gesicht. Auf Wangen und Kinn trug er den dunklen Schatten eines Drei-Tage-Bartes.

Ich sah auch seine Statur, er war sehr groß und schlank und ich sah ganz deutlich die Hand, an der zwei Finger fehlten. Ich spürte die drei verbliebenen Finger auf meiner Wange und plötzlich hörte ich eine Stimme. ‚Na Schätzchen, was tust du hier so ganz allein?' Die Worte klangen klar und schienen doch aus einer anderen Welt zu kommen. Das leichte Reiben, die schwere Zunge. Diese Einzelheiten drangen zu mir durch und kamen doch kaum hinter der Mauer hervor, hinter der ich sie so lange verborgen hatte.

Das Telefon fiel mir aus der Hand. Was war das? War ich eingeschlafen? Um das zu vermeiden, war ich durch das Zimmer gehumpelt. Konnte ich dennoch weggedriftet sein? Die Bilder waren so klar, so vertraut.

Ich bückte mich, um das Telefon wieder aufzuheben. Ich musste weiterlesen. Aber bei den folgenden Worten zog sich mein Magen zusammen. Das war doch nicht möglich.

Nachdem er die Toilette wieder verlassen hatte, traf er in dem Vorraum, der zwischen den Waschräumen und dem Schankraum lag, auf ein Mädchen. Es war sieben Jahre alt und besuchte die Bar mit seinem Großvater.

Siebenjähriges Mädchen. Großvater.

Er unterhielt sich mit ihm. Es erzählte ihm, dass es sich langweilte, und er fragte, ob er ihm ein Spiel zeigen sollte.

‚Ich habe es für meine Tochter gekauft. Komm mit.' Ich hörte die Worte in meinen Gedanken, obwohl mein Großvater sie nicht aufgeschrieben hatte. Ich roch den nach Bier stinkenden Atem, hörte das Gemurmel der anderen Gäste aus dem Schankraum. Jemand lachte, Gläser klirrten. Aber um mich herum herrschte Stille.

Er versuchte, es zum Hinterausgang zu locken.

‚Es liegt in meinem Auto. Wir können es draußen an einem Tisch spielen.' Er roch nach Schweiß und seine Zunge war nicht vollständig dazu in der Lage, die Worte zu formen.

Aber der Großvater des Mädchens kam dazwischen.

Ich sah deutlich vor mir, wie mein Großvater HKB am Kragen packte und ihn dicht zu sich heranzog. ‚Was tust du hier?'

Der Mann antwortete nicht, aber er grinste. Sein Alkoholpegel war bereits so hoch, dass es ihm egal zu sein schien, was mein Großvater mit ihm tat.

‚Verschwinde, Lara. Geh zu Charlie und Vicky und lass dir erzählen, wo Lucy und ihr Vater dieses Jahr hinsegeln.'

Ein weiteres, ein aktuelleres Bild mischte sich in meine Erinnerungen zwischen die Worte auf Bobbis Handy. Die Familie in dem spanischen Restaurant. Lucy. Sie hatte oft auf mich aufgepasst, wenn ich bei meinem Großvater war, und er zu einem Treffen mit dem Segelverein gegangen war. Aber in diesen Tagen war sie mit ihrem Vater auf dem Wasser gewesen. Sie hatte nicht auf mich aufpassen können. Niemand war dagewesen.

Ich versuchte, tiefer in die Erinnerung einzutauchen, aber noch immer lag über allem ein festgewebtes, schwarzes Tuch. Es bekam bereits ein paar Risse, verwehrte mir jedoch noch immer den Blick auf das große Ganze. Also las ich weiter.

HKB grinste den anderen Mann an und schien darauf zu warten, dass dieser den nächsten Schritt tat. Aber der andere Mann schreckte davor zurück, HKB zu schlagen. Er rief seiner Enkelin zu, sie solle verschwinden. Sie rührte sich nicht. Er ließ HKB wieder los und näherte sich dann dem Mädchen. „Ich sagte, du sollst verschwinden." Er hatte die Worte nicht so wütend betonen wollen, aber auch er hatte zu viel getrunken und es fiel ihm schwer, die Kontrolle über seine Stimme zu bewahren.

Sie verließ verängstigt den Raum und er wandte sich wieder HKB zu. Dieser lehnte an einer Wand und zündete sich eine Zigarette an. Das Rauchverbot schien ihn genauso wenig zu interessieren wie der andere Mann.

Dieser ging auf ihn zu, zog ihm die Kippe aus dem Mund und trat sie auf dem gefliesten Boden aus. „Ich denke, du solltest jetzt verschwinden. Vielleicht kommt dein Bus heute etwas früher."

HKB wirkte unbeeindruckt. Er verschränkte die Arme vor der Brust und musterte den anderen Mann. Dieser wusste nicht, was er tun sollte. Er war es nicht gewohnt, mit solchen Typen umzugehen. Er war kein Schläger. Er war ein Mann der Worte. Und in der Regel hörten die Menschen auf ihn, wenn er etwas sagte.

Es klopfte an der Tür. Ich blieb stehen, fühlte mich äußerlich wie versteinert und explodierte im Inneren. Es hatte geklopft. Natürlich hatte ich nicht vergessen, dass dort draußen jemand auf mich wartete. Aber die Geschichte, die die digitalen Buchstaben erzählten, hatte mich in ihre eigene Welt gezogen.

Das Klopfen riss mich aus ihr heraus und ließ mich handlungsunfähig in der aktuellen Realität zurück. Was sollte ich tun? Es klopfte erneut. Mein Blut strömte mit einer Geschwindigkeit durch meinen Körper, die drohte, die Gefäße zerspringen zu lassen, durch die es geleitet wurde. Es verteilte Botenstoffe an sämtliche Zellen. Und jede einzelne Nachricht schrie: ‚Verschwinde!'

Aber ich konnte nicht verschwinden. Ich konnte nicht aus dem Fenster klettern. Und selbst wenn es möglich gewesen wäre ... Mit meinem Fuß, dem das Herumlaufen nicht besonders guttat, würde ich es niemals schaffen, vor ihm davonzulaufen. So wenig mir dieser Gedanke gefiel, hier war ich am sichersten.

Es klopfte ein weiteres Mal. Lauter diesmal. Vielleicht dachte er, ich würde schlafen. Und dann hörte ich sehr leise und zum ersten Mal, seit unserem Aufeinandertreffen vor der Uni, seine Stimme: „Lara." Er zog den letzten Buchstaben in die Länge und es klang ein bisschen, als würde er singen. Mein Magen krampfte sich zusammen und ich schluckte bittere Galle hinunter. Aber ich reagierte auf keine Weise, die ihn erreichte. Und dann kam mir ein Gedanke.

Er klopfte wieder. „Lara! Ich weiß, dass du wach bist."

Ich setzte mich in Bewegung. Der Tag war inzwischen so weit vorangeschritten, dass ich einzelne Details im Zimmer wahrnahm. Ich durchwühlte jeden Winkel, achtete nicht auf das sich wiederholende und stärker werdende Klopfen. Ich beäugte die Knöpfe der Schränke, den Schlüssel im Schloss, jeden einzelnen Fliegenschiss an der Wand. Und dann fand ich sie. Auf dem Türrahmen stand ein kleines schwarzes Viereck.

Ich hatte es bisher nicht gesehen, weil ein vier Zentimeter breiter Streifen über der Tür schwarz gestrichen worden war. Ich nahm sie herunter, hielt sie vor mein Gesicht und formte stumm die Worte ‚Fuck you'. Dann ging ich zum Fenster.

„Lara, was tust du denn da?" Seine Stimme war unaufgeregt, aber er sprach so laut, dass es unmöglich war, ihn nicht zu verstehen. „Komm schon, wir hatten so schöne Momente in den letzten Stunden."

Wieder krampfte mein Magen. Ich dachte daran, wie ich mich umgezogen hatte. Wie ich in den Blumentopf gepinkelt hatte. Aber ich antwortete ihm nicht. Ich riss das Fenster auf und schmiss die Kamera in den Schnee, ohne noch einmal hineinzusehen.

Und dann wagte ich einen Blick auf die Terrasse. Das Loch, in dem Bobbi lag, war noch immer da. Aber der neu gefallene Schnee bedeckte inzwischen ihre Haare und ihren Körper.

Er klopfte wieder an der Tür. „Lara, ich möchte dir doch nur alles erklären. Du wirst sehen, all das hier hat seinen Grund." Er schwieg für ein paar Sekunden und fügte dann hinzu: „Ich verspreche dir, du wirst es gut verstehen."

Tausend Antworten kamen mir in den Sinn, aber ich hielt mir den Mund mit der Hand zu, um sie nicht auszusprechen. Ich stand noch immer am Fenster. Auf dem äußeren Fensterbrett hatte sich über Nacht eine Schneeschicht angesammelt. Vorsichtig, um keine Flocke zu verschwenden, schob ich den Schnee mit den Händen zusammen und steckte mir einen der kleinen Schneebälle nach dem anderen in den Mund. Gierig ließ ich das kalte Eis auf meiner Zunge schmelzen. Vielleicht war es nicht mehr als ein halbes Glas Wasser, das ich auf diese Weise trank, aber es würde mich über die nächsten Stunden bringen. Es würde mein ausgedörrtes Gehirn mit Klarheit tränken.

„Na gut, ich habe Zeit. Aber dort unten wartet ein leckeres Mittagessen auf dich. Leider kann ich nicht kochen, aber ihr habt ja ausreichend Junk-Food eingepackt."

Mittagessen? War es wirklich schon so spät. Ich sah auf die Uhr. 12:43 Uhr. Die Dunkelheit der grauen Wolken hatte mich über das tatsächliche Voranschreiten des Tages hinweggetäuscht. Der detaillierte Bericht aus HKBs Leben meine Wahrnehmung verzerrt. Ich ließ mich auf das Bett sinken. Es war ausgeschlossen, dass ich nun einschlief.

Und dann begann Finn zu singen.

DREIUNDDREISSIG

SAMSTAG, 21. DEZEMBER

Ich kannte das Lied nicht, aber nach zwei Stunden hatte es sich in die Wellen meiner Gehirnhaut gebrannt und ich war nicht sicher, ob es immer noch Finn war, der sang, oder meine eigenen Nervenzellen seine Stimme reproduzierten. Ich versuchte, mir die Ohren zuzuhalten, aber dann hatte ich Angst, ich würde nicht mitbekommen, wenn er etwas anderes tat. Zweimal unterbrach er seinen Gesang mit dem Hinweis, er würde zur Toilette gehen, etwas essen und trinken und seiner Stimme eine Pause gönnen.

In diesen kurzen Phasen las ich weiter in Bobbis Handy. Während Finn sang, hielt ich den Kopf aus dem Fenster gestreckt und ich hatte Angst, das Telefon zu verlieren, wenn ich in dieser Position las. Außerdem ging ich nicht davon aus, dass er ewig so weitermachen konnte. Ich musste es einfach nur durchstehen.

HKB und mein Großvater hatten sich ohne weitere Handgreiflichkeiten getrennt. HKB war allein durch die Hintertür aus der Bar verschwunden, ohne seine Rechnung zu bezahlen. Die Dorfbewohner stempelten ihn als Zechpreller ab, der große Worte schwang, und wandten sich nach ein paar Minuten wieder ihren eigenen Themen zu. Sie hatten die Lautstärke des Wortwechsels zwischen meinem Großvater und HKB mitbekommen, nicht jedoch den Grund dafür.

HKB ging betrunken davon. An dieser Stelle hatte ich fast gehofft, er hätte einen Autounfall gehabt und wäre auf diese Weise zu Tode gekommen. Aber dann erinnerte ich mich, dass er nicht mit dem Auto unterwegs gewesen war. Er suchte sich lediglich einen Platz, an dem er seinen Rausch ausschlafen konnte. Hier wurden die Ausführungen wieder weniger detailreich.

Und meine Gedanken fanden keine neuen Erinnerungen. Das mochte an Finns Gesang liegen oder an der eisigen Kälte, der ich meinen Kopf immer wieder und viel zu lange aussetzte, wenn ich ihn aus dem Fenster hielt, um Finns Stimme zu entgehen. Oder an dem fehlenden Schlaf. Vielleicht war es aber auch einfach der Umstand, dass ich in diesem Zimmer eingesperrt darauf wartete, dass der Bruder meiner toten Freundin seinen Gesang unterbrach, um mich auf die Reise zu ihr zu schicken. Ich verdrängte den Gedanken und las weiter.

HKB stieg an diesem Abend nicht in den Bus. Er zeigte sich bis zum nächsten Tag keinem der Dorfbewohner. So ging jeder von ihnen davon aus, dass er verschwunden war. Aber so war es nicht.

Und dann brach die Geschichte plötzlich ab. Es schienen Seiten zu fehlen. Vielleicht auch ein ganzes Notizbuch. Der Satz, der folgte, knüpfte nicht an den vorherigen an.

Denn es bestand kein Zweifel daran, dass HKB tot war.

Ich stockte. Hatte Bobbi die Seiten bewusst ausgelassen? Was war in der Zwischenzeit geschehen? Die wichtigsten

Informationen fehlten und ich legte das Handy frustriert zur Seite. Es war möglich, dass mein Großvater HKB am Strand gefunden hatte. Und vielleicht blendete ihn die Angst, man könnte ihn verdächtigen, HKB getötet zu haben. Wegen dem Streit am Vortag. Andererseits, gab es wirklich jemanden, der diesem Streit eine größere Bedeutung zumaß? Mein Großvater hatte nichts dazu geschrieben. Nach seinen Worten hatte einer seiner Freunde ihm auf die Schulter geklopft, gefragt, ob etwas nicht stimmte, und hatte dann das Thema gewechselt.

Oder standen diesbezüglich Informationen in den fehlenden Absätzen? Es konnten nur ein paar Seiten sein. Ich war sicher, dass kein Notizbuch fehlte. Die letzten und ersten Seiten hatten jeweils zusammengepasst. Konnte Bobbi gewusst haben, dass ich die Notizen eines Tages lese? Ja, das konnte sie. Vielleicht hatte sie den Text geändert, nachdem ich das Telefon gefunden hatte.

Finn war zurückgekehrt, erzählte von der Fertigpizza, die er gerade verspeist hatte, und begann wieder zu singen. Aber nun war es mir egal. Ich musste wissen, was weiter geschehen war und öffnete die nächste Notiz.

Er sah sie an. Sie stand unter Schock. Also nahm er sie auf den Arm, zog ihr die blutige Strumpfhose aus und brachte sie ins Obergeschoss, wo er sie vor die Badtür stellte, das Wasser anstellte und sie hineinschob, als sie die Füße nicht selbstständig voreinander setzte.

Der weiche Teppich unter meinen nackten Füßen. Die zerrissene Strumpfhose. Mein Mund stand offen und ich vergaß zu atmen, bis mein Körper es von allein wieder tat.

Als er zurück in die Eingangshalle kehrte, wagte er nicht, das Licht einzuschalten. Was, wenn sein Freund spontan vorbeikam, um ihm die Karten zu bringen, über die sie gesprochen hatten? Sie würden ihm nicht glauben, wenn er ihnen sagte, was geschehen war. Hatten sie ihn nicht gefragt, ob er mit HKB gestritten hatte? Hatten sie ihn nicht stirnrunzelnd angesehen, als er nicht darüber reden wollte? Aber er hatte doch nur das Mädchen schützen wollen.

Das Mädchen. Mich. Er wollte nicht, dass jemand erfuhr, was HKB mit mir vorgehabt hatte. Für meinen Großvater war er verschwunden, als er die Bar verließ. Aber für HKB war die Sache offensichtlich nicht beendet gewesen. Oder hatte mein Großvater ihn aufgesucht?

Er lag am unteren Ende der Treppe. Sein weißes T-Shirt war von Blut durchtränkt. Der Schuss hatte ihn in den Bauch getroffen. Möglicherweise hatte er die Lunge verletzt. Die Waffe lag zwei Meter entfernt von ihm. Seine Augen standen offen, auch wenn er sie in der Dämmerung nicht erkennen konnte. Was sollte er mit der Leiche tun? Was sollte er mit dem Mädchen tun?

Niemand wusste, dass er wegen einer illegalen Wette fast beide Füße ins Gefängnis hatte setzen müssen. Aber sein Anwalt hatte es geschafft, ihm eine Bewährungsstrafe zu verschaffen. Nur noch drei Monate, dann wäre die Zeit vorbei. Wenn man nun eine Leiche in seinem Eingangsbereich fand …

Sein Anwalt? Ein Bild tauchte vor meinem inneren Auge auf. Und dann ein Name. Bill. Ich erinnerte mich an Bill. Er war nicht nur der Anwalt meines Großvaters, sondern auch ein guter Freund. Er kam oft zum Abendessen, wenn ich bei meinem Großvater war. Er war verliebt in meine Mutter. Ich runzelte die Stirn und schnappte nach Luft. Er war bei ihrer Beerdigung gewesen. Zwischen all den dunklen Gedanken, die meinen Kopf immer mehr einnahmen, sah ich endlich etwas Licht. Sollte ich es hier raus schaffen, würde Bill mir vielleicht einige Fragen beantworten können.

Und dann stutzte ich. Es war nicht Bills Visitenkarte gewesen, die die Pflegerin mir überreicht hatte. Der Anwalt, mit dem ich nach dem Tod meines Großvaters gesprochen hatte … War er nicht seltsam abweisend gewesen?

Finns Gesang wurde lauter, aber seine Stimme krächzte nun. Es würde nicht mehr lange dauern, und er müsste diese Zermürbungsmaßnahme einstellen. Hatte er einen Plan B? Wie sah der aus? Wie wütend würde er sein, wenn seine Strategie, mich zu zermürben, nicht aufging? Langsam legte sich die Dunkelheit über den Winternachmittag. Würde er den Strom eingeschaltet lassen? Ich sah auf die Batterieanzeige des Handys und entschied, dass es nicht schaden konnte, es ein weiteres Mal zu laden.

Und dann las ich weiter. Mein Großvater verbrachte einige Zeit damit, über sein weiteres Vorgehen nachzudenken. Auch in seinen Notizen hatte er jede Möglichkeit erläutert, das Für und Wider abgeschätzt und die Gründe genannt, aus denen er sich schließlich dagegen entschieden hatte, jemanden einzuweihen. Aber wie sollte er die Leiche beseitigen? Er konnte sie nicht am Strand vergraben, weil er nicht wusste, wie tief das Loch sein musste. Er hatte damals keinen Internetanschluss. Eine schnelle Recherche war also nicht möglich.

Auch den Gedanken, den Leichnam auf See über Bord zu werfen, verwarf er. Was, wenn ihn jemand dabei beobachtete? Was, wenn die Leiche an Land gespült wurde?

Zwischen seinen Gedankengängen wusch er seine verstörte Enkeltochter, brachte sie ins Bett und entschied dann, dass er nichts tun konnte, so lange sie im Haus war. Also rief er die Mutter des Mädchens an, erzählte ihr, dass sie schreckliche Albträume hätte, merkwürdige Dinge erzählte und er sie nach Hause bringen würde.

Er versteckte HKBs Körper an einem Ort, den er nicht in seinen Notizen erwähnte. Er reinigte den Holzboden und legte die Waffe in die unterste Schublade einer alten Kommode im Wohnzimmer. Und als er dies tat, kam ihm eine Idee.

Und bevor ich diesem Gedanken meines Großvaters weiter folgen konnte, ertönte ein Klingeln.

VIERUNDDREISSIG

SAMSTAG, 21. DEZEMBER

Finn unterbrach seinen Gesang und jemand sagte: „Scheiße!"
Und dann klingelte es wieder. Ich sprang auf und hörte, wie Finn sich ebenfalls erhob. Ich rannte zum Fenster. Es zeigte zwar nicht zu der Seite des Hauses, auf der sich die klingelnde Person befinden musste, aber wenn ich laut genug schrie, würde mich der Mensch vor der Tür hören.

Ich drehte den Griff und stützte mich auf das Fensterbrett. Und dann rief ich so laut ich konnte: „Hilfee!" Und noch einmal. So oft, bis ich nur noch ein heiseres Krächzen zustande brachte und meine Stimme schließlich versagte. Dann rannte ich wieder zur Tür, drückte ein Ohr dagegen und lauschte. Ich hörte Stimmen. Drei verschiedene Männerstimmen. Die beiden, die nicht zu Finn gehörten, waren aufgebracht. Sie wollten ins Haus. Ich hämmerte gegen die Tür, bis mir einfiel, dass nicht Finn mich eingesperrt hatte.

In wenigen Sekunden hatte ich die Schubfächer aus der Kommode gerissen und zog an dem Möbelstück. Es löste sich etwa zwanzig Zentimeter von der Wand. Zu wenig, um die Tür zu öffnen und mich hindurchzuzwängen. Ich zog weiter, ignorierte das Gefühl in meiner Schulter, die aufzugeben drohte. Und irgendwann vergrößerte sich der Abstand zwischen Wand und Kommode weit genug. Ich drehte den Schlüssel, riss die Tür auf und stürzte in den Flur. Dort schrie ich noch einmal um Hilfe. Wieder und wieder. Zwischendurch hörte ich, wie jemand „Hey!" rief, und dann erklang ein Schuss. Als hätte er mich getroffen, taumelte ich zurück, meine Stimme erstarb. Aber es war nicht der Schuss, der mich verstummen und in der Bewegung innehalten ließ. Es war die Hand einer Frau, die sich auf meinen Mund legte, und ihre andere Hand, die meinen Arm festhielt. „Na, na, na. Nicht so schnell. Wo willst du denn hin?"

Im Eingangsbereich hörte ich einen Körper zu Boden fallen und dann kämpften zwei Männer. Es war also nicht Finn, der die Kugel abbekommen hatte. Ich versuchte, mich von der Frau loszureißen, aber ich schaffte es nur, ein paar Schritte mit ihr im Schlepptau vorzudringen. Genug, um in den Eingangsbereich sehen zu können.

Ein Mann in Polizei-Uniform lag auf dem Boden. Der andere wurde durch mein Erscheinen abgelenkt. Er sah zu mir und ich erkannte einen der Männer aus dem Restaurant. Die Sekunde, in der er die Konzentration verlor, nutzte Finn, um ihn mit einem Messer anzugreifen. Das Jagdmesser, das Bobbis Kehle aufgeschnitten hatte. Der andere Mann wich aus, aber Finn verletzte ihn am Arm. Sie kämpften weiter und ein zweiter Schuss ertönte. Dann rannte der Mann aus dem Haus. Finn folgte ihm.

Mein Herz sank tiefer in meinen Bauch. Gleichzeit stieg Galle meine Speiseröhre hinauf. Der angeschossene Polizist in der Eingangshalle hatte ein vertrautes Bild in meinem

Kopf erscheinen lassen. Eines, das mein Großvater mit Worten skizziert hatte. Das ich aus meiner eigenen Erinnerung in allen Einzelheiten kannte. Der tote HKB im Licht der untergehenden Sonne.

FÜNFUNDDREIßIG

OKTOBER, ZWEI MONATE ZUVOR.

„Deine Enkelin und du, ihr habt die gleichen Augen. Aber das weißt du natürlich, oder?"

Seine Augen verengten sich, aber der Ausdruck in ihnen blieb schwach. „Lass sie in Ruhe."

Ich zuckte mit den Schultern. „Warum hast du sie damals weggeschickt?"

„Das geht dich nichts an."

„Du hast recht." Ich sammelte ein Glas und einen Löffel ein und nahm das Tablett in die Hand. „Brauchst du noch etwas?"

Er schüttelte den Kopf. Aber dann sagte er: „Was willst du hier?"

Ich hob die Augenbrauen und senkte den Kopf, um auf meine Uniform zu deuten. „Ich arbeite hier."

„Ist das nicht ein zu großer Zufall?"

„Ein Zufall ist immer groß. Michael Schuhmacher fährt über 300 Formel-1-Rennen. Und wobei verliert er fast sein Leben? Bei einem Ski-Ausflug." Ich lachte auf. „Wenn du das in einem Buch verarbeitest, glaubt dir kein Mensch. Nein, mein Lieber. Das Leben schreibt Zufälle, die wir uns nicht ausdenken können." Ich stellte das Tablett auf den Sofatisch und setzte mich neben ihn auf das kleine Sofa. „Aber weißt du was? Ich bin froh, dass wir uns hier getroffen haben. Du hast meinen Vater an seinem letzten Tag gesehen. Und vielleicht kannst du mir irgendwann einmal erzählen, was ihr zusammen erlebt habt." Ich zwinkerte ihm zu.

„Hast du nicht schon genug Geschichten über ihn gehört?"

„Hm, nein. Alle haben irgendwie das Gleiche erzählt. Sie haben ihn als großkotzigen Geschichtenerzähler dargestellt, der einfach abgehauen ist, nachdem er sich den Bauch vollgeschlagen hatte."

„Und sich besoffen hat."

Ich lächelte. „Siehst du, du kannst mir doch Dinge erzählen, die ich bisher nicht wusste."

„Das war dir doch nicht neu."

„Wie betrunken war er?"

„Betrunken genug, um in den nächsten Fluss zu fallen."

„Nur, dass es bei euch keinen Fluss gibt."

„Vielleicht ist er auch in den Wald gelaufen und wurde von den Schweinen gefressen. Ich habe gehört, die fressen alles."

Ich nickte. „Nur keine Nylon-Rucksäcke. Den hätte man finden müssen, meinst du nicht auch?"

„Mag sein."

„Die Leute sagen, ihr hättet euch gestritten."

„Auch darüber haben wir schon gesprochen."

„Warum sagst du mir nicht, worum es ging?" Ich wurde ungeduldig. Ich hatte gehofft, das Heim würde ihn zermürben. Seit einem Jahr war er nun hier. In dieser Zeit hatte ich in einer anderen Abteilung gearbeitet. Alles war langsam aufgebaut worden. Wir konnten nicht riskieren, dass jemand Verdacht schöpfte. Deswegen hatten wir so lange gewartet. Aber aus ihm war noch immer nichts herauszubekommen.

„Weil es dich verdammt noch mal nichts angeht."

„Das tut es wohl. Er war mein Vater."

Er seufzte. „Du willst es wirklich wissen?"

Würde er doch einlenken? Ich nickte.

„Also gut. Aber ich werde es dir nur ein einziges Mal sagen. Und wenn du mir nicht glaubst, dann ist das dein Problem."

Ich war zu aufgeregt, um cool zu bleiben. „Wie du willst."

„Er hat meine Enkeltochter bedrängt. Er wollte sie aus der Bar locken. Er sagte, er hätte ein Spiel im Auto. Er hat sie berührt. Und wäre ich nicht gekommen, hätte er ihr wehgetan."

„Das ist Unsinn."

Er stand auf und legte sich in sein Bett.

Ich wiederholte meine Worte und stand ebenfalls auf.

Er beachtete mich nicht weiter, schaltete den Fernseher an und setzte die Kopfhörer auf, die verhinderten, dass auch die Leute in den anderen Zimmern sein Fernsehprogramm mitbekamen. Leider nutzten nur wenige Bewohner diese Möglichkeit.

Ich starrte ihn für ein paar Minuten an. Irgendwann klopfte es und eine Pflegerin steckte den Kopf herein. Sie fragte, ob alles in Ordnung wäre und strafte mich mit einem Blick, der mir wohl bedeuten sollte, dass ich mich gefälligst beeilte.

Also gab ich es auf, griff das Tablett und ging zur Tür. Doch bevor ich den Raum verließ, drehte ich mich noch einmal zu ihm. Er blickte nicht zu mir. Ich richtete den

Blick wieder auf die Türklinke und dabei streifte er eine Kommode etwa eine Armlänge von mir entfernt. Auf ihr lag seine Uhr. Ohne darüber nachzudenken, balancierte ich das Tablett mit einer Hand, streckte die andere aus und steckte die Uhr ein. Es war Showtime. Die Zeit des Redens und des Wartens war vorbei. Wir waren bereit für den nächsten Schritt. Und den Schlüssel dafür, den Schlüssel zu seinem Haus würde ich mir in ein paar Tagen besorgen, wenn er seinen wöchentlichen Termin in seiner Therapiegruppe wahrnahm.

SECHSUNDDREISSIG

SAMSTAG, 21. DEZEMBER

Zehn Minuten später kehrte Finn zurück. Er wedelte mit einem Handy in der Hand.

„Ist das sein Handy? Hast du ihn gefunden?" Sie hatte mich an Händen und Füßen gefesselt. Außerdem war sie ein weiteres Mal auf meinen gebrochenen Fuß getreten, um mich daran zu hindern, wegzulaufen. Vielleicht sah sie es auch als Rache dafür an, dass ich ihr auf die Hand gekotzt hatte.

Finn legte die Pistole, mit der er den Mann im Eingangsbereich erschossen hatte, auf den Tisch. Ich starrte sie an, erwiderte aber seinen Blick, als er zu mir sah. Er schien zu überlegen, ob er vor mir alle Details auspacken sollte und entschied sich dagegen. „Also, kleine Lara. Wie gefällt dir unser Spielchen denn bisher?"

Er schob die Ärmel bis zu den Ellenbogen hoch und mein Blick fiel auf sein rechtes Handgelenk. Ich erkannte die Uhr sofort und erinnerte mich daran, wie mein Großvater auf die Zeiger getippt hatte, um mir zu erklären, wann sie eine volle und wann eine halbe Stunde anzeigten.

Finn streckte den Arm aus und nahm mein Messer vom Tisch. Als ich aus dem Schlafzimmer gestürmt war, hatte ich nicht darüber nachgedacht, es mitzunehmen. Wozu auch? Finn war an der Tür gewesen. Ich hatte nicht damit gerechnet, dass ich mich würde gegen eine andere Person verteidigen müssen. Aber um ehrlich zu sein, ich hatte an nichts gedacht in diesem Moment. Ich wollte nur raus. Diesen einzelnen Strohhalm greifen. Ich hätte beide Hände dafür verwenden sollen, indem ich jede Eventualität beachtete. Zum Beispiel die, dass Bobbis und Finns Spiel weit über meine Vorstellungskraft hinausgehen könnte.

Finn kam auf mich zu. „Erinnerst du dich an mich?"

Ich starrte ihn an, sagte aber nichts.

„Du willst also noch immer nicht mit mir reden. Das ist wirklich sehr schade, denn uns fehlen noch ein paar Informationen."

Mir fehlten dutzende Informationen, aber ich wusste, sie würden mir keine einzige Frage beantworten, wenn es nicht in ihr Spiel passte. Also schwieg ich und Finn trat näher zu mir, legte das Messer an meinen Arm und schnitt ohne Vorwarnung in das Fleisch. Ich schnappte nach Luft, biss dann aber die Zähne zusammen und starrte weiter in seine Augen.

Er setzte sich auf den Couch-Tisch. Ich selbst saß auf einem Sessel und suchte nach einem Ausweg. Würde der Unbekannte zurückkommen? Wie schwer war er verletzt? Hatte Finn ihn getötet? Würde er Verstärkung holen? Wie oft musste sich ein Polizist bei seinen Kollegen melden, bevor er als vermisst galt? Wann würde man nach ihm suchen? Würde man wissen, wo er war?

Es gab Hoffnung. Aber es gab auch diese beiden Irren und ich kannte weder ihre Beweggründe noch ihren Plan.

Finn tauschte das Messer gegen die Pistole. Ich sah auf das silberfarbene Metall, den schwarzen Ledergriff und ein anderes Bild der Waffe drang in das Blickfeld hinter meinen Augen. Ich sah, wie sie neben HKB lag. Ich hörte das Geräusch, das entstand, wenn ein Schuss sich direkt neben mir aus ihr löste. Lauter als jener, der vor ein paar Minuten durch das Haus gehallt war.

Er zielte auf meinen Kopf und entsicherte die Waffe. „Weißt du, Lara, ich hätte all das gern anders geregelt. So wie mit deiner Mutter."

Meine Augen weiteten sich. Meine Mutter. Also doch. Kein unwahrscheinlicher Zufall.

Ein Lächeln legte sich auf seine Lippen. „Aber Bobbi fand es so süß, als du sie dir geschnappt hast." Er sah zu ihr. „Du musst wissen, dass Bobbi gar nicht meine Schwester ist."

Mir entfuhr ein „Was?", und ich schlug die Augen zu und presste die Lippen zusammen, als könnte ich das Wort damit zurückholen. Als ich meine Augen wieder öffnete, erkannte ich Triumph in denen von Finn.

„Ich wusste, dass dich diese Information überraschen würde." Er streckte die linke Hand nach Bobbi aus, die neben uns an der Tür zur Terrasse stand. Sie ergriff sie, lächelte aber nicht. Vielmehr wirkte sie verärgert.

„Bobbi und ich sind verheiratet. Seit über einem Jahr. Es war der zweite Oktober."

Ich schluckte. Der Todestag meiner Mutter.

„Es war nicht der erste Schritt, der uns hierhergeführt hat, aber ein sehr wichtiger."

Ich spürte, dass er nicht von ihrer Hochzeit sprach.

„Weißt du, ich würde dir gern etwas erzählen." Er senkte die Waffe und näherte sich mir so weit, dass er in mein Ohr flüstern konnte. Aber bevor er seine Worte aussprach, schwang ich meine Arme nach oben und rammte ihm die Fäuste in den Schritt. Er schrie auf und ein Schuss löste sich aus der Waffe. Er landete Zentimeter von meinem

Bein entfernt im Polster des Sessels. Ich hatte den Einschuss im gesamten Körper gespürt. Die Explosion musste eine Wunde an meinem Bein verursacht haben, denn die Haut brannte an dieser Stelle. In meinen Ohren hörte ich einen leisen Piepton. Das war die Lautstärke der Waffe, die ich kannte.

Finn wich zurück, prallte gegen den Couchtisch und wäre fast nach hinten gestolpert. Sein Körper krümmte sich und er setzte sich wieder auf den Tisch, während er das erste Mal die Kontrolle verlor, „Du blöde Schlampe!" schrie und noch einmal schoss. Die vorherige Kugel hatte mich nicht getroffen. Das wurde mir in dem Moment klar, in dem Finns zweiter Schuss durch meine Hose drang und meinen Oberschenkel seitlich aufriss. Die Kugel blieb nicht im Bein stecken. Auch sie landete im Polster.

Der Schmerz war so stark, dass meine Nerven ihn nur für einen kurzen Moment an mein Gehirn weiterleiteten. Danach fühlte ich mich wie betäubt. Finn, Bobbi und das Wohnzimmer verschwammen vor meinen Augen und sie schlossen sich.

Im nächsten Moment oder Stunden später spürte ich ein scharfes Klatschen auf den Wangen. Bobbi schlug mir ins Gesicht. „Hey, aufwachen!" Als ich die Augen wieder aufschlug, funkelte sie ihren Bruder, nein Halt, ihren Ehemann wütend an. Ehemann. Sie war nicht …

„Sag mal, hast du sie noch alle?"

Er zuckte mit den Schultern. Sein Blick war noch immer schmerzverzerrt. Es war also nur ein Moment gewesen.

„Warum hast du ihr die Hände nicht auf den Rücken gebunden?"

„Weil ich sie dann nicht in den Sessel hätte setzen können."

Hinter dem wieder aufflammenden Schmerz meldete sich ein Gedanke. Natürlich hätte sie mich hinsetzen können.

Es wäre nur deutlich schwieriger für mich gewesen, mich anzulehnen und in dieser Position auszuharren. Ich hätte so nicht lange sitzen können, ohne Schmerzen zu haben. Warum hatte sie das verhindert?

Finn wandte sich wieder zu mir und sprach weiter, als wären die vergangenen Minuten nicht geschehen. „Weißt du, wenn es nach mir gegangen wäre, hätte ich dich zu einem Date ausgeführt, wir wären zu deinem Großvater gefahren und hätten ein kleines Gespräch geführt. Dann wäre ich mit euch beiden hierhergekommen und ihr hättet mir erzählen können, was vor achtzehn Jahren mit meinem Vater passiert ist."

Vater? Das Wort prallte von einer Seite meines Gehirns zur anderen und ich konnte die Bedeutung nicht greifen. Der Schmerz beanspruchte zu viele meiner Nervenzellen, um all die Informationen zu verarbeiten.

„Aber Bobbi ging das zu schnell." Er schwieg und schien mit den Gedanken an einen anderen Ort zu reisen. „Es war ihre Idee, dem Verschwinden von Henry auf den Grund zu gehen. Meine Mutter verbrachte nur ein paar Nächte mit ihm und er machte sich aus dem Staub, als er erfuhr, dass sie schwanger war. Aber nach drei Jahren tauchte er wieder auf. Meine Mutter war Alkoholikerin, musst du wissen." Er lachte. „Nein, das musst du nicht wissen, aber ich erzähle es dir trotzdem. Ist doch nett, oder? Er nahm mich jedenfalls zu sich und kümmerte sich vier Jahre lang um mich, bevor er verschwand. Vor achtzehn Jahren." Er wartete, den Worten, die er darauf folgen ließ, nach zu schließen, weil er glaubte, ich würde seine Zahlen zusammenrechnen. Aber ich war nicht in der Lage dazu, irgendwelche Rechnungen auszuführen. „Ja, Kleines, wir sind beide 25 Jahre alt. Bobbi ist unser Küken." Wieder griff er liebevoll nach ihrer Hand, aber sie erwiderte die Zärtlichkeit noch immer nicht. „Er war immer wieder für einige Wochen unterwegs. Wie du ja bereits weißt, war er ein angesehener Fotograf und Journalist. In dieser Zeit ließ er mich bei einer Freundin. Und irgendwann kam er einfach nicht zurück."

Bei einer Freundin? Für mehrere Wochen? Er schien auf eine Reaktion zu warten, aber ich kämpfte damit, bei Bewusstsein zu bleiben. Der Schmerz in meinem Bein hinderte klare Gedanken daran, zu mir durchzudringen. Ich sah auf die rot verfärbte Jeans. Bilder von Bobbis Badewasser und ihrer Kopfwunde auf dem Boot mischten sich in das Bild. Die Rottöne verbanden sich und die Realität verschwamm.

„Wir sollten das Bein verbinden, Finn." Sie musterte den Rest meines Körpers. „Und auch den Arm."

Ich sah zu Bobbi auf, aber sie wich meinem Blick aus.

„Wozu? Sie wird ohnehin sterben." Finn klang gelangweilt und frustriert. Vermutlich, weil sie ihn unterbrochen hatte.

Ich schluckte, auch wenn ich mir schon gedacht hatte, dass mein Überleben nicht zu ihrem Plan gehörte.

„Die Freundin meines Vaters war der Meinung, dass er von irgendwelchen Rebellen oder Landstreichern getötet wurde. Übrigens war das auch die Meinung der Polizei. Deshalb suchten sie nur halbherzig nach ihm und gaben es schnell auf. Nach drei Monaten ließ sie ihn jedenfalls für tot erklären. Ich musste zurück zu meiner Mutter, die es schaffte, das Jugendamt davon zu überzeugen, neben ihren zwei anderen Bastarden auch mich zu versorgen. Natürlich schafften sie und die Typen, die sie unter den Brücken neben den Fixerautomaten aufgelesen hatte, das nicht. Mit fünfzehn rannte ich von zuhause und den ständigen … Egal, ich rannte also weg und mit sechzehn traf ich auf Bobbi. Es hat lange gedauert, bis ich ihr von meinem Vater erzählt habe. Aber sie …" Er sah verträumt zu ihr. „Sie meinte sofort, wir müssten herausfinden, was mit ihm geschehen war. Sie sagte, es wäre ein Abenteuer und es würde uns zusammenschweißen. Außerdem würden wir endlich rauskommen. Ein richtig gutes Leben beginnen, weißt du?"

Wieder sah er zu Bobbi, die noch immer auf mein Bein starrte. Er seufzte. „Ich fürchte, meine Frau hat einen Narren an dir gefressen. Und sie hat noch immer nicht verstanden, dass sie dich nicht behalten kann." Mit deutlich zärtlicherer Stimme sagte er an Bobbi gewandt: „Na los, hol schon ein bisschen Mull und ein paar Verbände. Ich kann dich nicht so leiden sehen, Liebling."

Bobbi atmete tief durch, löste dann endlich den Blick von meinem Bein und ging aus dem Raum. Ich hörte ihre Schritte auf dem Holzboden, stellte mir vor, wie sie über die Leiche des Polizisten stieg und zur Abstellkammer ging, wo der Verbandskasten stand.

Finn flüsterte: „Ganz im Vertrauen. Mich hat es auch ziemlich angemacht, euch beiden zuzusehen." Seine linke Hand strich über mein unverletztes Bein. „Vielleicht behalten wir dich ja doch noch ein bisschen."

Ich spürte wieder die Säure in meiner Speiseröhre aufsteigen, aber sie schaffte es nicht nach draußen.

Bobbi kehrte zurück. Sie reichte Finn ein Glas Wein und für einen aberwitzigen Moment dachte ich, sie hätte ihm vielleicht etwas hineingetan, damit er das Bewusstsein verlor. Aber bevor er es ergriff, trank sie selbst davon. Dann kam sie auf mich zu, mied meinen Blick und machte sich daran, mein Hosenbein aufzuschneiden. Ich biss die Zähne zusammen, als der Schmerz sich verschlimmerte. Es war gut, dass sie die Blutung stoppen würde. Ich musste so lange bei Bewusstsein bleiben, wie möglich. Vielleicht würde der Freund des Polizisten zurückkehren. Vielleicht würde sich Bobbi gegen Finn wenden. Vielleicht hatte ich noch eine Chance.

„Wir haben also nach meinem Vater gesucht. Ich stellte Nachforschungen bei den Agenturen und Zeitungen an, mit denen er zusammengearbeitet hatte. Wir sammelten eine Menge Informationen über Aufenthaltsorte, Grenzübertritte, Telefonate und Poststempel. Wir reisten durch ganz Europa, einen Teil Asiens, verfolgten seine Schritte, bis es keine mehr gab. Es dauerte Jahre und irgendwann suchten wir nach einer Nadel in einem Haufen von Dörfern. Wir hatten herausgefunden, dass er etwa dreihundert Kilometer östlich von hier seine Filme verloren hatte. Also brauchte er neues Material."

„Bilder vom Meer." Ich flüsterte.

Finn strahlte. „Sie spricht. Vielleicht wird das ja doch noch ein nettes Gespräch. Und ja, natürlich hast du recht. Er brauchte Bilder vom Meer. Also haben Bobbi und ich jedes einzelne Dorf abgeklappert und in jedem von ihnen Tage damit verbracht, nach Spuren zu suchen. Wir wussten, dass es sinnlos war. Niemals würden wir den einen Menschen treffen, der uns Auskunft geben konnte. Aber wir irrten uns." Er machte eine Pause, wohl um die Dramatik seiner Worte hervorzuheben. „Wir fanden einen Segler. Aber denk jetzt nichts Falsches. Es war nicht dein Großvater. Der alte Seebär erzählte uns, ein Mann mit dem Namen Henry habe sechzehn Jahre zuvor die Zeche in einer Bar im Dorf geprellt. Weißt du, das klang eigentlich gar nicht nach meinem Vater, aber es war die einzige Spur. Ich zeigte ihm ein Foto und, na, was meinst du, hat er ihn erkannt?"

Ich presste die Lippen aufeinander.

„Ja, du hast richtig geraten."

Bobbi hatte während Finns Ausführungen Mull auf die Wunde gepresst und schlang nun nach und nach mehrere

Lagen Verbandsmaterial um mein Bein.

„Wir sind dann ein paar Tage geblieben und haben uns mit mehreren Dorfbewohnern unterhalten. Es war wirklich nett. Natürlich haben wir niemandem erzählt, dass er unser … mein Vater wäre." Er kicherte. „Wir behaupteten, von einer Zeitung zu sein, die eine Ausgabe zu diesem herausragenden Journalisten veröffentlichen wolle. Die Leute reden gern, wenn sie glauben, ihre Worte würden es in die Zeitung schaffen. Jedenfalls, einige verwiesen auf deinen Großvater. Sie meinten, er wäre der Letzte gewesen, der Henry gesehen hätte. Wir wollten mit ihm sprechen, aber er blockte uns ab. Ich fand das ziemlich unhöflich. Aber natürlich war mir klar, dass er seine Gründe haben musste. Und dass er uns die Antwort darauf liefern konnte, warum mein Vater nicht zu mir zurück hatte kommen können. Und es war meine Aufgabe herauszufinden, was genau dieser Grund gewesen war."

Ich war der Grund, dachte ich und schwieg. Der Druckverband fühlte sich gut an. Aber wie lange würde es dauern, bis das Bein unterhalb davon sich nicht mehr selbst versorgen konnte? Ich sah zu Bobbi. „Das ist zu fest."

Sie starrte mich an. Ihre Augen zu Schlitzen verengt.

Finn beachtete uns nicht und tauchte wieder in seinen Monolog ein. „Weißt du, Lara, es war nicht leicht, das Dorf wieder zu verlassen, ohne die Antworten zu erhalten, nach denen wir gesucht hatten. Wir waren ziemlich aufgebracht. Außer natürlich Bobbi. Sie schmiedete schon die nächsten Pläne. Und auch ich wusste, was zu tun war. Er nicht … Na ja, egal. Ich wusste es."

Die Verletzung setzte meine Aufnahmefähigkeit außer Kraft. Von wem sprach er?

„Ich würde diesen Mann noch einmal aufsuchen. Und ich würde einen Weg finden, in sein Haus zu gelangen. Meine kleine Bobbi hatte jedoch eine bessere Idee. Sie meinte, wir dürften ihn nicht einfach so davonkommen lassen. Sie sagte, wir müssten recherchieren, wo seine Familie lebte. Wir könnten ihm drohen, dass wir seinen Lieben etwas antäten, wenn er nicht mit der Wahrheit herausrückte. Aber mir reichte das nicht. Ich wollte sein Leben zerstören, so wie er meines zerstört hatte. Und deshalb sorgten wir dafür, dass er ins Altersheim kam."

Bobbi begann nun, auch meinen Arm zu verbinden. Noch fester als das Bein. Als Finn geendet hatte, hielt sie für einen Moment inne und sah zu mir auf. Ich erwiderte ihren Blick, suchte in ihren Augen nach dem Menschen, den ich geglaubt hatte zu lieben. Den ich zu meinem eigenen Entsetzen noch immer liebte. Ich wandte mich von ihr ab und starrte Finn an.

Aber er sprach nicht weiter. Er saß wieder auf dem Couchtisch, die Beine gespreizt, in der einen Hand ein Weinglas, in der anderen die Pistole. Er schlug sanft mit dem Metall gegen das Glas. Ein sanftes Klingen ertönte, das überhaupt nicht zu dem metallischen Geruch nach Blut und dem stechenden nach Schwarzpulver passte.

Ich schloss die Augen und lehnte mich zurück. Das war eine schlechte Idee. Mein Körper wertete diesen Positionswechsel als Einladung, endlich ausruhen und das Bewusstsein herunterfahren zu können, und ich musste mich zwingen, die Augen wieder zu öffnen.

Finn hatte den Kopf schief gelegt und stand auf. Er ging zur Terrassentür. Es schneite noch immer. Wie spät mochte es sein? Wie viel Zeit war vergangen, seit ich die Kommode in der Hoffnung auf ein Ende zur Seite geschoben hatte?

Plötzlich lachte er laut auf. „Du … du hast wirklich geglaubt, ich hätte sie aus dem Fenster geworfen, oder?" Er lachte lauter. „Warum hätte ich das tun sollen, du dummes Ding? Um ein Bad zu nehmen?" Er wandte sich zu mir.

Ich hatte mich inzwischen wieder aufgerichtet.

„Es war gar nicht so leicht, ihren Körper und die Badewanne von diesem widerlichen Kunstblut zu reinigen. Aber die Wunde habe ich ziemlich gut hinbekommen, oder?"

Sein Gesicht verzog sich zu einer Grimasse. Es war eine Mischung aus Grinsen und dem Versuch seiner Haut, den Alterungsprozess zu beschleunigen. Er weidete sich in der Erinnerung. Er erntete, was er in den vergangenen Tagen, Wochen, Jahren gesät hatte. Und er wartete auf ein Lob. Ich schwieg.

„Leider war es bei der Verletzung auf dem Boot nicht möglich, eine Wunde zu schminken. Aber das rote Zeug aus der kleinen Blase unter ihrer Mütze hat dich trotzdem überzeugt, als Bobbi sie nach ihrem Zusammenstoß mit dem Segel hat platzen lassen, nicht wahr?"

Mein Kiefer ließ meine Zähne aufeinander mahlen. Natürlich war es nicht echt. Ich hatte keine Wunde finden können. Ich war so dumm.

Er deutete auf die Terrasse. „Das da draußen ist eine Puppe. Ich hatte wirklich Angst, du würdest sie als solche erkennen. Sie ist nicht besonders, nun ja, detailgetreu." Er kicherte. „Sie hat keine Augen. Und hättest du die fehlenden Details bemerkt, hätten wir unseren Plan anpassen müssen. Und so etwas mag ich gar nicht." Sein Blick verdüsterte sich. „Jetzt müssen wir es natürlich trotzdem tun." Er sah zur Wohnzimmertür. Sie war verschlossen.

„Wie dem auch sei. Wo war ich? Vater verschwunden, Zeche geprellt, Großvater ins Altersheim. Ach, ja. Deine liebe Mami." Er lächelte und sein Gesicht näherte sich dem meinen. Zunächst schaute er zärtlich, aber dann nahmen seine Gesichtszüge etwas Herablassendes und Bösartiges an. „Es war ziemlich leicht, deine Mutter zu töten."

Meine Brust verkrampfte sich. Aber ich wollte Finn und Bobbi keine Emotionen zeigen. Also spulte ich die

Aufnahme von Finns Gesang in meinem Kopf ab und schob das Bild meiner Mutter von mir.

Seine Worte drangen dennoch zu mir durch: „Es war wirklich nett mit ihr. Ich durfte mir einen Tee kochen und ihre Schränke durchsuchen. Und nachdem wir ein paar Stunden versucht hatten, Informationen über Henry von ihr zu bekommen, fiel sie leider die Treppe in ihrem Wohnhaus hinunter. Natürlich geschah dies zu einer Zeit, zu der die meisten Nachbarn arbeiteten."

Meine Mutter hatte sich am Morgen ihres Todestages per E-Mail krankgemeldet. Die Polizei ging davon aus, dass sie in die Apotheke oder zum Arzt wollte und vor Schwäche das Gleichgewicht verlor. Niemand vermutete, dass sie einem Verbrechen zum Opfer gefallen sein könnte. Nicht einmal ich. Sie war vollständig bekleidet gewesen, die Tür war abgeschlossen und auf der Couch lag eine Decke. Auf dem Tisch daneben befanden sich eine große Box Taschentücher, ein Buch von Emilia Flynn, Nasenspray, Kopfschmerztabletten und ein Teeglas. Der Mülleimer war gefüllt mit benutzten Taschentüchern.

„Was war das?" Bobbi sah zur Tür.

Finn folgte ihrem Blick. „Ich habe nichts gehört."

„Doch, da war ein Geräusch."

Ich hatte auch nichts gehört.

„Finn, was ist mit dem anderen Typen passiert?"

Er zuckte mit den Schultern. „Wir gehen ins Bootshaus." Er schnitt die Fesseln an meinen Füßen auf, griff nach meinem verletzten Arm, drückte so fest zu, dass ich aufschrie, bevor ich die Zähne zusammenbeißen konnte, und zog mich nach oben. „Komm, Lara, wir verraten dir das Geheimnis der fehlenden Fußspuren."

SIEBENUNDDREISSIG

SAMSTAG, 21. DEZEMBER

Wir verließen das Wohnzimmer, traten in den Flur und stiegen über den Leichnam des Polizisten. Ich richtete den Blick auf die geschlossene Haustür, aber dennoch spürte ich seine Anwesenheit, spürte die Schuld, die ich an seinem Tod trug. Hätte ich nicht aufgeschrien. Wäre ich nicht aus dem Schlafzimmer geflohen. Wäre ich nicht hierhergekommen. In dieses Haus. An diesen Ort. Ich war noch immer schuhlos und sah nun doch zu Boden, weil ich nicht in das Blut des Mannes treten wollte.

Ich konnte mein rechtes Bein nicht ohne Finns Hilfe benutzen und humpelte neben ihm durch den Eingangsbereich in Richtung Küche. Wir stoppten an der Abstellkammer. Was sollte das? Hatte er sich dort versteckt? Nein, das war nicht möglich. Oder gab es auch hier einen geheimen Raum?

Vor der Tür ließ er mich so abrupt los, dass ich fiel, aber Bobbi fing mich auf. Wieder trafen sich unsere Blicke. Ich formte ein stummes „Bitte" mit den Lippen, aber sie grinste nur und schüttelte langsam den Kopf. Ein Geräusch ließ mich wieder zu Finn blicken und mein Mund öffnete sich. Das konnte nicht sein.

Er hob die Kiste mit den Malersachen an, die auf dem Boden stand. Die Kiste, die *ich* nicht hatte anheben können, weil sie am Boden festklebte. Das stimmte auch. Finn hob nicht nur die Kiste an, sondern auch einen Teil des Holzbodens. Und zum Vorschein kam ein Loch.

Als er die Kiste mit dem Stück Boden darunter zur Seite schob, vernahm ich ein schabendes Geräusch, so, als würde Metall über Holz kratzen. Das funzelige Licht der Glühbirne, die von der Decke der Abstellkammer herunterhing, beleuchtete die ersten Stufen einer schmalen Treppe. Finn sah zu mir auf und grinste wie ein kleiner Junge, der seine Spinnensammlung in einer verrosteten Blechdose präsentierte. „Cool, oder? Ich erzähle dir auf dem Weg, wie ich das hier entdeckt habe." Er streckte den Arm aus. „Ladys First."

Ich schüttelte den Kopf. Was hatte er vor? Wollte er mich in dieses Loch sperren?

„Nun komm schon, Lara. Du brauchst wirklich keine Angst zu haben. Wir sind bei dir."

„Ich gehe zuerst." Bobbi drängte sich an mir vorbei und kletterte in das Loch.

„Und jetzt du!" Das Grinsen war aus Finns Gesicht verschwunden. Er richtete die Pistole auf meinen gesunden Fuß und ich folgte seiner Anweisung.

Die schmalen Steinstufen führten in eine Art Keller. Es war nicht einfach nur ein Loch. Wir standen gebeugt in einem kleinen Raum, von dem aus ein schmaler Gang abging.

„Was ist das hier?" Ich flüsterte.

„Das wissen wir auch nicht so genau." Bobbi hielt eine Taschenlampe auf mich gerichtet. „Leider hat dein Großvater es uns nicht verraten."

Ich hörte, wie Finn die Tür zur Abstellkammer schloss. Ich sah nach oben. Das Licht über ihm war bereits erloschen, als er die Treppe so weit hinuntergestiegen war, dass er die Kiste greifen und über das Loch ziehen konnte. Bobbi richtete die Taschenlampe hinauf zu Finn. Unter der Kiste befanden sich Griffe. Außerdem gab es zwei Ösen an den Seiten und jeweils daneben, an der Decke des Raumes, zwei Überfallen. Er verschloss die Riegel mit zwei Vorhängeschlössern und kam dann zu uns. „Wir wollen doch nicht, dass uns jemand überrascht, oder?"

Und dann schickte er Bobbi und mich voran den Gang entlang.

„Als dein Großvater ins Altersheim kam, wollte ich sofort in sein Haus. Ich wollte ihn auch sofort töten, aber Bobbi glaubte, dass dies zu viel Aufmerksamkeit erregen würde. Also musste ich mich gedulden. Auch sein Haus ließ sie mich erst vor ein paar Monaten durchsuchen. Und dabei fand ich die Malerkiste. Es wirkte alles sehr geheimnisvoll. Du weißt schon, die aufgeklebte Kiste und so. Also glaubte ich, endlich die geheime Gruft gefunden zu haben, in der dein Großvater seit achtzehn Jahren die Hinweise für den Verbleib meines Vaters versteckte. Aber ich irrte mich. Ich fand rein gar nichts." Er machte eine Pause, nahm Bobbi die Taschenlampe aus der Hand und leuchtete auf das, was vor uns lag. „Außer dem hier."

Hier war es keine Treppe, die nach oben führte, sondern eine schmale Leiter. Finn kletterte sie hinauf, stieß eine ähnliche Bodenplatte wie in der Abstellkammer auf und wir befanden uns im Bootshaus. Zumindest nahm ich das an, denn der Raum hatte ungefähr die Größe wie jener auf dem Grundriss. Beim Bau hatte man das gleiche Holz verarbeitet und der Geruch nach abgestandenem Salzwasser und vermodertem Holz drang in meine Nase.

Finn befestigte die Taschenlampe, die einzige Lichtquelle, in einer Vorrichtung über unseren Köpfen und ich sah mich um. Finns Schlafsack lag aufgerollt neben einer ebenfalls zu einer Rolle gebundenen Isomatte. Genauso ordentlich wie die Sachen im falschen Lager. Ein kleiner Kühlschrank stand in einer Ecke und surrte vor sich hin. Er hatte den Strom also nicht ausgeschaltet, bevor er in den Schacht geklettert war. Oder gab es hier eine andere Stromquelle?

Auf dem Kühlschrank standen Vorräte, die keiner Kühlung bedurften, und eine Tischlampe. Seine Kleidungsstücke waren ordentlich in einem Regal verstaut. Ein Laptop stand auf einem kleinen Tisch und ein Generator und eine Elektroheizung befanden sich an einer Wand. Daneben stand ein Eimer mit einem Deckel. Und eine Rolle Toilettenpapier.

Es gab kein Fenster, aber ich erkannte mehrere Löcher in der Wand, die jeweils mit kleinen Glasplatten verschlossen waren. Man hätte sie von außen erkennen können, aber so genau hatten wir uns das Bootshaus nicht angesehen. Natürlich nicht. Aber hätte man nicht von außen erkennen können, wenn Finn im Schein der Tischlampe seinen nächsten Schritt plante? Mein Blick glitt zur Decke und dort fand ich meine Antwort. Ein Verdunklungsrollo, so breit wie die Wand, war deutlich oberhalb der Löcher angebracht.

„Ich würde dich ja in meinen vier Wänden willkommen heißen, aber genau genommen gehören sie natürlich dir." Er deutete auf ein Sitzkissen auf dem Boden, das wohl als Stuhlersatz diente. „Setz dich doch."

Ich konnte es nicht, obwohl ich es wollte, denn ich war furchtbar müde. Aber ich konnte mein rechtes Bein nicht mehr kontrollieren und lehnte bewegungsunfähig an der Wand. Bobbi erkannte diesen Teil meiner Misere und half mir. Dann setzte sie sich neben mich auf den Boden. Auch hier war auf Kopfhöhe ein Loch in der Wand. Es war zu dunkel, um etwas zu erkennen, aber es zeigte auf den Pfad, der neben dem Haus zum Strand führte.

Finn erzählte weiter und ich hörte kaum zu. Meine Sinne gaben nach. Die Gegenstände vor meinen Augen verbanden sich zu einer verschwommenen Masse aus Farbe und Lichtpunkten. Meine Ohren filterten die Geräusche nicht und ein lautes Rauschen übertönte seine Worte. Die kurze Anstrengung hatte mir mehr abverlangt, als ich zu bieten hatte, und immer wieder fielen mir die Augen zu.

Verzerrt nahm ich wahr, wie er über die Zeit sprach, in der er als Pfleger im Altersheim meines Großvaters arbeitete. Dass es gar nicht so leicht gewesen wäre, meinen Großvater davon zu überzeugen, dass ihr neuerliches Aufeinandertreffen ein Zufall gewesen wäre.

Irgendwann rüttelte jemand an meiner Schulter. Ich öffnete die Augen einen kleinen Schlitz weit und sah, dass Bobbi mir Cola vor die Nase hielt. Ich wollte nichts trinken, aber sie öffnete meinen Mund, kippte meinen Kopf nach hinten und schüttete die Flüssigkeit in mich hinein. Ich schluckte, um nicht zu ertrinken. „Keine Angst. Da ist kein Schlafmittel drin." Sie lachte auf. „So wie in dem Kaffee an der Tankstelle."

Nun verschluckte ich mich doch, hustete und sah sie verständnislos an. Aber sie nickte nur und Finn sprach weiter, bevor ich genauer darüber nachdenken konnte, dass meine plötzliche Müdigkeit auf der Herfahrt im Auto nicht der kurzen Nacht geschuldet gewesen war.

Er zwinkerte mir zu. „Wir mussten uns schließlich treffen. Allerdings hat Bobbi die Dosierung etwas überschätzt. Du hättest viel länger schlafen sollen." Er ließ die Worte auf mich wirken und sprach dann weiter: „Vielleicht sollten wir zum spannenden Teil der Geschichte kommen. Du scheinst dich etwas zu langweilen. Möchtest du wissen, wie dein Großvater gestorben ist?"

Ein leichter Adrenalinstoß brachte mich dazu, aufzublicken. Ich war nun wach genug, um die leichte Sorge in seiner Mimik wahrzunehmen. Worum sorgte er sich? Dass ich ihm wegsterben konnte, bevor er mir seine Geschichte zu Ende erzählt hatte?

„Bevor dein Großvater sterben musste, wollten wir wissen, ob er wirklich der richtige Mann war. Ich machte ihm glaubhaft, dass ich nur wissen wollte, was mit meinem Vater geschehen war. Dass ich aus reinem Zufall genau in dem Pflegeheim arbeitete, in dem er seine letzten Tage verbrachte. Und glaub mir, er zeigte überdeutlich, dass er mein Mann war. Sein gesamtes Wesen veränderte sich, wenn ich über Henry sprach. Und irgendwann bat er mich um ein Gespräch. Ich denke, er fürchtete, zu sterben. Das lag vermutlich daran, dass ich ihm die falschen Medikamente gab. Es war gar nicht so leicht herauszufinden, was er brauchte, damit er sich von Tag zu Tag schwächer fühlte."

Ich lehnte den Kopf wieder an die Wand hinter mir. Ich brauchte keine Medikamente, um zu spüren, wie das Leben aus meinem Körper strömte. Das wenige Adrenalin war durch die Wunden nach draußen gesickert und ich war unendlich müde. Wann hatte ich zuletzt geschlafen? Gegessen? Getrunken? Ich dachte an den Schnee vom Fensterbrett. Wie lange war das her? Und dann fiel mir die Cola wieder ein. Ich richtete den Kopf auf und sah zu Bobbi. „Könnte ich noch etwas trinken?"

Für einen winzigen Moment nahmen ihre Gesichtszüge einen weichen Ausdruck an. Dann presste sie die Lippen aufeinander und nickte.

Ich trank ein paar große Schlucke. Nach ein paar Minuten erreichte der Zucker meine Gehirnzellen und das Koffein sandte Stresshormone durch meinen Körper. Ich musste wach bleiben. Ich musste herausfinden, warum ich noch nicht tot war. Was wollte Finn von mir?

„Und dann erzählte er mir, er habe meinen Vater gekannt und dass es ihm leidtue, dass er nicht nach Hause gekommen wäre. Und dass er mir nicht erzählen könnte, warum das so gewesen wäre. Er sagte, er könnte mir nicht sagen, was mit Henry passiert wäre, weil er nicht dabei war." Er lachte auf. „Ich glaubte ihm nicht. Stattdessen durchsuchte ich dieses Zimmerchen hier." Er zwinkerte mir zu. „Und weißt du, was ich fand?" Er wartete auf meine Reaktion.

Ich verwehrte sie ihm.

„Seine Notizbücher." Er sagte es ehrfürchtig und sprach dann in normalem Tonfall weiter. „Es war wirklich spannend, so viel über meinen Vater zu erfahren." Sein Blick veränderte sich. Er wurde wütend und schlug mit der Waffe gegen den Kühlschrank. „Aber die entscheidenden Seiten hatte er herausgerissen. Ich habe nachgezählt. Es waren sechs Stück. Sechs Seiten, die den Tod meines Vaters beschreiben. Einfach abgetrennt, als wäre sein Tod nichts wert." Sein Kopf näherte sich meinem und er zischte, wobei kleine Spucketropfen durch die Luft flogen. „Sag es mir, Lara. Warum hat er das getan?"

Er log. Ich hätte nicht sagen können, woran ich diese Gewissheit festmachte. Aber es bestand kein Zweifel daran, dass er mir nicht die Wahrheit sagte. Hatte er selbst die Seiten herausgerissen, weil ihm nicht gefiel, was darauf geschrieben stand?

Er wich wieder von mir und brachte sein Gemüt unter Kontrolle. „Ich habe dich bis zu diesen Notizbüchern nicht wirklich auf dem Schirm gehabt. Ja, wir wollten dich töten. Vor deinem Großvater. Wir wollten ihm sein letztes Familienmitglied nehmen. Du warst ihm noch immer wichtig, weißt du das? Er hat zwar nicht über dich gesprochen, aber er trug ein Foto von dir in seiner Geldbörse."

Die harte Schale, die ich achtzehn Jahre lang um die Gedanken an meinen Großvater gelegt hatte, zerbrach. Tränen stiegen in mir auf. Er hatte mich nicht gehasst? Er hatte mich nicht gehasst. Er hatte mich beschützen wollen.

„Ich glaube, er wollte verhindern, dass du sein Geheimnis ausplauderst. Wie gesagt, dachten wir, du würdest bei all dem keine Rolle spielen. Aber dein Großvater schreibt über ein kleines Mädchen, auf das Henry traf. Das warst du, richtig, Lara? Kannst du dich an meinen Vater erinnern? Kannst du das?" Die letzte Frage schrie er.

Ich wandte den Blick ab und er fiel durch eines der Löcher. Es zeigte auf das Wohnzimmer. War da eine Bewegung in dem orangefarbenen Schein des Kaminfeuers? Ich sah zurück zu Finn. Sein Blick war hasserfüllt.

„Was hast du gesehen, Lara? Was hat dein Großvater mit meinem Vater gemacht?"

Ich schluckte, aber ich konnte die Tränen nicht davon abhalten, aus meinen Augen zu dringen. „Ich weiß es nicht."

Er schlug mir heftig ins Gesicht. Für einen Moment glaubte ich, der Schlag gäbe mir den Rest, aber ich sah den Raum und Finn noch immer klar vor mir.

„So ein Unsinn. Du warst dabei. Du musst dabei gewesen sein." Es war sein letzter Strohhalm. Er hatte sich so tief in den Wunsch hineingesteigert, den Mörder seines Vaters zu überführen, dass er nicht damit umgehen können würde, wenn er die Wahrheit nicht erfuhr.

Für einen Moment überlegte ich, ihm diese Wahrheit zu liefern. Ich könnte ihm erzählen, wie ich meinen Großvater erwischt hatte, wie er HKB bedrohte und ihn schließlich erschoss. Ich könnte ihm erzählen, wie ich dann ganz allein bei der Leiche saß, bevor mein Großvater sie beseitigte. Dass er mich am nächsten Morgen zurück zu meiner Mutter brachte und sich danach nicht mehr bei uns meldete.

Aber ich entschied mich dagegen. Da war eine Bewegung im Haus gewesen. Vielleicht war es nur ein Tier, aber vielleicht war es auch der fremde Mann, dessen Augen ich kannte. Vielleicht würde er mich retten können. Wenn er mich fand.

ACHTUNDDREISSIG

SAMSTAG, 21. DEZEMBER

Finn stellte mir pausenlos Fragen, die ich ihm entweder nicht beantworten wollte oder nicht beantworten konnte. Der Schmerz in meinem Bein schaffte es immer weniger, das taube Gefühl unterhalb der Wunde und des Verbandes zu überlagern. Wie lange würde all das noch dauern? Ich war müde, ich fühlte die Abgrenzungen der Sackgasse, in der wir uns befanden. Ich hatte Angst vor weiteren Verletzungen. Vor dem Ende. Vor der Wahrheit.

„Vielleicht weiß sie es wirklich nicht, Finn." Bobbis Stimme war sanft und ihre Hand glitt zärtlich über seinen Arm. „Sie war nur ein Kind. Vielleicht hat er Henry getötet und sie hat nichts davon mitbekommen."

„Er hat über sie geschrieben! Und warum lag sonst ihre scheiß Strumpfhose bei den Knochen?"

Die Wucht der Erinnerung, die beim Gedanken an die Strumpfhose auf mich einschlug, nahm mir den Atem. Eine Hand, die zwischen meine Beine greift. Mein eigener Schrei. Ich atmete die Luft zischend ein und sah mich nervös um. Hatten Bobbi und Finn meine Gefühlsregung bemerkt?

Aber sie sahen beide nach draußen. Bobbi war zu Finn gerückt und jeder von ihnen starrte durch eines der Löcher.

„Verdammt." Finn zischte flüsternd.

„Ich dachte, du hast dich um ihn gekümmert." Bobbi flüsterte ebenfalls.

„Es war dunkel. Er war verschwunden. Ich hatte sein Handy. Ich dachte, die Wildschweine würden sich um ihn kümmern. Immerhin war er verletzt."

Sie sah ihn wütend an. „Sag mal, hast du sie noch alle? Wir müssen von hier verschwinden."

„Ich kümmere mich um ihn." Er zog die Taschenlampe aus ihrer Aufhängung, öffnete die Luke, stieg bis in den Keller hinab und sah dann noch einmal zu Bobbi. „Lass dich nicht von ihr um den Finger wickeln. Ich bin gleich zurück."

Bobbi schloss die Luke wieder und rückte nicht wieder zu mir zurück. Der Raum war nun komplett dunkel. Ich überlegte zu schreien, aber ich konnte nicht einschätzen, wie Bobbi darauf reagieren würde. Sie hatte noch immer ein Messer.

„Er wird mich töten."

„Das war der Plan." Hatte sie gezögert?

„Was habt ihr mit meiner Leiche vor? Und mit der von dem Polizisten. Was ist mit dem Sessel und dem Chaos im Obergeschoss? Es kann doch kaum euer Plan gewesen sein, so ein Blutbad anzurichten."

Bobbi ging nicht auf meine Worte ein. „Du wirst bei einem Segelunfall ums Leben kommen."

„Zu schade, dass die Jolle abgebrannt ist."

„Sei nicht albern. Die Jolle steht dort, wo wir sie gelassen haben."

„Was?"

„Finn wäre niemals den weiten Weg gegangen. Die anstrengenden Sachen überlässt er lieber uns. Er hat nur ein weiteres Paddel verbrannt, damit du glaubst, auch dieser Fluchtweg hätte keine Perspektive mehr. Leider hattest du ohnehin schon andere Pläne." Bei den nächsten Worten klang sie fast fröhlich. „Na ja, dann ist dir ja zum Glück der Topf auf den Fuß gefallen. Das hätten wir gar nicht besser planen können." Sie schlug auf den Verband an meinem Arm. „Danke."

Ich hielt den Atem an, bis die Schmerzintensivierung abklang, und erwiderte nichts. Hatte ich im Wohnzimmer noch geglaubt, einen Funken Mitgefühl und Reue in Bobbis Augen zu sehen und in mir selbst die Hoffnung auf ihre Hilfe zu spüren, war ich nun sicher, dass ich auch gegen sie würde kämpfen müssen.

Wir starrten beide nach draußen. Im Wohnzimmer tauchte eine Gestalt auf. Sie winkte. Von dem anderen Mann war nichts zu sehen. Hatte er ein Versteck gefunden, von dem aus er Finn beobachtete? Oder war er verschwunden, weil er glaubte, die beiden wären mit mir geflohen? Sicher suchte er nicht nach einem Geheimgang.

Jetzt ohne Finn und ohne das Licht war die Stille im Bootshaus überwältigend. Ich hörte nur meinen eigenen flachen Atem, den deutlich stärkeren von Bobbi und sonst nur den Wind, der um das alte Haus zog. Der Raum war kühl. Auch das nahm ich erst jetzt wahr. Finn war schon seit gestern Abend nicht mehr hier gewesen. Die Wände des Bootshauses waren sicher nicht isoliert und die Wärme, die die Elektroheizung in den vergangenen Tagen produziert hatte, war längst durch die Ritzen nach draußen gedrungen.

Ich stellte mir Bobbis Gesicht vor. Wie sie ihren Mann beobachtete. Ihren Mann. Ich konnte es noch immer nicht glauben. Sie war verheiratet. Mit einem Mann, von dem ich geglaubt hatte, er wäre tot. Und ihr Bruder.

Mein Hals begann zu schmerzen. Ich hatte nur den Kopf zur Wand gedreht und konnte die Position nicht länger halten. Aber als ich versuchte, mich zu drehen, verstärkte sich der Schmerz in meinem Bein und ich stöhnte auf.

„Haben die Schmerztabletten nicht gereicht?" Bobbi flüsterte, aber ihre Stimme klang dennoch klar.

„Was?"

„Die Cola. Ich habe dir heimlich ein paar Tabletten hineingesteckt."

Ich reagierte nicht.

„Möchtest du noch mehr?"

„Warum sollte ich dir glauben?"

Sie seufzte. „Du hast keine Wahl, oder?"

„Du hast mich wochenlang belogen." Ich bemühte mich nicht, meine Stimme zu senken. Warum sollte ich? „Ich habe sehr wohl eine Wahl."

„Nicht nur."

„Was nicht nur?" Die Wut stärkte mich.

„Ich habe dich nicht nur belogen."

„Du meinst, du hast mir mein Wechselgeld vom Bäcker korrekt zurückgegeben?"

„Komm schon, nimm die Tabletten. Dann wird es dir besser gehen."

„Nein."

Sie seufzte. „Du machst es mir nicht gerade einfach."

„Gut."

„Ich wusste doch nicht, dass sich so viel zwischen uns entwickeln würde."

„Willst du mir jetzt erzählen, du hättest dich trotz allem in mich verliebt? Eine tragische Liebe, die keine Zukunft haben durfte?"

„Ein bisschen, ja." Sie sagte es so trocken und so bestimmt, dass ich ihr glaubte.

„Warum lässt du dann zu, dass er das mit mir macht?"

„Deine Familie ist verantwortlich dafür, dass m... dass sein Vater tot ist."

Ein Stoß Atemluft drängte hörbar durch meine Nase. „Vielleicht hatte er es ja verdient."

Sie erwiderte nichts.

„Vielleicht hat mein Großvater ihn ja getötet, um etwas Schlimmeres zu verhindern. Vielleicht ist es auch einfach sinnlos, zwei unschuldige Menschen zu töten, weil ..."

„Wenn er es verdient hatte, warum ist dein Großvater dann nicht zur Polizei gegangen?"

Ihre Frage nahm mir die Luft für die Worte, die ich hatte sagen wollen. Sie hatte recht. Warum hatte er nicht die Polizei gerufen? Warum hatte er mich stattdessen nach Hause gebracht und war dann zurückgekehrt, um die Leiche zu beseitigen?

„Du weißt etwas. Du musst etwas wissen." Sie klang verzweifelt. Warum? Wollte sie, dass ich schuld war? Wollte sie, dass es einen Grund gab, mich zu töten? Nicht, weil sie meinen Tod wollte. Nein, weil sie eine Rechtfertigung brauchte. Weil sie zu diesem Zeitpunkt nicht wollte, dass ich starb. Nicht mehr. Oder waren das nur Wunschgedanken?

Nein, ich glaubte nicht daran. Sie würde sich nicht gegen ihren Bruder, nein Mann, stellen. Ich versuchte, mich an die Baupläne zu erinnern. Wo genau war die Tür? Konnte es einen Ausweg geben? Aber was dann? War es nicht schlauer, durch den Keller zu fliehen? Wenn ich Bobbi überwältigen könnte, konnte ich mich ein weiteres Mal einsperren. Ich könnte warten, bis Verstärkung gekommen war. Sicher hatte der Mann mit den vertrauten Augen jemandem Bescheid gegeben. Selbst wenn er es nicht geschafft haben sollte. Jemand würde kommen. Ich war sicher.

NEUNUNDDREISSIG

SAMSTAG, 21. DEZEMBER

Auch nach weiteren Minuten, die sich wie Stunden hinzogen, sahen wir nichts, was uns irgendeinen Hinweis auf die Geschehnisse im Haus gab. Die Fenster waren erleuchtet, aber eine weitere Bewegung konnte ich dahinter nicht ausmachen. Ich presste mein Ohr an die Holzwand. Kein Geräusch, das auf einen Kampf oder ein Gespräch hinwies, drang an mein Ohr.

„Wozu hast du die Notizbücher eigentlich auf diesem blöden Handy gehabt? Hätte ich dir nicht geglaubt ..."

Sie unterbrach mich: „Du solltest sie finden, Laralein."

„Was?"

„Ich hätte nicht gedacht, dass du mir einfach so glaubst."

Ich schwieg.

„Du solltest sie finden und damit die ganze Aufklärung in Gang bringen."

Ich schwieg weiter und schob das Gefühl von mir, dass sie mich wie eine Marionette umhergetrieben hatten. An Fäden, die ich nicht hatte sehen können. Eine Weile sagte ich nichts. Ich ließ die Wut gegen die Kränkung und das Schuldbewusstsein, nicht früher etwas erkannt zu haben, kämpfen. Und als der Ärger überhandnahm, entschied ich mich, einen Weg zu finden, der mich nach Hause brachte. Lebendig.

„Lässt du mich pinkeln?"

„Netter Versuch."

„Ernsthaft. Es ist schon ziemlich lange her."

Sie lachte auf. „Ja, richtig, der Blumentopf." Natürlich hatte sie mich auch gesehen.

„Bobbi, bitte." In diesem Moment wurde mir bewusst, dass ich weder die ungekürzte Version ihres Vornamens noch ihren Nachnamen kannte, nie danach gefragt hatte. Hatte ich mich zu leichtfertig auf sie eingelassen?

„Du wirst es schon noch aushalten."

Ich überlegte, in die Hose zu pinkeln, aber ich konnte mich nicht dazu durchringen. Außerdem würde sie das auch nicht dazu bringen, mich rauszulassen. Es musste einen anderen Weg geben.

Meine Fesseln bestanden aus fest verklebtem Tape. Es war unmöglich, sie ohne Schere oder Messer zu lösen. Ich hatte nur eine Möglichkeit. Ich musste eine Waffe finden, mit der ich sie überwältigen konnte. Allerdings war ich zu keinem wirklichen Kraftakt fähig. Es musste etwas sein, das aufgrund seiner eigenen Natur ausreichend Schaden anrichten konnte. Zumindest so lange, bis ich durch die Luke im Keller verschwunden war und sie verriegelt hatte.

Ich ging jeden Gegenstand gedanklich durch, den ich in bei Licht in diesem Raum gesehen hatte und der sich in meiner Reichweite befand. Die Rolle Klopapier. Der Schlafsack. Die Cola-Flasche. Die Cola-Flasche! Sie stand neben mir auf dem Steinboden. Es war eine von diesen kleinen Glasflaschen. Wenn ich schnell und leise vorging, konnte ich sie ihr vielleicht auf den Kopf schlagen. Aber würde ich ausreichend Kraft haben, damit der Schlag sie schwer genug traf? Würde ich in der Enge ausreichend Platz dafür haben?

Ich tastete nach der Flasche.

„Was tust du da, Lara?"

Mist. „Ich … ich habe Durst."

„Ich dachte, du musst pinkeln."

„Ja, das auch." Und als ich das Glas an meinen Fingern spürte, hatte ich eine andere Idee. Ich packte die Flasche und knallte sie, so fest ich konnte, auf den Steinboden. Ein Klirren füllte den Raum.

„Was hast du getan?"

„Sie ist mir aus der Hand gefallen. Entspann dich." Ich rückte näher zu ihr. Das Adrenalin, das meine Adern mit meinem Fluchtplan erreichte, verdrängte den aufkommenden Schmerz.

„Was soll das?"

„Da liegt überall Glas." Ich spürte die Kälte der Flüssigkeit, die sich über den Boden verteilte und meine Hose tränkte, rückte noch näher an Bobbi heran und stieß sie dabei mehrfach an. So als wäre es ein Versehen. Ich entschuldigte mich sogar bei ihr und redete immer weiter. „Ich kann doch da nicht sitzen bleiben. Es ist nass und überall sind Scherben." Ich tat, als würde ich versuchen, das Glas zur Seite zu schieben. „Au, verdammt." Ich hob die Hände zu meinem Mund, als würde ich das Blut ablecken wollen, das ein Schnitt verursacht hätte. Natürlich war kein frisches Blut an meinen Fingern und es gab auch keinen Schnitt. Stattdessen flammte der Schmerz in meinem verletzten Arm auf. Aber ich hatte es geschafft, den abgebrochenen Flaschenhals vor meine Brust zu heben.

Bobbi war noch immer abgelenkt von meinen Worten und dem vermeintlichen Versuch, mich ihr zu nähern. Ich sah nichts und um herauszufinden, wo sich ihr Kopf befand, stellte ich ihr eine Frage. Ich hatte nur eine einzige Chance. „Hast du vielleicht ein Pflaster?"

„Ein Pflast..." Mehr brauchte ich nicht. Ihr Kopf war weniger als eine Armlänge von mir entfernt. Ich fasste den Flaschenhals mit der einen Hand, umklammerte diese mit der anderen und stieß mit der Kraft, die mir in meinen Armen noch geblieben war, zu. Es war nicht viel, aber sie schrie auf und ich stürzte mich auf sie, ignorierte mein Bein, das mich zurückhalten wollte, und stieß zwei weitere Male in ihr Gesicht. Zumindest glaubte ich, dass es das war, was ich erwischt hatte. Sie schrie wütend und von Schmerz erfüllt und griff nach mir. Ich hastete so schnell ich konnte zur Luke, riss sie auf und ließ mich hineinsinken.

Irgendwie schaffte ich es, dabei mit meinen gefesselten Händen nach einem der Griffe zu fassen und die Luke über mir zuzuziehen. Aber was nun? Wo waren die Schlösser? Eine noch tiefere Dunkelheit umgab mich. Über mir hörte ich, wie Bobbi sich wimmernd bewegte. Zwischendurch fluchte sie und rief meinen Namen. Dann rief sie nach Finn und schlug auf den Boden.

Ich brauchte eine Lösung, ich musste verhindern, dass sie mir folgte. Ein Stab. Ein langer Stab würde helfen. Ich könnte ihn durch die Griffe schieben. In der Abstellkammer gab es Besen. Aber bis ich dorthin gelangt war, würde Bobbi bereits im Keller sein. Ich könnte in einer Ecke auf sie warten. Sie ein weiteres Mal überraschen. Ich könnte ... Ich könnte ... Etwas übertönte meine Gedanken. Schrie nach meiner Aufmerksamkeit. Ich konzentrierte mich so sehr es die Anspannung und die Erschöpfung und der Schmerz zuließen. Und dann hörte ich das Geräusch. Es kam nicht aus dem Bootshaus. Es kam aus dem Gang, der zum Haus führte. Es waren Schritte. Und sie näherten sich.

VIERZIG

NOVEMBER, EINEN MONAT ZUVOR.

Ich hatte Laras Großvater nicht geglaubt. Mein Vater sollte ein Kinderschänder sein. So ein Unsinn. Dass er uns und meine Mutter im Stich gelassen hatte, war etwas anderes. Er brauchte das Abenteuer, die fremden Menschen und ihre Geschichten. Das war seine Erfüllung. Dafür brannte er. Man hätte ihn nicht in einen Bürojob drängen können. Er wäre nicht glücklich geworden.

Nein, er hatte mich auf eine falsche Fährte führen wollen. Aber ich würde nicht darauf reinfallen. Ich würde herausfinden, was er verbarg. Und deshalb saß ich nun hier. In einem kleinen Raum, von dem womöglich niemand wusste, außer ihm.

Mein Herzschlag hatte sich beschleunigt, als ich ihn entdeckt hatte. Sechseinhalb Quadratmeter bis unter die Decke gefüllt mit Kisten, in denen vakuumverpackt Dinge lagerten, die für den alten Mann von Bedeutung zu sein schienen.

Viel uninteressantes Zeug: Fotos, Grundrisse vom Haus, Baupläne, Unterlagen über Käufe und Verkäufe von

Booten. Und Notizbücher. Dutzende. Die meisten erzählten vom langweiligen Leben des Alten. Aber irgendwann stieß ich auf einen gesonderten Pack. Sieben Bücher, jedes separat eingeschweißt. Auf dem Einband des obersten standen die Buchstaben HKB. Die Initialen unseres Vaters.

Ich hatte zunächst alle Bücher lesen wollen. Aber als ich erkannte, dass es sich um seine Lebensgeschichte handelte, entschied ich mich dagegen. Ich war hier um herauszufinden, was mit ihm geschehen war. Also suchte ich die Stelle, von der uns schon viele Menschen erzählt hatten. Sein Auftritt in der Bar.

Der Alte hatte auch hier die Lüge benutzt, dass mein Vater das Mädchen bedrängt hätte. Ich schüttelte darüber den Kopf und las weiter. Las von seiner Flucht aus der Bar und wie er für alle anderen danach verschwunden war. Nicht aber für das Mädchen. Meine Hände wurden kalt, ich begann zu schwitzen. Er hatte es aufgeschrieben. Gleich würde ich sein Geständnis lesen.

Aber die geschriebenen Worte waren nicht die, die sich in meinem Kopf bereits vorgeformt hatten. Das konnte nicht sein. Nein. Das war unmöglich. Meine Hand schoss in das Buch. Ich knüllte die Seiten zusammen und riss sie heraus. Riss die Lüge aus dem Leben meines Vaters. Niemand durfte sie jemals lesen.

Plötzlich erklang eine Stimme: „Finn? Finn bist du hier?"

Ich erschrak, räumte die Dinge zusammen, die verraten würden, dass ich etwas verbarg, und antwortete dann. „Ja, komm her. Ich habe etwas gefunden."

In den folgenden Stunden brachten wir das Haus auf Vordermann. Wir entfernten den Staub, notierten Dinge, die wir für den Umbau des geheimen Bootshausraumes zu einem Lager brauchen würden und verteilten Abhörwanzen und kleine Kameras über die Zimmer und zwei Jagdmesser in verschiedenen Schubfächern. Außerdem bauten wir einen Fernseher auf, der lediglich dazu diente, eine weitere Kamera zu verstecken. Lara würde auffallen, dass der Fernseher neu war. Ich dachte sogar daran, die Rechnung liegen zu lassen, aber wir wollten sie nicht zu früh auf die richtige Fährte bringen. Als alles fertig war, suchten wir nach der Kommode, über die der alte Mann geschrieben hatte.

Sie stand im Wohnzimmer. Das untere Schubfach war verschlossen. So fest verschlossen, dass wir es nur mit Gewalt hätten öffnen können.

„Wollen wir?"

Ich schüttelte den Kopf, auch wenn es mich alle Überwindung kostete. „Nein, sie muss das tun."

„Willst du denn gar nicht wissen, was drin ist?"

Die Waffe war es nicht. Die hatte in einem kleinen Kasten unter seinem Bett im Altersheim gelegen. Ob er inzwischen wusste, dass sie dort nicht mehr war? „Wir werden es erfahren."

„Du hast recht. Was machen wir mit den Büchern?"

Ich sah zu der Kommode. Das Holz schloss mit dem Boden ab, aber das Schubfach endete etwa fünfzehn Zentimeter darüber. „Wir legen sie unter den Schrank."

„Und wenn sie nicht auf die Idee kommt, dort zu suchen?"

„Das wird sie."

EINUNDVIERZIG

SAMSTAG, 21. DEZEMBER

Langsam ließ ich den Griff los und so leise, wie ich konnte, stieg ich die verbleibenden Stufen hinab. Ich würde nicht mit beiden gleichzeitig fertig werden. Wenn Finn aus dem Gang kam und Bobbi aus dem Bootshaus, würden sie mir keinen Fluchtweg lassen. Würde Finn damit rechnen, dass ich im Gang war? Hatte Bobbi ihn informiert?

Ich hatte nur eine Chance. Ich musste ihn überraschen. Andererseits hatte er mich sicher bereits gehört. Mein Atem war so laut wie ein Laubbläser mit einem Acht-Zylinder-Motor. Und er musste den Tumult bemerkt haben, den Bobbi und ich veranstaltet hatten. Zumindest war ich sicher, dass er ihre Schreie hörte.

Trotzdem schob ich mich eng an der Wand entlang in Richtung Haus. Je weiter ich ging, desto weniger Dunkelheit umgab mich. Das Licht einer Taschenlampe erhellte mehrere Meter von mir entfernt den steinernen Boden. Und dann traf das Licht auf meine Füße.

Die fremden Schritte beschleunigten sich und jemand leuchtete mir ins Gesicht. Ich erwartete, dass er mich am Arm packte oder mir ins Gesicht schlug. Aber nichts dergleichen geschah. Stattdessen fragte eine Stimme, deren Klang nicht fremd war: „Lara?"

Ich öffnete den Mund, brachte aber keinen Ton heraus. Nur ein einziger Gedanke erreichte mich: Es war nicht Finn.

„Lara, bist du das?"

Ich nickte langsam.

Der Mann atmete auf und richtete die Taschenlampe auf sein Gesicht. Er wirkte blass, feuchte Strähnen klebten an seiner Stirn und in seinem Blick lagen Angst und Ungeduld. „Ich bin's, Niklas. Erinnerst du dich an mich?"

Ich nickte noch einmal und war wieder sechs Jahre alt. Ich stand auf einem Surfbrett und Niklas und Lucy erklärten mir, wie ich mich darauf halten könnte. Ein lauter Atemstoß entfuhr meinem Mund. Es war mehr ein Keuchen, gefolgt von einem „Ja".

„Was ist hier passiert? Ist noch jemand hier?"

„Ja, ja. Bobbi. Sie ... sie ist noch im Bootshaus." Meine Stimme war ein Krächzen.

„Dann los, holen wir sie raus."

„Nein!" Ich zog an seinem Arm. „Sie ist auf Finns Seite."

„Verdammt!"

„Ich konnte sie überwältigen, aber ..."

„Das kannst du mir später erklären. Jetzt müssen wir hier verschwinden." Er richtete das Licht wieder auf mich. „Bist du verletzt?"

„Ja. Mein Bein."

Er leuchtete mit der Taschenlampe darauf und stöhnte auf. „Scheiße. Kannst du damit noch ein Stück laufen?"

„Ja, ich bekomme das schon irgendwie hin." Aber als ich

den ersten Schritt ohne Unterstützung der Wand tat, sackte ich zusammen.

Niklas half mir, mich wiederaufzurichten. „Stütz dich an mir ab." Sein Blick fiel auf meine Handgelenke und er zog eines der Jagdmesser hervor. „Streck' die Arme nach vorne."

Ich tat es und er löste die Fesseln mit einem Schnitt. Ich zog das Klebeband von meiner Haut und ein Brennen versuchte für einen Moment, die anderen Schmerzen zu übertönen. Erfolglos.

„Bereit?"

„Nein." Ich deutete auf mein Bein. „Der Verband. Er ist zu fest." Ich löste ihn etwas. Er war fast komplett durchweicht.

Ich gab mich mit der minimalen Erleichterung zufrieden. Niklas' Ungeduld war so groß wie meine. Ich griff mit der Hand meines verletzten Armes nach seiner linken und langsam liefen wir den Gang entlang zur Treppe.

Als wir dort ankamen, sagte er: „Ich gehe zuerst."

Ich legte eine Hand auf das hölzerne Geländer und folgte ihm, als er die ersten Stufen erklommen hatte.

„Wo ist Finn?", flüsterte ich, als wir die Luke aufstießen.

„Ich hoffe dort, wo ich ihn gelassen habe." Er kletterte durch das Loch und reichte mir dann eine Hand, um ihm zu folgen. Die Glühbirne über uns leuchtete.

Ich wollte ihn fragen, was genau er meinte, aber ich musste mich darauf konzentrieren, keine Gegenstände umzustoßen. Die Kammer war klein und überall lag Zeug herum, mit dem man einen Höllenlärm verursachen konnte.

Langsam traten wir in den Flur. Erst jetzt nahm ich wahr, dass Niklas die Pistole in der Hand hielt. Für einen Moment verharrte ich hinter ihm. Was, wenn auch er zu ihnen gehörte?

Er erkannte, dass ich ihm nicht länger folgte und drehte sich zu mir. Sein Blick war fragend, aber er sagte nichts.

Ich schüttelte nur den Kopf und schloss, gestützt von der Wand, wieder zu ihm auf. Ich musste ihm vertrauen. Zumindest sah es ganz danach aus, als würde er mich endlich aus dieser Hölle herausholen.

Und dann betraten wir den Eingangsbereich. Ich hatte gewusst, dass wir dort den toten Polizisten vorfinden würden. Schließlich hatte ich ihn schon gesehen, als wir zur Abstellkammer gegangen waren. Ich hatte auch gewusst, dass er blutüberströmt nur etwa einen Meter von der Tür entfernt liegen würde. Anders als HKB, der direkt an der Treppe zu Boden gestürzt war. Aber ich hatte nicht gewusst, dass dieses Bild des toten Polizisten, dem Niklas einen Schal über das Gesicht gelegt hatte, mir nicht nur die Bilder des Nachmittags vor achtzehn Jahren in die Gedanken strömen lassen würde.

Wieder blieb ich stehen, schnappte nach Luft und krümmte mich vornüber. Sofort war er bei mir, stützte mich und strich mir über den Rücken. Sicher dachte er, der Anblick des Toten hätte mich so stark bewegt und schockiert. Tatsächlich spürte ich aber nur die alten, so lange tief in meinem Inneren verborgenen Emotionen, deren zugehörige Ereignisse immer stärker gegen die Mauer drängten, sie bröckeln ließen und nach und nach in mein Bewusstsein traten.

„Ich will hier weg."

Niklas atmete laut aus. „Ich auch. Los komm. Der Wagen steht etwa zwanzig Minuten entfernt. Wenn wir Glück haben, trifft Verstärkung ein, bevor wir ihn erreichen."

Aber wir hatten kein Glück. Als er die Tür öffnete, stand mit einem schiefen Grinsen im Gesicht und einem blau gestrichenen Paddel in der Hand Bobbi auf dem Absatz.

Für einen Moment schockte mich ihr Anblick so sehr, dass ich mir der Gefahr, die ihre Anwesenheit bedeutete, nicht bewusst war. Das Blut in ihrem Gesicht hatte fast dieselbe Farbe wie jenes aus der Blase, die sie auf dem Boot unter der Mütze getragen hatte. Und wie jenes, das vor weniger als 24 Stunden ihren Hals hinablief. Es war etwas heller. Und irgendwie flüssiger. Aber hätte man mich vor die Frage gestellt, ob dieses oder das andere echt war, ich hätte es nicht gewusst.

Ich hatte sie nicht schwer genug verletzt, um sie außer Gefecht zu setzen. Dennoch blutete sie stark und atmete schwer weiße Wolken in die Luft. Sie war gerannt. Ihre Hose war bis über die Knie durchnässt. Auf ihren Haaren lagen einzelne Schneeflocken. Ich hätte mir keine Gedanken darüber zu machen brauchen, wie ich die Luke verschließen konnte. Sie wusste, wie man die Hinterkammer des Bootshauses auf dem herkömmlichen Weg verließ.

Eigentlich hatte ich keine Zeit für all diese Gedanken. Ich spürte, wie Niklas mich zurück ins Haus schob. Doch ich wollte nicht länger flüchten. Ich riss ihm die Pistole aus der Hand, zielte auf Bobbis Beine und schoss. Aber ich war nicht schnell genug. Sie hatte Sekunden zuvor mit dem Paddel ausgeholt und traf Niklas hart an der Stirn. Erst ein paar Sekunden, nachdem er fiel, sank auch sie zu Boden.

Vielleicht hätte ich mich gefragt, ob dieses Paddel auch ein Ersatz war oder das Boot inzwischen wieder ganz in der Nähe stand. Oder warum sie ihn und nicht mich niederschlug.

Aber die wenigen Gedanken, die mein Bewusstsein noch hervorbrachte, galten einzig und allein dem Gefühl, das sich in meinem Körper ausbreitete. Die Kraft, die vom Auslösen der Waffe ausging. Das Vibrieren, das sich von meinen Fingern, über meine Arme bis hin zu meinem Hals, meiner Brust und meinem Bauch zog und dort alles verkrampfen ließ. Ich spürte die damit verbundene Macht, einen Menschen zu töten. Den Schock, durch eine einzige Kugel ein Leben auslöschen zu können. Es getan zu haben. Die Waffe fiel zu Boden.

ZWEIUNDVIERZIG

SAMSTAG, 21. DEZEMBER

Aber ich hatte Bobbi nicht getötet. Eine Menge Blut trat aus der Wunde an ihrem Bauch, quoll zwischen ihren Fingern hervor, die sie darauf gepresst hielt. Ich hatte schlecht gezielt. Den Bauch statt des Beines getroffen. Sie saß aufrecht und ich wusste nicht, ob sie der Schock am endgültigen Zusammenbruch hinderte oder die Wunde schlimmer aussah, als sie war.

Die Waffe lag vor mir auf dem Boden. Sie war mir entglitten, nachdem sich der Schuss gelöst hatte. Nachdem alle Bilder zurückgekehrt waren.

„Warum hast du das getan?" Sie krächzte.

Ich wollte mich zu Niklas auf den Boden knien, wollte überprüfen, ob er atmete, und versuchen, sein Bewusstsein wiederherzustellen. Aber ich war wie gefesselt von Bobbis Blick. Von HKBs Blick, der ihrem so ähnlich gewesen war, trotz der verschiedenen Augenfarben.

„Henry ..." Ich sprach das erste Mal seinen Namen aus. „Er war dein Vater." Die Erkenntnis traf mich plötzlich.

Und doch erklärte sie so vieles. Bobbis Schock beim ersten Anblick der Knochen. Und ihre leichte Hysterie, als sie verkohlt in der Küche gestanden hatten. Die Akribie, mit der sie seine Geschichte abgeschrieben hatte. Ihre Aufregung vor unserer Abfahrt. Ihre Reaktion auf die zerrissene Strumpfhose. Mein Gefühl, dass Finn log.

Sie starrte mich noch immer an. Tränen füllten ihre Augen. Und dann sackte sie in sich zusammen. Sie hustete und ich wartete auf den Schwall Blut, der dabei aus ihrem Mund strömen würde, aber nichts dergleichen geschah. Stattdessen beugte sie sich vor und griff nach der Waffe, die neben meinen Füßen lag. Ich war unfähig, sie daran zu hindern. Körperlich und geistig.

Sie richtete ihren Lauf auf mich. In Gedanken zählte ich die Kugeln, die an diesem Tag bereits abgefeuert worden waren. Aber es war sinnlos. Finn konnte sie in der Zwischenzeit neu geladen haben.

Und während ich in das kleine schwarze Loch starrte, erreichte mich eine weitere Erkenntnis. „Und Finn ist auch nicht dein Ehemann." Es musste so sein. Ich wollte nicht nur, dass es so war. Es gab einfach keine andere Erklärung. Vielleicht war es zu einem kleinen Teil mein Ego, das diesen Gedanken hervorrief. Ich wollte mir nicht eingestehen müssen, dass wirklich alles gespielt gewesen war. Aber es waren auch die fehlenden Zeichen zwischen den beiden, die darauf hingewiesen hätten, dass sie auf diese Weise intim miteinander waren.

Finn hatte versucht, diese Nähe zu demonstrieren, aber Bobbi hatte nicht darauf reagiert. Zunächst hatte ich vermutet, dass sie aus irgendeinem Grund sauer auf ihn war. Aber nun erklärte ihre Ablehnung, dass sie keine Lust hatte, einen Part in diesem Teil des Spiels einzunehmen. Und dann waren da Finns Augen. Genauso blass und blau und böse wie die seines Vaters. Er war Henrys Sohn. Und sie war seine Tochter.

„Ich wollte dieses dumme ‚Wir sind verheiratet'-Spiel nie mitspielen. So ein Schwachsinn. Dieser Idiot hat sich nicht immer an den Plan gehalten." Ihre Gesichtsmuskeln spannten sich an. Noch immer sickerte frisches Blut aus den Wunden in ihrem Gesicht. Ihre Hände zitterten und ich war versucht, ihr die Waffe aus der Hand zu nehmen. Aber das Risiko, eine Kurzschlussreaktion auszulösen, war zu groß und ich dachte an Niklas' Aussage, dass Verstärkung innerhalb der nächsten zwanzig Minuten eintreffen sollte. Also sank ich zu ihr auf den Boden. Dabei warf ich einen Blick auf Niklas. Er atmete.

Bobbi murmelte vor sich hin. „Dass er die Knochen von unserem Vater verbrannt hat …"

Ich erinnerte mich an ihren entsetzten Blick, als wir das Wohnzimmer nach dem missglückten Fluchtversuch mit dem Segler betreten hatten und an das kurze Aufflackern von Hysterie, als wir die Knochen in dem riesigen Kochtopf fanden. Offenbar war tatsächlich nicht jede ihrer Gefühlsregungen gelogen gewesen.

„Lass uns reden, Bobbi." Die Kälte kroch durch die nasse und kaputte Hose hindurch an meine Haut und ich zitterte.

Bobbis Lungenflügeln schien es schwer zu fallen, ihren Körper mit Sauerstoff zu versorgen. Zwischendurch schluckte sie und es wirkte, als würde sie mit sich ringen. „Wo ist Finn?" Es war ein Keuchen. Ich suchte nach Sorge darin, fand jedoch nur Angst.

Ich schüttelte den Kopf. „Ich weiß es nicht." Auch meine Stimme ähnelte kaum derer, die ich kannte.

Sie schluchzte, sank vollständig zu Boden und lehnte den Rücken gegen die Tür. Kalte Luft umströmte uns.

Schneeflocken stoben auf unsere Köpfe, den Boden und versanken im Blut, das langsam aus Bobbis Wunde sickerte.

„Du brauchst einen Verband."

„Erzähl mir, was mit meinem Vater passiert ist."

Es würde nur wenige Minuten dauern, ihr von *seinen* letzten Minuten zu erzählen. Aber ich musste Zeit schinden und ich musste die Geschichte so erzählen, dass sie die Wahrheit erkannte. „Ihr seid nicht zusammen aufgewachsen, oder?" Sie sprachen nicht den gleichen Dialekt, hatten grundverschiedene Umgangsformen und ich hatte keinerlei Vertrautheit zwischen ihnen gespürt.

Eine neue Erkenntnis erreichte mich bei diesem Gedanken. Sie war nicht mit ihm durch die Welt gereist. Vielleicht hatte sie meinen Großvater nicht ein einziges Mal gesehen. Es wäre auch zu gefährlich gewesen, wenn sie jemand hier erkannt hätte. Und dann fiel ein winziger Stein von meinem Herzen. Vielleicht war sie gar nicht dabei, als meine Mutter starb. Und als mein Großvater getötet wurde, da war sie bei mir. Oder? Hatte sie gewusst, dass Finn ihn töten würde? Und warum hatte Finn diese komplizierte Geschichte überhaupt erfunden? War es ein weiterer Baustein in seinem Zermürbungsturm, dass er mich glauben machte, die Beziehung zu Bobbi wäre nur eine Lüge gewesen?

Sie antwortete nicht.

Ich musste ihr ein paar Informationen geben, um sie hinzuhalten. „Die Strumpfhose war von mir."

Sie sagte nichts, aber sie richtete sich etwas auf. Die Wunde schwächte sie mehr und mehr. Es überraschte mich nicht, dass ich ihr noch immer helfen wollte. Dass ich nicht wollte, dass sie starb. „Bobbi, wir müssen das verbinden."

Aber sie teilte meine Sorge offenbar nicht. „Du bist das Mädchen aus der Bar."

Ich seufzte und nickte. „Das wusstest du doch längst."

„Was hat er mit dir getan?"

Ich runzelte die Stirn und dann verstand ich. „Bobbi?"

Keine Worte, nur ein abwartender Blick.

„Wann hast du Henry das letzte Mal gesehen?"

Verwunderung trat in ihren Blick und zunächst antwortete sie nicht. Sie hatte ein anderes Gespräch erwartet. Eines, das sich um meine Vergangenheit drehte. Nicht um ihre. Aber sie wirkte nicht, als würde ihr die neue Richtung, in die es führte, missfallen. Vielleicht wartete sie schon lange auf die Gelegenheit, mit jemandem darüber reden zu können. Ich hatte mich immer gefragt, warum sie nie von ihrer Kindheit oder ihrer Familie sprach. Vielleicht würde ich jetzt eine Antwort bekommen, die nichts mit Finn zu tun hatte.

„Ein paar Monate, bevor er verschwand."

„Kannst du dich an ihn erinnern?"

Sie schüttelte den Kopf, was nicht zu den Worten passte, die sie der Bewegung folgen ließ. „Ich … ich hatte immer nur diese Bilder im Kopf. Von dem Mann, der mir abends Geschichten von seinen Reisen erzählt hat. Der mir Süßigkeiten und Kuscheltiere mitbrachte und in dessen Arme ich sprang, wenn er durch die Wohnungstür trat." Tränen lösten sich aus ihren Augen.

Ich wartete, bis sie weitersprach.

„Und dann habe ich diese Strumpfhose gesehen und eine Erinnerung nach der anderen drang in meinen Kopf, die dieses Bild zerstörte."

Ich wartete darauf, dass sie weitersprach, aber sie schwieg.

„Welche Erinnerungen?" Ich schluckte, wollte nach ihrer Hand greifen und besann mich. Wir spielten nicht mehr im gleichen Team.

Ihre Lider senkten sich etwas über ihre Augen. „Was hat er mit dir getan, Lara? Warum hat dein Großvater ihn getötet?"

Ich schüttelte den Kopf.

Sie erhob die Waffe. „Sag es mir oder ich werde dich töten."

Nun weinte auch ich. Ich weinte um die Unschuld, die ich mit sieben Jahren verloren hatte. Ich weinte um die Beziehung zu meinem Großvater. Ich weinte um meine Mutter und auch um Henry. Und ich weinte um Bobbi. Um die Kindheit, die auch ihr genommen worden war. Um die Frau, die sie wegen all dem in diesem Moment bereit war zu sein. Und ich weinte um uns. Um das, was wir hätten haben können. Was wir hätten sein können. Was ich bereits gefühlt und vor mir gesehen hatte. Die Gefühle waren noch da, aber der Schatten, der über ihnen lag, würde nicht mehr zulassen, dass auch die Bilder Realität wurden.

Sie ließ die Waffe für einen Moment sinken, hob sie aber im nächsten wieder an. „Ich meine es ernst."

Und ich wusste, dass sie die Wahrheit sagte. Sie würde mich töten. Und meine einzige Chance, sie zu überzeugen, es nicht zu tun, lag in der Wahrheit, die mich vor achtzehn Jahren zerstört hatte. Die Wahrheit, die ich bis vor wenigen Minuten in einem eisernen Tresor in meinem Kopf unter Verschluss gehalten hatte. Vor der Welt und vor mir selbst. Es war an der Zeit, den Erinnerungen eine Stimme zu geben.

DREIUNDVIERZIG

SAMSTAG, 21. DEZEMBER

Mein Großvater und ich, wir waren die besten Freunde. Seitdem mein Vater meine Mutter in ihrer Schwangerschaft sitzen gelassen hatte, war mein Großvater für sie da. Wir wohnten ein paar Monate bei ihm. Aber als ich ein halbes Jahr alt war, wurde ihr ein Job in einer Stadt angeboten, zu dem sie mich mitnehmen konnte. Sie war Schneiderin. Es tat ihr leid, meinen Großvater allein zu lassen, aber sie liebte das Entwerfen von Kleidung und war sehr dankbar für das Angebot. Später fand ich heraus, dass der Hauptgrund für unseren Umzug der Mann war, der ihr diesen Job vermittelt hatte."

Ich wartete ab, ob Bobbi mich bat, zum Punkt zu kommen. Einiges davon war ihr nicht neu, aber ich hatte das Bedürfnis, die Geschichte von Anfang an zu erzählen. Nicht nur deshalb, weil damit die Wahrscheinlichkeit stieg, dass ich noch immer lebte, wenn Verstärkung kam. Im Moment war es mir fast lieber, wenn niemand unser Gespräch unterbrach. Ich wollte endlich diese ganzen Worte aussprechen.

Und ich musste Bobbi die Waffe entwenden.

Sie sagte nichts. Ihr Blick war abwartend, interessiert, ängstlich und gespannt. Diese Spannung schien ihre Lider etwas leichter zu machen, denn ihre Augen hatten sich weiter geöffnet.

Ich fuhr fort: „Wir lebten also hunderte Kilometer von ihm entfernt in der Stadt. Und dennoch besuchten wir ihn, wann immer es uns möglich war. Und oft holte er mich ab, wenn meine Mutter viel arbeiten musste." Oder einem neuen Typen ihre volle Aufmerksamkeit schenken wollte, setzte ich in Gedanken hinzu. „Ich verbrachte oft mehrere Wochen bei ihm. Egal zu welcher Jahreszeit." Ich sah mich um. „Hier in diesem Haus."

Sie lachte auf und hustete sofort. „Und trotzdem wusstest du nichts von dem Keller."

Ich lächelte und dachte an meinen Großvater. Ließ mich in die Erinnerungen fallen, die mir so lange verborgen waren. „Es war schön hier. Mit ihm. Am Meer. Ich habe es geliebt, morgens auf seinen Schoß zu klettern, während er am Kamin oder auf der Terrasse saß, und die Zeitung las. Oder ein Buch. Wir sind gesegelt, am Strand spazieren gegangen, haben Muscheln und Krebse und Steine gesammelt. Er hat mir das Lesen beigebracht." Die Flut der Erinnerungen riss mich mit. Zurück in diese Zeit, in der ich traurig war, wenn mein Großvater mich wieder nach Hause brachte.

Ich schüttelte mich. Ich wollte die Erinnerungen nicht mit diesem Gespräch verbinden. „Aber dann kam dieser letzte Sommer. Ein paar Wochen, bevor er mich holte, hatte er einen Segelverein gegründet und war viel damit beschäftigt, sich mit den Mitgliedern zu treffen und irgendwelche Dinge zu besprechen. Normalerweise passte Lucy …" Ich stockte und sah zu Niklas. Leise sprach ich die nächsten Worte aus. „Seine Frau passte normalerweise auf mich auf.

Zumindest glaube ich, dass die beiden verheiratet sind." Bei José hatte es so gewirkt. Ich sah wieder zu Bobbi, spannte den Bauch an und verstärkte meine Stimme. „Wenn mein Großvater nicht im Haus sein konnte, passte Niklas' Frau meist auf mich auf. Aber damals war sie nicht seine Frau. Sie waren Teenager. Und in diesem Sommer war sie nicht da. Sie und ihr Vater ..." Ich suchte in meinem Kopf nach seinem Namen und fand ihn. „Oliver. Lucy und Oliver befanden sich auf einem mehrwöchigen Segelausflug. Also musste ich meinen Großvater oft begleiten."

„Deshalb warst du an diesem Abend in der Bar."

Ich nickte. „Wie auch an den Abenden davor. Fast den gesamten Sommer verbrachte ich den Abend dort. Ich fand es furchtbar. Ich war gerade in dem Alter, in dem man sich nicht mehr so leicht mit Malsachen in eine Ecke setzen ließ. Das Wetter war großartig. Ich wollte raus. Ich wollte etwas erleben. Spaß haben. Meinem Großvater tat es wirklich leid, aber er konnte es nicht ändern."

„Und dann kam Henry."

Ich nickte. „Er kam in die Bar, erhob die Stimme und erzählte jedem von seinen Abenteuern. Und die Leute hingen an seinen Lippen. Das war am Schlimmsten. Ich hatte den Hauch von Verständnis, als es um das Segeln ging. Ich hörte sogar hin und wieder zu. Aber dann stahl dieser Fremde mir die Zeit mit meinem Großvater. Mein Großvater ließ zu, dass er sie von uns stahl." Ich spürte die Wut, die mich als Kind ergriffen hatte. Dachte daran, wie ich mir ausmalte, aus der Bar zu stürmen und wegzulaufen. Aber so etwas tat ich nicht.

Sie atmete tief durch. „Und dann?"

Ich sah auf die Waffe. „Könntest du das Ding runternehmen, bitte?"

Sie tat es.

„Ich musste aufs Klo. Es war ein vom Schankraum mit einem dicken, schwarzen Vorhang abgetrennter Bereich, von dem drei Türen abgingen. Zwei zu den Toiletten und eine zum Hinterhof, in dem die Müllcontainer standen. Ich ließ mir extra viel Zeit, spielte mit dem Wasserhahn herum und verschwendete eine Menge Papier, um die darauffolgende Überschwemmung aufzuwischen. Als ich die Toilette wieder verließ, stand der Fremde im Bereich davor. Ich war noch immer wütend auf ihn und bedachte ihn mit einem bösen Blick. Er war betrunken und schien meine Wut gar nicht wahrzunehmen. Den Rest von mir aber nahm er wahr. Er fixierte mich mit seinem Blick."

Bobbis Finger verkrampften sich um die Waffe.

Ich atmete tief durch und streckte die Beine aus. Ein starker Schmerz durchfuhr mich und ich stöhnte auf. „Er erzählte mir von einem Spiel, das er im Auto habe. Es wäre für seine Tochter, aber ich könnte es ja schon einmal ausprobieren und ihm erklären, wie es funktionierte. Ich fragte mich, ob er mich wirklich für so dumm und naiv hielt, hatte aber trotzdem Angst. Er hätte mich auch ohne meine Zustimmung durch den Hintereingang zerren können."

„Und dann kam dein Großvater."

„Er konnte die Menschen gut einschätzen, glaube ich. Und er ließ mich nie aus den Augen. Ich war schon viel zu lange weg gewesen und sicher hatte er es registriert, als der Fremde mir hinterherging." Sie kannte den folgenden Teil der Geschichte, also ließ ich ihn ausfallen. Auch mir fehlte inzwischen die Kraft, die auf der Flucht kurzzeitig aufgeflammt war. „Wir sind nach Hause gegangen, nachdem er mit Henry gestritten und sich von den anderen verabschiedet hatte. Auf dem Weg musste ich ihm versprechen, laut zu schreien, wenn dieser Mann sich mir noch einmal näherte."

Ich schwieg. Ich wusste nicht, wie ich weitersprechen sollte. Wusste nicht, wie ich zu dem folgenden Tag wechseln konnte, ohne darüber zu zerbrechen. Es war eine Sache, die Bilder zu sehen. Aber eine ganz andere, sie in Worte zu fassen und diese mit einem anderen Menschen zu teilen. Selbst mit einem, der viele von ihnen bereits kannte. Wenn auch in anderer Form.

„Was ist dann passiert?" Ihre Stimme war leise. Ihre Augen schlossen sich für einen Moment. Es würde leicht sein, ihr die Waffe aus den Händen zu ziehen, aber ich tat es nicht.

„Am nächsten Vormittag segelten mein Großvater und ich an der Küste entlang. Das hatten wir oft getan und ich kannte die meisten Handgriffe. Er ließ mich sogar das Ruder übernehmen. Er versprach mir, den gesamten Tag mit mir zu verbringen. Aber als wir zurück zum Haus kamen, stand dort ein Mann." Ich schluckte. „Es war Niklas' Großvater."

„Dich verbinden ja ganz schön viele Erinnerungen mit diesem Typen." Sie versuchte aufzulachen, schaffte es aber nicht.

„Er sagte, mein Großvater müsste eine Unterschrift leisten, bei der ein Notar anwesend sein musste. Es würde nicht lange dauern und wäre sehr dringend. Er schlug vor, dass ich mitkam und bei seiner Frau einen heißen Kakao trank. Aber obwohl ich sie sehr mochte, wollte ich nicht. Ich war wütend und ich hatte in den letzten Wochen zu viel Zeit damit verbracht, irgendwo rumzusitzen und auf meinen Großvater zu warten. Er zögerte. Er wollte mich nicht allein lassen, aber er glaubte, nicht länger als dreißig Minuten zu brauchen.

Er nahm mir das Versprechen ab, niemandem die Tür zu öffnen und alle Fenster verschlossen zu halten." Ich zögerte.

„Aber ich vergaß, die Terrassentür zu verriegeln, nachdem ich meine Sachen zum Trocknen nach draußen gehängt hatte. Ich hatte keine Angst. Ich glaubte nicht, dass mir etwas passieren könnte."

Ich erinnerte mich daran, wie ich vor wenigen Tagen panisch auf die geöffnete Glastür reagiert hatte. „Henry betrat das Haus wenige Minuten, nachdem mein Großvater es verlassen hatte. Ich war in einem der Schlafzimmer, das früher mein Zimmer gewesen war, und zog trockene Sachen an. Als ich Schritte im Haus hörte, dachte ich, mein Großvater wäre wieder zurück. Kinder kennen den Unterschied zwischen dreißig und drei Minuten nicht."

Ich verlagerte mein Gewicht etwas, aber es verschlimmerte den Schmerz nur. „Als ich zur Treppe ging, stand der Fremde im Eingangsbereich. Ich schrie. Natürlich hörte mich niemand. Henry stand nur da und lachte." Die Erinnerung an seinen Gesichtsausdruck traf mich wie ein Schlag. Das lüsterne Grinsen und die absolute Zuversicht, dass ich ihm dieses Mal nicht entkommen würde. „Ich hatte Angst und er stieg langsam die Stufen hinauf." Wie Finn, fiel mir mit Entsetzen ein. „Er hatte keine Eile. Ich war wie versteinert, schrie aber noch immer. Erst als er vor mir stand und unter meinen Rock griff, wusste ich wieder, dass ich handeln musste. Ich versuchte, wegzurennen."

„Dabei riss die Strumpfhose." Ich erschrak beim matten Klang ihrer Stimme. Ihr Körper schien aufzugeben, aber ihr Geist war noch immer da. Sie hörte aufmerksam zu.

„Ja." Ich erinnerte mich an das Gefühl seiner rauen Finger auf meiner nackten Haut und kniff die Augen zusammen, um mich davon zu befreien. Es funktionierte nicht.

Ohne Vorwarnung richtete Bobbi sich auf und schlug mit der Waffe auf meinen Fuß. Den verletzten.

Ich schrie auf. Offenbar war der Verband um mein Bein

nicht fest genug gewesen, um die Nerven absterben zu lassen, und als der Schmerz nachließ, erkannte ich erleichtert, dass die Blutung nur noch schwach war. „Warum hast du das getan?" Tränen liefen mir über die Wangen.

Etwas Leben war in sie zurückgekehrt. Sie lächelte, aber ihr Blick trübte sich sofort wieder. „Es hilft, wenn man den Schmerz der Erinnerung durch einen gegenwärtigen, physischen Schmerz übertönt."

„Willst du mir etwa sagen, dass du mir gerade helfen wolltest?"

Sie zuckte mit den Schultern. „Konntest du entkommen? Hat er dich …?"

Ich besann mich wieder auf die Worte, die dem Schmerz vorangegangen waren. Dem der Erinnerung. „Ja. Nein. Ich meine, ich konnte mich irgendwie befreien. Und als meine Strumpfhose riss und seine Hand sie nicht mehr halten konnte, nutzte ich den kurzen Moment, in dem seine Zuversicht schwankte, und stach mit dem Daumen in eines seiner Augen."

Bobbis Augen weiteten sich, aber sie schwieg.

„Ich rannte zum Schlafzimmer meines Großvaters. Damals war ich zu schwach, um die Kommode zu verschieben. Und mir fehlte die Zeit, um das Telefon zu benutzen. Aber ich wusste, wo er seine … ich wusste, wo er die da versteckte." Ich deutete auf die Waffe. „Sie lag in seinem Nachttisch. Ohne darüber nachzudenken, nahm ich sie aus dem Schubfach und ging wieder aus dem Schlafzimmer.

Henry lachte mich aus. Aber ich spannte den Bogen, so wie mein Großvater es mir einmal gezeigt hatte. Ein einziges Mal. Weil ich sie gefunden und ihn angebettelt hatte, auf ein paar Dosen schießen zu dürfen. Er hatte danach das Versteck gewechselt und ich hatte ihm versprechen müssen, sie nie zu suchen. Ich hatte sie jedoch noch am gleichen

Tag zufällig entdeckt, als ich ihm seine Lesebrille bringen sollte."

Ich schloss die Augen. Bis hierhin war es mir leichtgefallen, die Erinnerungen, die so lange hinter festen Stahlwänden verschlossen gewesen waren, wiederzugeben. Aber nun vermischten sich die Bilder, wurden zu einem Knäuel aus Emotionen, Worten und eingefrorenen Augenblicken, das ich nur langsam entwirren konnte.

Ich schluckte, ließ die Augen geschlossen. „Ich hatte beide Hände um den Griff gelegt aus Angst, sie fallen zu lassen. Sie war schwer und es kostete mich viel Kraft, meine Arme trotz des Zitterns, das meine Muskeln verursachten, hoch zu halten. Henry rührte sich nicht. Vermutlich wartete er darauf, dass ich schwächelte. Aber ich wusste, was er mit mir vorhatte. Meine Mutter hatte mich oft genug vor Männern wie ihm gewarnt. Ich dachte, ich müsste nur lange genug ausharren, bis mein Großvater zurückkam. Auf keinen Fall wollte ich zulassen, dass er mir wehtat." Die erneuten Parallelen zwischen damals und heute brachten mich fast zum Lachen.

Ich öffnete die Augen wieder und sah in Bobbis erwartungsvolles Gesicht.

„Aber er kam nicht. Und nach weniger als einer Minute schmerzten meine Arme so stark, dass sie hinab sanken. Ich musste etwas tun. Wahrscheinlich hatte Henry in meinem Blick erkannt, dass die Kraft mich verließ, denn sein Verhalten änderte sich. Er stand nicht mehr starr auf den oberen Stufen der Treppe. Er kam jetzt langsam auf mich zu. Ich wusste mir nicht anders zu helfen, als die Waffe zu senken und zu schießen. Er erschrak und ich nutzte die Möglichkeit, an ihm vorbei und die Treppe hinunterzurennen. Ich hatte die Haustür erreicht, bevor auch er im Erdgeschoss war. Aber ich konnte sie nicht öffnen. Sie war verschlossen."

Ich zitterte und sah zu der alten Haustür, die noch immer die gleiche war. „Mein Großvater hatte sie abgeschlossen. Er hatte kein Risiko eingehen wollen." Ich lachte auf, aber es klang nicht höhnisch. „Henry kam auf mich zu. Schnell dieses Mal. Ich hielt die Waffe in der linken Hand und rüttelte mit der rechten an der Tür. Aber als er nur noch zwei Schritte von mir entfernt war, riss ich die Waffe wieder hoch."

Ich spürte die Tränen auf meinen Wangen, das Schluchzen, das meinen Hals hochstieg. Damals wie heute.

„Und dann hast du ihn erschossen." Es war nicht Bobbis Stimme, die hinter mir erklang. Und auch Niklas lag noch immer bewegungslos da.

Ich drehte mich langsam um, ganz so, als könnte ich den Umstand, dass Finn lebendig und direkt hinter mir war, auf diese Weise verändern.

Er schien unverletzt zu sein. Sein Haar war zerzaust und wirkte länger. Ein heller Pullover, den er zuvor nicht getragen hatte, verdeckte seine Arme. Auch die Hose war eine andere, oder? Hatte er sich bereits umgezogen, um in der Öffentlichkeit untertauchen zu können? Das Messer in seiner Hand war von dunklen Blutspuren überzogen und er kam damit auf mich zu.

„Ein kleines Mädchen, das diese schwere Waffe bedient. Du versuchst, deinen Großvater zu schützen. Warum? Er ist tot. Warum erzählst du nicht endlich die Wahrheit?" Seine Stimme klang verändert. So, als würde er nun keine Fassade mehr davorschieben. Und trotz seiner offensichtlichen Anspannung wirkte er lockerer.

Er trat weiter auf mich zu. Seine blassen, blauen Augen fixierten mich. Die Hand, die sich um den Griff des Messers schloss, verfärbte sich zunächst rot. Dann wurden die Knöchel immer blasser und waren schließlich fast weiß.

Aber er schien unfähig, die Waffe gegen mich einzusetzen. Vielleicht wollte auch er den Rest der Geschichte hören.

Ich machte mich bereit, aufzustehen, den Moment der Verwirrung zu nutzen, um Bobbi die Waffe entreißen und mich wehren zu können. Aber bevor ich mich auch nur regte, ertönte ein Schuss. Mein Herz raste noch schneller. Der Knall tönte in meinen Ohren nach und die kalte Winterluft vermischte sich mit dem stechenden Geruch nach Schießpulver.

Finns Augen hatten sich geweitet. Ungläubig blickte er an mir vorbei. Ich hatte den Schützen noch nicht ausmachen können, denn mein Blick war auf die Wunde gerichtet. Die Fasern seines Pullovers tränkten sich mit dem Blut, das aus einer Wunde in seiner linken Brusthälfte drang. Ein Klirren drängte dumpf in meine Ohren, als er das Messer fallen ließ. Seine rechte Hand schien seine Brust greifen zu wollen. Sie erhob sich und der Ärmel des Pullovers rutschte zurück. Er hatte die Uhr abgelegt. Die Hand erreichte die Wunde nicht, bevor sie sie erreichte, knickten seine Beine ein und er fiel zu Boden.

Ich schloss die Augen, sah dahinter nicht mehr Finn, sondern seinen Vater.

„Erzähl weiter."

Mein Mund stand offen, weil ich auf anderem Wege nicht schnell genug Sauerstoff in meinen Organismus hätte befördern können. Ich wandte den Kopf zur Haustür und öffnete die Augen erst dann wieder. Es stand niemand in ihrem Rahmen. Ich sah zu Bobbi und dann auf die Waffe. Sie hielt sie noch immer auf Finn gerichtet. Auf den lebendigen Finn, der gestanden hatte. Nicht auf den sterbenden, der nur einen Meter von mir entfernt lag.

„Du hast ihn getötet."

„Du hast keine Vorstellung davon, wie anstrengend es ist, Brüder zu haben, Lara."

Nein, das hatte ich nicht.

„Erzähl mir das Ende."

Ich schluckte, versuchte, mich zu sammeln, aber alles, was ich sagen konnte, war: „Das hier. Das war das Ende."

„Du hast ihn also erschossen?"

Ich nickte, schüttelte den Kopf, nickte wieder und sagte dann: „Der Schuss hat sich gelöst, als ich die Waffe hochriss. Ich wollte ihn nicht erschießen."

In diesem Moment nahm ich in meinem linken Blickfeld eine Bewegung wahr. Und bevor ich erfasste, was geschah, schnellte Niklas hoch und warf sich auf Bobbi. Sie schrie auf, wehrte sich aber nicht. Er konnte ihr die Pistole ohne Handgemenge abnehmen und setzte sich dann wieder. Die Hand an den Kopf gepresst, die Waffe auf Bobbis Körper gerichtet. Er atmete schwer.

Ich rutschte zu ihm. „Geht es dir gut?"

Er drehte sich zu mir und hob eine Augenbraue. Dann ließ er den Blick über unsere Umgebung schweifen und schüttelte den Kopf. Und damit nahm er mich zurück in eine Welt, in der Leichen und Pistolen und Blut und Knochen nicht alltäglich waren. In der man die Haustür schloss, damit der Schnee nicht den Fußboden benässte. Eine Welt, in der man sich mit der Ex-Freundin nicht darüber unterhielt, warum man ihren Vater erschossen hatte.

„Es war nicht deine Schuld, Lara." Bobbi krächzte. Die letzten Minuten und Niklas' Angriff hatten sie wieder geschwächt.

Ich sah zu ihr. Ihre Augen waren fast komplett geschlossen. Das Blut auf ihrem Gesicht hatte eine dunklere Farbe angenommen. Es trocknete. Sie hatte zwei Schnitte auf der rechten Wange und einen weiteren am Haaransatz.

„Er hatte es verdient."

Ich schüttelte den Kopf. „Niemand verdient es, so zu sterben und dann …" Ich dachte daran, was mein Großvater mit seinem Körper angestellt haben musste, damit er ihn in die Kommode ...

„Auch Finn nicht?" Das Krächzen wurde leiser.

„Nein, auch er nicht."

Im Hintergrund hörte ich Niklas. Aber er sprach nicht mit uns. Er erzählte jemand anderem von unseren Verletzungen und davon, dass es nicht möglich war, mit einem Auto zum Haus vorzudringen. Natürlich, er telefonierte. Nach der letzten Woche ohne diese Möglichkeit der Kommunikation hatte ich gar nicht mehr daran gedacht, dass er vermutlich ein funktionstüchtiges Handy dabei hatte. Ich sah zu ihm. Es war mein Handy.

„Sie lassen die Straße räumen." Er blickte auf das Display des Telefons und tippte. Dann sah er auf und deutete auf Bobbi. „Sie sollte besser nicht einschlafen."

„Das ist meins. Wo hast du es her?" Für einen aberwitzigen Moment dachte ich, er hätte es im Schnee gefunden, aber er deutete auf Finn. „Es ist ihm wohl aus der Tasche gerutscht."

Ich nickte und wandte mich zu Bobbi. Für Sekunden gab ich mich der Vorstellung hin, nichts zu tun. Wenn sie starb, würde dieses Kapitel einen Abschluss finden. Ich konnte neu anfangen, müsste mich nur den unsterblichen Dämonen entgegenstellen, die mich für den Rest meines Lebens in der Nacht einholen würden.

Aber ich konnte es nicht. Ich schob mich zu ihr und schlug ihr ins Gesicht. Auf die verletzte Wange. „Hey, aufwachen."

Ihre Lider flatterten. „Lass mich, Lara."

„Nein!"

„Warum nicht?"

Ich überlegte. Ich konnte ihr nicht sagen, dass meine Liebe zu ihr nicht mit ihrem Verrat verschwand. „Weil ich noch einige Fragen habe, die mir Finn jetzt offensichtlich nicht mehr beantworten kann."

Ein zartes Lächeln legte sich auf ihre Lippen. „Ach ja, welche denn?"

Von draußen hörte ich Männerstimmen. Sie waren laut. Jemand rief Niklas' Namen und er antwortete: „Wir sind hier. Beeilt euch."

„Wie habt ihr es geschafft, zu kommunizieren? Und seit wann war Finn schon im Haus? Warum gab es keine Fußspuren im Schnee? Und welcher Teil seiner Geschichte stimmt?"

VIERUNDVIERZIG

DIENSTAG, 14. JANUAR

Das Stück Metall in meiner Hand war nicht größer als mein Daumen. Als ich es vor einer Stunde aus meiner Tasche nahm, hatte sich die glatte Oberfläche kühl angefühlt. Nun hatte sie die gleiche Temperatur wie meine Hände. Auch sie waren nicht mehr so kalt wie vor sechzig Minuten.

Ich saß in der kleinen Nische vor meinem Wohnzimmerfenster. Der Vormieter hatte dort eine Bank eingezimmert und mit einem Polster und ein paar Kissen hatte ich die Ecke in einen gemütlichen Ort verwandelt, an dem ich lesen konnte oder telefonieren oder auf ein schwarzes Stück Metall starren.

Bobbi hatte oft in dieser Ecke gesessen. Ein Buch auf dem Schoß, eine Tasse Tee auf dem eigentlichen Fensterbrett.

Draußen war es hell. Ich hatte das Haus um acht Uhr verlassen. Bills Büro war nicht in der Stadt. Ich hatte den alten Freund und Anwalt meines Großvaters in einem Café getroffen, zu dem ich nur fünf Minuten zu Fuß brauchte.

Es war ein schönes Café. Ein anderes als jenes, in das Finn mich verfolgt hatte.

Ich hatte Bill bereits wiedergesehen, nachdem … Er war ins Krankenhaus gekommen. Aber die Unterlagen, die er mir nach dem Tod meines Großvaters hatte aushändigen sollen, befanden sich in einem Schließfach in der Stadt, in der ich wohnte. Also hatten wir deren Aushändigung vertagt. Auf heute.

Wir saßen zwei Stunden in dem Café, tranken zwei Cappuccini und aßen zwei Stück Kuchen. Jeder von uns. Ich hatte recht behalten. Ich kannte Bill. Und wir sprachen in diesen zwei Stunden nur kurz über die Dinge, die ich nun zu erledigen hatte. Die meiste Zeit erinnerten wir uns an meinen Großvater.

Wir erörterten nicht, warum er den Tod Henrys verheimlicht hatte. Das hatten wir bereits im Krankenhaus getan. Bill glaubte, er hätte im Schock reagiert. Er glaubte, dass mein Großvater Angst davor gehabt hätte, man würde ihm die Wahrheit nicht glauben. Ein siebenjähriges Mädchen, das einen erwachsenen Mann niederschoss? Aus Versehen? Ich konnte seine Bedenken verstehen.

Aber jetzt redeten wir darüber, wie sehr mein Großvater es geliebt hatte, auf dem Meer zu segeln. Wie er mir das Schwimmen beigebracht hatte. Wir sprachen über die Lagerfeuer, an denen wir in der Nacht geschlafen hatten. Über seine Liebe zu Büchern und über meine Mutter.

Und irgendwann musste Bill los. Zurück zu seiner Frau.

Und ich war wieder in meine Wohnung gelaufen. Diese stille, kleine Wohnung, von der ich am Meer dachte, sie wäre mein Paradies. Aber nun war sie nur ein Ort, an dem ich allein war. Ich betrat sie bepackt mit einem Stapel voller Unterlagen, einem PIN-Code für ein Bankkonto und anderen Zugangsdaten. Und mit diesem kleinen USB-Stick. Auch dafür hatte Bill mir ein Passwort gegeben.

Auf meine Frage hin, was ich darauf finden würde, hatte er nur mit den Schultern gezuckt und gesagt, mein Großvater hätte darauf bestanden, dass nur ich die Dateien einsehen dürfe. Und dass ich, wenn ich es täte, allein sein sollte.

Nun war ich allein, hatte das Passwort und den Stick und hoffte, dass meine Körperwärme dem Wissen, das er enthielt, nicht schaden würde.

Ich wusste, ich müsste ihn irgendwann in meinen Laptop stecken. Aber ich konnte diesen Moment hinauszögern. Ich konnte mir die Welt erhalten, die ich meinem Bewusstsein in den letzten Wochen als Wahrheit verkauft hatte. Ich brauchte keine weiteren Informationen. Ich hätte auch jene nicht gebraucht, die ich im Strandhaus gesammelt hatte.

Aber meinem Großvater war es wichtig, dass ich erfuhr, was er mir zu sagen hatte. Was würde ich also auf dem Stick vorfinden? Vielleicht waren es nur Fotos. Fotos aus einer anderen Zeit. Vielleicht waren es ein paar letzte Worte. Worte, die ich mir wünschte zu lesen. Die ich mir wünschte, über seine Lippen gehen zu hören. Aber warum hatte er sie nicht in einem handschriftlichen Brief niedergeschrieben? Warum hatte er sie mit einem Passwort geschützt in einem Schließfach versteckt?

Nein, dieser Stick enthielt etwas anderes. Vielleicht waren es die Dinge, die ich bereits wusste. Mein Großvater konnte nicht ahnen, wie und dass ich mich auch ohne seine Hilfe an HKB erinnern würde. Vielleicht hatte er auf diesem Stick lediglich sein Notizbuch und den Hinweis auf HKBs Leiche versteckt. Aber vielleicht beinhaltete er auch Antworten auf all die Fragen, die mir niemand anderes mehr beantworten konnte.

Auch Bobbi war nicht mehr dazu gekommen, mir meine Fragen zu beantworten. Die Männer waren durch den Schnee zum Haus gerannt, nachdem Niklas ihnen geantwortet hatte. Allen voran ein Mann, der etwa so alt war, wie es damals mein Großvater gewesen sein musste. Er kam mir bekannt vor, ich konnte ihn aber im ersten Moment nicht einordnen. Neben ihm rannte eine junge Frau. Und als sie das Haus erreichten, verlangsamten sie ihren Schritt, knieten sich zu uns und in meiner Erinnerung lief die Zeit ab diesem Moment in einem Bruchteil ihrer tatsächlichen Geschwindigkeit ab.

Zunächst beachteten sie Bobbi nicht. Beide stellten mir und Niklas Fragen, die ich, ohne sie zu hören, mit einem Nicken oder Kopfschütteln und er etwas klarer beantwortete. Aber irgendwann deutete ich auf Bobbi und die Frau wandte sich nun ihr zu. Die Art, wie sich ihr Gesichtsausdruck veränderte, nachdem ihr Finger an Bobbis Hals gelegen, ihr Ohr vor ihrem Mund geruht hatte, lässt noch heute mein eigenes Herz stillstehen.

Der Mann hatte kurz mit Niklas gesprochen, seinen Kopf untersucht und irgendwann den Namen Lucy gesagt. Und dann wusste ich, wer er war. Es war ihr Vater. Oliver. Er kümmerte sich um mein Bein, während Niklas der Frau bei dem Versuch half, Bobbi wiederzubeleben.

Die Männer, die nach den beiden das Haus betreten hatten, stellten den Tod von Finn und dem Polizisten fest und sicherten dann die einzelnen Räume.

Im Krankenhaus erzählte mir Niklas, er hätte sich bei dem Notruf aus dem Polizeiwagen daran erinnert, dass es einen Keller unter dem Haus gab, der früher zur Kühlung genutzt wurde. Mein und Niklas' Großvater hatten den ursprünglichen Raum irgendwann um den Gang verlängert und den Raum im Bootshaus auf diese Weise mit dem Haus verbunden.

Niklas erzählte, mein Großvater hätte diese Beschäftigungsmaßnahme erfunden, um Sam nach dem Tod seiner

Tochter, Niklas' Mutter, auf andere Gedanken zu bringen. Er selbst war sogar ein paar Mal dabei gewesen, als sie mit Schaufeln und Baustrahlern Stunden unter der Erde verbracht hatten. Allerdings konnte er sich daran kaum erinnern. Er war damals erst vier Jahre alt gewesen. Deshalb hatte er den Polizisten am anderen Ende der Leitung gebeten, Oliver anzurufen und nach diesem Geheimgang zu fragen. Deshalb hatte er länger für seinen Rückweg gebraucht.

Es war zwei Wochen her, dass ich mit einem von ihnen gesprochen hatte. Vor vierzehn Tagen war ich in der Nacht aus dem Krankenhaus geflohen. Ich hatte mir ein Taxi gerufen, in der kalten Dezembernacht vor der Klinik gestanden und darauf gewartet, dass mich endlich jemand aus dieser Hölle herausholte.

Aber es hatte nicht funktioniert. Ich hatte der Hölle nur physisch entrinnen können. Sie hielt mich vom Schlafen ab. Ließ mich nicht spüren, wie das viel zu heiße Wasser unter der Dusche meine Haut verbrühte. In jedem einzelnen Moment hatte ich das Gefühl, verfolgt zu werden. Von Bobbi, von Finn und von Henry.

Einzig die zwei Stunden mit Bill waren anders gewesen. Mit ihm konnte ich in die Zeit zurückkehren, in der mein Großvater und ich eine Einheit gewesen waren. In der das einzige Blut an meinen Händen von einem Sturz beim Fahrradfahren stammte. Eine Zeit, in der ich nicht wusste, wie es sich anfühlte, wenn man um sein Leben fürchtete. Wie es sich anfühlte, um das Leben des Menschen zu fürchten, den man liebte. Oder um einen geliebten Menschen zu trauern.

Das Gespräch mit ihm klang noch immer nach. Es hatte eine Saite in mir berührt, die weiterschwang, mich durchflutete mit einem Funken Leichtigkeit. Und ich hatte Angst, dass die Dateien auf dem Stick mir diese Leichtigkeit wieder nehmen würden. Sie würde ohnehin von allein verschwinden. Warum sollte ich diesen Prozess beschleunigen?

Und dennoch saß ich hier und starrte auf den Stick. Und irgendwie hoffte ich, dass er mir auch so die Antworten liefern würde, die mir noch fehlten. Ohne dass ich weitere Details erfuhr, die ich nicht kennen wollte.

Ich würde keine Anklage dafür erhalten, dass ich auf Bobbi geschossen hatte. Das hatte Bill mir noch im Krankenhaus bestätigt. Tatsächlich war ich darüber fast ein wenig enttäuscht. So ohne Weiteres sollte all das vorbei sein? Es fühlte sich an, als würde ich in ein neues Loch fallen. Der Wechsel zwischen der Hölle und der Rückkehr in den Alltag ging zu schnell. Mein Verstand begriff es nicht.

Aber natürlich gab es keinen Grund für eine Anklage. Ich hatte mich und Niklas verteidigt. Ich war nicht sicher, ob er in der Lage dazu gewesen wäre, auf sie zu schießen. Ich war froh, dass er es nicht hatte tun müssen. Er würde sein Leben lang damit klarkommen müssen, dass sein Freund direkt neben ihm getötet wurde. Und ich damit, dass dies wegen mir geschehen war.

Der Polizist, sein Name war Alex, war am Vorabend mit seiner Frau bei dem kleinen Spanier zum Essen gewesen. José, der Inhaber des Restaurants, hatte ihn darauf angesprochen, ob er wisse, wie es Bobbi und mir ginge.

Und Alex hatte die gesamte Nacht darüber nachgedacht. Und als er am Nachmittag Niklas von seinem Haus abholte, um einen Jugendlichen zu besuchen, der zum wiederholten Mal beim Konsum illegaler Drogen erwischt worden war, bat er ihn, auf dem Weg dorthin gemeinsam am Strandhaus vorbeizusehen.

Niklas war mein Gesicht bekannt vorgekommen, genau wie Lucy. Aber erst Stunden, bevor er in Alex' Auto saß, hatte er mich wirklich einordnen können. Er hatte deshalb nichts dagegen, ihn zu begleiten. Er freute sich sogar darauf, mich zu sehen.

Alex erzählte Niklas, dass jemand den Winterdienst für unsere Straße wieder abbestellt hatte. Mit dem Hinweis, dass das Haus nun doch weiter leer stehen würde. Darüber hatte er sich gewundert. Und am nächsten Morgen beschlossen, nach uns zu sehen.

Die Türklingel durchbrach meine Gedanken. Ich schrak zusammen und wartete in dieser verkrampften Haltung, ob sie ein weiteres Mal ertönen würde. Aber sie blieb still. Sicher nur ein Werbeflyer-Verteiler.

Als auch zehn Minuten später nichts darauf hinwies, dass das Klingeln tatsächlich mir persönlich gegolten hatte, entspannte ich mich etwas und stand auf. Ich lief im Zimmer auf und ab, schaltete das Radio ein und wieder aus und legte den Stick irgendwann auf den Couchtisch, um in die Küche zu gehen und mir etwas zu Essen zu kochen.

Aber kurz nachdem ich das Wasser für die Nudeln aufgesetzt hatte, ging ich zurück ins Wohnzimmer. Es machte keinen Sinn, die Sache hinauszuzögern. Besser ich befasste mich jetzt mit diesem ganzen Kram als später, wenn die beruhigende Vertrautheit des Tageslichts mich nicht mehr einhüllte.

Also steckte ich den Stick in meinen Laptop, setzte mich wieder in die Nische am Fenster und öffnete den Zettel mit dem Passwort. Die Buchstaben- und Zahlenkombination verschwamm vor meinen Augen. Ich legte eine Hand auf den Mund und hoffte, auf diese Weise das laute Schluchzen zu unterdrücken, das meine Kehle hochstieg.

Ich wischte mir über die Augen und starrte auf die schwarze Tinte:

DuBisTeiNRiesE,LARa7

Als ich ein Kind war, hatte ich mich oft beschwert, für alles zu klein zu sein. Aber mein Großvater sagte immer, ich würde wachsen. Und dass es immer Menschen geben würde, die größer wären als ich. Aber er sagte auch, dass ich mit meinem Herzen entschied, wie groß ich wirklich war. Ob ich ein Zwerg oder ein Riese sein wollte.

Nachdem die Trauer verklungen war, fühlte ich, wie die Erinnerung mich stärkte. Ich schaltete den Laptop ein, öffnete den Dateimanager und klickte doppelt auf den Ordner des USB-Sticks. Ein kleines Fenster öffnete sich, in dem ich aufgefordert wurde, das Passwort einzugeben. Ich tat es und eine Sekunde später sah ich fünf Ordner.

Aber bevor ich die Ordner auf ihren Inhalt durchsuchen konnte, hörte ich ein seltsames Geräusch. „Mist, das Wasser", flüsterte ich, stellte den Laptop zur Seite und rannte in die Küche.

Ich verbrachte einige Zeit damit, das Wasser von den Fliesen zu wischen und den Topf zu reinigen, kochte mir einen Tee und aß ein wenig Käse, Obst und Gemüse und ein paar Cornflakes. Erst als ich auch die Milch dafür aus dem Kühlschrank nahm, erkannte ich, dass es Bobbis Cornflakes waren. Wir waren uns so schnell nähergekommen. Warum hatte ich nichts gemerkt? Warum hatte sich alles so echt angefühlt? So richtig.

Nach einer halben Stunde ging ich zurück ins Wohnzimmer, setzte mich in die Nische, stellte den Tee aufs Fensterbrett und reaktivierte den Laptop. Die Ordner waren durchnummeriert und ich nahm an, dass mein Großvater dies aus einem bestimmten Grund getan hatte.

Neben den Ordnern gab es eine einzige Textdatei mit dem Titel ‚Bitte zuerst lesen'. Ich folgte seiner Bitte:

Liebe Lara,

ich hätte dir all diese Information gern selbst übergeben. Dich ein letztes Mal oder viele Male umarmt. Aber ich brachte es nicht über mich, dich nach all diesen Jahren von Angesicht zu Angesicht mit dem Grund zu konfrontieren, der uns beide entzweit hat. Ich werde dir alles erklären, versprochen.
Bitte sieh dir zunächst die Dateien im ersten Ordner an und wende dich erst danach und Stück für Stück den anderen zu.
Ich weiß, dass es lange nicht so gewirkt hat, aber ich liebe dich, mein Kind!

Großvater

Ich wischte die Tränen von den Wangen und klickte doppelt auf den Ordner mit der Nummer 1. Darin befand sich ein weiteres Textdokument mit dem Titel ‚Meine liebe Lara' und ein weiterer Ordner mit dem Namen ‚Fotos'. Ich nahm an, dass ich den Brief zuerst lesen sollte.

Liebe Lara,

wenn du diese Zeilen liest, bin ich tot. Herrje, das klingt wie der Beginn eines Briefes aus einem sehr melodramatischen Film. Aber ich lasse ihn dennoch stehen, denn er stimmt.
Wenn du diese Zeilen liest, habe ich nicht den Mut aufbringen können, dir alles selbst zu erklären. Und dafür möchte ich mich entschuldigen. Für so vieles möchte ich mich entschuldigen. Und doch sind es nur wenige Dinge, die uns hierhergeführt haben. Wo fange ich nur an?
Bevor ich alles enthülle, möchte ich, dass du weißt, wie lieb ich dich habe. Seit dem Tag deiner Geburt drehte sich meine Welt um dich. Das weißt du. Und ich bin sicher, dass es

deshalb ein noch größerer Schock für dich war, als ich dieses Band zerschnitt.

Auf diesem Stick findest du hoffentlich eine Erklärung. Ich erwarte nicht, dass du mein Handeln verstehst, denn schon nach wenigen Wochen konnte ich es selbst nicht mehr nachvollziehen. Ich bereue nichts in meinem Leben, außer den Entscheidungen, die ich an diesem einen Tag traf. Deinem letzten Tag in meinem Haus. In meinem Leben.

Du erinnerst dich nicht daran. Der Schock über die Geschehnisse hat dein Gedächtnis stark beeinträchtigt. Wochenlang rief deine Mutter bei mir an und wollte wissen, was geschehen wäre. Und ich log immer wieder und sagte ihr, dass ich es nicht wüsste. Sie hat sich einen Teil zusammengereimt und ich weiß nicht, wie viele dieser Gedanken sie mit dir geteilt hat. Aber ich möchte, dass du die Wahrheit erfährst.

Ich habe lange überlegt, wie ich dir diese Wahrheit so schonungslos wie möglich darbieten könnte. Ich dachte an eine Videoaufnahme, konnte mich jedoch nicht dazu durchringen. Im zweiten Ordner findest du deshalb die Abschrift einiger Notizbücher von mir. In ihnen habe ich das Leben eines Mannes niedergeschrieben, ohne den dieser Brief nicht notwendig wäre.

Es tut mir leid, dass ich dir all das nicht anders erklären kann. Aber ich möchte dich warnen: Diese Wahrheit wird dein Leben verändern. Noch hast du die Wahl. Du kannst dir die Bilder in diesem Ordner ansehen und dich an die Zeiten erinnern, die wir zusammen erlebt haben. Du kannst danach den Computer ausschalten und den Stick zerstören.

Wenn du dich dafür entscheidest, die Wahrheit zu erfahren, mach dich darauf gefasst, dass sie verstörend ist. Dein Bild von mir, von dir verändern wird. Ich meine es ernst. Du musst all das nicht wissen. Du kannst hier und jetzt aufhören.

Entscheidest du dich, weiterzugehen, findest du in jedem Ordner einen weiteren Brief von mir. Lies ihn bitte nur, wenn

du dich bereits mit den Inhalten des vorherigen Ordners beschäftigt hast. Und denk daran, du kannst jederzeit aussteigen.
Fühl dich fest umarmt und drei Mal in die Luft geworfen. Ich liebe dich!

Großvater

Zehn Minuten lang starrte ich auf die Zeilen, die erst verschwammen und dann wieder klar ihre Worte in mein Gedächtnis einbrannten. Wie gern hätte ich diese Worte von ihm gehört. Ich hasse ihn in diesem Moment so sehr, denn das Geschriebene weckte die alte Liebe, ließ mich an der Oberfläche der Geborgenheit kratzen, die ich sieben Jahre lang immer dann gespürt hatte, wenn ich an ihn dachte oder ihn sah. Ich hasse ihn dafür, dass er mir diese Geborgenheit genommen hatte. Ich hätte unser Geheimnis bewahrt. Ich hätte alles für ihn getan. Warum hatte er mich nicht gelassen?

Ich schloss die Datei und öffnete den Ordner mit den Fotos.

FÜNFUNDVIERZIG

DIENSTAG, 14. JANUAR

Es dämmerte, als ich das Bildbetrachtungsprogramm meines Laptops endlich schloss. Ich hatte zwischenzeitlich das Ladekabel angeschlossen und mir zwei weitere Tassen Tee zubereitet.

Es waren nicht mehr als fünfzig Bilder, aber jedes einzelne erzählte seine eigene Geschichte und ich ließ mich in jede von ihnen fallen. Tief fallen. So tief, dass es lange dauerte, bis ich wieder herausgeklettert und bereit für die nächste war.

Als ich nun wieder den Hauptordner des USB-Sticks aufrief, verwandelten sich die durchmischten Emotionen, die von Liebe über Unverständnis und Bedauern bis hin zu Dankbarkeit reichten, in Angst.

Mein Großvater hatte mir die Option eröffnet, hier zu stoppen. Und anders, als er es im Sinn gehabt hatte, wusste ich bereits, warum er mich nicht mehr hatte sehen wollen. Ich wusste, warum er mich davor warnte, auch die anderen Ordner zu öffnen. Oder tat ich das nicht?

Ich dachte an mein Gespräch mit Bill. Tatsächlich wusste ich es eigentlich nicht. Tatsächlich suchte ich noch immer nach der konkreten Antwort darauf, warum er mich von sich gestoßen hatte. Und es gab weitere Fragen, die mich für den Rest meines Lebens beschäftigen würden, wenn ich mich nicht mit ihnen auseinandersetzte.

Also öffnete ich den zweiten Ordner. Er enthielt eine Textdatei mit dem Titel ‚HKB' und einen weiteren Ordner, der ‚HKB Recherche' hieß. Für einen Moment stockte mein Atem. Natürlich hatte er recherchieren müssen, um all die Informationen über Henry zu sammeln. Ich öffnete die zweite Textdatei, die wie im ersten Ordner ‚Meine liebe Lara' hieß.

Liebe Lara,

du hast dich entschieden, mehr zu erfahren. Das ist gut und nicht gut. Ich hätte dich gern vor dem bewahrt, was nun auf dich zukommt. Andererseits sollte jeder die Wahrheit und den Grund für seine Albträume kennen.

Ich stockte und dachte an die vielen Nächte, in denen ich schweißgebadet aufwachte. Er hatte davon gewusst.

Deine Mutter hat mir immer wieder Briefe geschrieben. Sie wollte verstehen, was geschehen war. Ich glaube, sie hat die Teile irgendwann so zusammengesetzt, dass sie ein Bild ergaben, das der Realität ausreichend ähnelte, um sie davon abzuhalten, weitere Fragen zu stellen. Und trotzdem schrieb sie mir Briefe, in denen sie mir von dir erzählte. Jeder einzelne zerriss mir das Herz.

Aus diesem Grund habe ich die leeren Stunden meiner Tage darauf verwendet, das Notizbuch zu schreiben, das du in

diesem Ordner findest. Die originalen Bücher befinden sich in einem Versteck in meinem Haus. Ich hätte sie verbrennen sollen. Aber ich konnte sie nicht wegwerfen.
  Sicher fragst du dich, was die Buchstaben HKB für eine Bedeutung tragen. Nun, HKB sind die Initialen eines Mannes. Sein Name war Henry Karl Brand.

Ich schluckte. Den vollen Namen hatte ich bis dahin nicht gekannt. Ihn zu lesen, machte aus dem dunklen Schatten einen Menschen.

Ich bitte dich, zunächst seine Geschichte zu lesen. Ich habe mein Recherchematerial hier gesammelt, damit du dich selbst näher mit ihm beschäftigen kannst, wenn du es willst. Vielleicht findest du dort weitere Antworten. Sicher aber viele Fragen.
  Ich würde diesen Brief gern um viele Seiten verlängern, einfach, um den Moment hinauszuzögern, in dem du alles erfährst. Aber das ist Unsinn.
  Ich möchte jedoch, dass du eines weißt. Das, was passiert ist, hat nichts daran geändert, wie lieb ich dich habe. Nichts. Wenn du das Notizbuch gelesen hast, wirst du vielleicht verstehen, warum ich nicht anders handeln konnte. Im nächsten Ordner findest du meine Erklärung.
  In Liebe, Großvater

Ich starrte auf die Zeilen. Da war sie, die Antwort, die ich suchte. Ich könnte nun tatsächlich aufhören zu lesen. Stattdessen schloss ich die Datei und öffnete den Rechercheordner. Zahlreiche Unterdateien und -ordner fanden sich darin. Es gab Fotos, einen Ordner mit dem Namen ‚Interviews' und Artikel von Henry. Die Ordner waren nach Jahreszahlen sortiert. Nach den Lebensjahren von Henry. Er wurde 43. Außerdem gab es eine Textdatei mit dem Titel ‚Notizbuch von HKB'.

Ich navigierte wieder auf die Ebene, in der ich das Notizbuch meines Großvaters fand, und öffnete es.

Obwohl ich die Worte bereits kannte, las ich es von Beginn an. Vielleicht hatte mein Großvater weitere Informationen hinzugefügt. Vielleicht hatte ich beim ersten Lesen etwas übersehen. Aber der wichtigste Grund war, dass mir so einige Stunden Zeit blieben, bis ich die Seiten lesen musste, die von meiner Verbindung zu Henry erzählten.

Zwei Stunden später konnte ich nicht länger sitzen. Mir tat der Rücken weh und die Verletzungen an Bein und Fuß schrien nach einer anderen Position. Mein Kopf schien mit all den Informationen nicht mehr umgehen zu können.

Ich würde noch mindestens eine Stunde weiterlesen müssen, bis Henry in der Bar auftauchte, und mein Körper schrie nach einer Pause.

Also lief ich durch die Wohnung, durchsuchte meinen Kühlschrank nach etwas Essbarem und fand nichts. Dann ging ich zurück ins Wohnzimmer, kopierte die Dateien auf meinen Laptop und steckte den Stick in die Hosentasche. Sein Inhalt war zu wichtig, um die Daten nicht zu sichern.

Ich riss die Fenster auf und schloss sie wieder. Ich spritzte mir eiskaltes Wasser ins Gesicht, saugte Staub und hängte die Wäsche auf, die seit gestern Abend im Wäschekorb trocknete.

Aber all das half nichts. Ich musste hier raus. Ich brauchte etwas Warmes zu essen und Bewegung.

Also zog ich mich an, steckte das Pfefferspray und den Taschenalarm ein und ging in den Flur. Mit der Taschenlampe meines Handys versuchte ich, das defekte Licht im Treppenhaus auszugleichen. Aber der schwache Lichtstrahl erhellte meine Etage nur dürftig.

Ich redete mir ein, dass es keinen Grund gab, Angst zu haben, aber sie war trotzdem da. Sie saß in meinem Nacken und trieb mich an, schneller zu gehen. Aber ich zügelte sie, erinnerte sie und mich an mein verletztes Bein, das noch immer nicht voll einsatzfähig war, und humpelte die Treppen hinunter in die nächste Etage. Dort funktionierte das Licht.

SECHSUNDVIERZIG

DIENSTAG, 14. JANUAR

Wie auch schon am Vormittag hatte ich das Gefühl, jemand würde mich verfolgen. Einmal glaubte ich sogar, Finns Gesicht zu sehen. Aber der Mann am Kiosk konnte nicht Finn sein. Finn war tot.

Ich aß in einem Bistro, erledigte ein paar Einkäufe und ging dann durch den eisigen Regen hindurch zurück nach Hause. Noch immer schloss die Haustür nicht richtig. Ich hatte dem Hausmeister bereits vor zwei Tagen Bescheid gegeben und obwohl er versprochen hatte, sich sofort darum zu kümmern, schnappte der Riegel nicht ein.

Nach einer heißen Dusche und mit einem Tee in der Hand kehrte ich zurück zu meinem Leseplatz. Ich winkte meiner Nachbarin zu, die am gegenüberliegenden Fenster in ihrer Küche stand und das Abendessen zubereitete.

Ich liebte die Stille des Hinterhofes, zu der die Fenster meiner Wohnung ausgerichtet waren. Aber ich mochte es nicht, dass meine Nachbarn sehen konnten, was auf meinem Frühstücksteller lag.

Also stand ich noch einmal auf und schloss die Vorhänge. Und dann las ich weiter und nach einer Stunde war ich wieder im Haus am Meer, trug zerrissene Blümchenstrumpfhosen und wartete. Mein Großvater hatte die Geschehnisse des Nachmittages so ausführlich beschrieben, wie er konnte. Allerdings fehlten ihm einige Informationen, die nur ich kannte.

Dennoch versuchte er, den Nachmittag zu rekapitulieren. Er schrieb davon, dass der Großvater das Mädchen allein gelassen hatte. Dass jemand seinen Tank manipuliert haben musste, denn das Auto fuhr ihn zwar in die Stadt, aber als er sich nach über einer Stunde auf den Rückweg machen wollte, startete es nicht mehr. Ein befreundeter Mechaniker untersuchte den Wagen, konnte jedoch lange keine Ursache finden.

In der Zwischenzeit rief der Großvater mehrfach bei dem Mädchen an, aber sie beantwortete das Telefon nicht.

Ein Klingeln drang in meine Ohren. Damals hatte ich es nicht gehört.

Mein Großvater schrieb davon, wie er immer wieder kurz davor war, jemand anderes zu bitten, ihn nach Hause zu fahren. Aber er würde das Auto am nächsten Tag brauchen und dachte nicht daran, mich nur abzuholen. Er rechnete jeden Moment mit der Fertigstellung der Reparatur.

Irgendwann stellte der Mechaniker schließlich eine defekte Tankanzeige und einen leeren Tank fest, schüttete einen Kanister Benzin hinein und mein Großvater raste nach Hause.

Der alte Mann rief den Namen des Mädchens, noch bevor er die Autotür verschlossen hatte. Sie antwortete nicht. Seine Beine drängten ihn, zum Haus zu rennen, aber die Angst verlangsamte seine Schritte.

Als er das Haus schließlich betrat, war es zunächst zu dunkel, um die Szenerie zu erkennen. Aber als sich seine Augen nach ein paar Sekunden an das fehlende Licht gewöhnt hatten, entfuhr ihm ein Schrei. Kein Geräusch entstand dabei. Nur sein Mund öffnete sich.

Das Mädchen erhob sich aus einer knienden Position, rannte auf ihn zu und sprang ihm in die Arme. Er fing sie auf, drückte sie an sich, schloss die Augen und atmete tief durch, um sich auf den Anblick vorzubereiten, der ihn erwartete, wenn er sie wieder öffnete. Am Fuß der Treppe lag ein Mann. HKB. Ein großer, dunkler Fleck hatte sich neben seinem Körper gebildet. Er lag in seinem eigenen Blut.

Er hatte es geschafft, ins Haus zu dringen. Er hatte das Mädchen bedroht. Und sie hatte sich mit der Waffe gegen HKB gewehrt, die der Großvater ihr erst erklärt und dann vor ihr versteckt hatte. Allerdings hatte er dafür gesorgt, dass sie dieses Versteck kannte. Sein Bauchgefühl hatte ihn dazu getrieben. Eine rationale Überlegung hätte ihn davon abgehalten. Und nun wusste er, warum er sich gegen diese Überlegungen gestellt hatte. Es war ihre einzige Möglichkeit gewesen, sich gegen dieses Monster zu wehren.

Er betrachtete wieder das Mädchen. Ihre Strumpfhose war zerrissen. Was hatte HKB ihr angetan? Hatte sie die Pistole rechtzeitig aus dem Nachttisch holen können? Wie würde sie verarbeiten können, dass sie einen Menschen getötet hatte?

Denn es bestand kein Zweifel daran, dass HKB tot war.

Ein Geräusch ließ mich aufschrecken. Jemand war im Treppenhaus.

Ich stellte den Laptop zur Seite und schlich zur Wohnungstür. Natürlich konnte ich durch den Spion hindurch nichts erkennen. Der Hausflur war dunkel und ich hatte nicht vor, das durch das Öffnen der Tür zu ändern. Also lauschte ich und wartete, ob sich das Geräusch wiederholen oder ein weiteres hinzukommen würde. Aber nichts dergleichen geschah.

Leise ging ich zurück und las noch einmal die Zeilen, wie mein Großvater mich ins Obergeschoss trug, über den Umgang mit der Leiche nachdachte, mich wusch und ins Bett kuschelte und sich schließlich Henrys Körper annahm.

An dieser Stelle fanden sich wieder Informationen, die nicht im originalen Notizbuch gestanden haben konnten. Oder doch? Mein Großvater schrieb davon, wie er Henry und seinen Rucksack in den Keller zog, danach den Eingangsbereich von den Blutspuren befreite und die Waffe in das unterste Fach einer alten Kommode im Wohnzimmer legte. Dieselbe Kommode, in der er später auch die Knochen und weitere Beweise verstecken sollte.

Er hatte meine Mutter angerufen, ihr erzählt, ich hätte schreckliche Albträume und er würde mich am nächsten Morgen nach Hause bringen. Und dann endete der Text.

Für ein paar Minuten blieb ich reglos sitzen. Ich hatte erwartet, dass er erklären würde, was weiter mit dem Leichnam geschehen war. Hatte niemand nach HKB gesucht? Hatte ihn niemand vermisst?

Ich öffnete den Ordner mit der Nummer 3 und las den Brief. Darin erklärte mir mein Großvater noch einmal, dass es nicht meine Schuld gewesen wäre. Dass ich mich nur verteidigt hätte und dass eine Kurzschlussreaktion ihn dazu verleitet hatte, eine falsche Entscheidung zu treffen, aus der er dachte, nicht mehr heraus zu kommen.

Er schrieb, dass er weder meiner Mutter noch mir danach unter die Augen hatte treten können. Er fühlte sich feige und hatte Angst, ich würde mich erinnern, wenn ich das Haus wieder betrat oder ihn sah. Meiner Mutter gab er nie eine offizielle Erklärung. Er hörte einfach auf, ihr zu antworten, ging nicht mehr ans Telefon und lud uns nicht mehr ein. Meine Mutter hatte nicht die Kraft, sich dem zu widersetzen, also schrieb sie ihm Briefe. Und erst, als er ins

Altersheim ging, baute sie wieder persönlichen Kontakt zu ihm auf.

Nach seiner Erklärung verwies er mich auf die weiteren Ordner. In Ordner 3 war ein zweites Textdokument, in dem er tatsächlich erklärte, was mit der Leiche geschehen war. Er sagte, ich sollte es lieber nicht lesen. Falls ich aber mit all dem zur Polizei gehen wollte, wäre das für die Beamten vielleicht von Interesse.

Damit war die Geschichte HKBs eigentlich abgeschlossen. Ich hatte meine Antworten. Trotzdem gab es zwei weitere Ordner. Ich öffnete den vierten. Er enthielt ebenfalls einen Brief und eine zweite Textdatei, die auflistete, welche Gegenstände ihm in seiner Zeit im Altersheim abhandengekommen waren.

Außerdem fand ich einen weiteren Ordner mit dem Namen ‚Notizen'.

Ich las den Brief.

Liebe Lara,

nun, nachdem du alles weißt, schreibe ich dir mit einem leichteren Herzen. Ich fühle mich dir wieder näher und ich hoffe, dass es dir auch so geht. Inzwischen bin ich im Altersheim. Ich gehöre nicht hierher und in dem Ordner ‚Notizen' erkläre ich, warum das so ist.

Seltsame Dinge gehen seit einer Weile in meinem Leben vor sich und sie hängen nicht mit meinem Alter oder irgendeiner Gehirnschwäche zusammen. Vor einiger Zeit, ich wohnte noch in meinem Haus, tauchten zwei junge Männer im Dorf auf. Sie sahen HKB sehr ähnlich. Die gleichen blassen Augen. Der gleiche fokussierte Blick.

Mein Bauch zog sich zusammen, um mich aufzufordern, wieder einzuatmen. Aber ich konnte es nicht. Ich las die Stelle noch einmal. Und noch ein weiteres Mal. Aber die Worte ergaben keinen Sinn. Mein Herz raste. Meine

Hände waren eiskalt und meine Augen irrten immer wieder über die Zeilen, in der Hoffnung, eine andere Interpretation an mein Gehirn senden zu können. Ein fehlendes Wort, das erklärte, was ich nicht verstand. Das dem Gedanken, den ich mit aller Kraft davon abhielt, sich in meinem Kopf auszubreiten, die Grundlage nahm. Aber sie fanden keines. Dafür ergänzten Erinnerungsfetzen der Tage im Strandhaus ihre Bedeutung. Bobbi, die davon sprach, dass ihr *ein* Bruder das Kochen beigebracht hatte. Finn, der von sich behauptete, nicht kochen zu können und sich deshalb eine Tiefkühlpizza zubereitete. Und wieder Bobbi, die mir sagte, ich wüsste nicht, wie anstrengend es wäre, Brüder zu haben. Wie hatte ich das übersehen können? Wie hatte ich all diese Hinweise ignorieren können? Ich atmete schnell und kurz durch den Mund und las weiter, in der Hoffnung, weitere Informationen zu erlangen.

Sie fragten nach HKB. Und irgendwann kamen sie auch zu mir. Ich sagte ihnen, dass ich nichts wüsste und sie verschwanden wieder. Und dann begann sich mein Leben zu verändern. Mein Tank war leer, obwohl ich ihn am Tag zuvor gefüllt hatte. Ich suchte die Milch und fand sie im Kleiderschrank. Ich ließ den Haustürschlüssel von außen stecken oder im Haus liegen, wenn ich unterwegs war. Und dann, eines Tages vergaß ich, den Herd auszuschalten, und hätte die Küche in Brand gesetzt, wenn ich nicht zufällig Besuch gehabt und dieser es nicht rechtzeitig bemerkt hätte.

Es war ein befreundeter Arzt und er rief deine Mutter an. Sie kam und wir entschieden gemeinsam, dass es wohl besser wäre, wenn ich unter ständiger Betreuung stand. Ich begann, zu glauben, dass ich mir die beiden Männer ebenfalls eingebildet hätte. Immerhin hatte mit ihnen alles angefangen.

Endlich atmete ich tief genug ein, damit die Luft meinen Körper durchströmen konnte. Mehrfach. Mein Gehirn musste Sauerstoff zwischen all die Gedanken und Bilder treiben. Hatte er sich tatsächlich nur eingebildet, dass es zwei Männer waren?

Ich weiß nicht, ob ich den nächsten Gedanken mit dir teilen soll, Lara, denn ich will dich nicht beunruhigen. Einer der beiden arbeitet hier in diesem Heim als Pfleger. Er stellt Fragen über seinen Vater. Ich glaube, dass er mich bestiehlt. Seit Wochen fehlen immer wieder ein paar meiner Sachen. Meine Uhr. Erinnerst du dich an sie? Die Omega, die ich einmal am Tag aufziehen muss? Sie ist weg. Und meine Notizbücher. Natürlich nicht jene, die du inzwischen kennst.

Er will herausfinden, was mit seinem Vater passiert ist, aber ich bin zu feige, um ihm diese Informationen zu geben. Nicht, bevor du nicht die gesamte Wahrheit kennst. Nicht, ohne zu wissen, dass du möchtest, dass die Welt von dieser Wahrheit erfährt.

Ich las den Brief zu Ende und fragte mich, ob mein Großvater verrückt gewesen war. Ich schaltete mein Telefon ein, das ich kaum noch nutzte, weil sich ständig Reporter meldeten, die ein Interview mit mir führen wollten. Für den Bruchteil einer Sekunde wollte ich meine Mutter anrufen. Als mir der Irrtum bewusst wurde, löschte ich die zwei Dutzend verpassten Anrufe und wählte Bills Nummer.

„Lara, ich habe schon erwartet, wieder von dir zu hören." Es war laut um ihn herum, aber ich verstand ihn gut. Es war nur ein Rauschen. Vielleicht saß er im Auto.

„Hallo, Bill. Weißt du, was auf dem Stick ist?"

„Nein, ich habe keine Ahnung."

„Okay."

Er zögerte. „Aber dein Großvater sagte, du solltest dir den Rechercheordner ansehen. Was auch immer das bedeutet. Was bedeutet es, Lara?"

Ich sagte nichts.

„Hängt es mit … du weißt schon, hat es etwas mit den Knochen zu tun?"

Ich schluckte. „Ja. Ja, das hat es."

„Was beunruhigt dich?"

„Alles."

„Mach dir keine Sorgen. Dieser Irre ist tot."

Aber was, wenn es zwei davon gab? Sollte ich Bill von den Worten meines Großvaters erzählen?

„Lara? Warum hast du angerufen?"

Ich zögerte, sagte es dann aber doch: „Mein Großvater glaubte, dass … Ein paar Monate, bevor er ins Altersheim kam, glaubte er, zwei Männer gesehen und mit ihnen über Henry gesprochen zu haben."

„Zwei Männer."

„Ja. Zwei Männer, die Henry sehr ähnlich sahen."

Er atmete lange aus.

„Bill?"

„Ja?"

„Glaubst du, dass mein Großvater dement war?"

„Vieles deutet darauf hin."

„Das ist keine Antwort."

Er sog die Luft zischend ein. „Mein Bauch sagt nein."

Ich schluckte.

„Hör zu, du kontrollierst diesen Recherche-Ordner und nachdem wir aufgelegt haben, verriegelst du Türen und Fenster und ich sehe, ob ich doch noch etwas über Finn herausfinden kann." Bisher war es nicht viel gewesen, da es keinerlei Personendaten zu ihm gab.

„Vielleicht hat die Polizei inzwischen eine Verbindung zwischen ihm und Henry herstellen können. Über die Mutter vielleicht. Oder Henrys Schwestern." Ich hatte sowohl den Polizisten als auch Bill von Finns Familiengeschichte erzählt. Natürlich konnte ich nicht davon ausgehen, dass auch nur ein einziges Wort davon der Wahrheit entsprach. Aber vielleicht war nicht alles gelogen. Dennoch gab es bisher keine Spur. Die Schwestern hatten ihren Bruder seit Jahrzehnten nicht gesehen.

„Ich hake noch einmal nach." Er zögerte. „Dafür muss ich auflegen, Lara."

Ich wusste, dass er recht hatte, aber ich wollte nicht auflegen. Ich hatte zu viel Angst vor weiteren Familienmitgliedern, die ich in dem Ordner finden würde. Dennoch verabschiedete ich mich und schob das Handy in die Bauchtasche meines Kapuzenpullovers.

SIEBENUNDVIERZIG

DIENSTAG, 14. JANUAR

Ich wusste nicht, wo ich anfangen sollte, also klickte ich mich durch die einzelnen Unterordner. Meine Finger zitterten und ich konnte mich kaum auf das konzentrieren, was ich überflog. Niemals würde ich auf diese Weise finden, wonach ich suchte.

Ich lehnte mich zurück und schloss die Augen. Es gab keinen Familienstammbaum. Lediglich weitere Interviews, Zeitungsartikel, Fotos und Notizen meines Großvaters. Er hatte über Henrys Familie geschrieben. Warum hatte er seine Kinder nicht erwähnt? War es möglich, dass er nichts von ihnen wusste?

Ich übersah das Material. Großvater hatte mit Henrys Schwestern gesprochen, nicht aber mit einer anderen Frau. Mit Arbeitskollegen, aber nicht mit einer Geliebten. Was er über Henrys Liebesleben wusste, stammte aus zweiter Hand. Und aus Henrys Notizbuch, fiel es mir schlagartig ein. Ob er dort einen Vermerk über seine Kinder gemacht hatte?

Ich fand die Datei im selben Ordner und durchsuchte sie nach den Worten ‚Kinder', ‚Kind', ‚Sohn', ‚Söhne', ‚Jungs', ‚Junge', ‚Familie' und ‚Finn'. Aber die Ergebnisse gaben keine Auskunft über Finn und seinen potentiellen Bruder.

Wie war es überhaupt möglich, dass er zeitgleich bei Finn und Bobbi gewesen war? Sie beide hatten erzählt, dass sie ihn kurze Zeit vor seinem Verschwinden gesehen hatten. Dass er bei ihnen gewohnt hatte. Einer von beiden log. Und ich war noch immer gewillt, Bobbi Vertrauen zu schenken.

Bobbi war etwas jünger gewesen. Täuschte sie ihre Erinnerung? Ich durchsuchte den Text nach ihrem Namen, nach ‚Mädchen' und ‚Tochter'. Aber auch über sie hatte Henry kein Wort verloren.

Höchstwahrscheinlich hatte Finn auch hier gelogen. Wahrscheinlich hatte er seinen Vater nicht vor dessen Abreise gesehen. Vielleicht war er ihm nie begegnet. Zumindest war Bobbi nicht seine Frau, sie war nicht mit ihm durch Europa gereist. Aber was, wenn das nicht stimmte? Was, wenn er tatsächlich nicht allein gewesen war? Was, wenn es jemanden gab, der die Sache zu Ende bringen wollte?

Ich durchsuchte die Fotos. Es waren Bilder, die Henrys Vergangenheit abbildeten. Die er selbst gemacht hatte. Landschaftsaufnahmen, fremde Gesichter, Armut, Leid und Frohsinn. Momente, die mit einem Blinzeln verschwanden und solche, die sich für immer in die eigene Gedankenwelt einbrannten. In manchen verlor ich mich für Sekunden, bis ich mich besann und weitersuchte. Ganz am Ende fand ich ein paar private Bilder, die eingescannt worden sein mussten. Henry im Alter von etwa fünf Jahren mit seinen Schwestern. Henry inmitten anderer Fotografen. Henry beim Fotografieren.

Henry mit einem kleinen Mädchen auf dem Arm. Mein Hals schnürte sich zu, als ich Bobbi erkannte. Und dann ein Bild von zwei Jungs im Alter von etwa zwei Jahren. Es war eine Schwarz-Weiß-Aufnahme, aber die hellen Augen stachen trotzdem oder gerade wegen des höheren Kontrasts heraus.

Beide trugen einen Latz um den Hals und ihre Gesichter waren verschmiert mit etwas Dunklem. Auf den Latz waren niedliche Drachen und ein Name gestickt. Die Drachen waren identisch. Die Namen nicht. Auf dem einen stand Finn. Auf dem anderen Karl.

Irgendwann begannen meine Augen zu brennen und mir wurde bewusst, dass ich auf das Bild starrte, ohne zu blinzeln. Mein Kopf war leer, als hätte er Angst vor den vielen Gedanken, die auf ihn einströmen würden, sobald er es zuließ.

Finn und Karl. Karl und Finn. Nur diese beiden Namen schafften es über die Mauer hinweg. Oder darunter hindurch. Finn und Karl. Und dann bröckelten der Mörtel und die Steine und die Fragen drangen hindurch.

Karl war Henrys zweiter Vorname. Was verband ihn mit dem Namen Finn? Warum gab es dieses Foto? Hatte Henry es gemacht? Wo war Bobbi zu dieser Zeit? Und warum hatte mein Großvater nichts von Henrys Kindern gewusst, wenn er doch diese Bilder hatte? Er hatte nicht über sie geschrieben und schien überrascht, als die beiden Männer bei ihm auftauchten.

Diese Fragen waren unwichtig. Es kam nicht darauf an, ob Henry ein guter Vater gewesen war. Die Antwort darauf kannte ich ohnehin. Nein, im Moment durften mich diese Dinge nicht interessieren.

Ich atmete tief in den Bauch und fokussierte meine Gedanken auf diesen einen Punkt, hinter dem die wichtigste aller Fragen verborgen lag. Und dann brach sie ohne Vorwarnung durch und brachte dutzende weitere mit sich.

Hatte Bobbi Finn oder Karl getötet? Welcher der beiden hatte auf mich geschossen? Wen hatte ich am Kiosk gesehen? Waren beide gleichermaßen gefährlich? Bobbi musste ihren Worten nach zu urteilen gewusst haben, dass sie zwei Brüder hatte. Waren sie beide im Bootshaus gewesen?

Ich dachte an den versteckten Raum, den ich nur im Schein einer Taschenlampe gesehen hatte. Waren es nicht zu viele Vorräte für eine Person gewesen? Standen dort zwei Zahnbürsten oder eine?

Und noch immer hatte ich das Gefühl, etwas Wichtiges zu übersehen. Ich hatte das Gefühl, in die falsche Richtung zu denken. Ich brauchte diese Informationen nicht. Was ich wirklich wissen musste, war, ob der überlebende Bruder eine Gefahr darstellte.

Und dann traf mich der Gedanke, den ich suchte. Mein Hals schnürte sich weiter zu und der Rest meines Körpers erstarrte, als ihn die Angst in jedem Winkel erreichte. Bobbi hatte hin und wieder meinen Schlüssel mitgenommen, wenn sie zur Uni oder in den Supermarkt gegangen war. Sie hätte ausreichend Zeit gehabt, um eine Kopie anfertigen zu lassen. Bobbi war in unserer gemeinsamen Zeit nicht die gewesen, für die ich sie hielt. Was, wenn diese fremde Bobbi einem ihrer Brüder meinen Schlüssel übergeben hatte?

ACHTUNDVIERZIG

DIENSTAG, 14. JANUAR

Ich konnte mich nicht bewegen. Wie lange war es her, dass ich den Mann am Kiosk gesehen hatte? Hätte er danach in die Wohnung gelangen können? Ja, antwortete mir meine innere Stimme. Ja, er hätte genug Zeit gehabt. Was, wenn er sich im Schlafzimmer befand und nur darauf wartete … Ja, worauf eigentlich? Warum sollte er im Schlafzimmer auf mich warten?

Ich schüttelte den Kopf, stellte den Laptop zur Seite und leerte das Teeglas in einem Zug. Der Tee war kalt und dennoch spürte ich, wie er mir Kraft gab. Ich stand auf und durchquerte das Wohnzimmer, entschlossen, im Schlafzimmer die Lichter einzuschalten und meinen Ängsten zu zeigen, dass sie unbegründet waren.

Aber als ich den Flur erreichte, klingelte es an der Wohnungstür. Mein rasendes Herz setzte aus. Und dann schüttelte ich wieder den Kopf. Finn würde nicht klingeln. Ich zögerte, bevor ich weiterging.

Und Karl sicher auch nicht.

Ich erreichte die Gegensprechanlage mit wenigen Schritten. Mein Blick glitt in die Küche. Dort war niemand. Ich nahm den Hörer ab und dann hörte ich es. Das Knarren der zweiten Diele, auf die man unweigerlich trat, wenn man vom Schlafzimmer in die Küche ging. Oder zur Haustür. Bobbi und ich kannten diese Diele.

Ich wollte in den Hörer schreien, aber bevor ich einen einzigen Ton herausbrachte, legte sich eine Hand auf meinen Mund und eine andere griff nach dem Hörer, um ihn zurück auf die Gabel zu legen. „Hallo, mein Schatz."

NEUNUNDVIERZIG

NOVEMBER, ZWEI MONATE ZUVOR.

Der lange, kahle Flur war nur schwach beleuchtet. Das lag zum einen an der Uhrzeit und zum anderen daran, dass jemand drei der Glühbirnen soweit herausgeschraubt hatte, dass sie den Kontakt zum Strom verloren hatten. Ich ging nicht davon aus, dass uns jemand sah. Die zweite Pflegekraft in dieser Nacht hatte sich krankgemeldet. Die Arme hatte wohl etwas Falsches gegessen. So wie auch die meisten der Bewohner. Bei ihnen war es eine spezielle Zutat, die den Kuchen in ein Abführmittel verwandelt hatte. Der Pflegerin hatte diese spezielle Zutat bereits ihren morgendlichen Starbucks-Kaffee versalzen.

Ich konnte also ungestört in sein Zimmer gehen. Ich fand es schade, dass er unser letztes Zusammensein nur hinter der Wolke eines intensiven Medikamentennebels erfahren würde. Aber andererseits hätte ich ihn sonst nur schwer dazu bringen können, mit mir zu kommen.

So aber stand er bereitwillig auf und glaubte mir, als ich ihm erzählte, es hätte einen Feueralarm gegeben und außer ihm ständen bereits alle Bewohner vor dem Haus. Ich sagte ihm, er habe keine Zeit, seine Schuhe anzuziehen, erlaubte ihm aber, eine Jacke überzulegen. In der Nacht war es schließlich schon so kalt, dass sich Frost auf den Wiesen bildete.

Ich öffnete die Tür und sah mich um. Niemand würde uns stören.

„Kommen Sie. Wir nehmen die Außentreppe. Das ist sicherer." Zumindest wäre es das im Brandfall gewesen.

Er murmelte etwas Unverständliches und ließ sich von mir über den Flur ziehen.

Ich selbst trug nur die dünne Pflegerinnen-Uniform und eine Strickjacke darüber. Deshalb traf mich die Kälte, die von einem starken Wind durch die Luft getragen wurde, unerwartet stark. Ich fröstelte und schüttelte mich kurz.

Wir traten auf die Metallgitter-Plattform und ich schloss die Tür. Er schlang die Arme um seinen knochigen Körper. Dabei wankte er etwas hin und her. Das matte Licht, das durch die Glastür zu uns hinaus schien, beleuchtete sein Gesicht so weit, dass ich die zusätzliche, tiefere Falte auf seiner Stirn sehen konnte, als er mich ansah.

„Ich kenne Sie."

Ich lächelte. Die Wirkung der Medikamente ließ etwas nach. Die Kälte musste seine Sinne wiederbelebt haben.

„Aber Sie arbeiten nicht hier."

Ich presste die Lippen aufeinander.

„Was tun Sie hier?"

Ich wusste, ich musste mich beeilen. Er war alt, aber er war auch einen Kopf größer als ich und ich wollte es nicht zu einem Kampf kommen lassen. Und dennoch musste ich diese letzten Worte mit ihm teilen.

„Ich bin hier, um mit Ihnen über meinen Vater zu sprechen."

„Ihren Vater?"

Ich nickte. „Sein Name war Henry."

Entsetzen trat auf sein Gesicht. „Was … was wollen Sie von mir?"

Ich zuckte mit den Schultern. Hitze stieg in mir auf und behauptete sich gegen die von außen durch meine Haut dringende Kälte. „Ich will wissen, was Sie mit ihm gemacht haben."

Er sagte nichts.

„Nun, ich dachte es mir bereits. Den größten Teil der Geschichte kenne ich ohnehin schon."

Seine Augen weiteten sich. Er sah zur Tür, aber ich stand zwischen ihm und dieser Fluchtmöglichkeit.

„Aber vielleicht möchten Sie mir ja doch noch ein paar Worte sagen. Zum Beispiel, was auf den Seiten stand, die Sie aus Ihrem Notizbuch gerissen haben."

Er runzelte die Stirn. „Welches Notizbuch?"

Richtig, er hatte einen ganzen Schrank mit diesen Dingern gefüllt. „Das, in dem sie sich dazu entscheiden, die Leiche meines Vaters verschwinden zu lassen."

Er wich einen Schritt zurück und näherte sich dadurch bereits der Treppe. Ich folgte ihm und zwang ihn auf diese Weise, einen weiteren Schritt zu gehen.

„Also, was stand auf den fehlenden Seiten?" Meine Stimme war ruhig. Schließlich wollte ich keine Aufmerksamkeit auf uns lenken.

„Ich habe nie … ich weiß nicht."

Ich legte meine Hand auf seine Schulter und tätschelte sie. In erster Linie, um ihm näher zu kommen. In zweiter Linie, um ihn abzulenken, ihm zu suggerieren, dass meine Berührung ihm nicht schaden würde. „Das macht nichts. Wir werden Lara am Ort des Geschehens befragen."

Ich lächelte, als sich seine Augen weiteten. „Nein."

„Ich bin sicher, dass wir irgendwo in ihrem hübschen Köpfchen die Wahrheit finden werden."

Ich hatte zu hoch gepokert. Er drückte seine Hände gegen meine Schultern und stieß mich zurück. Ich taumelte, schaffte es aber, mein Gleichgewicht zu halten und sofort zurückzustoßen. Ich rammte beide Fäuste in seinen Bauch, noch bevor er in der Lage dazu war, die eigene Balance wiederzufinden. Er stürzte und fiel die ersten Stufen hinunter. Aber dort blieb er hängen.

„Was ist hier los? Warum dauert das solange?" Finn trat durch die Glastür und sah von mir zu ihm. „Bobbi!"

„Entschuldige, die Tabletten haben nicht mehr gewirkt."

Er atmete entnervt auf und sah wieder zu dem alten Mann. Ich richtete meinen eigenen Blick auf die Treppe. Er bewegte sich nicht.

„Wir müssen ihn noch einmal runterwerfen."

Ich starrte ihn an.

„Nun mach schon." Finn war bereits bei ihm und zog an den Schultern des Mannes.

Dieser stöhnte auf.

Ich konnte mich nicht rühren und beobachtete, wie Finn den Körper anhob, die restlichen Stufen hinunterwarf und ihm dann hinterherlief, um den Puls zu überprüfen.

Nach einer Minute kam er zurück. „Das wäre erledigt. Jetzt verschwinde hier." Er ging an mir vorbei zur Glastür. „Ich werde noch ein paar Betten frisch beziehen."

FÜNFZIG

DIENSTAG, 14. JANUAR

Im ersten Moment war ich erleichtert. Bobbis sanfte Stimme hallte in mir nach und ich fühlte mich sicher. Sie war nicht der verrückte Zwillingsbruder. Aber dann spürte ich etwas Spitzes in meinem Rücken. Ich wollte mich zu ihr drehen, aber sie verstärkte den Druck der Spitze auf meine Haut. Es fehlte nicht viel und sie würde mich verletzen.

„Was tust du hier?" Ich flüsterte.

Sie lachte auf. „Wonach sieht es denn aus?" Sie schob mich in die Küche, setzte mich auf einen Stuhl und fesselte meine Hände hinter der Lehne mit einem Seil, das zuvor über ihren Schultern gelegen hatte. Ich wehrte mich, aber sie rammte mir ein Knie in den Bauch und nutzte die wenigen Sekunden, die mich der Schmerz außer Gefecht setzte, um das Seil zu verknoten.

Ich konnte nicht glauben, dass sich dieser Albtraum wiederholte. „Es sieht aus, als hättest du den Verstand verloren."

Sie funkelte mich an. „Das Einzige, was ich verloren habe, ist mein Bruder."

„Na, zum Glück hast du ja noch einen zweiten." Ich bereute die Worte. Nicht, weil sie sie möglicherweise verletzten, sondern weil sie höchstwahrscheinlich ihre Wut verstärkten. Den Hinweis darauf, dass sie selbst es gewesen war, die einen von ihnen erschossen hatte, verkniff ich mir deshalb.

Sie erwiderte jedoch nichts. Stattdessen ging sie zum Kühlschrank, nahm die Milch heraus und ihre Cornflakes aus dem Regal. Sie schüttete beides in eine Schale, nahm einen Löffel aus dem Schubfach und wartete, bis sich die Milch braun färbte, die Flakes aber noch knackig waren. Dann aß sie. So, als hätte sie ein paar Stunden Zeit. So, als säßen wir beim Frühstück und besprachen, wie wir den Nachmittag nach den Vorlesungen verbringen würden. War sie überhaupt eine echte Studentin?

Mein Blick glitt an ihr vorbei, während meine Gedanken zurück zu dem Moment wanderten, in dem Bobbi mir die Hand auf den Mund gelegt hatte. Wäre ich doch nur schneller gewesen. Wer hatte geklingelt? Ich hoffte darauf, dass es nicht nur ein weiterer Paketbote gewesen war. Aber wer sollte sonst an meiner Tür klingeln? Die Vorlesungen begannen erst nächste Woche und ohnehin gab es in meinem Leben niemanden mehr, der unangemeldet vorbeikam.

Ich dachte an das Telefon in meinem Pullover. Warum hatte ich nicht sofort Bill angerufen? Natürlich hätte ich ihn auf die falsche Spur gebracht. Aber zumindest hätte er gewusst, dass ich mich möglicherweise in unmittelbarer Gefahr befand.

Wie hatte ich so dumm sein können, ein zweites Mal in diese Falle zu tappen? Bobbi ein weiteres Mal zu vertrauen? Im Krankenhaus hatte sie mir glaubhaft gemacht, alles zu bereuen. Und ich hatte ihr geglaubt. Ich hatte ihr nicht verziehen, aber ich hatte ihr geglaubt.

„Weißt du, Lara, ich mag dich wirklich." Sie zwinkerte mir zu. „Und ich mag auch ... nun ja, Frauen. Aber vielleicht hast du dir das inzwischen ja sogar gedacht."

„Warum hast du deinen Bruder erschossen?" Vielleicht war es gar nicht so schlecht, wenn sie wütend wurde. „Er hätte Niklas und mich töten und mit dir verschwinden können."

Sie kaute und schüttelte den Kopf. Als sie geschluckt hatte, tippte sie mit dem Zeigefinger an ihre Schläfe und sagte: „Du hast einen Denkfehler, Liebling. Wenn ich zugelassen hätte, dass er euch tötet, hätte jeder gewusst, dass ich noch immer mit ihm unter einer Decke steckte." Sie legte den Löffel an die Lippen und sah nach oben. „Was ich tatsächlich ja gar nicht mehr tat. Ich meine ..." Sie lachte auf. „Schließlich habe ich ihn ja getötet."

„Warum bist du hier?"

Sie runzelte die Stirn. „Ist das nicht klar?"

„Nein, das ist es nicht." In diesem Moment vibrierte mein Telefon. Ich sprach weiter, um das Geräusch zu übertönen. „Natürlich könnte ich glauben, du hättest einfach nur große Sehnsucht nach mir gehabt und wolltest mich wiedersehen. Aber dieses Ding da ..." Ich deutete mit dem Kopf auf das Messer, das neben ihr auf der Arbeitsplatte lag. „... überzeugt mich nicht wirklich von dem Gedanken." Das Vibrieren verstummte.

„Also, pass auf. Finn und ich hatten diesen Plan. Wir wollten die Wahrheit erfahren und dich töten. Der erste Teil hat ganz gut geklappt. Und nachdem ich vorhin endlich die fehlenden Seiten deines Großvaters lesen konnte, weiß ich nun auch, wo er ihn versteckt und was er danach mit ihm gemacht hat. Widerlich, oder?"

Ich runzelte die Stirn. Sie hatte meinen Laptop durchsucht, als ich die Milch für ihre Lieblings-Cornflakes in den

Einkaufskorb gelegt hatte. Natürlich, sie kannte das Passwort, um Zugriff auf meinen Computer zu erhalten. Sie hatte einen Schlüssel und sie kannte das Passwort, weil es mir irgendwann zu lästig geworden war, es für sie einzugeben. Und das andere Passwort, das für die Dateien auf dem Stick, hatte direkt neben dem Laptop gelegen.

„Ich weiß nicht, wovon du sprichst."

„Oh, du hast nicht in den Ordner mit den Ausführungen gesehen, in dem er erläutert hat, wie er die Knochen erst vom Rest des Körpers gelöst, ausgekocht und dann in einem Lackbad zum Glänzen gebracht hat?"

Ein Brennen zog meinen Hals hinauf und ich schluckte den Brechreiz hinunter.

„Ich hätte es mir denken können." Sie deutete auf mein Gesicht und lachte. „Auf diese Weise hast du dein Gesicht beim Lesen auf jeden Fall nicht verzogen." Sie hatte mich beobachtet.

„Es ist widerwärtig, oder? Aber eigentlich auch ganz süß. Schließlich hat er alles nur für dich getan."

„Du bist Schauspielerin, habe ich recht?"

Jetzt war sie es, die die Stirn runzelte, aber dann lächelte sie. „Darauf bist du nicht erst jetzt gekommen."

Nein, das war ich nicht. „Du willst also euren Plan beenden?" Ich war so müde und aller Illusionen beraubt, dass ich fast hoffte, sie würde es einfach hinter uns bringen.

In diesem Moment vibrierte mein Telefon erneut und diesmal hörte sie es, bevor ich wusste, mit welchen Worten ich sie ablenken sollte.

Sie kam zu mir, suchte mich mit den Augen ab und legte dann ihre Hand auf meinen Bauch. Mit einem Grinsen zog sie das Telefon aus der Tasche und sah auf das Display. „Der gute Bill. Ein wirklich netter Typ. Er hat dafür gesorgt, dass ich nicht allzu viel Polizeiaufsicht erhielt. Das hat die Flucht deutlich einfacher gemacht. Natürlich habe ich ihnen eine falsche Fährte gelegt, damit sie nicht auf die Idee kommen, mich zuerst bei dir zu suchen. Sie glauben, ich würde alles schwer bereuen und wolle ein neues Leben anfangen. Hach, diese süße Krankenschwester kann wirklich toll zuhören. Es wundert mich nur, dass dich niemand angerufen hat." Ich dachte an die zwei Dutzend verpasster Anrufe.

Sie legte das Handy zur Seite und nahm wieder die Schale in die Hand. Aber als sie den Löffel hineinsteckte, verzog sie das Gesicht und stellte sie zurück. „Irgendwann sollte jemand Cornflakes erfinden, die man länger als zwei Minuten essen kann, findest du nicht auch?" Sie schob die Schale von sich. In meine Richtung.

„Was jetzt, Bobbi?"

„Ehrlich gesagt, ich bin nicht sicher." Sie zog die Lippen ein. „Irgendwie hoffe ich noch immer, dass wir gut aus dieser Sache herauskommen. Wir beide, weißt du? Gemeinsam. Ich vermisse dich. Vermisst du mich nicht auch ein bisschen?"

Ich starrte sie an, unfähig, etwas zu sagen.

Aber dann lachte sie laut und meine Verwirrung löste sich auf. „Das ist natürlich völliger Bullshit. Ich werde dich töten. Aber es wird wie ein Unfall aussehen. So wie bei deiner Mami und so wie bei deinem Großvater. Er war eigentlich ein ziemlich netter Typ, weißt du?"

„Du hast nur eine Sache nicht bedacht."

Sie runzelte wieder die Stirn, setzte dann aber ein Grinsen auf. „Ach ja? Was denn, Schätzchen?"

„Sie werden meinen Tod mit dir in Verbindungen bringen."

Sie lächelte. „Oh nein, denn ich werde diejenige sein, die versucht hat, dich vor meinem Bruder zu warnen. Wenn ich es mir recht überlege, muss es gar nicht wie ein Un..."

Und in diesem Moment klingelte es erneut. Nicht mein Telefon. Es klingelte erneut an der Tür.

Sie verzog das Gesicht, kam mit dem Messer zu mir und hielt es mir an den Hals. Auch sie hatte erkannt, dass es das Klingelzeichen der Wohnungstür war. Jemand stand wenige Meter von uns entfernt und wollte, dass ich die Tür öffnete. „Wir lassen ihn einfach klingeln." Sie flüsterte mir verschwörerisch ins Ohr. „Was hast du Wichtiges bestellt, Lara? Einen Fernseher? Ich hoffe, es ist etwas, das der Bote beim Nachbarn abgeben kann."

Es klingelte erneut. Und dann zwei weitere Male mit kürzerem Abstand. Und schließlich ertönte ein Klopfen. Ich wollte schreien, aber inzwischen lag Bobbis linke Hand auf meinem Mund und nur ein dumpfes „Mmmmmm" erklang. Ich schnappte mit den Zähnen nach ihren Fingern, bekam etwas Haut zu fassen und spürte im selben Moment die Schärfe der Klinge an meinem Hals. Ich löste die Zähne wieder.

Von der anderen Seite der Tür rief jemand: „Polizei. Sofort aufmachen!"

Der Druck von Hand und Messer wurde noch ein bisschen stärker. Bobbi wurde nervös und ich war nicht sicher, ob das meine Überlebenschancen erhöhte oder senkte.

Das Klopfen war nun lauter, drängender. „Machen Sie die Tür auf." War es dieselbe Stimme? Wie viele Polizisten standen vor der Tür? Würden sie sie aufbrechen? Und warum waren sie überhaupt hier? Hatte Bill sie gerufen? Waren sie gekommen, um mich zu warnen?

Wieder vibrierte mein Telefon, lauter nun, da es auf der Arbeitsplatte lag, und die Vibration eine Reibung auf dem alten Granit auslöste.

„Wir wissen, dass jemand zuhause ist. Öffnen Sie die Tür oder wir werden es tun."

„Irgendwie kommt mir diese Stimme bekannt vor." Bobbi sprach leise mit einem Lächeln in ihrer eigenen Stimme.

Ein lauter Knall ertönte. Warf sich jemand gegen die Tür? War es möglich, sie auf diese Weise zu öffnen? Ich dachte an die Verriegelung. Konnte man sie mit Gewalt lösen?

Ich durfte mich nicht darauf verlassen. Ich musste mich selbst befreien, bevor Bobbi die Kontrolle über sich verlor. Ich sah mich um. Es gab dutzende Gegenstände, die ich nutzen könnte, um mich zu wehren, aber ich würde keinen von ihnen erreichen, solange ich an diesen Stuhl gefesselt war.

Ich musste die Fesseln loswerden. Das Seil um meine Handgelenke war stark und dick. Ich würde es nicht zerreißen können, aber vielleicht war es zu dick, um den Knoten fest genug zu halten. Ich tastete danach. Es fühlte sich an wie ein doppelter Kreuzknoten. Nicht schwer zu lösen.

Ich suchte mit den Fingern nach dem oberen Überschlag und tatsächlich, ich konnte meine Daumen darunter schieben. Er musste sich bereits gelockert haben.

Der zweite war etwas fester und ich durfte nicht riskieren, dass Bobbi eine Bewegung registrierte, die von meinen Händen ausging. Also ging ich langsam vor und hoffte, dass der Mensch hinter der Tür und ich schneller waren, als Bobbi die Entscheidung traf, ihren Plan zu ändern und die Sache sofort zu beenden.

Als ich den Knoten soweit gelockert hatte, dass ich ihn würde öffnen können, hielt ich inne. Ich musste auf den richtigen Moment warten. Einen Moment, in dem keine Klinge in meine Haut drückte.

Der Mann im Hausflur rammte den schweren Gegenstand, vermutlich aber eher sich selbst, immer wieder gegen meine Tür. Müssten nicht inzwischen Nachbarn aufgetaucht sein, um ihn zu fragen, was er da eigentlich tat?

Andererseits, wenn es sich wirklich um einen Polizisten handelte, würden sie ihn wohl in Ruhe seine Arbeit verrichten lassen, nachdem sie ihn durch ihren Spion gesichtet hatten. Und einen nicht uniformierten Mann würden sie nach einem Anruf bei der Polizei wohl erst recht nicht stören. Hoffentlich riefen sie die Polizei in diesem Fall tatsächlich. Hatten es bereits getan.

Das Vibrieren meines Telefons ertönte nun fast ununterbrochen.

Ich spürte Bobbis zunehmende Überforderung. Wieder konnte sie ihren Plan nicht so durchführen, wie sie es sich ausgemalt hatte. Wie würde sie damit umgehen? Würde sie die Geduld verlieren? Schweißperlen sammelten sich auf meiner Stirn. Und nicht nur dort.

Ich musste handeln, bevor die Angst mich lähmte.

Ich öffnete den zweiten Knoten vollständig, ließ das Seil zu Boden fallen und riss gleichzeitig meinen Mund auf, um zu schreien. Bevor Bobbi darauf reagieren konnte, stand ich leicht vom Stuhl auf und packte ihn am unteren Teil der Lehne. Ich stieß ihn nach hinten, ohne zu wissen, was genau ich treffen würde.

Ein Schmerz flammte an meinem Hals auf. Aber es fühlte sich nicht nach einem tiefen Schnitt an. Mit beiden Händen griff ich Bobbis rechten Arm und drückte ihn von mir weg. Gleichzeitig biss ich in die Finger vor meinem Mund.

Sie schrie auf und wollte sich auf mich stürzen. Aber ich rammte ihr meinen Ellenbogen in die Wange, auf der die Wunden, die ich ihr vor drei Wochen mit der Glasflasche zugefügt hatte, kleine Narben hinterlassen hatten. Sie verlor die Orientierung und ich nutzte die Gelegenheit und rannte zur Tür.

Sie folgte mir mit ein paar Sekunden Abstand, aber ich zog die Küchentür hinter mir zu und hielt nun die Klinke fest in der Hand, während ich zeitgleich die Schlösser an der Wohnungstür öffnete. Es hatte mich immer gestört, dass die Küche so dicht am Eingang zur Wohnungstür lag. Aber in diesem Moment erklärte mir das Universum, warum ich mir eine Wohnung ausgesucht hatte, in der das so war.

Ich schaffte es kaum, die Küchentür mit nur einer Hand zu halten. Der Kraft standzuhalten, die Bobbi mit zwei Armen aufbrachte. Aber schließlich löste ich das Sicherheitsschloss der Wohnungstür und drehte den Schlüssel im Schloss. Als ich die Klinke heruntergedrückte, flog mir die Tür entgegen, weil der Mann davor in diesem Moment einen weiteren Versuch unternahm, sie zu durchbrechen. Hatte er nicht gehört, wie ich die Schlösser entriegelte?

Wir flogen gemeinsam in die Wohnung und landeten nebeneinander auf den Dielen. Meine Hand löste sich von der Küchentür und auch diese flog auf, als meine Kraft keinen Gegenzug mehr erzeugte.

Der Mann war auf mir gelandet und der Anblick von Finns Gesicht schockte mich so sehr, dass ich nicht schnell genug aufsprang, um Bobbi daran zu hindern, ihr Messer in seinen Rücken zu stoßen. Er stöhnte auf, sank in sich zusammen und ich stürzte mich auf Bobbi.

Sie löste ihre Hand vom Griff des Messers, ließ es in seinem Rücken stecken und versuchte, sich mit den Händen gegen mich zu verteidigen. Ich unterschätzte ihre Kraft und wie gut sie ihre Gliedmaßen einsetzen konnte, um einen anderen Menschen zu bekämpfen.

Ihre Tritte trieben mich aus der Wohnung. Ich hörte Karls Stimme, aber sie drang nur schwach hinter uns her. Er war nicht in der Lage dazu, uns zu folgen. Der dunkle Treppenabsatz war nur wenige Meter breit und Bobbi und ich erreichten die Stufen zu schnell. Ich konnte mich nicht wehren. Ich konnte die Richtung, in die sie mich trieb, nicht ändern.

Und dann stießen ihre Hände gegen meine Schultern. Es gab diesen einen Moment, in dem ich den Druck auf meinen Knochen spürte, den zarten Hauch des Parfüms roch, das ich ihr zu Weihnachten hatte schenken wollen. In diesem Moment konnte ich ihren überraschten und gleichsam befriedigten Blick trotz der Dunkelheit genau erkennen und ich wusste, ich würde fallen. Der Augenblick war lang genug, damit ich meine Arme ausstrecken und mit den Händen nach ihr greifen konnte. Der Stoff ihres Pullovers war weich und auch etwas feucht. Meine Finger rutschten ab, aber ich kralle mich in das Kleidungsstück.

Ich riss sie mit mir, als ich rückwärts die Treppe hinunterfiel und starrte in ihr Gesicht, das vom Lichtschein der unteren Etage leicht erhellt wurde. Ausreichend, um das Entsetzen in ihren Augen zu offenbaren. Aber auf ihren Lippen fand sich ein Lächeln. Sie wusste, sie hatte es geschafft. Ich würde auf die gleiche Weise sterben wie meine Mutter und mein Großvater.

EPILOG

SAMSTAG, 1. FEBRUAR

Bobbi

Der Wind verteilte die Asche über die Wellen. Jedes Staubkorn würde auf ein anderes Wassermolekül treffen. So lange hatte Wasser den Organismus, dem die Asche entsprang, am Leben gehalten. Würde er nun auf diese Weise neues Leben finden? Würde er sich an das Leben erinnern, das er einst führte? Würde er sich an seine letzten Stunden erinnern? An mich?

Es würde ihr gefallen, auf den Wellen zu schwimmen. Sie hatte das Meer immer geliebt. Und ich war froh, dass Finn mir geholfen hatte, ihre Asche zu stehlen, und ich sie nun mit Hilfe des Windes auf diese letzte Reise schicken konnte.

Aber vielleicht war es auch der Beginn einer neuen Reise. Vielleicht legte ich genau jetzt den Grundstein für ein Leben, das einmal die Welt verändern würde. Zum Guten. Ihr

Tod würde dann einem höheren Zweck dienen und meine Schuldgefühle, die tatsächlich hin und wieder aufflammten, würden etwas verblassen.

Ich hatte die Asche gemeinsam mit Lara in den Wind streuen wollen, aber wie hätte ich ihr erklären können, warum sie sich in meinem Besitz befand? Sie hätte es nicht verstanden. So, wie sie auch alles andere nicht verstanden hatte. Sie hatte ihren Großvater in Schutz genommen. Sie hatte tatsächlich geglaubt, dass er das Richtige getan hatte.

Ich muss zugeben, dass ich mich in die Vorstellung verrannt hatte, dass er der Mörder meines Vaters war. Aber nicht dieser alte Mann hatte ihn getötet, sondern Lara. Andererseits ... Ich war noch immer nicht sicher, dass sie es getan hatte. Ein siebenjähriges Mädchen. Egal, wie überzeugt sie geklungen hatte, als sie darüber sprach. Ich vermisse ihre Stimme. Laras ganz besondere Art zu sprechen fehlte mir.

Manchmal frage ich mich, ob ich uns doch noch eine Chance hätte geben sollen. Nachdem mein Bruder tot war, hätte ich jeden im Glauben lassen können, er hätte mich zu allem gezwungen und ich hätte nur mitgemacht, weil ich solche Angst vor ihm hatte. Das hatte schließlich auch im Krankenhaus ganz gut geklappt.

Aber natürlich war da noch sein Zwilling. Henry hatte nichts von seinen Söhnen gewusst. Zumindest hatte die Mutter der beiden ihm nichts von ihnen erzählt. Das Foto, das Lara in den Dateien ihres Großvaters gefunden hatte, war kein ursprünglicher Teil seiner Sammlung. Ich hatte es während Laras kleinem Einkaufsbummel dort gemeinsam mit dem von mir und meinem Vater gespeichert, um sie auf die Zwillinge aufmerksam zu machen.

Die Mutter der Jungs hatte ihrem Vater also nichts von seinen Söhnen erzählt. Sie hatte jedoch dem einen Henrys zweiten Vornamen gegeben. Der andere trug den ihres Vaters. Ich fand, sie hätte ihn Henry nennen sollen. Wo sie doch ohnehin nie als eine große, glückliche Familie zusammenleben würden. Irgendwann stellten die Jungs jedenfalls Fragen und sie brach ihr Schweigen.

Die beiden recherchierten und machten sich gemeinsam auf die Suche nach ihm. Und dabei haben sie mich gefunden. Ich wollte von all dem zunächst nichts wissen. Was sollte ich mit zwei erwachsenen Brüdern anfangen? Ich mochte die meisten Männer nicht einmal. Aber nach ein paar Monaten wurde ich doch neugierig. Ich wollte wissen, wer mir meinen Vater genommen hatte.

Zu diesem Zeitpunkt hatten sie bereits herausgefunden, welche Familie für den Tod unseres Vaters verantwortlich war. Finn wollte Rache. Karl suchte nach Antworten. Und ich wollte beides.

Karl machte uns deutlich, dass er sich nicht an unserer Rache beteiligen würde, und er hoffte, wir würden wieder zu Verstand kommen. Er glaubte nicht daran, dass wir wirklich etwas tun würden. Oder vielleicht glaubte er es doch und war zu feige, sich gegen uns zu stellen.

Von den Morden an Laras Mutter und ihrem Großvater bekam er nichts mit. Zumindest warf er uns diese nicht vor. Aber ich sah ihn auch nur sehr selten. Wir telefonierten nicht und hatten keine gemeinsame Nachrichtengruppe, in der wir uns über Joghurt-Topping und Tatwaffen austauschten. Für mich war er ein Fremder.

Finn dagegen ... In gewisser Weise waren wir uns ähnlich. Wütend, berechnend und zu allem bereit. Aber er war zu ungeduldig und steigerte sich immer mehr in den Wunsch hinein, die Sache einfach zu beenden. Dem entgegen stand seine Ruhe, die ihn in eine gut geölte und sanft laufende Maschine verwandelte, sobald wir handelten.

Es war nicht leicht, ihn zu bremsen. Ihm lag nicht viel daran, die Wahrheit zu erfahren. Er hatte sie sich selbst zusammengereimt. Aber schließlich hatte er doch Gefallen an meinem Spiel gefunden und selbst einige sehr interessante Ideen beigesteuert. Wie beispielsweise die benutzten Taschentücher oder die Gummipuppe mit den blonden Haaren.

Ich wunderte mich über die beiden Brüder, die so unterschiedlich waren. Der einfühlsame und intelligente Karl und der notorische und gewalttätige Finn. Er war ein guter Planer, aber er war nicht besonders clever. Wahrscheinlich war das der Grund, warum es dieser Niklas geschafft hatte, ihn zu überwältigen.

Aber das spielte keine Rolle mehr. Ich hatte meine Antworten. Und auch wenn meine Rache nicht ganz nach Plan verlaufen war, konnte ich doch zufrieden sein.

Karl und Finn galten als fieses Brüdergespann, das das Leben der armen Lara auf den Kopf gestellt hatte. Und Lara konnte bedauerlicherweise nicht befragt werden, als ich der Polizei mit tränenerstickter Stimme erzählte, wie ich aus dem Krankenhaus geflohen war, um Lara vor Karl zu warnen. Wie ich ihn überwältigt hatte, nachdem er mich zuerst niedergeschlagen und dann Lara die Treppe hinuntergestoßen hatte, als sie flüchtete. Das undankbare Ding wollte mich einfach mit ihm allein lassen.

Ich verschwand mit meinem gebrochenen Unterarm, bevor sie meine Aussage mit denen der Nachbarn abgleichen konnten. Im Futter meiner Handtasche befand sich eine große Menge Bargeld, die Finn und ich durch den Verkauf von einigen Wertsachen aus dem Haus am Meer und dem Krankenzimmer angehäuft hatten. Außerdem hatte ich bereits im Vorfeld ein Flugticket gekauft. Allerdings war ich nun unsicher, ob ich es würde nutzen können. Ob ich es tun sollte.

Ich entschied mich dagegen und kaufte bei einem kleinen Straßenhändler ein Auto. In bar. Außerdem überredete ich ihn mit ein paar weiteren Scheinen, Kennzeichen zu montieren und den Verkauf des Autos nicht in seinem Buch zu vermerken.

Tagelang fuhr ich zunächst durchs Land und dann, als ich sicher war, mich nicht auf derselben Route zu befinden, die Lara und mich in unseren Weihnachtsurlaub geführt hatte, weiter in Richtung Meer.

Ich überquerte Landesgrenzen ohne Kontrollen und fuhr so lange an der Küste entlang, bis ich wegen der Nummernschilder nervös wurde. Ich hatte sie mit weißer und schwarzer Farbe verändert, aber kein Experte würde sich davon täuschen lassen. Ich wollte keine Aufmerksamkeit erregen, also ließ ich den Wagen auf einem Waldweg nahe einem kleinen Dorf stehen, dessen Namen ich mir nicht merkte.

Ich montierte die Nummernschilder ab und vergrub sie am Strand. Es war nicht leicht, ein Loch in den harten Sand zu buddeln und es war auch nicht besonders tief, aber zumindest hielt mich die Bewegung in der Nacht warm.

Ich ließ nicht nur mein Auto in dem Ort zurück, sondern auch den größten Teil meiner Haare und meine Haarfarbe. Ich seufzte etwas wehmütig. Sie fehlten mir. Das dunkle Braun stand mir nicht. Ich wirkte blass und nicht wie ich selbst. Und auch wenn es mich an Lara erinnerte, hoffte ich doch, eines Tages wieder blond sein zu können.

Ich war mit dem Zug weitergefahren, ein Stück mit dem Bus und dann wieder mit dem Zug. Und nun hockte ich hier, verstreute Asche und dachte an Lara. Es war bereits zwei Wochen her. Zwei Wochen, in denen ich zwischen Schuld und Erfüllung schwankte. Vierzehn Tage, in denen ich darüber nachdachte, wie ich den Rest meines Lebens verbringen konnte. 324 Stunden, in denen ich Lara vermisste.

Ich liebte sie wirklich. Natürlich hatte sie das bei unserem letzten Aufeinandertreffen nicht mehr geglaubt. Aber schon, als Finn mir ein Foto von ihr gezeigt und ihr Großvater von ihr erzählt hatte, wusste ich, dass ich mehr von ihr wollte als ihren Tod. Es war das erste Mal, dass ich Gefühle dieser Art für eine Frau zuließ. Aber es fühlte sich so natürlich, so echt an. Ich konnte nicht erlauben, dass Finn sie einfach aus dieser Welt nahm. Vorher wollte ich sie erleben. Ich wollte mich mit ihr erleben.

Ich wollte sie kennenlernen, sie spüren und ich wollte ihr Innerstes sehen und fühlen. Finn verkaufte ich meine Idee als Spiel. Außerdem erklärte ich ihm wiederholt, dass ich Antworten brauchte und wir sie in dem Haus bekommen könnten. Also machte er mit.

Und nun war ich auf der Flucht. Ich hatte alles verloren. Meine Brüder, Lara, mein Zuhause. Und was viel wichtiger war: Ich hatte mein Ziel verloren, als ich es erreicht hatte. So wie jedes Mal. Ich fühlte mich frei und ungebunden, ja, aber ich war nicht die Frau, die sich treiben ließ. Ich war die Frau, die Punkte hinter ihr Ohr tätowieren ließ, wenn sie einen Menschen getötet hatte. Menschen, die es verdient hatten zu sterben. Oder Menschen, die zur falschen Zeit am falschen Ort waren.

In den letzten Wochen hatte mein Ziel darin bestanden, so weit wie möglich von allem wegzukommen, was mich ins Gefängnis bringen konnte. Aber jetzt ... Jetzt stand ich einer großen Leere gegenüber. Das war neu.

Bisher hatte der Umzug in eine andere Stadt immer ausgereicht. Aber nun war zu viel geschehen. Ich musste in einem anderen Land untertauchen. In einem Land, dessen Sprache ich nicht kannte. Zwischen Menschen, die mich nicht als eine der ihren akzeptierten.

Ein Ruf durchbrach meine Gedanken. Obwohl mein Herz raste, verhielt ich mich ruhig. Es war unwahrscheinlich, dass der Ruf mir galt, und es wäre auffällig gewesen, wenn ich mich zu ihm gewandt hätte.

Aber dann rief der Mann ein weiteres Mal. Er schien näherzukommen. Als er schließlich neben mir und aufgeregt atmend zum Stehen kam, sah ich endlich auf. Er war rot im Gesicht, wie ich vermutlich auch. Der Wind war eisig. Auf dem Kopf trug er eine Strickmütze, aber seine braune Winterjacke war geöffnet.

Seine Pupillen bewegten sich unruhig hin und her. Er wirkte fast panisch. Und er redete schnell. Sehr schnell. Die wenigen Wörter, die ich in seiner Sprache kannte, reichten nicht aus, um ihn zu verstehen. Das erklärte ich ihm auf Englisch.

Er senkte den Kopf und hockte sich zu mir. Dann drückte er mir ein Blatt Papier in die Hand und fragte: „See my kid?"

Ein junges Mädchen strahlte mir entgegen. Sie war vielleicht neun Jahre alt, hatte dichtes, schwarzes Haar und klare, grüne Augen. Sie war wunderschön. Darunter fanden sich Worte, von denen ich nur wenige entziffern konnte, und Zahlen. Eine Telefonnummer.

Ich schüttelte den Kopf. „Sorry."

Zu der Angst in seinen Augen gesellten sich Tränen, die nicht der Wind verursacht hatte. „Okay. Thank you." Er nickte mir zu und stand langsam auf.

Ich sah ihm auch dann noch hinterher, als sein Körper zwischen den Bäumen verschwunden war, und dachte darüber nach, wie er die nächsten Wochen damit verbringen würde, jeden einzelnen Quadratzentimeter nach seiner Tochter abzusuchen.

Wie die Leute irgendwann aufhören würden, ihm zu helfen. Wie er dennoch weitersuchen würde. Nie aufgeben würde. Wie er immer wieder die gleichen Fragen stellte. Und wie er auch Jahre später noch jedem Mann in seinem Umfeld mit dem Hintergedanken begegnen würde, dass dieser Mensch ihm sein Kind genommen haben könnte.

Und dann wusste ich, was ich als Nächstes tun würde.

Ich stand auf, schüttelte meine Beine aus, kreiste die Füße, um warmes Blut in sie zu treiben, und starrte ein letztes Mal auf die Wellen, die die Asche von Laras Mutter davontrugen. In die Weiten des Ozeans.

Vielleicht würde ich Lara eines Tages wiedersehen. Vielleicht gab es eine zweite Chance für uns. Und bis dahin würde ich mir einen Job suchen, die fremde Sprache lernen und Menschen wie diesem Mann oder dem Mann, der er in ein paar Jahren sein würde, helfen, Rache zu nehmen.

Lara.

Bill sah sich um. „Mein Taxi ist noch nicht da."

Ich folgte seinem Blick und entdeckte lediglich einen Kleinbus und zwei Radfahrer, die die Straße entlangfuhren.

„Ich kann einfach nicht glauben, dass sie entkommen ist."

Er sah über seine Brillengläser hinweg zu mir. „Und ich nicht, dass sie sich nicht bei dir meldet."

Ich schüttelte den Kopf. „Warum glauben das nur alle?"

„Weil du noch lebst."

„Dann wäre es doch schlauer von ihr, mich zu töten. Warum sollte sie ihre Deckung verlassen, um mit mir zu sprechen?"

Er verschränkte die Arme vor dem Bauch. „Weil sie vernarrt in dich ist."

Ich schnaubte. „Sie wollte mich töten. Und wenn Karl nicht gekommen wäre, hätte sie das auch getan."

Er zuckte mit den Schultern, als hätte ich ihm soeben erklärt, dass Bobbi eine andere Frau geküsst hatte, um mich eifersüchtig zu machen. „Ich bin nicht überzeugt, dass dies ihre erste Wahl gewesen ist. Na ja, wenigstens einer von den Dreien sitzt hinter Gittern."

Ich nickte und konnte mir noch immer nicht erklären, was Karl dazu getrieben hatte, in meine Wohnung zu kommen und wie ein wilder gegen die Tür zu hämmern. Seiner eigenen Aussage nach wollte er mich warnen. Das bedeutete jedoch, dass er mit Bobbi in Kontakt gestanden hatte. Und es vielleicht noch immer tat?

Woher sonst sollte er gewusst haben, dass sie mir auflauern würde? Ich war nicht mehr dazu in der Lage, einem anderen Menschen zu vertrauen. Selbst Bill beäugte ich immer wieder misstrauisch. War es nicht unwahrscheinlich, dass er das Geheimnis meines Großvaters nicht gekannt hatte?

„Kannst du nachts schlafen?"

Der Themenwechsel erfolgte abrupt und traf mich umso härter, weil er recht hatte. Die Albträume waren verschwunden, aber sie hatten einer tiefen Leere Platz gemacht. Ich schüttelte den Kopf.

„Kann ich dir irgendwie helfen?"

Wieder schüttelte ich den Kopf. Ich suchte nach einer anderen Wohnung. In der Zwischenzeit wohnte ich in einem Hotelzimmer. Das Erbe meines Großvaters kam dafür auf.

„Was macht die Wohnungssuche?"

„Nichts."

„Nichts? Im ganzen Land nicht?"

Ich presste die Lippen aufeinander.

„Du suchst doch im ganzen Land, oder?"

Ich nickte. „Aber ich habe Angst, dass das Schicksal uns ein weiteres Mal zusammenführt."

„Lara?"

„Ja?"

„Du lebst."

Ich atmete tief durch und fühlte mich stärker. „Ich weiß."

Er richtete sich wieder auf, sah mir lange in die Augen und sagte: „Dann tu es auch."

Ein Hupen ertönte.

„Mein Taxi, ich muss dann."

Ich nickte, sonst nichts.

„Hey, Kopf hoch." Er schob die Hand unter mein Kinn. „Es ist vorbei." Er umarmte mich ein letztes Mal, stieg ins Taxi und winkte zum Abschied. Ich erwiderte die Geste und dann fuhr das Taxi um die Ecke und er war verschwunden. Der einzige Mensch, der mir in meinem Leben geblieben war.

„Sind Sie Lara Béyer?"

Ich schreckte auf und drehte mich zu der Frau in Hoteluniform um. „Ja, warum?"

Sie hielt einen braunen, papiergepolsterten Umschlag in der Hand. „Der wurde für Sie abgegeben."

Als ich das Kuvert nicht sofort entgegennahm, schüttelte sie es ungeduldig. Ein metallisches Klappern ertönte.

„Von wem?"

„Ein Kurier hat ihn gebracht. Vor ein paar Minuten." Sie schlang zitternd den freien Arm um den Oberkörper und ich nahm ihr den Brief ab.

Für ein paar Minuten starrte ich darauf. Nur mein Name und die Adresse des Hotels befanden sich auf dem Umschlag. So sauber geschrieben, als wären die Buchstaben gedruckt. Von wem konnte er sein? Würde sich Bobbi doch bei mir melden? Mein Herzschlag beschleunigte sich, als mir bewusst wurde, dass ich sie wiedersehen wollte. Ich würde keinen Schlussstrich ziehen können, keinen neuen Ort zum Leben finden oder überhaupt leben können, so lange sie dort draußen herumlief.

In den letzten Wochen hatten Hass und Wut und der Rest der Liebe, die ich ein paar Tage für sie empfunden hatte, miteinander gekämpft. Ich würde diese Sache beenden. Aber ich hatte keine Ahnung, wo sie war. Wo sollte ich nach ihr suchen? Und was würde ich tun, wenn ich sie gefunden hatte?

Ich schob meinen Zeigefinger unter die verklebte Öffnung und sah hinein. Kleine und größere Metallteile, ein

Uhrenarmband aus Leder und ein Zettel. Ich zog den Zettel heraus und ließ den Umschlag mit der Uhr meines Großvaters sinken. Für einen Moment schloss ich die Augen und dann las ich mit zitternden Fingern die akkurat und gleichmäßig geschriebenen Worte:

‚Es ist noch nicht vorbei, Lara. XOXO, F.'

Fortsetzung folgt…

UND BIS DAHIN?

… findest du in meinem Newsletter sieben Kurzgeschichten, die einen Teil der Geschichte aus Bobbis Sicht erzählen.

Gehe auf theawilk.de/newsletter oder scanne obigen QR-Code
Kennst du QR-Codes? Du kannst sie einfach mit deinem Smartphone scannen und dein Browser öffnet die hinterlegte Website. Frag mich gern und ich erkläre dir, wie das geht.

Wenn du die Bücher kennst, die ich unter dem Pseudonym A.D.WiLK schreibe, weißt du, dass ich mich auch nach dem Ende eines Buches gern mit meinen Charakteren beschäftige. Auch als Leserin lasse ich sie nicht so gern los. Und irgendwie fragt man sich doch immer, was die anderen Charaktere wohl in einer bestimmten Situation dachten, wie sie sie wahrgenommen haben. Und sowieso sind die meisten Bücher immer zu schnell zu Ende und nach dem letzten Satz wünsche ich mir oft, langsamer gelesen zu haben.

Und deshalb schreibe ich Kurzgeschichten zu meinen Büchern, die du als mein Newsletter-Abonnent kostenlos erhälst. Für dieses Buch lasse ich dich die Geschichte durch Bobbi erleben. Wie war es für sie, als Lara sie geküsst hat? Wie hat sie es geschafft, unwissend zu reagieren, als das Pflegeheim Lara vom Tod ihres Großvaters erzählt hat? Und was genau ist im Badezimmer passiert, als Lara das Haus durchsucht hat?

Die Antworten auf diese und vier weitere Fragen findest du in meinem Newsletter:

WWW.THEAWILK.DE/NEWSLETTER

Außerdem bekommst du nach der Anmeldung meinen unregelmäßig, etwa monatlich erscheinenden Newsletter rund um meinen Schreibprozess. Dabei sind auch immer wieder Leseproben zu neuen Büchern und Ankündigungen, von denen alle anderen erst später erfahren. Und du erhältst einen Insider-Blick in meinen Schreiballtag.

Probiere es aus

REZENSIONEN

Noch immer kostet es mich Überwindung, meine Leser um eine Rezension zu bitten. Aber ich tue es trotzdem. Denn Rezensionen sind für mich und meine Bücher eine der wenigen Möglichkeiten, um sichtbar zu sein. Leser zu finden. Zwischen Büchern herauszustechen, hinter denen große Verlage stehen. Oder hohe Werbebudgets.

Deshalb: Wenn dir das Buch gefallen hat, folge unten stehendem Link und schreib ein paar Worte darüber. Es müssen nicht viele sein. Jede Bewertung zählt.

Ich danke dir von Herzen. Und du kannst sicher sein, dass ich deine Rezension lesen und dankbar dafür sein werde.

ÜBER MICH

THEA WiLK. Dieser Name gehört zu mir und ist doch neu für mich. Er beinhaltet einen Teil meines zweiten Vornamens und den Nachnamen, den ich einmal tragen werde. Ich habe diesen Namen als Pseudonym für meine Thriller gewählt, weil ich eine Verbindung wollte. Zu mir. Zu meinem anderen Autorennamen. Gleichzeitig wollte ich eine Trennung schaffen.

Seit 2017 schreibe ich Romane. Ich habe schon immer geschrieben. Aber nie waren es komplexe Geschichten, die das Potential hatten, Bücher zu füllen. Und als es so weit war. Als ich mich endlich dazu entschloss, mich auf die Reise zu einem Leben als Schriftstellerin zu machen, war es eine Liebesgeschichte, mit der alles seinen Anfang nahm.

Unter A.D.WiLK habe ich bis zu diesem Buch drei Romane und drei Kurzromane veröffentlicht. Ich habe viele Leser gewonnen und kennengelernt. darf mich Bestseller-Autorin nennen und habe das große Glück, vom Schreiben zu leben.

Aber die Reise begann nicht mit dem ersten Wort meines Debütromans. Meine Reise begann etwa im Jahr 1993, als die ersten Romane von Stephen King die Bilderbücher in meinem Regal ablösten. Spannungsliteratur hat mich immer gepackt, fasziniert und war der Grund, warum ich selbst schreiben wollte.

Und Stephen King war es auch, der mir mit „On writing", seinem autobiografischen Schreibratgeber, den letzten Anstoß dazu gab, das erste Wort zu schreiben. Um also ein ziemlich abgegriffenes Bild zu benutzen: Mit THEA WiLK schließt sich der Kreis. Ich komme an, wo ich vor Jahrzehnten begonnen habe. Ich freue mich sehr auf diesen Teil der Reise und bin gespannt, wo sie mich hinführt.

HIER FINDEST DU MICH

Podcast Zwischen den Worten
Web theawilk.de
Instagram theawilk_autorin
Facebook theawilkautorin
E-Mail thea@theawilk.de

BÜCHER VON A.D.WILK

Glaubst du, dass man durch Liebe jede Lüge verzeihen kann?

"Wirst du mir irgendwann verzeihen, Rie?"
"Das habe ich schon getan."
"Und wirst du mir jemals wieder vertrauen?"
"Ich weiß es nicht."

Marie befindet sich auf einem Transatlantikflug in die Karibik, um eine Freundin zu besuchen. Neben ihr sitzt Vincent. Er hat ihren Sitznachbarn überredet, die Plätze zu tauschen, erzählt von seinen Träumen und hält sie im Arm, als die Lichter erlöschen und sich das Flugzeug mit hoher Geschwindigkeit dem Meer nähert. Seine Nähe fühlt sich vertraut an. Sein Lächeln vertreibt ihre Angst. Dennoch hat sie das Gefühl, dass er etwas vor ihr verbirgt. Und warum reagiert er so feindselig auf Mika, der ihnen doch nur helfen will?

#1 Bestseller auf Amazon
Als Taschenbuch und eBook

Würdest du der Vergangenheit eine zweite Chance geben, wenn du dadurch die Gegenwart verlierst?

„Hast du nie an mich gedacht?"
„Nein." - „Nein?"
„Nein. Es hätte mich umgebracht."

Fast vier Jahre ist es her, seit Lucy das letzte Mal den Sand zwischen den Zehen spürte und Tapas im Strandkorb auf der Terrasse des kleinen Spaniers aß. Nun kehrt sie zurück, um einem alten Freund einen Gefallen zu tun. Dabei ist Niklas nicht einmal mehr das, ein Freund. Aber warum reißt sein Anblick dann alte Wunden auf und wirft ihre Gefühlswelt aus der Bahn? Sie hatte geglaubt, all das hinter sich gelassen zu haben. Die Trauer, den Schmerz, die Hilflosigkeit. Und die Liebe. Doch je mehr Zeit sie in der fremden Vertrautheit verbringt, umso klarer wird ihr, dass sie sich etwas vorgemacht hat. Und dann ist da noch Ben ...

#1 Amazon & Bild Bestseller
Als Taschenbuch, Hardcover, Hörbuch und eBook.

Vor acht Jahren brach Ellas Welt zusammen. Können Liebe und Freundschaft ihr helfen, zurück ins Leben zu finden?

Wir handeln in unserem Leben oft nicht so, wie wir es uns hinterher wünschen würden. Immer wieder fühlt es sich an, als träfen wir falsche Entscheidungen, die uns an einen Ort führen, an dem wir niemals enden wollten. Uns und die Menschen, die wir lieben.

Ein verschütteter Kaffee und ein verlorenes Handy zwingen Ella zu einem Wettlauf mit der dreizehnjährigen Milly. Dabei erwacht etwas in ihr, von dem sie glaubte, es vor acht Jahren verloren zu haben. Sie lässt das Mädchen zu einem Teil ihres Lebens werden, auch wenn ihre innere Stimme sie davor warnt. Und sie wird selbst ein Teil von Millys Welt, zu der auch Tom gehört, der wie ein Geist durch die Wohnung schleicht. Und dann ist da Lias, dessen Blick verrät, dass er Ellas Geheimnis kennt. Aber wie wird er reagieren, wenn er die gesamte Wahrheit erfährt?

#1 Bestseller auf Amazon
Als Taschenbuch und eBook

MEIN PODCAST

Wie entstehen eigentlich Bücher? Was steckt hinter den Geschichten, die dir nachts den Schlaf rauben? Und was macht so eine Autorin den ganzen lieben langen Tag? Außer im Café die Leute zu beobachten, natürlich.

Mit diesem Podcast lasse ich dich seit Januar 2020 an meinem Schreiballtag teilhaben, tauche mit dir ein in die Welt meiner Charaktere, lese aus unveröffentlichten Texten vor und diskutiere mit Menschen aus der Buchwelt über das Lesen, das Schreiben und all die Dinge, die sich hinter dem Cover eines Buches vor den Augen der meisten verbergen.

Komm mit mir in meine Traumwelt

ÜBERALL WO'S PODCASTS GIBT.

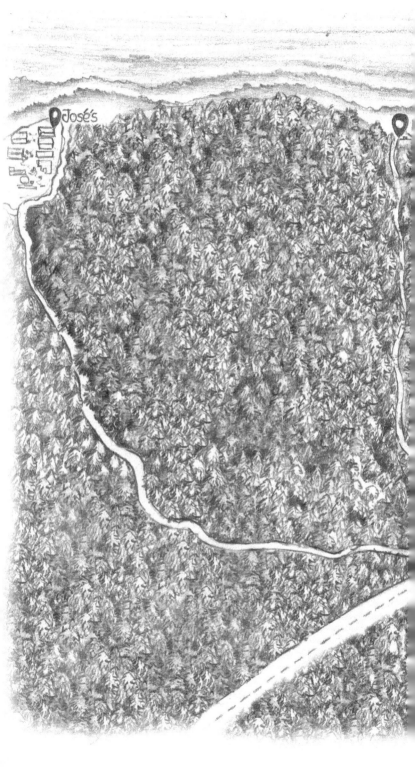

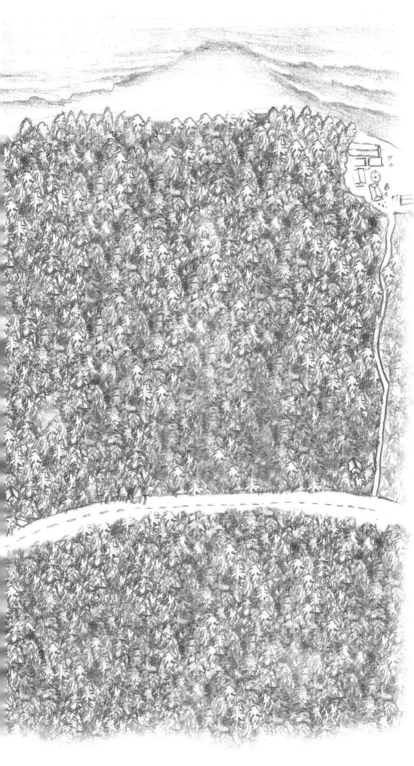

IMPRESSUM

LARA. der Anfang: Thriller

© 2020 THEA WiLK

Andrea Kuhn
Vopeliuspfad 9
14169 Berlin

ISBN Taschenbuch. 978-3-96698-278-8
ASIN eBook: B0857KC1RB

Herstellung. PRINT GROUP Sp. z o.o., ul. Księcia Witolda 7, 71-063 Szczecin (Polen)

Bestellung und Vertrieb. Nova MD GmbH, Vachendorf

Lektorat & Korrektorat. Jona Gellert
Covergestaltung. Andrea Kuhn
Illustraitonen: Hani, Pyonarts

Bibliografische Information der Deutschen Nationalbibliothek.
Die Deutsche Nationalbibliothek verzeichnet diese Publikation in der Deutschen Nationalbibliografie; detaillierte bibliografische Daten sind im Internet über http://dnb.d-nb.de abrufbar.

Das Werk ist urheberrechtlich geschützt. Alle Rechte vorbehalten.

Dazu gehören auch das Cover und der Titel. Wenn du Teile davon, z.B. in deinem Blog nutzen möchtest, kontaktiere mich bitte vorher. Die Verwendung von Cover und Klappentext für Rezensionen und Buchvor- stellungen ist aber ausdrücklich erlaubt.

Jede unautorisierte Verwertung, Vervielfältigung, Übersetzung sowie Einspeicherung und Verarbeitung in elektronische Systeme ist unzulässig und wird strafrechtlich verfolgt.

Alle Personen, Orte und die Handlung in diesem Buch sind frei erfunden. Ähnlichkeiten zu realen Personen und Orten sind zufällig und nicht beabsichtigt.

Genannte Markennamen und Warenzeichen sind Eigentum der jeweiligen Eigentümer.